I0818531

OCÉANO exprés

PRINCIPIO Y FIN

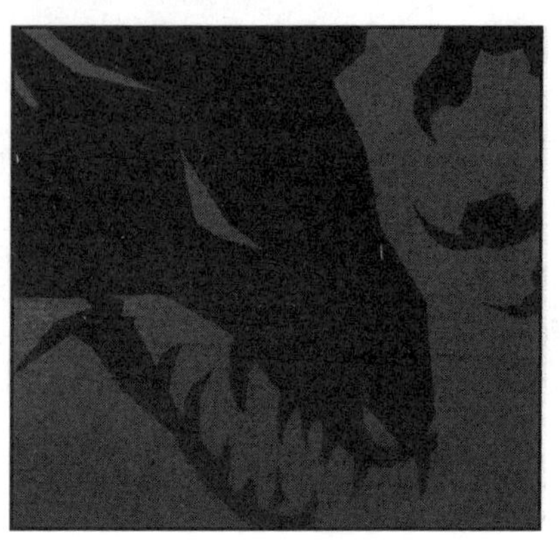

ANTONIO MALPICA

exprés

PRINCIPIO Y FIN

Diseño de portada: Roxana Deneb y Diego Álvarez

Guillermo Barroso 17-5, Col. Industrial Las Armas
Tlalnepantla de Baz, 54080, Estado de México
www.oceano.com

Primera edición en Océano exprés: mayo, 2025

ISBN: 978-607-584-077-2

Impreso en México / *Printed in Mexico*

Para Sergio, Brianda y Jop

Gracias por todo, chicos

Primera parte

Capítulo uno

Caio Decio salió del letargo de los últimos años. Abrió los ojos de su conciencia y abarcó con la mirada el inmenso paisaje nevado. Los otros veintiuno se percataron de su repentina actividad y dirigieron sus miradas hacia él. Cada uno de ellos, las manos posadas en la espada y la rígida postura, siempre confrontando el abismo, apenas se permitieron un movimiento de hombros. Los siglos les habían conferido la paciencia necesaria. Ninguna animosidad se hubiese asomado a sus rostros en el imposible caso de que algún mortal atisbara en ellos. Y, no obstante, varios ya presagiaban el final.

—Ha muerto —dijo Decio.

Todos supieron a quién se refería. Uno tras otro habían dicho, en algún momento, esa frase al paso de los años. Habían sido convocados por su ejemplar del Libro y habían acudido al instante. La diferencia, ahora, era esa mezcla de temor y esperanza que compartían tácitamente. Pues todos, menos dos, habían sido convocados ya por última vez, y solamente aguardaban el desenlace. Todos habían entregado el último sobre. Todos excepto Gernot y Caio Decio.

Y en todos nacía una pregunta. "¿Será posible que…?"

Los veintidós vislumbraron el fin de la espera. Sería ahora o nunca.

Sin embargo, todos guardaron silencio.

El espectro ingresó a la cueva a través del portón de madera. La oscuridad era total, pero a sus ojos no hacía falta luz alguna. Los siglos habían operado en él, en todos, ese grado de supraconciencia. Alargó la mano y tomó el sobre que le correspondía. El gruñido de la fiera fue una especie de saludo. La misma eternidad los hermanaba. Echó el sobre al interior de su peto y se presentó, de nueva cuenta, al semicírculo de veintidós soldados.

Ocupó su lugar sólo para seguir el protocolo, pero también los muertos sienten, en algún momento, la necesidad de ser impetuosos. Incluso los muertos de más de mil años.

Hubiese sido una estampa digna de ser reverenciada por aquellos que los honraron en su paso por la estela de la Historia. Veintidós guardianes listos a dejar, al fin, el pesado fardo de su misión. La ventisca golpeaba la piedra, producía remolinos de nieve y hacía mecerse los esqueletos de los árboles aledaños. Hasta ahí no había llegado hombre alguno desde el día del pacto, en el siglo XIII. No había llegado un solo murmullo que no fuese el de la naturaleza. La inaccesible plataforma de piedra había permanecido oculta hasta ese día. La presencia humana más próxima era una cabaña de vigilancia que ocupaba, de vez en cuando, un par de oficiales franceses. Esa pared vertical de los Pirineos nunca había sido detectada, fotografiada, vista.

Y ahí es donde ocurría todo desde el día de la entrega de las veintidós copias.

Y ahí es donde se esperaba el final definitivo.

Los veintidós ancianos permanecieron impasibles, a la espera del prodigio que iba aunado a cada transición. La mayoría de ellos ni siquiera peinaba canas a la hora de su muerte, pero todos llevaban aguardando tanto tiempo que su espíritu había dejado de ser inmune a los estragos que causa la espera. Acaso era sólo una jugarreta visual, pero se sentían cansados lo mismo. Por eso anhelaban el desenlace.

Impasibles. De piedra. Y... de pronto, sólo eran veintiuno.

Decio se dejó conducir del mismo modo que había hecho desde la primera entrega.

Casi instantáneamente se encontraba en un departamento en la Ciudad de México. Era veinticuatro de diciembre. El crepúsculo había quedado atrás.

—El Libro —dijo un muchacho del otro lado de la puerta.

—¿Cómo? —dijo otra voz más aguda. Una chica, seguramente.

—El Libro de los Héroes —insistió el primero.

Incorpóreo, Decio contempló la escena. El muchacho, de unos doce o trece años, entraba a la habitación y hurgaba al interior de un armario. En el cuarto había instrumentos musicales. Dominaba la penumbra. Decio no necesitaba mirar el cadáver para confirmar que Francisco Gómez, el mediador asignado a ese ejemplar, se encontraba muerto. De hecho, presentía su espíritu, pero él no había acudido a otra cosa sino a recuperar el Libro.

El muchacho removió algunas revistas de música y, de entre éstas, extrajo el volumen. Lo contempló por algunos segundos.

Decio se hizo presente. Se mostró como lo habían conservado los años. En su viejo atuendo de guerra y su patética figura.

El muchacho sintió miedo. Pero apenas por unos instantes.

Decio se sintió comprendido pero, aún así, extendió la mano para hacer patente su exigencia. Lo invadió una mezcla interesante de sensaciones. El halo de fortaleza. El miedo. El canal de comunicación. Todas provenientes del mismo muchacho. ¿Qué extraño protagonista se encontraba frente a él?

"El Libro ha de pasar al siguiente", dijo en su mente, y advirtió que el muchacho recibía el mensaje. "Un Wolfdietrich", asimiló entonces Decio, casi conmovido. Sacó el sobre de entre sus ropas para que Sergio pudiera verlo y no demorara más en entregarle el ejemplar. Una cortesía que no habría tenido con ninguna otra persona. Tal vez la tristeza en los ojos de éste lo había motivado. Quizás el chico y el mediador eran amigos. Y, por lo que creía detectar en el ambiente, Francisco Gómez se había suicidado. No es algo que pueda asimilar fácilmente un muchacho, sin importar la época.

Sergio detuvo sus ojos en la superficie del sobre. En el sello que cerraba el destino de un nuevo mediador. El demonio y la espada.

Extendió el Libro. Caio Decio lo tomó, fusionando la magia ancestral del pacto entre luz y oscuridad. El ejemplar se volvió etéreo en sus manos, como si traspasara una cortina capaz de transformar materia en energía. Sergio lo contempló, asombrado.

Y eso fue todo.

Decio no tuvo más tiempo de hacerse preguntas. En dos segundos se encontraba con los pies en la grava. Lo había hecho decenas de veces y no dejaba de maravillarse ante tal portento, a pesar de ser, él mismo, un prodigio de excepción en las leyes de la vida y la muerte. La pocilga de la bruja se encontraba a unos cuantos metros. Vivía en una casa de lámina al interior de un cementerio de automóviles en algún lugar de Nebraska, Estados Unidos. Era noche cerrada. El ulular del viento y una vieja radio de transistores que emitía ruido blanco eran los únicos sonidos. El fuego en la covacha de la vieja, la única fuente de luz.

Los perros gruñeron. Decio esperó.

A los pocos minutos atravesó por la puerta una mujer de vejez indeterminada. Ciega. Marchita. Sucia. Con la apariencia de alguien que ha perdido la razón mucho tiempo atrás, el cabello enmarañado, el vestido de una sola pieza extraída de un costal de carbón. Descalza, caminó sobre las piedras hasta llegar al espectro.

—Dámelo —dijo, sin más.

En el pacto se había establecido que un emisario negro entregara siempre el Libro, y se había respetado por casi ochocientos años. Aunque ahora, una luz distinta iluminaba el corazón del viejo soldado. Tal vez… tal vez…

Prefirió no alimentar su optimismo.

Extendió Libro y sobre a la mujer. Ella tomó este último sin perder tiempo. Al instante estalló en una carcajada.

—El sobre está vacío.

Rasgó el sobre por la mitad, importándole un bledo el lacre con el demonio y la espada que había estado aguardando ese momento por tantos siglos. Le mostró a Decio que no tenía nada dentro y volvió a reír.

Como si no tuviese ambos ojos muertos, tomó el Libro de las manos del espectro sin dudar un instante y volvió al interior de su covacha. Decio no tuvo que entrar para saber que la bruja alimentaría su hoguera con el ejemplar, dando fin, para siempre, a su misión en la Tierra. Ningún guardián podría hacer nada al respecto.

"Entonces es cierto", se dijo. "El penúltimo mediador ha muerto. Sólo un ejemplar del Libro permanece. Y con él volverá Edeth. O el mundo será consumido definitivamente por las tinieblas."

Su tenue imagen desapareció del cementerio de autos. Los perros se tranquilizaron. La noche siguió su curso.

Y en aquella cueva de los Pirineos surgió un nombre en los labios de Gernot, el responsable del último Libro. Parecía demasiado bueno para ser una coincidencia. Tanto él como Decio habían peleado al lado de Edeth hacía más de mil años. Una eternidad, para fines prácticos. Una eternidad que estaba a punto de ser concluida.

"Ugolino Frozzi", dijo Gernot sin mover los labios. Recordando el último nombre plasmado en el último Libro. "Es él quien ha de conocer la ubicación del santuario."

"Él y nadie más."

* * *

Año y medio después, en una parcela michoacana, un hombre viejo atendía un arado. Escuchó un grito, un desgarrador alarido que le hizo estremecer. Dejó de incitar a la yunta que abría surco sobre la tierra. Se detuvo y esperó, conmocionado. Tal vez un ave o un desvarío de su mente, pensó. Luego, un nuevo grito, igual o aún más espantoso que el anterior. El sol estaba alto en el cielo y, por reflejo, se limpió el sudor con la manga. Abandonó el arado y corrió hacia su casa, extrañado, con el corazón en la garganta.

Esbozó una oración mientras recorría la tierra suelta a trompicones. ¿Su hija, tal vez? ¿O su mujer? ¿El niño?

Podía sentir los latidos de su corazón en ambas sienes. Se quitó el sombrero de palma temiendo perderlo con la carrera. Sacó los huaraches de la tierra y corrió a través de la hierba el trecho que lo separaba de su casa de adobe. Todo parecía normal a la distancia, el humo de la chimenea seguía su curso, los pájaros volaban por el cielo. El silencio en los alrededores era de una misma sustancia. El verdor de los cerros. No obstante...

Los animales. ¿Dónde estaban los animales?

Los perros no se veían por ningún lado. Tampoco el burro que debía estar apacentando en el corral. Los pollos. Los chivos.

El cadáver del viejo tractor tampoco le ofrecía algo. Ni una pista. Lo mismo que su camioneta, la antena de televisión, las cortinas tras las ventanas, inmóviles.

Al fin llegó a la puerta de la casa y entró.

Le tomó un par de segundos adaptar la vista a la oscuridad del interior. Abarcar con la vista las dos camas, la estufa de leña, el comal, el molino, la mesa, las sillas, los cuerpos en el suelo. Su mujer, su hija, el niño.

En un principio creyó que estarían inconscientes, no muertos. Por eso corrió a arrodillarse ante ellos. Pero al instante advirtió las gargantas abiertas, las charcas de sangre apenas quietas. Los miembros descoyuntados. Las miradas fijas en la nada.

—Pero... —fue lo único que pudo articular antes de reparar en el monstruo, sentado en una silla, relamiéndose el dorso de una mano teñida en rojo. Los ojos en blanco. La boca llena de afilados dientes. Las alas replegadas en la espalda.

Y, al instante siguiente, su vecino, el dueño del rancho Tres Caminos, era quien ocupaba el sitio. Los mismos ojos terribles aunque sin otro rastro visible del monstruo. Sólo la sangre en su mano. La lengua paseándose por ésta con idéntico deleite. El mismo hedor repugnante. Pero no era un monstruo, era un humano, aunque...

Advirtió el viejo entonces al macho cabrío en dos patas, a un lado, sirviendo de mudo testigo de la escena. Parecía sonreír. El viejo se santiguó. Era su propio chivo, él mismo lo había comprado en la feria de principios de año. Y ahí estaba, erguido como un hombre.

Creyó que se desmayaría. Pero el miedo lo tenía en ese estado de indefinición espantosa entre la alerta máxima y la inconsciencia absoluta.

El hombre en la silla se puso en pie y sonrió.

—Ya casi es el tiempo —dijo el macho cabrío—. Hoy murió una esperanza. Y está a punto la oscuridad.

A miles de kilómetros de ahí, en algún lugar de Europa oriental, se había consumado un sacrificio. Justo en ese segundo. Por ello esa extraordinaria licencia, ese despliegue de lasciva presunción. Así como en una parcela michoacana, en ese mismo segundo similares muestras de horrendo júbilo se daban por todo el mundo. En un callejón de Tokio, en un bar de Túnez, en una mansión de Sydney, en una buhardilla de Kingston. En las entrañas de la tierra, muy cerca de Budapest. Cientos de voces estallaron al mismo tiempo en todo el mundo, arrogando la ubicuidad de Belcebú en ebrios, dementes, cadáveres, murciélagos, machos cabríos. Porque ese día había muerto una esperanza. Y la oscuridad estaba a punto.

El vampiro saltó al cuello del campesino, quien no tuvo tiempo de gritar, siquiera.

Capítulo dos

El sudor bañaba su espalda, bajaba por su cuello, perlaba su frente. La túnica le estorbaba, así como la desesperación. Demasiada urgencia despertaría sospechas. Demasiada parsimonia pondría en grave riesgo la posibilidad de rescate. Era un baile macabro en torno a lo único que le importaba en ese momento: sacar a Sergio de ahí y ponerlo en manos de Alicia. Se tuvo que obligar a contar cinco segundos exactos antes de echar los brazos por debajo del cuerpo del muchacho, ya libre de ataduras. Aún estaba tibio. Se le rompió el corazón.

Se tuvo que obligar a contar tres segundos antes de echar a andar. Se tuvo que obligar a pensar en cientos de cosas para que no lo traicionara el llanto.

Afortunadamente, Oodak estaba demasiado ocupado en el frenesí de la victoria. Aunque el vicario de su señor maligno ya se había marchado, la sensación de omnipotencia no abandonaba al Señor de los demonios. Farkas sospechaba que nunca lo abandonaría. No hasta la conclusión definitiva de toda esa historia, fuera buena o mala.

Cobijado por la oscuridad, apenas reducida por las teas encendidas del rito, atrapado por la resonancia de los graves cánticos que hacían vibrar las paredes del templo subterráneo, Farkas tenía que hacer un esfuerzo sobrehumano para no concederle, en su corazón, la partida final a los demonios. Ahora le parecía totalmente inútil, una ocurrencia estúpida. ¿Salir de ahí a tiempo? Imposible. ¿Esperar la llegada de Edeth? Absurdo.

Y, no obstante, se había atrevido a llevar a cabo las cosas de ese modo, sin forzar a Sergio a una salida distinta, sin obligarlo a una pelea final, porque también en su corazón creía que era el único modo de conseguir un resultado distinto al que la lógica indicaba. Con cualquier otra salida habrían muerto todos: Alicia, Julio, Brianda, Jop, él... En cambio, de esa manera, una luz se vislumbraba al final del túnel. Muy apagada, pero luz al fin. Sólo tenía que ser rápido y...

Bajó la escalinata con pasos decididos pero no apresurados para no delatarse. Un pie, luego otro. Un pie...

Brianda lo había soñado justo de ese modo, pensaba Farkas mientras descendía con Sergio en brazos, manteniendo el gesto adusto de quien se deshace de un molesto despojo, no de quien intenta salvar una vida. Brianda lo había soñado, se dijo. Eso significaba que era ineludible. El oscuro manto del futuro, por alguna extraña razón, se recorría en el sueño de toda aquella mujer en la que un Wolfdietrich depositaba su cariño. Y el futuro siempre se mantenía indemne. Por eso Sergio estaba muerto. Pero la apuesta en la que todos habían depositado hasta el último gramo de esperanza era que no fuese definitivo. Que pudiera hacerse algo. Que la última palabra aún no hubiese sido dicha.

Un pie, luego otro. Un pie... luego otro.

El sudor. La cabeza de Sergio colgando hacia atrás. La tiranía del tiempo.

El pesado rumor de la grey hacía cimbrar la piedra. Traspasaba hacia los huesos por las plantas de los pies. Era fascinante y embriagador. Invitaba a unirse a la vorágine, al mantra maldito, a la sumisión.

Un pie... otro...

Estaba a siete escalones del suelo. Una vez ahí, confundido con la turba, no escatimaría y echaría a correr.

Un pie... y otro y...

Un ominoso pensamiento le carcomió la mente, lo hizo sentir ruin y estúpido. Debió haber pedido la asistencia de alguno de sus lobos. Oodak lo habría permitido. Toda una legión de licántropos en su campamento y él hubo de bajar solo. "Acaso así estaba escrito", se dijo.

El rostro convulso de Er Oodak, tras él, era exultante. Toda una confirmación de los negros tiempos que se avecinaban.

* * *

El olor empezó a marearlo. Era tan familiar como la podredumbre de un tiradero de basura o la suciedad de un drenaje. La peste se abría paso entre el bagaje de sus recuerdos. Poco a poco todo empezaba a adquirir cualidades de realidad tangible. Poco a poco lo que confrontaba, lo que veía, aspiraba, tocaba, empezaba a volverse fehaciente. Al menos en su interior. Como si esa fuera la verdadera realidad y no la que había vivido durante casi quince años en el plano terrenal.

La entrada al infierno era una especie de herida abierta. Secretaba algo parecido a la sangre. Sus paredes eran como carne humana, protuberancias rosáceas, bulbosas, que se convulsionaban como si tuviesen apetito.

El miedo obró su labor. Aún podía arrepentirse. A fin de cuentas, ¿por qué tenía él que cargar con una responsabilidad tan grande?

Su propia voz, del pasado, le respondió. "Creo que nunca descansaré hasta no saber que hice todo lo que pude." Lo había declarado cuando su madre se presentó ante él. Pero en ese nuevo plano metafísico resultaba imposible asegurar si el tiempo pasaba o estaba detenido por completo. Sergio sintió que su memoria se volvía de una consistencia sólida e invariable. Como si cualquier evento del pasado hubiera podido ocurrir hacía diez segundos o cien años.

—Yo también tengo miedo —dijo el teniente Guillén.

Sergio sonrió. Al principio, cuando llegó a ese páramo desolado, tan parecido al bosque muerto de las inmediaciones de un volcán activo, creyó que su mano traspasaría las cosas, que podría flotar como un fantasma, que no sentiría dolor ni cansancio ni hambre ni sed. Sin embargo, se palpaba la ropa, la piel, el cabello. Se presionaba con fuerza en algún sitio y el dolor despertaba.

El hambre era constante. La sed, insoportable. "Yo también tengo miedo", pensó. "Mucho miedo."

Pero igual sonrió. Avanzó en dirección a la probóscide en la montaña.

—Es repugnante —dijo Guillén llevándose una mano al rostro, tratando de impedir que la fetidez llenara sus pulmones.

Sergio hizo lo propio. Se sorprendió, al acercar la mano a sus ojos, que podía distinguir cada vello, cada poro, cada arruga. Su mente se adaptaba ya al cambio. Sus dos piernas eran reales. Su piel, tibia y elástica. Sus sentidos, alertas al máximo.

El hambre. La sed. El calor.

Los vapores que emanaba la boca que los engulliría hicieron sentir náuseas a Sergio. Pensó que se desmayaría. O...

"Pero así es como funciona", pensó. "Crees morir de asco, de dolor, de terror... pero nunca lo haces porque ya estás muerto."

Ni siquiera la inconsciencia era una posibilidad.

Llegó a la orilla del enorme orificio, del tamaño de un hombre, y se preguntó si el paso sería inmediato o tendría que padecer un avance lento, tortuoso, nauseabundo, pues parecía, a simple vista, que había que abrirse paso empujando el cuerpo a través del músculo palpitante. Había que insertarse, cerrar los ojos, dominar el asco...

"Aún puedes arrepentirte. Claro que hay vuelta atrás. Esto no te corresponde. Echa a correr."

Guillén lo tomó de la mano. Sergio confirmó que también eso era exacto. Preciso. Y se sentía bien. En un lugar como ese, también se podía echar mano de los buenos sentimientos. Suspiró. Si algo se propuso desde el instante mismo en que decidió entregarse a tan descabellada empresa fue no perder el tiempo. Y no lo haría. Tal vez en la cronología terrenal sólo hubieran pasado unos cuantos segundos, tal vez ninguno. O quizá ya fuera demasiado tarde. En todo caso, no valía la pena abrigar más dudas.

Soltó la mano de Guillén y se arrojó de cabeza contra la supurante herida de la montaña.

Sintió una súbita asfixia en cuanto lo rodeó la oscuridad.

Luego, la inconfundible sensación de estar en caída libre. La misma que todo ser humano ha padecido en pesadillas alguna vez en su vida, sólo que, esta vez, real.

Vio cómo el suelo, una plancha de piedra gris, se acercaba a una velocidad alarmante. Luego, el golpe. Sintió cómo el cráneo se despedazaba contra el asfalto. Cómo los huesos se machacaban hasta saltar en astillas y sus órganos internos se colapsaban. Un dolor tan intenso como solamente una vez había sentido: el día en que recuperó su condición de Wolfdietrich. Un dolor que se hacía uno con su cuerpo. Su cuerpo, sin embargo, seguía incólume, ahora tendido sobre una enorme plancha de cemento. Lloró. Fue inevitable. La sensación del impacto había sido tan genuina que no le cabía duda, en verdad había caído de unos doscientos metros de altura y se había hecho añicos, aunque su cuerpo se mantuviera de una pieza.

Guillén había golpeado el suelo a unos metros y también estaba inmóvil, recostado sobre un hombro.

A través de las lágrimas se contemplaron, sus pechos el único movimiento apreciable. Pero poco a poco la punzada se volvió menor, hasta que Sergio pudo tragar un poco de saliva y a Guillén lo acometió una ligera tos. Al fin pudieron volver a moverse. El teniente se postró de espaldas, mirando hacia el cielo, de un solo color grisáceo e iluminado por un sol blanco y frío.

Sergio fue el primero en incorporarse, aunque todavía sentía en las articulaciones una pulsación eléctrica de dolor. "Las sensaciones son reales; el resultado, irreal. Nuestros cuerpos están como si nada cuando ambos padecimos la muerte en toda su expresión", se dijo, consciente de que caer de una distancia así, en la Tierra, los habría aniquilado de forma instantánea. La impresión tenía aún sometido a Guillén. Y no era para menos. No había modo de despertar de esa pesadilla.

Sergio se aproximó a él y confirmó que estuviera bien, con lo raro que podía parecer esto en un lugar así. Luego miró en derredor.

No había nada reconocible. Era como estar a la mitad de una interminable explanada. En cuatro puntos cardinales sólo se distinguía la línea del horizonte. Un gris terreno emparejado con un gris firmamento. Y un sol que no ofrecía calor. Daba lo mismo caminar hacia un punto que hacia el otro porque no había absolutamente nada a la vista excepto ese imposible desierto sin accidentes, sin protuberancias, sin variación alguna. Nada.

"¿Dónde están las llamas, los demonios, el gran caldero?", pensó Sergio.

Luego miró hacia arriba, a sabiendas de que tampoco habría una puerta ahí, algo que condujera al sitio en el que habían estado apenas unos minutos antes. Sólo el mismo cielo plateado que se vislumbraba en cada dirección como un mal augurio.

"¿Qué haremos cuando queramos volver?"

"¿Podremos volver?"

Aún no llevaba ni quince minutos ahí y ya sentía que todo era una espantosa equivocación. Debió haberse quitado la vida en el momento justo en que recibió el Libro de los Héroes. Todo su paso por el mundo era un error.

Alborada lunar

Esa comarca lo incomodaba. No hacía mucho que había dejado de ser territorio de los hunos. En esas mismas llanuras Atila y sus guerreros habían echado raíces y causado el terror a las poblaciones vecinas. Todos los pueblos de esa región habían tributado al gran guerrero y habían sucumbido a su espada.

Ahora eran otros tiempos, pero los bárbaros seguían dominando la región. Fuesen rubios o de ojos rasgados, su principal interés era la guerra y su mejor forma de subsistencia el botín y el saqueo. Había excepciones, claro. En general los ostrogodos eran poco dados a la violencia innecesaria. Pero hasta ahí lo había llevado el instinto. Y ahí es donde depositaba sus esperanzas.

Porque ahí era donde se hacía más fuerte ese sentimiento innominado de confianza, bienestar, paz. Tan parecido al amor pero distinto.

Manlio jaló las riendas de su montura. Oteó en todas direcciones.

Recién salía de un bosque espeso a pocas millas del río Istro para llegar a ese paraje. Nunca había estado ahí pero le pareció que su historia lo alcanzaba. "Carnuntum", se dijo. Las ruinas del antiguo fuerte romano hablaban por sí solas. En otra época había sido un orgulloso emplazamiento del imperio. Ahora no era más que el vestigio de un tiempo mejor. Ni un alma lo acompañaba en la lenta expedición por esas piedras gastadas. Los arcos y las columnas abandonados del recinto ofrecían una especie de imagen enternecedora. Así los tiempos que corrían; un año estabas en la cima, al otro no eras más que una sombra.

Manlio obligó a su caballo a detenerse. Algo había de místico en esas ruinas, una especie de templo abandonado por un dios falible. Las piscinas vacías, las plazas desnudas, los acueductos secos, las puertas franqueadas.

Y el sentimiento en su corazón, poderoso, irrefutable. Estaba cerca, seguramente. A no más de una milla a la redonda. Tal vez justo detrás de aquellos árboles.

En su mente recapituló su historia, porque a sus veinticuatro años se sentía portador de una maldición que bien lo hubiera llevado a la muerte si no hubiese sido por ese llamado, esa justa sensación que ahora lo paralizaba frente a esa callada colección de despojos. No era sino un niño cuando sintió por primera vez el golpe del miedo e identificó a las personas que lo hacían sentir así. No tardó en darse cuenta de que tales personas eran capaces de los más horrendos actos de maldad. Y que a ratos detectaban el miedo de ese muchacho que los miraba con suspicacia, del mismo modo que si lo llevara inscrito en la mente. Así las cosas en Constantinopla, donde vivía. Por eso se volvió introvertido y prefirió ser escriba y traductor, en vez de soldado o comerciante como sus hermanos. Pero tampoco había tardado en advertir que, así como el miedo, también percibía la confianza. O ese sentimiento aún más poderoso que le despertaban personas como sus padres, aquel sacerdote bondadoso, aquellos peregrinos que llegaron un día de oriente. Gente buena que irradiaba hacia él su capacidad de hacer el bien, y que le hacía sentir feliz y desgraciado al mismo tiempo.

Manlio acicateó a su cansado jamelgo hacia donde parecía incrementarse el sentimiento. Estaba seguro de que llegaba al fin de su jornada. Y quizás a la razón primordial de su existencia.

Porque un buen día pudo percibir el miedo más profundo y supo que en el mundo existía un ser tan vil que solamente sería comparable a Lucifer en la Tierra. Pero al mismo tiempo percibió el sentimiento contrario y comprendió que correspondía al primero, como contrapeso. Y, curiosamente, ambas sensaciones provenían del mismo sitio. Tenía veinte años cuando se animó a la incursión. Se dejó llevar por el miedo y llegó a la Panonia Inferior, donde reinaba Odoaker sobre la raza nómada de los hérulos. No necesitó permanecer mucho ahí para darse cuenta de que todos los soldados del rey eran demonios, al igual que él. Y que percibían su miedo. A punto de perder la vida, huyó a todo galope de vuelta a Constantinopla en cuanto lo olfatearon.

Pero no dejaba de inquietarle que seguía sintiendo, proveniente de la misma dirección, un sentimiento completamente antagónico. Su conclusión fue radical: existe un ser de luz que contrarresta al otro. Pero... ¿tan cercanos uno del otro?

Así que volvió cuatro años después, ahora a la Panonia Superior. Y ahí estaba. Pero en esta ocasión no era difícil desdeñar el miedo y privilegiar la confianza, pues lo más posible es que Odoaker y sus monstruos estuviesen lejos.

Todo lo había conducido hasta ahí, hasta Carnuntum, con un bagaje de convencimiento mucho más poderoso. Ahora hablaba varias lenguas y dominaba mejor el arco y la espada. Veinticuatro años y una misión, mayor que su propia vida, por delante. O al menos así lo intuía. Porque la alternativa era volverse loco. O terminar como un asceta, huyendo de todo hacia el confín del mundo.

La sensación comenzó a incrementarse. Manlio sintió, por primera vez desde que la maldición lo atacara siendo un niño, que era posible que el bien prevaleciera sobre el mal.

Desmontó y tomó las bridas del caballo para andar el resto a pie. Las ruinas quedaron atrás y volvió a internarse en el bosque. La espesura se incrementaba de tal suerte que los rayos del sol dibujaban haces de luz a través de las ramas y las hojas. Sólo lo guiaba su propio instinto. Descendió por una pequeña colina, rodeó por un riachuelo. Todo parecía salido de un mundo mágico. Soltó las riendas del caballo y lo dejó apacentar sin miedo a que escapara. Siguió por su cuenta.

Al fin divisó una cabaña con la puerta abierta. En el fogón al interior hervía una marmita. A la mesa se encontraba una anciana, quien desgranaba vainas de guisantes sobre un cuenco de madera. Apartado sobre la mesa, un tablero de sesenta y cuatro casillas con dos ejércitos bien alineados, uno frente al otro. Una variación del chaturanga indio que él conocía sólo por rumores. El sentimiento era poderoso, pero al instante notó que no era a la anciana a quien buscaba.

—Señora, le suplico no se asuste —le habló en la lengua de los godos.

La mujer, de ojos azules y cabellos completamente blancos, suspendió lo que estaba haciendo. No estaba asustada. Su sonrisa lo mostraba.

—Hable —dijo ella en latín, y Manlio se sintió más confiado.

—¿Puedo pasar?

Ella le mostró una silla.

—Pensará que estoy loco, pero vengo de Constantinopla.

—Ciertamente se ve en sus ropajes que es un hombre de ciudad. ¿Y por qué he de pensar que está loco?

—Por lo que me trae aquí.

La abuela no dejaba de sonreír. Sus nudosas manos volvieron a la preparación de la comida. La armonía que se respiraba al interior de tan humilde casa estrujaba el corazón de Manlio. Sentía como si hubiese llegado al paraíso y no sabía explicarlo. Le hubiese gustado quedarse ahí para siempre. Lo traicionó una lágrima.

—Perdóneme. Soy un tonto.

—No se disculpe, señor...

—Manlio Tasio.

—Comprendo que ha sido una larga búsqueda, Manlio.

—¿Cómo lo sabe?

Ella se encogió de hombros.

—Hace catorce años vivía en una aldea no muy lejana de esta misma región. Los bárbaros la saquearon. Una espantosa carnicería. Pero antes de huir, rescaté de las llamas a un bebé que había sido abandonado. El bebé parecía, de algún modo, estar siendo protegido por algo cuando entré a la casa que se venía abajo. Le cuento esto porque supe, desde que lo tomé en mis brazos, que tenía una misión más grande que la de hacer compañía a una vieja. Y que un día alguien o algo me lo haría saber.

Manlio sentía como si hubiese llegado al verdadero hogar.

—Vengo en busca de un rey.

—¿Un rey, dice?

—Hace falta quien haga frente al Señor de la oscuridad, y sólo este rey será capaz. No me pregunte cómo lo sé o por qué he asumido esta responsabilidad. Sólo sé que así debe ser.

—Es sólo que…

Las palabras de la vieja fueron interrumpidas por una silueta en la puerta. Catorce años habían pasado desde que aquel bebé había sido salvado de las llamas. Manlio sintió un cataclismo del alma en ese instante, un torrente de dicha que amenazaba con partirlo en dos. Ni siquiera se atrevió a levantar la mirada; inmediatamente puso una rodilla en tierra y sentenció, como si llevara esas palabras grabadas en el corazón desde el día en que dio el primer respiro:

—Por favor, déjame luchar contra el poder de la noche a tu lado. Sólo eso y mi vida tendrá sentido.

La abuela se levantó y puso una mano sobre el hombro de Manlio. El hombre parecía sincero. Se trataba de un hombre instruido, un cosmopolita, alguien que no se deja impresionar fácilmente. Y ahora temblaba, de rodillas, como un niño asustado.

Capítulo tres

Caminaron por horas sin éxito. El paisaje no variaba. El rumbo había sido errático. La desolación era su única compañía. El sol estaba fijo en el firmamento; en ese lugar imposible no habría crepúsculo, no habría noche, no habría variante alguna. Y, en cambio, el hambre agudizaba más y más. La sed. El cansancio. Su única ventaja ahí era la ausencia de frío o calor, pero incluso eso les pareció, después de un tiempo, un truco aún peor que el de la temperatura extrema, pues también sumaba a la monotonía.

Sergio comenzó a acariciar la desesperanza. No tenía sentido imaginar alguna posibilidad de salida. "Es como pelear a puñetazos contra el mar o contra el aire. No puedes ganar."

—Pero igual estamos aquí. Por una razón.

Por lo visto, Guillén escuchaba sus pensamientos. Curiosa esa habilidad porque él no la había desarrollado. Él estaba completamente solo al interior de su cabeza. Lo miró con desdén. De pronto le pareció que el teniente era una carga para él, que mejor hubiera sido que entrara solo, que si así sería de ahí en adelante, haría mejor en largarse, no tenía derecho a meterse donde no lo llamaban.

—No dejes que te controle —dijo Guillén sin mirarlo.

Era cierto. Nacían en Sergio el enojo, la rabia, el odio. Y no estaba bien. Se detuvo. Se pasó una mano por la cara.

—Discúlpeme.

Ya adivinaba que luchar contra la renuncia sería más difícil que luchar contra el cansancio, el hambre o la sed. Simplemente no podía dejar que ese lugar lo venciera si algún sentido tenía haber llegado por propia voluntad. Miró hacia el cielo como si esto pudiera representar un cambio. Se sentó sobre la dura e infinita losa, abrazando sus rodillas. No podía comer, beber, dormir un momento. Las fuerzas no volvían con ese amago de descanso. Guillén lo imitó, sentándose. Sergio lo contempló por unos instantes y le pareció más sabio que la última vez; quizá la muerte obrara eso en las personas. Quizá no se puede ser pueril o irreflexivo si no se tiene nada que ganar. O que perder. Pero el teniente, además, era una buena persona. "No puedo olvidar eso", se dijo. "Una de las mejores personas que he conocido jamás." Y se echó de espaldas.

—Estamos aquí por una razón, dijo usted, teniente. ¿Qué razón?

Guillén seguía mirando en lontananza. Hacia ningún punto y hacia todos los puntos. Ahí no había norte ni sur ni este ni oeste.

—Que del otro lado lo creímos posible. Y no tenemos otra cosa en nuestras manos más que eso para continuar.

"Pero es como quien piensa que puede cruzar a nado una gran extensión de agua sin conocer la distancia a la otra orilla", pensó Sergio. "¿Y si esta persona cree que es un río o un lago cuando en realidad está enfrentándose al océano mismo?"

—Y si es el océano… —dijo Guillén—. ¿Qué puede pasar? Y si son diez océanos, ¿qué puede pasar?

Que lo venzan las fuerzas. Que el agotamiento acabe con él. Que muera.

Sergio entendió a lo que se refería el teniente. "Aquí nadie puede morir. Lo único que puede acabar contigo eres tú mismo."

—Bien dicho —exclamó Guillén.

Lo peor era empezar a anhelar esa posibilidad. La posibilidad de la muerte, la inconsciencia, el último descanso. Comprendió también que era dicho control el que ese lugar maldito quería ejercer en él. Y eso, principalmente, era lo que tenía que evitar.

Se puso de pie y siguió caminando. Advirtió por vez primera que Guillén lo seguía, nunca marcaba el rumbo. Lo acompañaba, sin cuestionarlo, depositando su destino en sus manos. Buen momento para proponerse no olvidar que, después de muerto, ese hombre no había buscado el descanso definitivo, que lo había esperado y había estado al pendiente de él a través del velo que separa a los vivos de los muertos. Había entrado a ese lugar terrible. Y todo por él. Pensó que tendría que haber una palabra para eso que parecía producir algo intermedio entre el amor, la confianza, la seguridad, la amistad… todos aristas equidistantes de un mismo sentimiento.

Reinaba un silencio confortable entre ambos. Lo más lógico habría sido que, para paliar el hartazgo, conversaran entre ellos, se dijeran todo lo que no habían dicho durante el tiempo de ausencia. Pero no lo hacían y no parecía importar. El silencio era una especie de cálido manto que los cubría a ambos.

El avance siguió siendo desmoralizante. Caminaron tres, cuatro, seis horas. Sergio prefirió dejar la cuenta. Se detenían sólo por conceder un contraste al aburrimiento. Seguían sólo porque no sabían qué más hacer.

Cuando al fin algo se dibujó en uno de sus horizontes, Sergio estaba seguro de que habían transcurrido varios días. Y se abrió una nueva grieta en su corazón cuando advirtió que no le importaba que fuese un grito lo que había marcado una diferencia. Un terrible grito de agonía.

¿Cómo no ir hacia allá después de tanto tiempo de vagar sin rumbo?

Ambos se miraron, desconcertados pero, a la vez, resueltos. No cabía alternativa.

Se dejaron llevar por la única guía del grito. Femenino, aparentemente. Infantil, tal vez. Anduvieron bastante tiempo hasta que el alarido empezó a incrementarse, hasta que divisaron algo distinto a la distancia.

Un grupo de personas, todas vestidas de color negro, formaban un círculo y miraban hacia el suelo, hacia el centro del círculo. Doce hombres y mujeres, congregados, daban la espalda y regalaban toda su atención a aquello que rodeaban. En sus rostros no había ningún tipo de emoción, miraban al interior con sumo interés, pero sin revelar afectación. El espeluznante grito surgía del centro de tan extraña congregación.

Sergio y Guillén notaron, al acercarse, que en el círculo había dos lugares vacantes. Dos huecos para que los recién llegados pudieran ingresar al círculo sin tener que abrirse paso.

Al centro, una niña pequeña, vestida por completo de blanco, aullaba de dolor. Pedía a gritos que alguien la ayudara, que alguien detuviera su sufrimiento. Pero nadie intervenía. De hecho, tanto Guillén como Sergio adivinaron que los ahí reunidos eran los causantes del dolor de la niña. Todo aquello era la representación más pura del mal porque la niña no sangraba, no mostraba signos físicos de daño alguno. Sin embargo, los gritos eran reales. El dolor también. La indiferente participación de la gente, lo mismo. Sergio se sintió horrorizado y se arrodilló para intentar auxiliarla.

—¿Qué pasa? Dime. ¿Qué tienes…?

Le daba miedo tocarla, intentar cualquier cosa. Pero tampoco podía simplemente sumarse a los que solamente contemplaban o, aún peor, se deleitaban con el sufrimiento de la niña, quien, con el rostro desfigurado de agonía, lloraba, jadeaba, suplicaba que alguien terminara con eso.

—Por favor, dime qué tienes. Dime qué es lo que…

No pudo añadir más. En ese momento uno de los hombres lo tomó por los hombros y lo arrojó lejos. Sergio cayó de espaldas, rodó por el suelo, corrió de regreso, pero los dos huecos libres del círculo habían desaparecido. Los doce participantes habían reducido la separación entre ellos. No cabía uno más. Los gritos seguían.

Sergio daba vueltas frenéticas en torno. Guillén se mantenía expectante, como si tratara de entender antes de actuar. En una de las múltiples vueltas de Sergio tratándose de colar al interior del círculo, notó que una de las mujeres que formaban parte sonreía con complacencia. Sergio se detuvo a observarla. Y ésta, después de algún tiempo, desvió la mirada del punto focal del círculo para dirigirla a él.

—Sólo entra quien desea hacerlo.

Acto seguido, el silencio. La calma. La línea del horizonte, el cielo plateado y el interminable terreno gris. El sol en la misma posición. Él y Guillén, solos. Con la eternidad por delante.

Alborada lunar

Llegó el día de partir. Manlio parecía ser el más afectado de todos. Algo había cambiado en su interior durante esos días. Tenía más certezas, y más miedos. Pero sabía que lo que estaba haciendo era lo correcto. No podía ser de otra forma. Unas pocas tardes en compañía de esa mujer tan sabia le habían permitido concretar un plan. Tenía menos dudas respecto al camino a seguir, y menos valor para afrontarlo. Se sentía dichoso y miserable. Al menos ahora sabía que Odoaker y sus esbirros habían partido hacia Hispania, aunque seguramente volverían.

Tomaba infusión de hierbas de una batea cuando, tras la cortina de pieles que separaba los jergones del resto de la casa, se escuchó la voz de la abuela.

—Desde hoy tu nombre es Theoderich. Tu antigua identidad quedará para siempre aquí. Nadie en el mundo habrá de conocerte de otro modo. Hasta que se cumpla lo que tiene que cumplirse, que puede ser mañana o en mil años.

Dicho esto, se mostraron ante Manlio. Los tres intercambiaron miradas. Pero sólo Manlio se desmoronaba por dentro. La anciana parecía resignada. Y Theoderich… simplemente dispuesto. Sus hermosos cabellos rubios habían sido cortados al rape. Portaba una túnica holgada, sandalias, un cinto de cuero. Parecía apóstol.

Manlio estuvo a punto de decirles que nada de eso tenía sentido. Lo mejor sería respetar el curso de la vida. El mundo podía ser cubierto por las llamas y por la maldad, no importaba, debían permanecer en ese paraje de fábula para siempre, y…

Suspiró. Sabía que tenía que ser como habían planeado él y la señora. Pocas dudas. Muchos miedos.

Miró hacia los tablones del suelo. Hizo a un lado la batea y esperó a la despedida. Sabía que no volverían a verse. Esa historia era mayor que los tres juntos. Así tenía que ser.

Quien ahora se llamaba Theo y su abuela se abrazaron. Ninguno lloró. Manlio, en cambio, no dejaba de sentirse estúpido. Salieron de la cabaña y enfilaron hacia la salida del bosque. Manlio le permitió adelantarse pues sintió la necesidad de volver al lado de esa mujer que, sin saber nada del mundo, parecía conocerlo todo.

—No resultará —le dijo—. Es demasiado hermoso. Demasiado gentil.

Ella tomó una mano del bizantino entre las suyas. Lo miró con la misma benevolencia con la que lo miró el día en que llegó.

—Ya encontrarán ambos el modo.

Manlio sabía que no podía ser de otra manera. Pero no dejaba de preguntarse por qué él. Por qué un niño sin mayor ambición en la vida que la de ser feliz algún día, casarse, tener hijos y vivir apaciblemente sin traspasar jamás las murallas de su ciudad, había sido tocado por ese espantoso anatema de la identificación de santos y rufianes. Por qué tenía él que encabezar una lucha que escapaba a su entendimiento. A sus veinticuatro años no dejaba de sentirse un niño que sólo desea corretear por un prado, tumbarse en la hierba, reír bajo el sol.

—Y ya habrá modo de que dejes esa carga a un lado —agregó ella, poniendo ahora una de sus arrugadas manos sobre la mejilla del viajero—. Eres un buen hombre, Manlio Tasio. Siempre recuerda eso. Que esa única verdad sea tu luz en las tinieblas. Sea mañana o dentro de mil años.

Manlio besó esa misma mano. La apretó por unos segundos. Volvió a mirarse en los ojos de la anciana, de quien jamás supo el nombre, como si fuesen los ojos de su propia madre, y se apartó. No tardó en alcanzar a Theo, quien lo esperaba en el sendero. Se sonrieron y anduvieron en silencio por la vereda, en busca de la salida de ese santuario. A los pocos pasos Manlio contempló a su caballo pastando entre los árboles, como si nunca hubiese sido domesticado. Le quedó claro que el jamelgo jamás se apartaría de ese mágico sitio y le pareció un buen final para un buen animal como ese.

De cualquier modo, la abuela le había pedido que hicieran el camino a pie, como los primeros hombres. Y así se lo propuso.

Al fin abandonaron la arboleda y alcanzaron el claro que conducía a las ruinas de Carnuntum. Ninguno decía palabra. Y aunque Manlio sabía perfectamente hacía dónde dirigirse y el paso siguiente que habían de dar, no podía estar seguro del resultado, por muchas esperanzas que abrigara para detener aquello que, por lo visto, sólo él, en el mundo, vislumbraba. Odoaker era rey de los hérulos y, con toda seguridad, buscaría hacerse de más poder para conquistar el mundo conocido. Sólo otro rey podría enfrentarlo. Y aquel iba a su lado, canturreando y pasando las manos sobre la crecida hierba como si fuese a una festividad, no al encuentro de su destino.

Enfilaron hacia el suroeste. Iban en pos de la tierra ocupada por los amalos, en las orillas del lago Peiso, con la intención de que su rey se sumara a su inverosímil lucha. Aunque ambos se sentían animosos, Manlio cobijaba un temor.

—Quiero disculparme contigo.

—¿Por qué?

—Por todo. Por sacarte de ahí. Por robarte tu nombre. Por meterte en esto.

Theo lo miró con extrañeza. A sus catorce años, era capaz de ofrendarlo todo por un sueño. Un sueño que, su abuela le había asegurado, no había arribado cuando Manlio desmontó frente a su casa, sino mucho antes, como si supiera que el futuro acechaba y que sólo era cuestión de tiempo verlo aparecer en el horizonte.

—Soy Theoderich y seré rey de los ostrogodos. Si alguien fui antes de que tú llegaras, nadie más habrá de saberlo. No hasta que, como dijo mi abuela, se cumpla el tiempo.

Caminaban por las colinas como peregrinos anónimos. Catorce y veinticuatro años. Podrían ser hermanos. Amigos. Maestro y discípulo.

—Agradezco tu comprensión —dijo Manlio.

—Yo debería disculparme contigo —repuso Theo.

—¿Por qué?

—Por meterte en esto.

A Manlio le maravillaba esa especie de sabiduría que no correspondía con su edad o su ignorancia de las cosas de los hombres. No estaba instruido. No seguía religión alguna, ni la de los romanos ni la de los griegos o los bárbaros. No sabía hacer más que las labores de la tierra y la cría de animales. Y, no obstante, era como si todo eso no importara. No cuando el corazón está tan libre de mácula. Incluso esa conmovedora arrogancia de saberse importante quedaba desdibujada por su sencillez.

Aquella noche acamparon a la orilla de un riachuelo. A cada instante, Manlio se sentía más como el comparsa de esa historia, lo cual le complacía. Pues lo más probable era que él no fuese sino una especie de facilitador de los futuros acontecimientos. Era una noche quieta, en la que Manlio se sintió obligado a ceder a Theo la única estera que llevaba atada a la espalda.

La luna asomaba por detrás de unas nubes cuando el muchacho se animó a hablar.

—Siempre he creído que la luz de la luna tiene virtudes que no todos aprecian. Una luna menguante puede salvar a un hombre de la muerte o de la locura porque, por débil que sea su luz, en la más profunda oscuridad es, al mismo tiempo, guía y consuelo.

Se recargó en un codo y se puso a dibujar con el dedo en la tierra.

—El sol sale siempre. Es divino. Pero la luna es cambiante, tenaz, falible, puede ganar o perder la batalla. Es humana.

Levantó la mirada y sonrió a Manlio, quien descansaba contra el tronco de un árbol, pensativo. Estudió a la distancia el reciente dibujo de Theo en la arena de la ribera: una luna como un gajo asomando detrás de tres nubes, al igual que ocurría en el cielo. Se dijo a sí mismo que ese discurso se parecía mucho a un pensamiento que había anidado en su interior desde que, en su infancia, había empezado a sentir cosas, porque en un principio había creído que todos aquellos que le despertaban esa mezcla de paz y confianza en el corazón eran ángeles. Y no tardó en darse cuenta de que eran tan humanos como él, sólo que con una disposición para hacer el bien mucho más poderosa que la del hombre común. Repentinamente era como si todo lo que había vivido hasta el día que conoció a Theo hubiese sido un ensayo, la preparación necesaria para lo que ahora estaba viviendo.

Sabía que todo eso representaba algo, y se propuso grabar en su mente el dibujo exacto de esa aurora lunar sobre la tierra apelmazada.

A la mañana siguiente, Theo lo sorprendió con un precario desayuno de bayas silvestres y pescado. El escriba se sintió apenado con tal atención pero comprendía que el sentimiento que le despertaba Theo implicaba ese tipo de contradicciones. "¿Podremos con esto?", se dijo mientras veía a su acompañante metiendo los pies hasta los tobillos en la orilla del arroyo, levantando los faldones de la túnica, riendo como sólo puede hacerlo quien carece de toda angustia y toda pretensión.

"¿O será sólo un sueño insensato?"

Al cabo de media jornada de viaje llegaron al fin con los amalos, asentados en un extenso valle que les permitía dedicarse a la caza y la pesca mientras no surgiera una guerra imprevista que los arrancara del sopor, como tantas que había habido antaño. Más que una ciudad era un campamento, un sitio reclamado por esa particular rama de los ostrogodos germánicos, instalados en la orilla poniente del lago Peiso. Manlio había decidido acudir con ellos porque sabía que, a pesar de tener sangre bárbara, los amalos habían jurado lealtad al emperador romano de Oriente y permanecían en Panonia de manera pacífica, sin molestar a nadie.

No obstante, organizados aún como si estuviesen listos para abandonar esas tierras en cualquier momento, no habían levantado casas de adobe ni chozas de madera entre las yurtas, los tendajones y corrales para el ganado. Sólo tres excepciones saltaban a la vista: la vivienda del rey y su consorte, los almacenes de carne y grano y la iglesia cristiana, símbolo inequívoco de sumisión al imperio.

Cuando Manlio y Theo empezaron a caminar entre los rústicos amalos, fueron recibidos sin miedo y sin ánimo beligerante, por lo que no tuvieron problema en presentarse al somero palacio del rey Theodemir. En la cuadra de los hermosos caballos árabes que poseía el rey al lado de su cabaña, se encontraba un solo soldado haciendo guardia, portando una muy sencilla loriga. El fornido ostrogodo, apoyado en su lanza, casi se quedaba dormido de pie. No había nadie más a la vista. Ni siquiera en la entrada de la casa real, con techumbre de paja y ventanales sin protección.

Manlio estaba a punto de presentarse y preguntar por el rey cuando una sensación conocida lo golpeó en el pecho. Un miedo indómito y bastante familiar.

Detuvo a Theo, impidiéndole seguir adelante. Aguardó un poco hasta estar seguro de que el miedo era producido por alguien mucho más lejano. Eso le dio una idea.

—Creo que cambiaremos un poco el plan. Tú te quedarás en el pueblo mientras yo dialogo con el rey.

—¿Por qué? —indagó, curioso, el muchacho.

—Porque he hallado un modo de persuasión casi infalible.

Capítulo cuatro

Pronto les quedó claro que el principal enemigo a vencer era la locura. De nuevo frente a ese vastísimo desierto inmutable, sin rumbo ni brújula algunos, lo único verdaderamente real era la espera. La eternidad aguardando algo que jamás ocurriría, que jamás vendría. Un poco más y terminarían odiándose entre ellos, siguiendo cada uno por su lado, pidiendo tácitamente una muerte que les estaría negada por siempre.

Sergio no quiso caminar enseguida. Tal vez hubiera perdido su única oportunidad.

—Ni siquiera hemos entrado —se atrevió a decir después de un tiempo—. Es tan horrible que ni siquiera hemos entrado.

Guillén se sentó en la dura losa sin saber qué decir. Se daba perfecta cuenta de que no se trataba sólo de seguir sus pasos o de luchar contra algún demonio incidental, como había pensado en un principio; no se trataba de ser su guardaespaldas o su escudero, sino su soporte, su aliado y compañía. Pero no se le ocurría cómo ayudarle y ni siquiera le salían las palabras cuando le parecían que no eran mejores que el silencio.

Sergio también se sentó.

—Debimos saber que para entrar hay que hacer méritos. Debimos saber que no basta con cruzar un umbral.

—"Sólo entra quien desea hacerlo" —citó el teniente a la mujer que se había dirigido a Sergio—. ¿No lo dejamos en claro cuando entramos por aquella horrible abertura en la montaña para caer en este sitio como si hubiéramos sido arrojados a un depósito de basura?

—Es más complicado que eso —resolvió Sergio—. Por lo visto, no puedes hacer turismo en un sitio como éste.

Se levantó. Comenzó a caminar. Abrigó la esperanza de que Guillén se quedara detrás, que ya no lo siguiera, que se perdiera en ese limbo. Pero no fue así. Guillén, aunque a la zaga, no lo dejó un solo momento. Sergio se sintió tentado a darse la vuelta e increparlo. Decirle que se largara, que no necesitaba un perro faldero, que ya bastante horrible sería estar ahí por siempre para todavía tener que soportar…

Notó que el lugar se apoderaba de él. Y supo que Guillén, de alguna manera, lo había escuchado. Se disculpó en silencio. Apretó los puños.

Siguió caminando sin dirección. Arrastrando los pies. Padeciendo hambre.

En su corazón sintió que pasaban horas. Y luego de las horas, días. Y luego de los días…

Se tiraban de espaldas pidiendo a gritos un poco de sueño, una gota de agua, un nuevo cambio en el panorama.

Sergio empezó a notar que la necesidad de algo, lo que fuera, le hacía desear ganarse un sitio entre los doce congregados ante el dolor de aquella víctima. Empezó a notar que conjeturaba posibilidades. "Tal vez ni siquiera sea una niña real. Tal vez sólo sea parte de un examen. Tal vez puedes unirte sin participar demasiado. Tal vez una sola vez no te cambie definitivamente."

La única vez que consintió en su corazón la posibilidad de renunciar, se divisó en el horizonte un solo cambio que parecía real y no producto de su imaginación atribulada: un ventanal suspendido en la nada. Ambos caminaron hacia allá y, mientras más se acercaban, más se llenaba de júbilo su corazón. Del otro lado había un hermoso jardín, un sol real y no impostado, sonidos familiares.

Sergio guardó silencio. Sabía que esa salida era el producto de la renuncia que había acariciado en su corazón. La tentación era enorme. Sus pies querían avanzar. Una voz interna le decía que él no tenía culpa de nada. Que sólo era un muchacho. Que ya era tiempo de que se le ofreciera un descanso, que había hecho suficiente.

Se mantuvo anclado al sitio en el que se detuvo hasta que la ventana desapareció. Comprendió que era demasiado tarde. Lo vencieron las fuerzas y cayó de rodillas. Guillén se arrodilló a su lado y lo abrazó como si quisiera protegerlo de las furias del destino, porque él también había escuchado esa voz interna y, por momentos, había estado de acuerdo con ella. Eres sólo un muchacho. Has hecho lo que has podido. Tal vez sea tiempo de renunciar.

Con todo, Sergio aún conservaba la entereza para recordar que no había acudido ahí porque así lo mandaran los astros, las profecías o la fatalidad. No. Se había entregado a la muerte y había abrazado esa misión porque necesitaba respuestas. Respuestas que servirían a Edeth en su lucha. Y no se iría sin ellas.

A los pocos días volvió a flaquear. Y volvió la ventana, esta vez más cerca. La transparencia del vidrio era engañosa. Bastaría acercarse. Nadie perdería si echaba un vistazo. Tal vez alargar la mano. Tal vez...

—Necesito ayuda, teniente —dijo Sergio cerrando los ojos. Deteniéndose. Forzándose a no abrirlos hasta estar seguro de que no habría nada frente a él.

—Dime.

Sergio abrió los ojos. El paso al hermoso jardín había desaparecido.

—Necesito que me ayude a impedir estas recaídas.

—¿Qué quieres que haga?

—Sólo que me diga: "Es importante, Checho" o "Es importante, Serch" cuando note que la desesperación me agota.

En ese momento estaba seguro de que un día cerraría los ojos y Guillén ya no estaría con él, sólo como un recurso más de ese espantoso limbo para obligarlo a renunciar.

—Es importante, Checho —dijo el teniente, apretándole cariñosamente un hombro.

Volvieron a caminar como si no se hubieran consumido miles de veces ya en la sed, el hambre, el cansancio, el delirio.

Hubo que usar la estratagema por lo menos unas tres veces más en los siguientes días. Pero era cierto que al escuchar la frase se sentía, por instantes, cuerdo otra vez. No ese autómata empeñado en caminar de frente por milenios y milenios.

Surgió entonces un recuerdo que parecía sacado de un tiempo tan remoto que era como si perteneciera a otra persona, como si en vez de surgir de su memoria, alguien más se lo hubiera contado. "Ubica el miedo", se sorprendió pensando un día en que, con los ojos cerrados, trataba de poner la mente en blanco, ahuyentar la desesperanza, no sucumbir al anhelo de paz definitiva.

"Ubica el miedo".

Recordó súbitamente que esa certeza le había salvado la vida una vez. El Señor de los demonios se lo había creído. Sergio había echado mano de tal consejo justamente en el castillo negro de Oodak para hacerle creer que había tomado una determinación a favor de la oscuridad. Y había resultado.

Porque así como había acudido la ventana varias veces en su rescate, también la congregación de verdugos había vuelto a aparecer en el horizonte un par de veces, del mismo modo que la vez primera. Gritos aterradores se sobreponían al silencio. Luego, ellos caminaban en esa dirección y observaban el par de sitios que se les ofrecían para participar. En esas dos ocasiones las víctimas fueron distintas. Pero siempre niños pequeños. Siempre castigados más allá de sus fuerzas. Y siempre habían sucumbido Sergio y Guillén al asco y el horror. Participar iba más allá de sus fuerzas. Nunca funcionaba.

Por eso esta vez el recuerdo lo sacudió. Porque si una vez había funcionado...

Tuvo que esperar lo que le parecieron meses enteros para volver a escuchar los gritos. Se había entrenado de tal forma que, aunque el corazón le dio un vuelco muy parecido al júbilo, se reprimió al instante. Enseguida se dio cuenta de que también el puro consentimiento de ese pensamiento lo ponía en riesgo. No sabía si ya lo había echado a perder.

Caminaron en dirección al horroroso retrato del dolor que por lo menos tres veces ya se había representado ante sus ojos.

Se acercaron al grupo de personas y Sergio se percató de un sutil cambio. Entre los ahí reunidos que debían contemplar el horror de la tortura en un infante se encontraba también, justamente, un niño. Que, al igual que él, no iba vestido completamente de negro. No concordaba. Y no era completamente indiferente.

Se miraron.

Era Henrik.

La más tremenda de las contradicciones. Un demonio que intenta entrar y no puede. El muchacho rubio miró a Sergio con evidente desconcierto. Algo sentía al ver al pequeño atormentado suplicando el fin de su martirio en el suelo. Algo se había modificado en su alma antes de morir. Con sus ojos parecía decirle a Sergio: "Tú eres el culpable", porque en su último enfrentamiento algo que creía dormido había despertado. El incipiente acto de piedad de Sergio en el campamento de Farkas le había restituido la duda. Un tacto. Un aroma. La mirada de su madre volvió a su mente y una grieta lo traspasó por la mitad. Por eso se había arrojado a las aguas del Danubio. Por eso se encontraba ahora ahí. Por eso no podía acceder al reino de aquel a quien seguía llamando su señor.

Henrik miró a Guillén y supo que era el espíritu que hubiese podido acabar con él. Le reclamó también en silencio. Si hubiese atacado a tiempo, él no habría tenido posibilidad de arrepentimiento. Porque, a fin de cuentas, era cierto. Henrik se daba cuenta de que los gritos de ese niño en el suelo le resultaban lamentables. Por momentos deseaba cambiarle la suerte.

Sergio decidió que no debía arriesgarse. Desvió la atención de Henrik. Intentó concentrarse en el dolor del muchacho en el suelo. "¡Oh, cómo me llenaría de placer hundir un hierro encendido en su carne! ¡Oh, con cuanto deleite esparciría sus vísceras aquí mismo! ¡Oh, cuán...!"

Se derrumbó sobre sus rodillas. Se cubrió el rostro. Se tendió de espaldas.

Cuando volvió a mostrar la cara, de nuevo la inmensidad. El sol inmóvil. Guillén contemplándolo con el corazón colmado de piedad.

Alborada lunar

En cuanto Manlio se aseguró de que Theo estuviera instalado en una tienda, volvió a la casa real. El crepúsculo se anunciaba y una tenue brisa inundaba el valle. Tuvo la fortuna de encontrarse a un hombre barbado con ropas de campesino en la entrada de la única casa en forma de toda la región. Sobre un taburete sacaba filo a un puñado de flechas. No portaba distintivo pero Manlio supo de quién se trataba con sólo mirarlo.

—Salve —dijo en latín—. Busco al rey de los amalos.

—¿Qué asunto te trae, amigo romano?

—Vengo de Bizancio, su majestad. Y me trae un asunto delicado.

—¿En qué puedo ayudarte?

Le ofreció su vigorosa mano y Manlio la estrechó. Ese hombre de mirada serena había liberado a su pueblo del yugo de los hunos. Los había asentado ahí a vivir en paz. Era, en gran medida, un héroe.

—Es respecto a su descendencia, rey Theodemir.

El rey reaccionó con recelo por lo extraño de la encomienda, aunque no era ningún secreto que no había podido procrear un heredero. Por esa razón, ninguna de sus esposas había permanecido con él. Sólo Eusebia, con quien convivía ahora, había mostrado mayor fidelidad. Los unía un afecto superior a su necesidad de crianza, y por ello se encaminaban a la vejez juntos. Juntos y solos.

—No te comprendo, extraño.

—Disculpe mi atrevimiento, su alteza, pero se avecinan tiempos oscuros. Y es de aquí de donde tiene que surgir el rey que ha de poner fin a esa amenaza.

—Hablas en acertijos. Aquí no hay más rey que yo. Y mi tiempo ha pasado. Debo mi permanencia en estas tierras a León, tu señor. No pienso levantar mi espada contra nadie que no la levante antes contra mí. Estas flechas que ves, las afilo para mis prácticas en el bosque. Es todo.

Manlio sentía crecer en su interior esa carga de buenos sentimientos que le producía el rey. No se había equivocado con él.

—No hablo de usted sino de su heredero.

—El cual no existe. Estoy seguro de que sabes eso.

—¿Me puede conceder un momento? Me gustaría mostrarle algo. Estoy seguro de que no se arrepentirá.

—¿Y qué tiene que ver con mi supuesto heredero?

—Ya le explicaré.

Theodemir, acaso porque no le producía suspicacia ese hombre joven de refinadas maneras, aceptó sin poner reparos.

Mientras avanzaban hacia las afueras del pueblo, Manlio prefirió permanecer callado. No quería predisponer al rey en su contra con leyendas disparatadas. Mejor si lo veía por sí mismo.

Caminaron entre las yurtas hasta alcanzar los lindes del campamento. Al menos unos diez mil amalos ocupaban ese plácido asentamiento a orillas del lago. Y era justo en ese improvisado muelle donde Manlio sabía que se encontraba el llamado de su miedo.

—¿Vamos a cruzar al otro lado, amigo bizantino? ¿O a salir de pesca? —preguntó el rey, divertido.

—No. Todo tendrá lugar en esta orilla. ¿Conoce usted a todos los barqueros?

—Sí.

—Entonces será mejor permanecer a la distancia.

—Sigo sin entender.

Manlio estaba apostando toda su suerte a una corazonada. Pero ya en otros tiempos, cuando había espiado a los hérulos a la distancia, había confirmado sus temores. Y confiaba en que esta noche no sería distinta.

Se aproximaron lo suficiente para observar a las barcazas atadas al muelle. A los remeros descansando con indolencia o limpiando sus redes. Manlio obligó al rey a que se agazapara detrás de unos arbustos.

—Es importante no ser vistos.

—¿Por qué? —preguntó el rey, convencido de que se encontraba en compañía de un lunático. Más le valía disfrutar del momento.

Pero Manlio no dejaba de sentir miedo. De hecho, éste se incrementaba a cada minuto. Recordó cuando estuvo a punto de morir a manos de los demonios de Odoaker por pecar de osado. El corazón comenzó a retumbar bajo su pecho, empezó a sudar a pesar del aire fresco. No contaba con ese vértigo, esa sensación de muerte y abandono. Tal vez estuviera muy fuera de práctica, pues no recordaba haberlo pasado tan mal nunca. Pensó que sería preferible intentarlo otro día. O renunciar definitivamente.

Pero era demasiado tarde. El demonio lo había olfateado. Uno de los remeros, un hombre gordo con el torso desnudo miró en esa dirección, como si lo hubiesen llamado a gritos. Incluso el rey se percató de lo extraño que era eso. El robusto hombre arrojaba guijarros a un círculo, echando suertes con un colega, cuando percibió que una vibración en el ambiente lo convocaba.

Manlio sintió que debía correr, y lo hizo. El rey no comprendía.

Pero la carrera del bizantino lo obligó a ponerse alerta. Manlio se internó en el bosque. Corrió entre los árboles obedeciendo a un terror primitivo. Seguramente llevaba tanto tiempo de no estar tan cerca de un demonio que se había dejado traicionar por sus impulsos. Se daba cuenta de que era lo peor que había podido hacer, pero de nuevo era demasiado tarde.

"Moriré", pensó. "Y ninguna misión pude concretar, soy un imbécil".

Escuchó el rugido tras de sí. Sintió el hedor. La maledicencia.

Corría entre la hojarasca, esquivando los troncos, tropezando con las ramas, huyendo como un ciervo por su vida. "Soy un imbécil. No puedo ganar ésta. Tengo que subir a un árbol. Tengo que..."

Volvió a tropezar y esta vez no pudo ponerse de pie.

Tirado sobre sus espaldas, lo vio llegar, aún iluminado por los últimos rayos del moribundo sol. Era fascinante y terrible.

La boca llena de colmillos, los ojos completamente en blanco, el pelaje erizado. Manlio ahogó un grito, a sabiendas de que era inútil pedir auxilio. El monstruo se arrojó encima de él con las garras por delante; su único interés era acabar con aquel que despertaba su voracidad, descuartizarlo, verlo morir. Un bramido surgió de la garganta del demonio y luego, la confusión.

Manlio se cubría el rostro con ambos brazos cuando sintió que algo lo liberaba del peso del demonio. La inconfundible batahola de una lucha lo alcanzó. Quiso distinguir entre las sombras lo que ocurría pero no pudo hacerlo. Se puso en pie, amedrentado, listo para huir y, repentinamente, el silencio. La noche abriéndose paso a través del día.

—Por Cristo —dijo Theodemir—. ¿Qué fue eso?

Llevaba en las manos una daga ensangrentada, que había utilizado en el cuello del demonio. El cuerpo de la fiera tendido sobre la tierra ofrecía un espectáculo grotesco y maravilloso. Era una especie de hombre gato, un monstruo imposible que, de pronto, comenzó a desintegrarse.

El rey no cabía en sí del azoro. Limpió su daga contra un árbol y la enfundó en su cinturón.

—¿Qué horrenda magia es ésta, extraño?

Manlio no podía creerlo. Tenía que ser parte de esa suerte que había ido a perseguir. En principio se hubiera contentado con que el rey presenciara la transformación, pero una lucha así y, además, con ese resultado, era mejor de lo que había esperado. Porque ya antes había visto hombres enfrentar demonios y sabía que no bastaba con hundirles una lanza en el pecho; era otro el factor que en realidad los aniquilaba. Ahora podía especular que tenía que ver con la confrontación de luz y oscuridad que había presenciado. Theodemir era un ser de luz, por eso había vencido. Lo había ayudado más su buen corazón que la fuerza de su daga.

—Rey Theodemir… —sentenció, aún con el corazón en la boca—. Mi nombre es Manlio Tasio, y he venido a pedirte que acojas como tu heredero al único ser sobre la Tierra que puede acabar con esta plaga infernal.

Se encontraban en completa oscuridad al interior del espeso bosque. El sol, tímido, había dejado su lugar a la noche estrellada.

—Has conseguido toda mi atención, Manlio Tasio. Habla mientras volvemos, que ambos merecemos un poco del mejor vino.

Capítulo cinco

Guillén lo advirtió desde que habían empezado a caminar. Aunque le preocupó esta extraña novedad, prefirió no intervenir. Advirtió que la mente de Sergio, por primera vez desde que habían llegado a ese lugar, parecía completamente en blanco. Vacía. Carente de angustias, temores, alegrías, memorias.

Se esmeró por no entrar en ella, como si le debiera esa forma de respeto.

Pero lo mismo siguieron caminando y el recelo se incrementó en el teniente. Porque era un cambio, y no estaba seguro de que se tratara de uno bueno.

Luego de un par de días, en ese vacío mental apareció al fin un pensamiento. Pero era como ver surgir una viuda negra al ver reventar un huevo de pichón. Era terrible. La repugnancia lo obligó a detenerse. Por un instante miró a Sergio alejarse de él. Le horrorizó tanto ese pensamiento que literalmente tuvo que llevarse una mano al pecho, como si se protegiera de tan cruda imagen. Era maligna, era depravada, era caníbal. Era como contemplar un río de sangre, la muerte definitiva del día, la inocencia más corrupta.

"Nos ha vencido", se dijo, apabullado.

Se mantuvo mirando hacia Sergio y le asombró darse cuenta de que el miedo nacía en su corazón. Pensó que si el muchacho giraba el rostro, lo que vería lo aniquilaría para siempre. Siguió caminando solamente por evitar mirar sus ojos secos de luz.

"Era de esperarse", reflexionó. "Este sitio es transicional. O te cargas hacia la luz o te absorben las tinieblas. No puedes permanecer por siempre en la disyuntiva."

—¿Por qué te retrasas, idiota? —dijo Sergio con una voz tan neutra como era su andar.

Guillén no quiso mirarlo, siguió caminando de frente, consintiendo una mínima plegaria en su interior.

—Te estoy hablando, lastre —insistió Sergio.

El teniente se propuso no mirar así tuviera que cubrirse la cara con ambas manos. Estaba seguro de que el ruin rostro de Sergio haría trizas su espíritu. Tal vez sería arrebatado fuera de ahí con solo verlo. Siguió caminando con la vista puesta en la anchísima línea del horizonte.

—Eres una carga. Ni en la Tierra ni aquí has servido para nada. Si pudiera, yo mismo volcaría tus entrañas al suelo y las pisotearía.

Guillén cerró los ojos. Caminó más aprisa.

—No tienes dignidad, gordinflón. Siguiendo a un niño. Habrase visto mayor cobarde.

Y, tras los insultos, las imágenes horribles que poblaban sus pensamientos. El teniente supo que ahora era cuando iniciaba el verdadero infierno para él. No estaba seguro de poder confrontarlo.

—Basura. No eres más que basura. Excremento.

¿Intervenir? ¿Hablarle al Sergio oculto tras esa maligna aberración? ¿Gritarle con todas sus fuerzas que no se dejara vencer? ¿Eso era lo que "Él" deseaba que pensara y consintiera? Inútil. Cualquier reacción sería tomada como una provocación. Espantoso. En verdad, espantoso. Y, sin embargo, no dejaba de ir en la misma dirección que comandaba el muchacho, siempre mirando al suelo y siempre rehusándose a contemplarse en sus ojos.

Los insultos cesaron pero no así los pensamientos ominosos. El teniente se vio obligado a salir de su mente asqueado por las espantosas ideas que brotaban de ésta, como un manantial de degradación. El corazón se le estrujó. Se quedaría sin esperanza próximamente y lucharía por mantenerse en ese horrible erial sólo por no resignarse a haber perdido a su persona favorita. Envejecería ahí, si tal cosa es posible. Se entregaría al dolor del abandono y pelearía segundo a segundo, día a día, siglo a siglo, por su derecho a permanecer ahí. Hasta recuperarlo. Hasta...

Los gritos rasgaron la quietud del monocromático desierto. Un nuevo martirio se adivinaba a la distancia.

Sergio caminó hacia allá con Guillén a su lado, temblando de impotencia.

—Sergio, no vale la pena. Estoy seguro de que...

—Calla, mascota.

Temblando como ni siquiera en vida había hecho. ¿Se interpondría entre él y el círculo? ¿Conseguiría algo? Se atrevió a decir "Oh, Dios..." en su mente sin obtener ningún tipo de consuelo.

La congregación era idéntica. Doce personas con negros atuendos. Un niño muy pequeño esta vez. Ropajes de bebé. Berridos de desesperación. ¿Cómo era posible tanto horror? Guillén se quedó detrás. Sólo vio a Sergio aproximarse. Entrar. Su vestimenta era completamente oscura ahora.

El teniente se arrojó hacia él, tratando de apartarlo de tan repulsivo rito. Al tomarlo de los hombros no tuvo otro remedio que mirarlo. Se le rompió el corazón. No estaba ahí. Todo lo que habían hecho juntos, desde aquel primer caso de los esqueletos decapitados hasta la cruenta caminata hacia ninguna parte, había sido inútil. El mal había vencido. Se echó hacia atrás, horrorizado.

Un hombre salió del círculo y aprovechó para patear al teniente en el suelo. Sergio sonrió. Volvió al círculo.

El pequeño niño no dejaba de llorar como si sólo la muerte pudiera traerle consuelo. "Oh, Dios...", dijo Guillén cubriéndose los ojos. Quedándose solo.

El gris paraje, el sol de hielo, el silencio absoluto. La soledad total.

Y en otro sitio, un grito desgarrador. El estallido de una prisión, el rompimiento de un capullo. La oscuridad total y el estremecimiento recostado sobre un hombro, hecho un ovillo como si acabara de nacer. Sobre todo, el llanto. Lo había logrado. Había sido más doloroso y difícil que cualquier cosa que hubiese hecho antes y, por increíble que pareciera, ahí estaba, recostado sobre un tablón de madera, en la oscuridad incipiente de una habitación fría y húmeda. Había ocultado su bondad incluso de sí mismo. Y había funcionado. El cambio le pareció una especie de bendición. Lloró como si hubiese sido rescatado de la muerte cuando en realidad se hundía cada vez más en ella. Lloró como sólo puede hacerlo quien sabe que ha lastimado deliberadamente a alguien a quien ama más que a sí mismo, sólo porque no tenía alternativa. Sergio se abrazó las piernas. Se escuchó a sí mismo decir, en la oscuridad...

—Perdón...

Alborada lunar

Fuera de la casa real esperaba Eusebia, de pie, abrazándose a sí misma. La alcanzaban los resplandores de las hogueras que habían sido encendidas en todo el poblado. Oteaba en todas direcciones como si presintiera una desgracia. Llevaba ropas sencillas, aunque con un claro toque romano, blanca seda, cinturón, diadema, sandalias. Era una mujer bella y, por lo que podía percibir Manlio a la distancia, digna esposa del rey. En cuanto divisó al monarca y al viajero aproximándose, su corazón descansó. Fue hacia ellos y, cosa curiosa, ignoró a Theodemir para tomar las manos de Manlio.

—Dios te bendiga, mensajero.

Ambos hombres se miraron, confundidos. Ella los invitó a entrar. Tenía dispuesto el fuego al interior, las lámparas de aceite para la velada, los esclavos listos para servir el vino y la cena.

—¿Hay algo que debas contarme? —dijo el rey al contemplar tanto protocolo.

Ella ofreció una silla a Manlio. No le quitaba los ojos de encima. Pidió que lo atendieran, que le lavaran los pies y le obsequiaran afeites. Éste se resistió.

—No es necesario, alteza.

Ordenó entonces ella que llenaran su copa de vino hasta los bordes. Volvió a tomarlo de las manos.

—Tres veces me han echado la suerte desde la última luna llena. Tres corderos he sacrificado para contemplar el futuro en sus entrañas. Y en los tres ha aparecido lo mismo. Un mensajero de tierras lejanas con la noticia de una nueva alegría en mi casa.

—No sabía que consultabas un oráculo, querida —dijo el rey sin mayor empacho. Había partido un pedazo de pan y agotaba su primera copa de vino.

—A veces —admitió ella—. Pero cuando la primera vez apareció esto, consulté un par de veces más para estar segura. Las tres adivinas presagiaron lo mismo. ¿Qué es eso que te ha traído con nosotros, mensajero?

—Ni yo lo sé —dijo el rey, ahora metiendo las manos en el plato lleno de carne de jabalí.

Manlio comprendió que todo eso lo superaba. Se sentía como una hoja llevada por el viento, aunque un viento benévolo.

—Señora mía, mi nombre es Manlio y vengo de Bizancio. Tal vez mis noticias no sean tan agradables como parecen. Un rey que ha surgido del norte y se ha instalado en Panonia es en realidad un monstruo, el más horrible receptáculo de maldad posible. Es un favorito de Satanás, y ha congregado un ejército de demonios. Ahora mismo están en Hispania cometiendo sus crímenes. Pero ya volverán y se harán de un cetro para conquistar el mundo conocido. ¿Qué tiene que ver esto con ustedes? Que se me ha dado conocer que es de aquí de donde debe surgir la luz que dará fin a esa oscuridad. Es un rey de los amalos quien ha de tomar la espada para detener el paso por la Tierra de esa legión de monstruos.

—No entiendo —confesó ella, sin perder la luz en sus ojos.

—Yo he traído conmigo a ese rey. Es un muchacho que ha crecido en la comarca y que está listo para ser el heredero del rey Theodemir.

—¿Por qué él?

—Conózcalo, alteza. Si no está de acuerdo, nos iremos por donde vinimos.

Manlio no había tocado aquello que le habían servido. Pidió permiso para salir de su presencia y volver con Theoderich. Su corazón palpitaba con fuerza mientras caminaba por el llano cubierto de tiendas. No estaba seguro de que la sola presencia de Theo motivara a los reyes a acogerlo. Parecía optimista en extremo. Pero también es cierto que, entre más avanzaba en su misión, más sentía que era el instinto el que regía sobre el pensamiento. Y por eso prefería seguir los dictados de su corazón, más que los de su cerebro.

Theo se encontraba jugando con unos chiquillos cuando Manlio llegó a recogerlo.

Anduvieron sin prisa. Theo no dejaba de canturrear. Era increíble lo sosegado que permanecía siempre. Acaso había pasado demasiado tiempo solo y el sonido de su voz era su mejor compañía.

Llegaron y entraron sin anunciarse.

A la luz de la hoguera y las lámparas, los ojos de Theo y los reyes se confrontaron. Theo no hizo reverencia. Ni siquiera esbozó un saludo. No tenía idea de cómo comportarse en una situación como ésa pero tampoco importó, pues la reina fue a su encuentro.

—Descubre tu rostro —pidió. Theo retiró la capucha que lo ocultaba.

Ella le acarició una mejilla con el dorso de la mano.

—También esto me fue vaticinado. Que la alegría vendría de una persona que no sería quien dijera ser. No entendí el juego de palabras hasta ahora.

—Pues a mí sí tendrás que explicármelo, querida —dijo el rey, quien se había puesto en pie, con la copa de vino en la mano.

—Este muchacho guarda un secreto. Pero entiendo que no hay otra forma de que sea rey y comande legiones —dijo la reina mirando a Manlio—. ¿No es así?

—Cierto, alteza. No hay otra forma, por los tiempos que corren.

—Haz salir a los sirvientes —dijo ella, sin apartar la vista de Theo.

Los dos hombres nubios salieron de la habitación sin esperar a la orden. La reina volvió a hablar.

—Dime, rey Theodemir... ¿no te parece demasiado hermoso este muchacho?

—Pues ahora que lo dices...

—Dinos tu nombre, querido.

—Theoderich, señora.

Nada se sobrepuso al crepitar de las llamas, ningún sonido, ninguna exclamación. La voz de Theo lo hizo más evidente. En la lejanía resonaban algunos cánticos. Los amalos solían cantar cuando no estaban a mitad de alguna campaña. "Ojalá no nos volviera a alcanzar la guerra", pensó la reina. "Ojalá este hijo mío pudiera ser feliz, pese a todo. Pese a lo que indican los presagios y los anuncios de este profeta."

—Ya veo —dijo el rey dando un nuevo trago a su copa e intentando organizar sus pensamientos. El convencimiento de su mujer le había dado la certeza de que así tendría que ser. Desde ahora tendría un heredero, y habría de formar parte de una estafa muy importante.

Manlio se sintió confortado. ¿Terminaba ya su misión? ¿Theo seguiría su propio camino y él podría desentenderse? ¿Volver a casa y formar una familia y envejecer tranquilamente? El rey miraba las paredes de las que colgaban tapices persas, botín de guerra en oriente. En una de esas alfombras se percibían un león, un unicornio y una dama. En la mente del rey se alojó una pregunta, pero no se atrevía a formularla pues en su sencillez de soldado no cabía el entendimiento de las grandes cosas. Estaba convencido de que todo seguiría su curso sin su intervención. Pero se sintió utilizado. Fue su esposa quien habló.

—Manlio, explica al rey por qué tiene que ser Theo.

El bizantino suspiró. No bien había acariciado la posibilidad de otro futuro y la reina lo interpelaba. Tal vez no fuera tan sencillo.

—De la misma forma que me fue dado percibir la maldad en el mundo, me ha sido dada la capacidad de distinguir el otro extremo de la balanza. Es una bendición y una maldición al mismo tiempo. La misma fuerza que me llevó a señalar a Odoaker como Señor de los demonios, me llevó a dar con Theoderich en una cabaña del bosque. Sólo eso puedo decir porque yo mismo no sé más, rey Theodemir. El nombre lo eligió su abuela, como si supiera que tendría que seguir tu dinastía, muy a pesar de todos nosotros.

En los ojos del viajero se detectaba una suerte de melancolía. Al hablar en plural, al incluir al rey y a la reina en su aseveración, daba por sentado que todos, en su opinión, eran instrumentos. Theo contemplaba con fascinación los finos y redondos bordes de un cáliz en la mesa, como si eso fuese más digno de atención que lo que ahí se discutía. Y Manlio pensó que tal vez Theo también formara parte de una trama más grande, comparsa igualmente a su manera, instrumento con brocado de oro, pero instrumento al fin.

—No es convencional —sentenció el rey—. Pero no me opongo.

—Gracias —dijo Manlio.

La reina, en cambio, obsequió a Theodemir una mirada de cariño como sólo le prodigaba cuando se sentía orgullosa de él. El rey correspondió, ruborizado. Más que amor y deseo, Eusebia siempre le había despertado admiración. Le agradaba ver que, en una noche como ésa, todo seguía intacto entre ellos. Lo necesitarían para el futuro.

—Mañana haré el anuncio —dijo Theodemir—. Informaré a la gente que, temeroso de las represalias de mis enemigos, oculté a mi único hijo en el bosque. Solamente hay un problema...

—¿Cuál? —dijo no sin cierto temor Manlio.

—León el Tracio, nuestro emperador, reclamará que haya mantenido por tanto tiempo este secreto. Sólo se me ocurre una forma de resolverlo.

Manlio se mostró intrigado. Theo contemplaba todo al interior de la casa real como si estuviese en el paraíso.

—Yo mismo lo presentaré ante el emperador —dijo el rey—, pero, como muestra de lealtad y sumisión a su investidura, dejaré al muchacho en Constantinopla hasta que cumpla dieciocho años. Necesitará de un guía y un amigo en esa ciudad.

Manlio supo que la suerte estaba echada. Probablemente nunca formaría una familia, nunca besaría los labios de una mujer, nunca asistiría a los esponsales de sus hijos e hijas. Una pena tener que hacer esa renuncia justo ahí donde se respiraba esa paz cotidiana y familiar. ¿Habría modo de ser feliz inmerso en esa lucha que apenas se dibujaba como un lucero tímido en el horizonte? Suspiró. Miró a Theo pasando su mano por la textura del mantel en la mesa. Sabía que no todo estaba dicho. Ya llegaría el día en que todo encontrara su justo lugar. Así fuera a la siguiente aurora o dentro de un millón de auroras.

—Cuenta con ello, rey Theodemir.

Capítulo seis

Cuando dejó de estremecerse y sus ojos se acostumbraron a la oscuridad volvió a sentirse vivo. Comprendió que el tiempo que había pasado tratando de entrar ahí lo había puesto en una especie de animación suspendida. Una especie de intoxicación, de aturdimiento, donde las sensaciones eran reales pero la mente se iba desdibujando hasta caer en una ensoñación pesadillesca. Los últimos segundos que permaneció en el limbo era una sombra de sí mismo. Ahora, en cambio, en esa oscuridad, con ese frío, era él de nueva cuenta.

Se incorporó al fin apoyándose en ambos brazos y notó que estaba al interior de una buhardilla. Pero seguía muerto, pues ambas piernas funcionaban. Tuvo que apartar unas hojas de papel periódico que lo cubrían. Comprobó que podía palpar los objetos ahí amontonados. Cobijas. Un reloj de pared desvencijado. Un caballito de madera roto. Una cuna volcada. Parecía un tapanco. No podía ponerse en pie pues el techo estaba a un metro de los tablones que lo sostenían, pero no había sensaciones desagradables. Era como empezar desde cero. El hambre y la sed eran incipientes. En algún lugar debía haber una trampilla para poder salir y seguir su camino.

"Seguir mi camino", pensó no sin cierta sorna.

Tomó el diario que acababa de apartar pues le parecía increíble que en un lugar como ése hubiese tal nivel de detalle. Era un diario alemán. Se mostraban unas gráficas incomprensibles en la primera página, pero la fecha no podía serle indiferente. Correspondía al día anterior a su nacimiento. No, no podía ser trivial. En su interior supo que lo que ahí le esperaba no sería mejor que lo que había dejado atrás.

"Será peor, seguramente."

Se arrastró para asomarse por la única ventana del tapanco, un círculo de cristal sucio por el que entraba la poca luz que iluminaba ese espacio. Miró a través del vidrio, no sin antes limpiar un poco con la mano el polvo acumulado.

En efecto, se encontraba al interior de una casa de dos pisos, atisbando desde la parte más alta. Era de noche y la calle estaba completamente sola, aunque le llamaron la atención detalles peculiares. No había autos aparcados en la calle. El estilo de las casas era europeo, de altas rejas, someros jardines, ladrillo rojo, tejados verdes. La luz de los faroles alumbraba sin mucha convicción. No se escuchaba sonido.

Pero había que continuar. Seguir el camino. Intentar un avance, el que fuera. Miró en derredor y descubrió el paso hacia el siguiente nivel de la casa. Se arrastró hincado hasta llegar a la puerta, en el piso, con una escalera plegable. Empujó una manija y consiguió que se abriera; la escalera se desdobló hacia abajo. El miedo iniciaba. Ahí también estaba oscuro y era imposible saber con qué se encontraría. Aunque el ambiente era más familiar que aquel de donde venía, parecía pensado para causar este doble efecto tranquilizador e inquietante. Por un momento extrañó la simplicidad de la enorme plancha de cemento.

Bajó con cautela para encontrarse con un pasillo rodeado por habitaciones. Nada extraordinario. Había cuadros de paisajes en las paredes. Una mesita con un teléfono antiguo, de disco. Escaleras que conducían a la planta baja. Permaneció en pie, inmóvil, por unos instantes, haciéndose mil preguntas. "¿Tengo que salir de esta casa? ¿Tengo que quedarme aquí? ¿Allá afuera habrá alguien o algo que me pueda orientar? ¿Hacia dónde se supone que debo dirigirme?"

Tuvo que admitir que se sentía completamente perdido. "Fui un tonto al pensar que esto era factible", pensó. "¿Dar con el autor del Libro de los Héroes y el hijo de Farkas? ¿Cómo? ¿Deteniendo al primer demonio que vea por la calle y preguntándole?"

Sus piernas no le respondieron. Se sintió con ganas de quedarse ahí para siempre. Al menos ahí nada lo amenazaba, el miedo aún era una semilla que acaso no germinara. Tal vez la eternidad no sería tan terrible ahí dentro. Esconderse debajo de una cama y aguardar el fin de los tiempos arrebujado en un rincón. El atenuado tictac de un reloj de la planta baja lo sacó de sus cavilaciones. Caminó a lo largo del pasillo hasta el inicio de las escaleras. Volvió a detenerse. No tenía un plan. No sabía adónde ir. Era una brizna de polvo arrastrada por el viento.

"Una razón", recordó súbitamente, haciendo suyas las palabras de Guillén. "Estamos aquí por una razón".

Era cierto. Con eso bastaba para seguir adelante. Con la estúpida esperanza de que esa inverosímil misión era posible. Y la única manera de conseguirla era buscar, hacerse de respuestas, indagar, comenzar a moverse. Notó que estaba temblando al poner su mano sobre el barandal de lustrosa madera antes de empezar a bajar las escaleras. El tictac del reloj se sobrepuso.

Al llegar al piso inferior advirtió que seguía dentro del familiar ambiente de una elegante casa como de principios del siglo veinte. Había un piano vertical, un par de jarrones de pie, una sala con sillones de madera y tapicería sin adornos, vitrinas, un reloj de pared con péndulo... cuyas manecillas no avanzaban. Eran las 8:47. Y el segundero estaba estático. El mecanismo funcionaba pero el tiempo no avanzaba. Clara metáfora de lo que ahí dentro ocurría.

Las luces de las farolas alumbraban a través del cortinaje. Detectó un interruptor en la pared y lo accionó. Nada.

Pensó ponerse a inspeccionar pero un ruido lo alarmó. Un roce contra el suelo. Se detuvo y miró hacia el sitio del que surgía el sonido, aparentemente la cocina. Por un momento volvió el silencio. Luego, un *clin clin* metálico. Un golpeteo contra madera. El tacto de algo o de alguien contra algún objeto. Se animó a avanzar un paso para tener mejor vista hacia la cocina.

Atisbó hacia el interior. Una mesa alta. Un mueble de despensa. Un fregadero. Un refrigerador. Un...

Algo se movía sobre la mesa. Algo negro y del tamaño de un perro mediano.

La adrenalina golpeó el corazón de Sergio del mismo modo que si hubiera recibido una inyección en la vena aorta. Sintió cómo el miedo se disparaba hacia cada una de sus terminaciones nerviosas, cómo sus cabellos se crispaban y el corazón iniciaba el golpeteo desesperado que le ordenaba huir.

Una enorme cucaracha movía sus largas antenas en distintas direcciones, tratando de percibir ese súbito cambio en el ambiente.

Sergio se sintió petrificado. Luego, con el rabillo del ojo detectó movimiento a sus espaldas.

Giró la cabeza y vio cómo al lado de las sillas de amplio respaldo del comedor surgía un nuevo insecto de idéntica magnitud que el otro y corría en forma paralela a la pared. La frente se le cubrió de sudor. Era como ver correr un bulldog con coraza a ras de suelo. Temblaba como si estuviese a varios grados bajo cero. El miedo se había potenciado ante la presencia de algo tan monstruoso en un sitio tan cotidiano.

La primera cucaracha bajó de la mesa. Salió de la cocina. Fue hacia él. Lo palpó a poca distancia con sus antenas, rozándolo en el cuerpo, en los brazos, sus hábiles extremidades le indicaban que frente a ella tenía algo que valía la pena estudiar. La otra cucaracha se le unió por un costado en idéntica operación de escrutinio. La primera puso sus patas sobre él, subiendo por sus pantalones y el pecho hasta conseguir derribarlo. Sergio se enconchó cubriéndose el rostro, sintiendo las rugosas patas de ambos insectos sobre su piel y su ropa, las antenas y las bocas uniéndose para llevar a cabo la más primitiva de las acciones posibles: deglutir el alimento. Obligadamente recordó aquella vez, cuando pesaba sobre él la maldición del Nocturno Belfegor, que su psique lo engañó haciéndole creer que era devorado por un enjambre de cucarachas. La sensación era increíblemente parecida, con la excepción de que ahora no se trataba de un engaño. Tal cosa y muchas aún peores eran perfectamente posibles en esa capa de la realidad. Y tal vez sería devorado una y otra vez si lo permitía. Las bocas se entretenían con su ropa cuando decidió ponerse en pie, arrojando a los insectos lejos de sí. Ya se habían unido un par de enormes cucarachas más. Sergio manoteó y pateó mientras corría hacia la puerta de la casa. Pasó por encima de una, aventó a otra tomándola de una de las patas, reprimía todos los gritos que pugnaban por escapar de su garganta.

¿Adónde huir? Seguramente lo seguirían. De espaldas a los insectos giró el picaporte. Sentía las pinzas de las bocas de los insectos en el pantalón, tratando de llegar a su piel. Cuando pudo abrir la puerta, salió disparado hacia la calle, hacia un angosto porche y tres escalones que lo hicieron caer a un caminito de piedra. Se levantó enseguida para ir a la reja de la casa, abrirla y huir, pero cuando alcanzó los barrotes de hierro forjado, notó que las cucarachas no iban en pos de él. Una línea imaginaria entre el interior y el exterior les impedía salir. Con la espalda pegada a la reja, contempló a los monstruosos insectos aglomerarse en la puerta, batir sus alas, abrir sus mandíbulas, todo sin poder cruzar la puerta. La respiración agitada de Sergio comenzó a amainar. Agradeció en silencio tan extraña restricción de ese nuevo mundo.

Corrió el cerrojo y salió de la casa por completo. Con los pies en la calle se sintió nuevamente inseguro. De pie frente a las hermosas casas de corte victoriano, dirigió su vista hacia las ventanas y notó que al interior de cada casa reinaba una colonia de monstruosos insectos. En gran número trepaban por las paredes, golpeteaban con sus ocres y brillantes cuerpos por las ventanas, aleteaban y pugnaban por un espacio. La engañosa calma de la noche no era sino otra mentira más de ese mundo horripilante y oscuro. Apuró el paso.

Caminó siguiendo el dibujo de las calles, siempre al centro de la carretera y siempre en una misma dirección. No tardó en hacerse a la idea de que era un nuevo patrón infinito. Casas y más casas, todas prácticamente idénticas, con ligeras variaciones en la fachada o la arquitectura, con números aleatorios al frente, 45, 16, 7, o carentes de número por completo, la noche eterna, el tenue frío y el silencio de catafalco sólo perturbado por sus pasos sobre la grava o su respiración sin pausa.

Se detuvo y se sentó recargado contra la base de un poste, las piernas dobladas, las manos sobre los muslos.

"Éste es mi infierno personal", pensó. "Nada ni nadie lo visitará jamás. Puede ser de un millón de kilómetros cuadrados o un billón de billones sin problema. En este reino eso y más es posible. Puede permanecer sin cambios por un trillón de trillones de años."

Una nueva resignación. No podía dormir ni procurar la inconsciencia ni otro tipo de descanso. Terminaría loco y olvidaría a qué había ido en primer lugar. La tristeza amenazaba con abrumarlo y se resistió. Cerró los ojos. Tal vez si intentaba subir por algún poste. Tal vez si luchaba contra las cucarachas al interior de alguna casa. Tal vez si caminaba en una sola dirección por los siglos de los siglos…

Contó sus respiraciones. Trató de huir de la ansiedad, del desamparo, yendo del número uno al número mil millones. Hacía mucho que había renunciado a la posibilidad de volver, de abrazar a sus amigos, a su hermana, de volver a sentir el sol en la cara.

Iba en el novecientos y algo cuando una mano lo atenazó del cuello. El dolor fue instantáneo. Abrió los ojos.

—No puedo creer mi buena suerte —dijo el hombre que lo estrangulaba, un escuálido sujeto de mirada enloquecida, melena y barba canosas y ropa reducida a harapos. Iba descalzo y sus manos y pies mostraban uñas largas. Sergio luchó por liberarse de la mano que lo sofocaba pero era inútil. Golpeó y pataleó hasta que el hombre lo empujó contra la calle y, ya de espaldas, se echó encima de él.

—No puedo creer mi buena suerte —insistió—. Oh, cómo te haré sufrir. No tienes idea. Serán los años más largos. Oh, cómo he anhelado este momento. Gritarás de tal modo que reventaré de placer.

Mientras decía esto el hombre de ojos inyectados dejaba caer un hilo de saliva hacia Sergio, sentado a horcajadas sobre él, inmovilizándolo, mostrando su deteriorada dentadura.

—¡Déjeme ir, por favor!

—Oh, ya empieza… no puedo creer mi buena suerte.

Y, al decir esto, el frenético hombre tomó de los cabellos a Sergio y tiró con fuerza, sacando al muchacho un grito de dolor.

—Qué belleza. Gracias, Lucifer. ¡Gracias! No te defraudaré. Haré que valga la pena. Será horrible y será lento.

Sergio miraba con espanto al trastornado y delgadísimo anciano que no paraba de sentirse eufórico. ¿Qué seguiría? ¿Le arrancaría los dientes? ¿O le mordería una mejilla? Fue entonces cuando detectó algo en sus ojos, en su timbre de voz, en su semblante. Algo tan conocido que reavivó el terror en su corazón.

—Teniente… —aventuró.

—Te aseguro que valdrá la pena. El primer grito será tan agudo, tan estruendoso, tan desgarrador…

—¡Teniente, soy yo!

El hombre detuvo su perorata. Algo se removió en su interior. Una chispa enmedio de la más profunda de las tinieblas.

—¡Soy yo, teniente! ¡Sergio! ¡Sergio Mendhoza!

Los ojos del barbado sujeto se cristalizaron. Su cara adoptó una expresión de asombro, su frente se pobló de arrugas. Negó rotundamente. La chispa no se apagaba.

—¿Sergio?

Se puso de pie como si le hubieran herido de muerte. Se llevó un antebrazo a la boca. Se tambaleó. Tropezó y cayó hacia atrás, tratando de alejarse. Reptó hacia una barda cercana. Se recargó temeroso, mordiendo con fuerza una de sus manos.

—Sí, soy yo —dijo el muchacho, de pie y aproximándose.

El viejo gritó con todas sus fuerzas sin conseguir que su aullido hiciera eco en uno solo de los muros de aquella ciudad de pesadilla.

* * *

Por la puerta, ríos de sangre. Seiscientas veintidós personas abarrotaban un lugar cuyo cupo apenas era de trescientas cincuenta. Los que estaban esperando entrar contaron que los malencarados hombres que restringían el paso al interior fueron los primeros en sentir el torrente en las pantorrillas. El líquido espeso y carmesí corrió por una abertura de la puerta principal hacia la calle. Los gritos fueron aterradores. La música, no obstante, no se detuvo al interior del centro nocturno ucraniano sino hasta que se inició el incendio. La policía y los bomberos llegaron cuando las llamas se habían propagado también en los negocios aledaños y el nauseabundo olor de los cuerpos calcinados inundó la ciudad entera. Culparían al terrorismo. Y, por supuesto, nadie vería al único sobreviviente salir del antro por la puerta trasera. Aún se mostró en su terrible estampa al arrastrarse por las calles de Kiev. Pocos vieron al Midgard abrirse paso, arrogante serpiente demoníaca con decenas de décadas de vida. Durante la carnicería, la bruja que lo acompañaba le había transmitido el conocimiento. En ese momento moría una esperanza; el Señor de los demonios estaba pronto a reinar pues había concretado un sacrificio a Belcebú en la gruta de su castillo negro y había descartado para siempre el retorno de Edeth. En pocos días saldrían los demonios de sus escondites e iniciaría el reino del miedo más absoluto. El demonio ucraniano no pudo resistirse. Realizó un baño de sangre en el que dispuso hasta de la vida de la misma bruja con la que había asistido al antro y, complacido, salió por la puerta trasera. Hizo a su alargado cuerpo trepar por autos, árboles, escaleras de incendio. Se regodeó en su crimen.

Ya vería, desde la ventana de su departamento, esa parte del barrio arder. Con un vaso de ginebra en la mano. Y la complacencia de que, a él y otros como él, el futuro les pertenecía.

Alborada lunar

Después del cuarto día empezó a seguirlos un lobo. Durante la noche habían acampado en las proximidades de un río, del mismo modo que habían hecho cuatro años atrás y se escucharon los aullidos de la manada, colmando la noche. Manlio tuvo miedo y decidió quedarse despierto el mayor tiempo posible para mantener vivo el fuego. Theo, en cambio, durmió como un bebé.

Mientras el príncipe de los amalos dormía, Manlio aprovechó para recapitular en su mente. Durante cuatro años habían permanecido juntos y aún le parecía que el muchacho era un enigma. Cuatro años en Constantinopla que sirvieron para que Theo se instruyera en el uso de las armas, aprendiera a leer y escribir, comprendiera la historia del mundo. Y, pese a todo, a él, a Manlio, le seguía pareciendo que Theo no había dejado de ser un niño. De hecho, ahora se comportaba con menos solemnidad que cuando lo conoció. Ahora era más dado a la broma y el arrebato. Aún así, nunca había renegado de su destino y comprendía que era la guerra lo que lo esperaba en el futuro. Por eso se había autoimpuesto el permanente uso de la cota de malla, las botas y el casco de cuero.

Manlio no dejaba de preguntarse qué les deparaba el porvenir. Theo se había convertido en un príncipe digno y el mismo León lo había devuelto a casa con la satisfacción de saber que, cuando se convirtiera en rey, sería su aliado. Pero nadie, ni siquiera el emperador, conocía lo que Manlio guardaba en su corazón y que lo había llevado, en primer lugar, a emprender esa tremenda campaña. Nadie más, ni siquiera Theo, dimensionaba la importancia del plan trazado. Para entonces Odoaker había vuelto a la Panonia Inferior y no era secreto que tenía puestas las miras en Italia. Se había puesto a las órdenes del emperador bizantino y esperaba sólo una orden suya para dar el golpe de gracia al Imperio romano de

Occidente, ya muy debilitado por las guerras contra los bárbaros y las conjuras internas. Manlio sabía que el Señor de los demonios se había vuelto menos impulsivo, más inteligente. Después de saciar su sed de sangre en el oeste europeo, había vuelto para fincar su estrategia. Iría por una corona, luego otra. Así hasta gobernar el mundo conocido e instaurar su reinado de terror. Por lo pronto, avanzaba a pasos lentos pero decididos, lo que le confería a Manlio cierta confianza, a pesar de que Theo no contaba con un ejército en forma todavía, dado que, pasado el tiempo de la alianza de los ostrogodos con Atila, los amalos se habían vuelto un pueblo sedentario amante de la paz. El trabajo era mucho, el tiempo no.

Manlio durmió poco esa noche y, al despertar, lo sorprendieron los ojos claros de la bestia que, sentada sobre sus patas traseras, lo estudiaba con atención a sólo unos cuantos pasos. Se incorporó de golpe, asustado, pues de pronto había recordado una noche aciaga en la que un lobo le había salvado la vida en los lindes del campamento de Odoaker. Un lobo, de hecho, muy parecido a ése.

Theo rio al notar que el lobo gris se asustaba y huía de vuelta al bosque. En ese momento se encontraba leyendo de unos rollos de poesía que había querido cargar desde Constantinopla y aguardaba a que Manlio despertara para poder continuar el camino.

—Debiste ver tu cara, querido maestro.

Había adoptado la costumbre de llamarlo maestro, a pesar de que Manlio se opuso desde el principio.

—¿Ahora convives con lobos, Theo?

Éste volvió a cerrar el rollo que leía, lo insertó en el fardo y se dispuso a prepararlo todo para continuar. La fogata hacía rato que había dejado de arder y él ya había llenado los pellejos de agua.

—Nunca entendí ese miedo ancestral a los lobos cuando estamos tan unidos a ellos —exclamó.

—¿Estamos quiénes?

—Los seres humanos —repuso Theo denotando sorpresa, como si se tratara de un asunto ampliamente conocido y su interlocutor hubiera estado viviendo con una venda en los ojos—. Un lobo puede ser tan leal o aun más que un perro. Pero nos asustan su fiereza y su libertad.

Ya despabilado, Manlio tomó su propio hatillo y lo echó sobre su espalda. Volvieron al camino. En unos cinco días estarían de vuelta en Panonia, con la gente de Theo, quien ya lo esperaba con ansias. Se decía que el rey pensaba ceder su corona antes de tiempo. Se decía que los amalos amaban al heredero a pesar de no haber tenido contacto con él.

—El lobo podría ser el mejor aliado del hombre —continuó Theo—, siempre y cuando no se le impusiera un yugo. Pero el ser humano prefiere ejercer dominio y ése es un terreno en el que el lobo no cede. No es lo mismo amistad que servidumbre.

—Cualquiera diría que sabes de lo que hablas.

Theo sólo sonrió. Pero sembró en Manlio la duda. No había forma de asegurar que en la otra vida de Theo, cuando habitó el bosque y sólo eran él y la naturaleza, hubiese aprendido ese tipo de cosas, que no se leen en los pergaminos ni las enseña hombre docto alguno.

Los aullidos no cesaron durante los días siguientes. El lobo gris se mostraba a ellos con bastante frecuencia. Detrás de un árbol, en lo alto de una colina, al otro lado de un riachuelo. A Manlio dejó de parecerle un detalle curioso pues a ratos sorprendía a Theo y al animal mirándose como si intercambiaran algún mensaje secreto. Y no dejaba de volver a él ese recuerdo en el que, a solas con un monstruo, un lobo había intervenido en su favor.

Pero había asuntos más importantes que atender. El día de la víspera de su llegada Manlio supo que no podía seguirlo aplazando. Estaban tan cerca del Danubio —o Istro como lo conocían los romanos—, que ya se dibujaba su superficie azul pegada a la línea del horizonte. Al día siguiente podrían cruzarlo y continuar hacia el Peiso, iniciar su vida como príncipe de una tribu y no como un estudiante de ciudad. Así que, con el primer fuego, Manlio habló. Tenía veintiocho años pero se sentía de más de cuarenta.

—Theo… ¿recuerdas hace medio año, cuando me ausenté varios días?

—Claro, maestro. Fueron los días más divertidos de mi vida en Constantinopla. Me dediqué a rendir culto a Dionisios. Mis desenfrenos fueron legendarios.

Manlio agradecía estos destellos de buen humor. Temía que se acabaran para siempre con lo que necesitaba decirle.

—Durante esos días vine a hablar con tus padres, y convinimos algo.

Theo mojaba en vino pedazos de pan que habían comprado en el camino. Levantó la mirada y Manlio notó que no había un ápice de malestar en sus ojos.

—Quisiéramos hacerte de una fama aún mayor de la que precedía a Atila, el rey de los hunos. El jefe bárbaro ganaba la mitad de sus batallas sólo con el temor que infundaba su nombre. En este momento Odoaker ni siquiera conoce tu existencia, ni siquiera vislumbra que algún día habrás de enfrentarlo y derrotarlo. Por eso quisiera ir encendiendo la llama que ha de correr hasta donde él se encuentra y persuadirle de que no es invencible.

—Me parece bien.

—Pero lo siguiente tal vez no te lo parezca tanto. Quiero que sepas que siempre estás en la libertad de negarte. Incluso si ya aceptaste, siempre podrás renunciar a media empresa.

Los aullidos de los lobos resonaron en la región. Los luceros apenas se encendían, la luna era incompleta, pero los lobos ya iniciaban su tenebrosa serenata. Sólo Manlio reaccionó; Theo seguía como si nada pudiese ser mejor que el aquí y ahora.

—Y yo quiero que tú sepas, Manlio… —exclamó el príncipe sin apartar los ojos de la vasija de vino y el pan en su regazo—, que entiendo que tú tampoco has pedido estar en esto, que ambos formamos parte de algo más importante que nuestras vidas y que a veces nos sentimos igual de confundidos. Pero, principalmente, quiero que recuerdes que yo no he hecho nada para haber sido elegido. Así que, cualquier empresa que me permita demostrar que soy digno de eso que sientes en mi presencia, me parece bien y me parece justo.

La noche hacía lo suyo y la inmediación en torno a la hoguera pronto fue el único lugar a salvo de las tinieblas. Manlio sintió, con las palabras de Theo, que aunque siempre estaba de buen humor y siempre parecía un niño, era más sensato y maduro de lo que aparentaba. Le agradeció en silencio. Prosiguió.

—Hemos pensado que nunca muestres tu rostro. Tu padre ha mandado algunos emisarios a la Galia a construir un yelmo por el que sólo podrán mirar tus ojos. La leyenda dirá que nadie conoce tu faz y que nadie te ha visto jamás en ropas comunes. Que siempre llevas armadura y nunca dejas la espada.

Siguió un breve silencio, roto por los lobos y la ventisca.

—Me parece bien y me parece justo —sentenció Theo, mordaz.

Manlio sintió que se le encogía el corazón. Nunca podría quitarse de la cabeza esa cabaña de cuento en lo más profundo del bosque, la armonía que tuvo que romper para corregir una balanza que sólo él percibía.

—Pero habrá que añadir algo más a la leyenda —dijo el príncipe de los amalos—. No peleamos a caballo y no usamos ballesta.

Manlio se sintió sorprendido. La pelea cuerpo a cuerpo no era recomendable en los tiempos que corrían. Pero acaso el joven muchacho ya vislumbraba el tipo de batalla que tenían que enfrentar, así que no encontró modo de oponerse.

—Me parece bien y me parece justo —repitió el escriba.

Los lobos continuaron erigiéndose como soberanos de la noche.

Capítulo siete

Sergio se acercó al tiritante anciano y confirmó su teoría. Era Guillén, pero envejecido cientos de años, una especie de náufrago olvidado en el confín del mundo.

—Teniente… ¿qué fue lo que ocurrió?

El viejo ocultaba su mirada de la de Sergio como si ésta le doliera. Sergio lo tomó de las muñecas y éste se apartó igual que si hubiese sido alcanzado por una brasa ardiente.

—¡Déjame! ¡No, no, no!

Sergio volvió a tomarlo de los brazos, tan delgados que podía rodearlos con sus puños, aunque asombrosamente fuertes.

—Teniente. ¿Qué pasó? Míreme. ¿Qué fue lo que pasó?

Obligándolo a no soltarse, Sergio consiguió después de unos minutos que se calmara, que dejara de forcejear e intentar escapar. Al fin se rindió también a las lágrimas. Su pecho se convulsionaba. Sergio lo abrazó y así permanecieron hasta que el cuerpo del viejo volvió a la pasividad completa, como si se hubiese quedado dormido.

—¿Cuántos años habrán pasado? —dijo.

—¿De qué habla? Si apenas hace unas horas nos despedimos.

Se separaron y se miraron a los ojos. El viejo se atrevió a tocar a Sergio con el dorso de la mano, como si lo creyera una ilusión.

—Te vi acercarte al círculo perverso —dijo con un hilito de voz—. Supe que todo estaba terminado y aparecí aquí. Desde entonces deben haber pasado cientos de años, no lo sé. Tantos que no pude evitar envejecer. ¿Cómo es que tú no has envejecido? ¿Dónde has estado todo este tiempo?

—Le juro que para mí apenas fue un instante.

El anciano cerró los ojos. Se recargó en el muro exterior de una de las miles de casas. Se pasó una cadavérica mano por el rostro. Sergio se sentó a su lado, hombro con hombro. No había podido evitar también llorar. En su imaginación no cabía aquello por lo que habría tenido que pasar el teniente. ¿Cientos de años? ¿De qué estaba hablando?

—En un principio creí que no tardaría en dar contigo pero me equivoqué. Me cansé de buscarte. Ida y vuelta las miles de casas, en una dirección y en otra. Nada. Nunca. Nada. Ha sido tan terrible, tan agotador, tan… —hizo una pausa para evitar que la voz volviera a quebrársele—. Terminas por rezar al único que sabes que puede escucharte. Le supliqué que me dejara demostrarle que yo también era digno, que me entregara una víctima para hacerla pedazos con mis propias manos. Me transformé en esto que ves. Cuando te vi, creí que había respondido al fin a mi súplica de maldad. Si no podía ir al cielo, al menos que me llevara a otro plano distinto, el que fuera.

Pero Sergio estaba aterrorizado. El desfase con el teniente no significaba que no tuviera que transcurrir el mismo tiempo para él y que no se viera convertido en un andrajo sin posibilidad de morir por vejez. "Es horrible", pensó. "El tiempo es el principal tridente de Satanás. Con nada podría martirizar mejor a sus huéspedes que haciendo uso de la maleabilidad del tiempo a su antojo."

Se dio cuenta. O creyó darse cuenta porque ahí dentro nada era totalmente seguro. "Guillén cayó en el pozo de la desesperanza", se dijo. "Y eso es lo único que no puede pasarte aquí o estás condenado para siempre." Se dio cuenta de que Guillén había admitido en su corazón que todo estaba perdido y ésa fue la clave para que el infierno lo deglutiera, incluso antes que a él. "Tal vez sigo sin poder entrar", resolvió. "Tal vez de eso se trata todo esto, de anhelar la muerte más que ninguna otra cosa. O anhelar el mal como si de ello dependiera tu salvación."

También cerró los ojos y se entregó a sus cavilaciones. Sintió que deslizarse en el mismo foso parecía lo único factible. La renuncia, el único consuelo.

—Es importante, Checho —dijo timidamente.

El anciano a su lado lo miró.

—Es importante, Serch —dijo ahora Sergio en voz alta.

—¿Qué dices?

—Nada.

Sergio se puso en pie y miró hacia uno y otro lado de la vacía calle. ¿Qué podría hacer? Guillén había estado ahí por la eternidad y no había conseguido nada. ¿Inspeccionar cada una de las casas pese a sus horribles ocupantes? ¿Conseguir llegar al límite de eso? ¿Cavar un pozo? ¿Qué es lo que le tocaba hacer?

—Sergio... ¿qué es eso tan importante que nos tiene aquí?

—Le juro que veré la manera de que usted salga. Que vaya al sitio de luz perpetua. Usted no se merece esto.

—Ni tú. De veras no vale la pena —insistió el viejo con voz cansada—. ¿Qué es eso que quieres indagar? Dímelo.

Sergio lo miró con toda la piedad de la que era capaz. Suspiró. Repasó en su mente la inquietud que lo había llevado tan lejos. Aquel guardián, en la tienda de Farkas, un día antes de morir, le había marcado el camino: sólo el autor del Libro podía responder esa interrogante que había nacido de repente, sólo el autor podía resolver esa duda. Y el autor era un demonio que hacía mucho tiempo había entregado su alma a Lucifer. Sólo se le podía visitar en los dominios de su amo, en el fuego y el dolor eternos. Una pregunta tan importante como la historia del bien y del mal que podía definir el resultado definitivo de esa lucha milenaria. Una resolución importantísima, que valía todo ese sacrificio y que arrojaría para siempre a Oodak y sus demonios de la Tierra. Una respuesta tan grande como la vida misma.

Pero ahora... en esas condiciones... parecía tan vaga, tan hueca, tan...

—Usted ya ha hecho demasiado, teniente —dijo Sergio, poniéndose en pie—. Haré un mapa mental de su ubicación en este sitio. Y ya volveré para al menos curarlo de soledad.

Lo primero que pensó entonces fue caminar en línea recta y averiguar si ese sitio tenía algún límite. Nunca descansaría.

De todos modos la inmovilidad poco consuelo traía. Ya vería el modo de salir de ahí, de avanzar hacia donde tuviera que avanzar. Así le llevara mil vidas. ¿El Maligno lo condenaba a una eternidad? Bien, pues también esa eternidad podía jugar a su favor. Tenía hasta siempre para resolver el misterio.

Comenzó a andar de frente, a pesar de que todo indicaba que ese laberinto de casas lo llevaría hasta un punto sin retorno. Se propuso andar, de acuerdo a su cronología mental, unos tres días, a lo mucho, antes de regresar a ver si Guillén no había vuelto a su locura. Tratando de fijar en su mente cualquier cosa que detectara que valiera la pena grabarse. Los cambios en la arquitectura de las casas, un marco nuevo aquí, una ventana extra allá. Los números al frente. 12, nada, nada, 60, nada. Los inútiles hidrantes. Los jardines carentes de árboles. Las ventanas mostrando a las enormes cucarachas al interior.

Eran cuatro casas por cuadra, eso fue fácil de reconocer, las cuatro espalda contra espalda, como si formaran parte de un cubo; dos miraban hacia el norte mientras las otras hacia el sur, por decirlo de algún modo. Y, cada ocho casas, una calle más ancha que las demás, como si fuese una avenida. Grupos de ocho casas, algunas con números y otras sin ellos hasta llegar a la siguiente avenida. Cada dos casas una calle, cada cuatro calles una avenida. Ocho casas. Y ocho más y…

A la octava repetición de ocho detectó algo. Y comprendió al instante. Se acercó con lentitud. Se arrodilló frente a él. Nunca había virado el rumbo y, sin embargo, ahí estaba. De vuelta.

—Ya lo constataste —dijo el anciano.

—Es cíclico. Este mundo es cíclico —sentenció Sergio.

—Sí. Se repite cada sesenta y cuatro casas. En una y otra dirección.

Sergio se sentó nuevamente a su lado, tratando de dilucidar lo que seguía. Al poco rato se animó a ir sobre la calle perpendicular a aquella que había tomado en principio para confirmar lo que había dicho el viejo. Sesenta y cuatro casas después, estaba de vuelta. Y abrigaba una conjetura.

—Son cuatro mil noventa y seis casas. Sesenta y cuatro por cada lado —espetó al volver a sentarse.

El viejo guardó silencio. No sabía hacia dónde llevaba eso. Acaso no le interesaba.

—El detalle está en que hay más casas que carecen de número que las casas que sí lo ostentan. Eso y que ninguno de los números es mayor a sesenta y cuatro.

—¿Qué es lo que estás tratando de decir?

—Que parece un sudoku. Uno de sesenta y cuatro por sesenta y cuatro. Algo debe ocurrir cuando se completa la numeración.

—Nadie puede resolver algo así. Ni siquiera en papel. Mucho menos en una urbe de cuatro mil casas. Te llevaría…

—… siglos. O una eternidad, es cierto. Más vale empezar de una vez.

Alborada lunar

A los pocos años ocurrieron dos eventos que confirmarían la necesidad de seguir adelante lo antes posible con el plan de ataque.

El primero, la llegada de Flavio Zenón al trono de emperador romano de Oriente. La forma en que llegó a coronarse estuvo rodeada de suspicacia e incluso hubo quien lo señaló de monstruo. León II, nieto de sangre de León I, era apenas un niño cuando fue ungido. Pero el muchacho murió a los pocos meses de iniciar su corto mandato. No faltó quien insinuó que Zenón, celoso de su propio hijo, había pactado con alguna bruja para que lo enfermase de muerte. Con la llegada de Flavio Zenón a la cabeza del imperio, se temía una nueva desestabilización. Y con esto ocurrió el segundo evento que marcaba la necesidad de conformar un ejército de ostrogodos cuanto antes. Flavio Zenón tomó la iniciativa que su suegro había demorado tanto en tomar: enviar a alguien de su confianza a deponer al emperador de Occidente. Y el designado fue Odoaker.

El Señor de los demonios marchó con sus hérulos hacia Italia y en una sangrienta batalla, expedita e instantánea, echó del trono a Rómulo Augústulo, quien pasaría a la historia como el último emperador romano de Occidente. A partir de entonces, Odoaker se autonombraría rey de Italia. A partir de entonces, las probabilidades de que pusiera sus ojos en Constantinopla se incrementaron notablemente.

Theoderich contaba con veintidós años cumplidos y una gran popularidad entre los amalos. Lo amaban y respetaban como el príncipe que siempre desearon. Era gentil, era el mejor con la espada y solventaba problemas del pueblo aún mejor que su padre. Se decía que era muy guapo, pero debido a una profecía que Eusebia, su madre, había recibido, el muchacho jamás debía mostrar el rostro y el cuello; sólo así jamás perdería una batalla. Y todos se lo tomaron muy a pecho. Siempre se le veía portando el yelmo con dos alas y un penacho que habían manufacturado para él en la Galia. Siempre su peto, su espaldar, sus guantes, su estilete y sus botas. Siempre anónimo, siempre afamado.

Fue el día en que Odoaker se instaló definitivamente en Rávena, la capital del Imperio Occidental, cuando Manlio decidió que era tiempo de iniciar los preparativos para la inevitable guerra.

La misma tarde que un peregrino de occidente lo sorprendió con esas noticias, Manlio se presentó a la casa de Theodemir. Entró sin anunciarse, como hacía desde el día en que volvió de Constantinopla. Los reyes lo consideraban uno de la familia. El rey se encontraba jugando chaturanga con su hijo en la mesa principal, un juego de la especial predilección de Theo.

—Supongo que ya lo sabes, rey Theodemir —dijo Manlio.

El rey perdió uno de sus elefantes.

—Me hiciste perder, escriba —gruñó.

—Tu mal humor me indica que lo sabes. Y que también sabes que debemos actuar.

Theodemir se había encariñado tanto con Theoderich que todo eso de una guerra no pedida le parecía una estupidez. Pero Theo puso una mano sobre las de su padre, en señal de reconciliación, consiguiendo tranquilizarlo de inmediato. Tenía ese poder sobre el rey, y sobre mucha gente.

—Toma todos mis soldados. Y vuelvan pronto —gruñó de nueva cuenta el rey, levantándose de la mesa.

Manlio miró a Theo y éste comprendió. Ambos lo sabían desde el principio, aunque nunca se lo habían comunicado al rey. Theo tomó una sola pieza del tablero y la echó a una bolsa interior de su peto. Una pieza que parecía distinta a las demás, que siempre cargaba consigo y que Manlio ya había visto antes: el consejero blanco.

—En realidad lo que hay que iniciar es una expedición por Panonia, Dalmacia, Germania y hasta donde haya que llegar para formar un ejército de cuando menos cinco mil soldados.

—No entiendo esta chifladura —insistió Theodemir—. ¡Toma mis hombres que son lo mejor que puedes conseguir! Theo lo sabe.

—No para esta batalla, rey —se lamentó Manlio.

—Bien. Hagan lo que tengan que hacer —dijo tajante y traspasó la puerta de las habitaciones.

Manlio y Theo volvieron a mirarse, contrariados.

—Es un buen hombre —dijo el bizantino—. Le duele perderte, es todo.

—Lo sé.

—Ten —dijo Manlio mientras le extendía una tela enrollada que había extraído del fardel que siempre cargaba consigo—. Es el único favor que he de pedirte hasta el día de mi muerte.

Theo tomó la tela y la desenrolló. Era un estandarte. Sobre éste se percibía una luna emergiendo de entre tres nubes. El fondo era negro. El dibujo blanco. Theoderich sonrió y asintió, complacido.

—¿Quieres que adoptemos este escudo?

Manlio asintió.

—De acuerdo, maestro. Dalo por hecho. Saldremos en cuando tú dispongas.

Manlio volvió a enrollar la tela, la regresó a su bolso. Se sentó al lado de Theo por un momento.

—Probablemente nos lleve años. Pero estoy convencido de que no hay otra forma de vencer a los secuaces de Odoaker más que con el ejército adecuado. No el armamento, no la estrategia, no la fatalidad. Sólo el arrojo, la inteligencia y aquello de lo que esté formado el corazón de cada soldado. Puede llevarnos décadas, tal vez. Cinco mil hombres con el halo de fortaleza no es una misión sencilla.

—¿El halo de fortaleza?

—He decidido llamarlo de algún modo.

—Comprendo. Sólo tengo una observación.

—Dila, Theo.

—Será más fácil y rápido si buscamos reunir cinco mil hombres… y mujeres.

Un breve momento de complicidad en el que el futuro pareció más promisorio. Más concreto y más justo.

—De acuerdo, príncipe Theoderich.

—Partimos cuando tú dispongas.

—Habrá que pedir al cielo que Odoaker no ataque Constantinopla próximamente. Él mismo ha jurado lealtad a Zenón y yo mismo espero que se apertreche en Italia un buen tiempo. Prisa no le corre. Tenemos que ser cautelosos. Ojalá que en verdad haya suficientes personas buenas en el mundo.

—Las hay —djo Theo abandonando la mesa—. Ven.

Salió de la casa de su padre seguido por Manlio. Caminaron por la estepa ocupada por los tendajones ostrogodos hasta dar con una covacha de adobe que albergaba un horno encendido. Ahí, un hombre golpeaba sobre la piedra el hierro de una espada recién forjada.

—Gernot —dijo Theo—. Quiero decirte algo.

El herrero de los amalos, un hombre que jamás había portado un arma más que para su forja y templado, abandonó de inmediato su labor. Metió el hierro candente en una pila de agua y se limpió el sudor.

—Príncipe Theo, perdóneme. No le vi llegar.

El príncipe miró a Manlio como pidiendo su aprobación. Gernot era una de las personas de la aldea a las que Manlio había señalado alguna vez como poseedores del recién nombrado halo de fortaleza. Theo lo sabía y por eso había conducido hasta ahí a Manlio. Éste asintió pero, antes de dejarlo continuar, intervino.

—Creo que es mi deber hacer la invitación expresa —propuso el escriba—. De aquí en adelante.

Dicho esto, extrajo un pergamino de su bolso y, desenrollándolo, leyó.

—"Querido Gernot, venimos a ti con una petición" —se aclaró la garganta—. "Primero debes saber que esto no tiene nada que ver con religión alguna, pero si crees en la bondad de los seres humanos, te pido que me escuches."

Quizá pecaba de solemne. Pero no se podía negar que también le confería a la invitación un dejo de autoridad, algo así como una proclama imperial. Theo, al interior de su yelmo, sonreía. Se podía decir por sus ojos. Gernot, en cambio, escuchaba atento.

Manlio los miró un tanto ruborizado.

Para la hora del crepúsculo, treinta y nueve efectivos se habían sumado ya al precario ejército de Theoderich, aquel que en algún momento habría de rescatar al mundo de la naciente oscuridad.

Capítulo ocho

—Lo cierto es que, si alguien puede hacerlo, eres tú —dijo el anciano al cabo de cientos de visitas, de idas y vueltas que había realizado Sergio a lo largo y ancho del tablero.

En la contabilidad del muchacho, habrían pasado unos cinco o seis días para que memorizara el mapa de las casas numeradas y los huecos existentes, para que delimitara en su mente dónde iniciaba y dónde terminaba el cuadrado de 4,096 casillas. Con todo, el ejercicio de acomodo se le antojó imposible en su propia mente. Necesitaba papel y lápiz pues en la dura piedra de la calle no podía dibujarse.

—Tal vez debas saber que intenté suicidarme varias veces —dijo el anciano mientras caminaban en busca de una casa a la cual poder entrar—. Con mis propios pantalones. Me colgué de los barrotes de una reja. La sensación de estrangulamiento era real, pero la muerte nunca me visitó. Me sofocaba por varios días hasta que conseguía descolgarme. Espantoso. Luego pasaban los años y me parecía que había fallado porque no lo había intentado correctamente. Y reincidía.

Sergio sintió cómo la pena amenazaba con hincarle el diente. Lo vivido por el teniente sobrepasaba cualquier horror imaginable. Prefirió poner manos a la obra. Abrió un enrejado. Subió al porche. Abrió la puerta y miró al interior. Cinco enormes insectos se lanzaron hacia él sin conseguir traspasar el umbral. Las antenas lo rozaron levemente. Se apartó con repugnancia.

Fueron a otra casa. Y a otra.

—Te dije que sería imposible —insistió el viejo.

Pero fueron a otra más. Y a otra. Se mostraban menos pesimistas con aquellas en donde no se percibía la parte inferior de una cucaracha trepada sobre el cristal. Pero incluso en éstas, los monstruos surgían de la cocina o del sótano y corrían a la puerta en cuanto ésta era abierta. Lo intentaron con cautela. Probaron por alguna ventana lateral. O asomándose por alguna ventila. Sin éxito.

—Tendré que aventurarme así. De todos modos ya lo hice alguna vez —dijo el viejo.

—Pero me contó usted que las heridas tardan años en cicatrizar.

—Años tengo —declaró, quizás aún contagiado de locura. Se detuvo frente a la última puerta que habían abierto. Tomó aire, listo a arrojarse al interior abriéndose paso entre insectos que los observaban con interés.

Sergio lo detuvo, asiéndolo de un brazo.

—No puedo permitirlo. Ya ha sufrido usted bastante.

—Pero no hay alternativa.

—Tal vez la haya. No se aparte de aquí.

Sergio bajó del porche y caminó en torno a la casa.

Casi enseguida le gritó el teniente.

—No hay modo de romper o abrir una ventana. Lo intenté todo.

"Quizá no todo", pensó Sergio. Había detectado, en una de las ventilas laterales de la cocina, una despensa al alcance de la mano. Su plan era derribar los estantes, las cajas, los frascos. Si producía una especie de distracción, tal vez...

La ventana por debajo de la ventila estaba mal cerrada. Sólo por no dejar, intentó tirar de ella. Imposible.

Trepando por una pequeña cornisa, llegó a la abertura. Tendría que colgarse del marco. Se encaramó y metió el brazo. En ese momento no había un solo insecto a la vista. Apenas pudo tocar un bote metálico sin poder echarlo abajo, así que no consiguió ningún estrépito. Ninguna reacción. En cambio, escuchó gritos al interior de la casa. ¿Sería posible que...?

Corrió de vuelta a la puerta principal. El anciano había entrado. Desde ahí lo veía luchando por quitarse de encima a cinco cucarachas que cerraban sus mandíbulas sobre sus ropas o su piel mientras avanzaba hacia la estancia.

—¡Teniente, qué ha hecho! —gritó Sergio, sintiéndose impotente.

Al instante rectificó en su cabeza. La entrada a la casa había quedado libre de insectos.

Hizo un análisis rápido de lo que tenía a la vista y corrió al interior. En un mueble próximo a la entrada había un libro de lomo grueso. Eso funcionaría a la perfección. Cortaría las hojas y conseguiría cuatro mil noventa y seis referentes. No importaba que, en principio, no correspondieran con los números deseados; en su mente haría la correlación. Sólo necesitaba algo sobre lo que pudiera jugar con las posibilidades, un mapa visual, un...

El libro no salía de su lugar en el librero. Era vil utilería.

Una cucaracha lo notó y dejó a Guillén para ir hacia él. Lo tanteó con sus filosas antenas y le lanzó una dentellada con su pinza mientras Sergio luchaba por conseguir tomar algo del mueble, lo que fuera. Sobre éste había adornos, una vasija, figuritas. Pero nada era susceptible de ser tomado. Las maxilas de la pieza bucal del insecto se cerraron sobre el antebrazo izquierdo de Sergio, abriéndole una herida del grueso de un dedo.

—¡Salgamos de aquí, teniente! ¡Es inútil!

Corrió hacia afuera y el insecto lo siguió hasta donde pudo. Un líquido rojizo escurrió del brazo de Sergio hasta el suelo; más que sangre era como agua teñida de óxido. El dolor, no obstante, era real.

—¡Salga, teniente! —gritó de nueva cuenta.

El viejo había conseguido llegar a una especie de despacho. Pero nada de lo que ahí se mostraba tenía autonomía aparte de la casa. El recinto entero había sido esculpido usando la misma veta de material. Ni la pluma sobre el escritorio ni la carpeta de piel ni las hojas de papel podían separarse del sitio en el que se encontraban.

—¡Maldita sea! —rugió, al tiempo en que volvió sobre sus pasos intentando ganar la puerta.

Toda la operación no habría llevado más de un minuto. Pero fue un minuto que duró siglos. En cuanto pudo traspasar el marco de la puerta, se arrojó al suelo, la espalda contra un pilar del porche. Su cuerpo era una llaga, había sido mordido por todas partes, brazos, piernas, cuello, cara. El líquido ocre que emulaba a la sangre y que supuraban todas sus heridas lo cubría por completo.

—¡Oh... por Dios! —dijo, cerrando los ojos.

Se echó sobre su espalda. Temblaba de las cuatro extremidades. Buscaba la postura menos dolorosa. Las heridas, como bocas, revelaban la carne bajo la piel.

—Teniente... —musitó Sergio con pesar. No había modo de poder ayudarlo. Él mismo estaba obligado a soportar la punzada en el antebrazo y por ello podía imaginarse el tremendo dolor por el que estaba pasando el viejo. No le costaba trabajo imaginar que estaría deseando morir definitivamente. Desaparecer. Nunca haber existido. Increíble que hubiera ocurrido tan inútil sacrificio. ¿Acaso no había él tomado con sus manos aquel periódico con fecha del día anterior a su nacimiento? ¿O sería el único objeto autónomo de todo ese universo? ¿En qué habían fallado?

Por primera vez se sintió en el infierno.

Su propio dolor. La agonía de su amigo. El tiempo inagotable.

Gritó con todas sus fuerzas. Trató de sobrellevar el cambio, sentándose en las escaleras frontales de la casa, a un par de metros de donde las cucarachas extendían sus largas antenas y Guillén se retorcía en el suelo.

Cerró los ojos. Se golpeó las sienes.

Cuatro mil noventa y seis casillas. Sesenta y cuatro números que no han de repetirse por renglón o por hilera. Sesenta y cuatro cifras distintas que... O tal vez no. Tal vez fuera una maldita conjetura inservible. Tal vez completar el sudoku no propiciara ningún cambio. Tal vez todo fuera una maldita trampa, una esperanza de utilería.

Trajo a su mente la enorme cuadrícula. Buscó una cifra que se pudiera acomodar con certeza. Una sola, al menos, para empezar.

Para sentir que un cambio era posible. Uno solo. El que fuera.

Pero su propio dolor… los gritos del teniente… la idea de que todo lo había hecho mal y había decepcionado a todos…

Imposible concentrarse. Imposible no dejarse caer en el negro pozo de la desesperanza. Las lágrimas volvieron a anegar sus ojos. ¿Cuántas veces más se sentiría así, cuántos años, siglos, milenios? ¿Por qué había tomado esa estúpida decisión? ¿Por qué había jugado al héroe cuando desde el principio estaba claro que no tenía posibilidad de ganar? "¿Por qué?", se preguntó en un susurro.

—Porque eres arrogante, Mendhoza. Por eso.

Dijo una voz diáfana, cristalina. Sergio abrió los ojos y contempló, a media calle, a alguien que había odiado con todas sus fuerzas hacía mil vidas pero que, en ese momento se mostraba para él como un ángel benefactor. Sintió un golpe de júbilo en el corazón, el primero desde que había cruzado la línea entre la vida y la muerte. No se sintió mal por tan espantosa contradicción. Antes bien se sintió contento. Y agradecido.

* * *

En ese noticiero estadunidense fue en el único medio informativo, a nivel global, donde advirtieron la coincidencia. Tres eventos aparentemente aislados que habían ocurrido en el mismo instante. Un pueblo mexicano en el que habían actuado asesinos brutales: veintitrés muertos al interior de una iglesia, doce en la plaza de armas, una familia entera al interior de su humilde choza. Un espantoso incendio en un centro nocturno en Ucrania. Cientos de muertos. Y, finalmente, una terrible carnicería en el campo de futbol de un pueblo rural en Sudáfrica. Diecinueve cuerpos desmembrados. En la cadena noticiosa hicieron la mención: verdaderamente extraño que tres eventos tan impresionantes hubiesen ocurrido dentro de la misma hora, unos en la mañana, otros en la tarde o en la noche. Hicieron comunicación con una supuesta vidente que auguró la llegada anticipada del apocalipsis. Un analista, en cambio, lo adjudicó todo a una misma célula de terrorismo. Finalmente continuaron el programa con los chismes de la farándula.

Alborada lunar

Llevó casi quince años conformar el ejército. En ese tiempo ocurrieron tantas cosas que parecía como si hubiesen transcurrido siglos. El rey Theodemir había muerto. Odoaker, rey de Italia, al fin se había enemistado con el emperador Zenón y éste último presentía un ataque contra Bizancio. La fama de un ejército que se proclamaba invencible hacía recordar los tiempos de Atila, con la salvedad de que esta armada prometía nuevos tiempos de paz y estabilidad. El estandarte de la aurora lunar se veía cada vez más por las tierras del imperio y no era ningún secreto que se preparaban para una guerra próxima, pero nadie sabía cuál. El misterio que los rodeaba era parte de la leyenda, pues era un ejército que sembraba y cosechaba, pastoreaba su propio ganado y no arrebataba nada en ninguna aldea. No marchaban a caballo y todos portaban armaduras idénticas, copiadas a los galos y los borgoñones, que los hacían parecer hombres de metal. Practicaban al aire libre y no todos eran atléticos. Cada uno portaba una espada. Un escudo. Su propio fardel de comida. Y nada más.

Eran más de diez mil soldados cuando Manlio decidió que era tiempo de volver a casa y, de ahí, marchar a Constantinopla para ponerse a las órdenes del emperador de Oriente. Eran casi el doble de lo que alguna vez se habían propuesto juntar cuando el rey Theoderich y su consejero convinieron que era tiempo de enfrentar su destino. Caían las últimas nieves del último invierno que pasarían en esa conquista de almas cuando Manlio sentenció, pardeando la tarde: "Uno más y partiremos".

Y así lo hizo. Para entonces tenía perfectamente redactada la fórmula. Siempre funcionaba.

Abandonó el campamento y se acercó a un hombre que bebía agua de un arroyo. La percepción de su halo de fortaleza era tan poderosa que caminó directamente hacia él. El sujeto portaba una talega y llevaba la cabeza rasurada, como hacían algunos místicos cristianos que buscaban la vida de contemplación y retiro.

—La paz esté contigo —dijo Manlio al acercarse.

—Y contigo —resolvió éste.

Manlio ya no tenía que echar mano de lo que había escrito. Lo sabía de memoria y había aprendido a manipularlo de acuerdo a la situación. Él solo había reclutado más de diez mil personas cuya única cosa en común era su capacidad para hacer el bien, no para pelear una guerra. "Casi he hecho de esto un oficio", se burlaba de sí mismo.

—Te parecerá extraño lo que voy a decirte —habló al extraño—, pero es necesario.

—No temas. Dime.

—Antes tengo que advertirte que esto no tiene nada que ver con religión alguna, pero sí con la bondad al interior de las personas. Y si crees en esto último te pido que me escuches. Por medios que me es imposible explicarte...

Era apenas un discurso de unas cuantas líneas, pero al paso de los años casi se había vuelto mágico. El espíritu bondadoso que lo escuchaba se sentía súbitamente inflamado de buenos sentimientos y deseoso de participar en algo tan importante que iba más allá de su propia vida. De cualquier manera, en este caso no pudo ni iniciar.

—Quiero formar parte.

—Pero no he...

—Ya nos conocíamos, señor. Ambos éramos más jóvenes.

El hombre, casi lampiño, clavó sus azules pupilas en Manlio, tratando de forzarlo a recordar.

—Fue en el camino de Constantinopla a Panonia. Iban tú y tu señor. Los seguí por varias millas. Pero en realidad estoy hablando de otro momento.

—No recuerdo que...

Pero sí, sí recordaba. Aunque eso, simplemente, no podía ser. Sintió un leve escalofrío. La luna era llena en el cenit y la noche no tardaría mucho en cubrirla de majestuosidad.

—Mi nombre es Dietrich —aclaró el viajero— y he andado errante desde hace algunas décadas. He ido a oriente y occidente en busca de algo que no sabía que tenía tan cerca. La proximidad con ustedes me dio una pista. Y por eso los busqué. He seguido a tu comitiva un par de años.

—Tú me salvaste la vida.

—Sé que has visto cosas terribles, Manlio Tasio, pero lo que yo hago no es producto de las artes oscuras sino del pasado más remoto, de los tiempos en que el hombre estaba hermanado a la bestia porque los dos eran hijos del mismo padre. Permíteme unirme a ustedes. Habla con el rey, dile que lo serviré y protegeré hasta el último día de mi vida.

Manlio se sentía confundido. Creía que toda transformación de la sustancia venía del maligno. Pero la percepción del halo de fortaleza en ese hombre de serena faz no era una invención. Además, estaba aquello que Dietrich había hecho por él muchos años antes, cuando descubrió que el mal inmarcesible existía.

—No lo sé… —comenzó a decir, pasándose una mano por el rostro, como queriendo ahuyentar la desazón. Miró hacia las luces del campamento. Cuando giró el cuello, un hermoso lobo gris ya estaba a su lado, confirmando aquello que sospechaba.

Sintió un irrefrenable deseo de arrodillarse y acariciarle la testa. Abrazar su pelaje. Sellar esa extraña alianza que, así lo percibía, sería buena y duradera. El crepúsculo los sorprendió como si fuesen los mejores amigos, jugueteando en la llanura. Había algo de divino y portentoso en eso: el hombre y la bestia juntos de nuevo, sin miedo el uno del otro, corriendo con sus sombras. Manlio se descubrió con el corazón extasiado cuando decidieron andar de vuelta al campamento.

En cierto modo no fue una sorpresa cuando Theo, en los lindes del apertrechamiento, los vio a la distancia y se arrodilló para que el lobo fuese a lamerle las manos. A partir de ese momento se harían inseparables. Los milicianos aceptarían la inexplicable presencia de un hombre lobo entre sus huestes del mismo modo que habían aceptado luchar contra un enemigo que aún no habían visto a la cara y, sin embargo, sabían que no era de este mundo.

Al día siguiente abandonaron el valle junto al Rin que ocupaban en ese momento y marcharon de vuelta al Istro. Los cuernos sonaron por primera vez desde el día que iniciaron la conformación del ejército, como si en verdad estuviesen siendo llamados, al fin, a la batalla. Quizás así fuera, pues el principal interés de la comitiva ahora era la guerra y no la preparación para la guerra. Quedaban atrás los días de cánticos y labranza. Al frente, Theo y varios legionarios romanos que habían sido convocados por Manlio; en la línea media, los menos hábiles y los encargados de la provisión; en la retaguardia y en los flancos, hombres como Gernot, Caio Decio y Gunnar, es decir, los más veteranos, aquellos que llevaban quince años esperando el momento de dar el golpe.

Ni siquiera tuvieron que acudir a Constantinopla para ofrecerse como primera fuerza de avanzada en un conflicto imperial. En Panonia ya los esperaba un mensajero con el sello de Zenón.

—Rey Theoderich. Tú y tu ejército de ostrogodos han sido encomendados por el emperador para marchar hacia Italia y derrocar al rey Odoaker. Tuyo será el trono si consigues tan difícil encargo.

Era ampliamente sabido que algo grave ocurría en las inmediaciones de Rávena. El rey Odoaker había pactado con alguna fuerza demoníaca pues no había quien pudiese acercarse a la costa, fuese por mar o por tierra, sin sentirse amedrentado por el constante cielo rojo, las nubes de insectos, el calor sofocante de día y el frío sepulcral de noche. Se hablaba de ogros, monstruos bebedores de sangre y arpías aladas caminando por las calles como personas. Se decía que el batallón del otrora rey de los hérulos no era de este mundo. Sólo era cuestión de tiempo para que salieran a esparcir su semilla de maldad por el mundo.

Cuando los ostrogodos marcharon anticipándose al alba, fue el licántropo quien avisó que pelearían en Verona. Lo hizo de una manera distraída, como si no tuviera importancia, mientras avanzaban por el camino y Manlio, a su derecha, estudiaba los mapas de la región.

—¿En Verona? ¿Qué te hace suponer esto, amigo?

—No lo supongo. Lo sé.

—Es imposible que lo sepas.

—Me lo dijo mi mujer.

—Vaya… ¿así que estás casado?

—Lo estoy. Tengo un hijo. Y una casa. Pero llegó el día en que mi mujer me dijo que debía marchar para buscarles. Y heme aquí por esa única razón.

—¿Es una especie de adivina, tu señora?

—Tiene visiones mientras duerme. Soñó que yo pelearía en Verona contra monstruos que no se han visto en la Tierra desde su nacimiento.

—¿Y pudo ver si ganabas o perdías?

—Si lo hizo, no quiso contármelo.

Y así avanzaron hacia el suroeste diez mil hombres y mujeres impulsados por una incomprensible misión, guiados por el más excéntrico de los líderes, animados por la sola idea de que salvaban al mundo.

Era el ocaso del siglo v de nuestra era. La humanidad no cuestionaba la magia porque convivía todos los días con ella.

Capítulo nueve

Su belleza era aún más poderosa en un ambiente como ése. En una calle tan solitaria, lúgubre y de luz tan blanquecina. Hermosa. Llena de confianza. Y sonreía, un cruel contraste al lado de los sollozos del viejo, postrado en el suelo.

Iba vestida como si fuese a presentarse a una reunión de negocios, traje sastre, tacones altos, maquillaje sutil y sensual, tal y como Sergio la recordaba. La piel nacarada, el cabello platinado, los labios rojos, el cuerpo bien torneado. Elsa Bay, en persona. La condesa Báthory de pie sobre el falso pavimento de esa falsa escenografía de los mil horrores.

—Comprenderás que me satisface mucho oír a tu amigo gemir de esa manera.

Sergio aún no atinaba a comprender ese mecanismo inaudito. ¿Sería ella o un desvarío de su mente? Recordó súbitamente que la última vez que la había visto con vida fue también cuando Guillén dio el último suspiro. Ambos se habían aniquilado mutuamente. De ahí el comentario de la condesa, quien caminó sobre sus altos tacones hasta acercarse al enrejado de la casa.

—Teníamos esa deuda pendiente. Y por Luzbel que es muy placentero verlo así.

Tomó un par de barrotes con sus manos y posó su cara entre éstos, mirando a Sergio sentado a pocos metros de ella. Casi parecía una chiquilla traviesa.

—¿Estás listo para suplicar misericordia?

Sergio se llevó instintivamente la mano izquierda al antebrazo derecho, donde su propia herida vertía esa baba marrón.

—¿Tendría algún sentido?

Elsa Bay dejó el lugar en el que se había apoyado y caminó a la puerta abierta. Se recargó ahora en ese hueco. Cruzó las pantorrillas.

—No, desde luego que no serviría. Pero sería la cereza del pastel. Verte suplicar. Él con ese dolor de muerte. Tú chillando. Ambos acabados. Mejor, imposible.

—Déjanos en paz.

Una risa espontánea. Una sonora carcajada. El brillo en sus ojos.

—Habría que estar loco o imbécil para venir a meterse aquí sin alguna necesidad. ¿Quién de los dos es el loco y quién el imbécil?

Sergio apartó la vista. No quería desmoronarse frente a ella.

—Me deseas, ¿cierto, Mendhoza? Por eso no puedes mirarme.

Más risas. Más deleite. El viejo apretando los párpados, evitando tocarse a sí mismo, golpeando el suelo con la planta de los pies de pura desesperación.

—Es broma, muchacho —añadió ella—. No tienes sentido del humor. Nunca lo tuviste.

Paseó sus manos por la curvatura de sus caderas. Arrojó un beso a Sergio, quien seguía sin querer mirarla.

—En fin. Sabes por supuesto quién me mandó.

Lo sabía. No había más que una opción. Estaban en su reino y ahí nada ocurría sin que él lo permitiera.

—Lo que no sabes… —dijo ahora Elsa— es a qué me mandó.

Sergio atesoraba cada momento de esa conversación, pues de pronto le parecía que el futuro estaría lleno de los gritos de Guillén, de su propio dolor, de la búsqueda infructuosa, de la vejez más artificial. Y nada más. No, no es que deseara a Elsa Bay, pero tampoco podía negar que ese cambio en el entramado le parecía, en cierto modo, una gota de lluvia en medio del desierto.

—Supongo que quieren saber por qué vine —dijo Sergio—. Cuál es esa locura o esa estupidez que me tiene aquí metido —conjeturó.

Elsa sonrió de nueva cuenta.

—Sacar a Peeter Stubbe de aquí es imposible —atajó ella—. Por una parte. Y por la otra... cualquier otro deseo es imposible. Debes renunciar a él. Aquí nada se concede.

Por unos instantes, el anciano detuvo sus lamentos, pugnó por concentrarse. Miró hacia ellos, hacia tan inusual entrevista, jadeando por lo bajo, tratando de contener su respiración agitada. Era el principio de la eternidad, acaso valiera la pena empezar a trabajar la resignación.

—Alguna razón habrá en que me hayan puesto aquí —dijo Sergio—. Que se me permita resolver este acertijo matemático. Que hoy sea el día anterior a mi fecha de nacimiento. Que no esté simplemente maniatado en un oscuro calabozo. No puede ser casual.

—Puede, mediador. No te recomiendo dar nada por sentado en este mundo. Él está hecho de maldad. No le importa ofrecerte un vaso con agua llena de veneno. Piénsalo. Eres un chico listo. La esperanza es un contrasentido aquí. Ninguna labor tiene un propósito.

Sergio lo sopesó. Desde que había traspasado el primer umbral se había hecho a la idea de que, en ese reino de sombras, nada ocurría si Lucifer no lo permitía. Y así como le había sido permitido entrar, también le estaba permitido buscar esas respuestas que lo tenían allí, ya que en ningún momento se le había ofrecido un panorama contra el que no pudiese luchar, de una u otra manera. En el limbo se le mostró la forma de pasar al siguiente nivel. Ahí, lo mismo. Pero tampoco podía negar que la presencia de Elsa obedecía a la misma razón: Él tenía la vista puesta en sus movimientos. Y la había enviado. No podía desoír sus argumentos.

—Seguro no lo entenderás, Erszébet, pero esto me sobrepasa. ¿No crees que he intentado desligarme? Al menos en mi cabeza lo he hecho un millón de veces. Y siempre hay algo en mi interior que me hace regresar. ¿Por qué? No sé. Supongo que es porque sé que mi vida perdería todo sentido si renuncio. Así de fácil y así de loco y así de imbécil. Por eso te anticipo que no voy a renunciar, así me lleve mil millones de millones de años.

Elsa Bay aplaudió lentamente, con sorna. El eco de las palmadas se le antojó fantasmal a Sergio. Hasta ese momento reparó en esa cualidad sonora innecesaria, de ley física verificable. Luego, la luz en uno de los faroles chisporroteó, como si tuviese una falla eléctrica, otra pizca de realidad incomprensible. Su brazo comenzó a gotear sangre. Sangre verdadera.

—Te diré a qué vine y luego tomas tu decisión —exclamó Elsa, fingiendo un bostezo—. Fui enviada a darle sentido a tu contrasentido, por decirlo de algún modo. Puesto que es fútil que permanezcas aquí, te irás en cuanto yo desaparezca.

—¿Cómo?

—Déjame terminar. Bonito color, por cierto.

Sergio miró hacia el viejo. La sangre brillante y escarlata bañaba el suelo, escurría por la madera, se filtraba entre los tablones de la veranda.

—La buena noticia es que, sin importar a qué hayas venido, ya no tiene caso. Mi señor puso sus ojos en ti y ha motivado algunos cambios en el mundo. Cambios que te competen. En resumen: tu lucha ha perdido sentido porque, por alguna razón desconocida para mí, a los ojos de mi señor, Oodak se ha tornado obsoleto. Así que puedes seguir con tu vida simplemente porque ya no habrá demonios que vencer. Oodak está siendo llamado a rendir cuentas. A partir de este momento ningún ser de oscuridad puede apostarle a la inmortalidad. No es que el bien haya triunfado, no me malinterpretes, pero la lucha se peleará ahora en otra arena.

Sergio escuchaba a Elsa con suspicacia. Era demasiado bueno para ser verdad.

—La mala noticia —concluyó ella—, es que ya no podrás hacerte el héroe, pero supongo que no te importará demasiado, considerando que tú lo que quieres es volver, tocar tu batería, aficionarte a alguna serie de televisión y todo eso.

—No me harás renunciar.

—Oh, sí. Soy la mala del cuento, lo olvidaba —dio un par de pasos hacia él, se detuvo a la orilla de la escalera—. Pero igual no tienes alternativa. Serás expulsado quieras o no. Yo sólo vine a darte una explicación, porque a mi señor no le gusta que sus clientes se vayan insatisfechos.

—¿Y Guillén?

—Aunque me encantaría quedármelo, también se irá. Tú volverás a tus cosas; él, al sitio en el que debe estar. Así están las cosas.

—No me lo creo.

—Da igual. Fuiste admitido como una curiosidad, pero se acabó. No perteneces aquí. Eres un contrasentido, así que... *bye*.

Sergio quería creerlo. El panorama a futuro era tan espantoso que quería creer que todo había terminado. Que volvería a tocar la batería, escuchar música, ver televisión, reprobar alguna materia.

Lo lamentaba por Peeter Stubbe, pero si en verdad el reinado de los demonios había terminado, entonces Edeth no tenía por qué regresar. Sería el fin de todo heroismo. Pero no importaba. Ciertamente no importaba.

Miró por encima de su hombro. Guillén ya no estaba. Tampoco había rastro alguno de su paso por esa pesadilla.

Elsa Bay se despedía agitando delicadamente la punta de sus dedos.

Sergio sintió, al instante, el golpeteo sobre su cuerpo. Un hombre lo llevaba en brazos y corría con gran desesperación.

Alborada lunar

Fue en el cruce de los Alpes donde Theoderich y sus ostrogodos divisaron una avanzada del ejército de Odoaker. A la distancia parecían hombres normales y, puesto que sólo era una expedición, les parecieron pocos e inofensivos... hasta que, ante sus ojos, uno de ellos desplegó un par de alas negras de murciélago y se levantó por encima del batallón. Entre los soldados del ejército implacable de Theoderich empezó a esparcirse el miedo. ¿En verdad sería posible dar batalla contra monstruos de esa naturaleza?

Manlio era el único que había contemplado fenómenos así, por lo que se sintió responsable de infundirles valor. Nunca les había ocultado que la batalla sería contra seres infrahumanos, pero comprendía que no es lo mismo saberlo que confrontarlo. En ese momento nació una nueva preocupación en él. Nunca había visto a Odoaker transformarse. A sus esbirros sí, pero a él no. ¿Qué clase de monstruo terrible se ocultaría bajo su piel? ¿Y si, por encima de los demás monstruos, no era susceptible de morir bajo la espada? Casi toda su iniciativa la había sustentado en la conjetura de que el miedo producido por el Señor de los demonios era de idéntica proporción a ese sentimiento innominado y luminoso que le producía Theo. Creía que uno compensaba y anulaba al otro. Lo creía, sí, pero no estaba seguro. Sólo había una forma de demostrarlo.

Acampaban en lo alto de una meseta. A lo lejos la avanzada italiana se replegaba. Claramente habían acudido sólo a confirmar las noticias de que se aproximaba aquel ejército del que tanto se hablaba. Que ese general que nunca había mostrado el rostro, había llegado a occidente. Y que iba en pos de la corona de Italia.

—Se marchan —dijo Theo al contemplar la retirada de los demonios.

—Lo cual confirma lo dicho por Dietrich —añadió Manlio—. Nos esperarán en Verona. Ahí habremos de poner en práctica aquello para lo que nos hemos preparado todos estos años.

—Te noto preocupado, maestro.

Le obsequió una mirada, a través de la hendidura del yelmo que ahora lo distinguía. Incluso se habían encontrado, en su paso por esas tierras, dibujos que lo representaban así, con el escudo, con la espada, la armadura, el casco. Y la alborada lunar que se había vuelto legendaria. Estaban a pocos días de iniciar una completa locura. "Pero a veces el ser humano es así, incomprensible", pensó Manlio mirando a las huestes del batallón. Su mirada no bastaba para abarcarlas a todas. Y de pronto se sintió mal por ello. "En pocos días muchos de estos valientes morirán."

—No es nada —resolvió con voz neutra.

—Te conozco lo suficiente para saber que mientes. Pero creo saber qué es lo que te agobia.

En la testa de Manlio ya había canas. En los ojos de Theo, arrugas. Ambos habían dedicado sus vidas a la preparación de aquello que ocurriría esa misma semana. Si alguna vez habían tenido un amigo en el mundo, era ése en el que se miraban ahora. Theoderich, rey de los amalos, general supremo del ejército ostrogodo, puso una mano sobre el hombro del que lo superaba por diez años y trató de hacerle descansar del peso de tantas jornadas.

—Por cierto. Tú no has de tomar la espada en Verona. Es una orden.

—¿Qué? ¿Por qué?

Theo miró hacia las montañas, el valle por el que desaparecían los demonios, el revoltijo de nubes.

—Te necesitamos para alistar nuevos reclutas. Lo siento.

Manlio asintió. Se había acostumbrado, pese a todo, a obedecer a Theo, a quien consideraba su rey desde el día en que Theodemir le traspasó la corona. Al lado de ambos llegó Dietrich, en su manifestación lobuna. El viento hacía que se erizara su hermoso pelaje. Lo obligaba a cerrar los ojos. Su sola presencia infundía ánimos a toda la guarnición. Era la demostración de que el bien estaba de su lado.

—Pero no es la batalla lo que me tiene angustiado —dijo Manlio.

—Lo sé —respondió Theo.

Y, diciendo esto, caminó hacia un túmulo que se encontraba sobre esa ladera. Se apoyó en la cruz para subir y, desde ahí, hizo bocina con sus manos para pedir la atención de su gente. A su lado, un centurión sostenía el estandarte de la alborada lunar.

—¡Pronto entraremos en combate y quiero agradecerles a todos su valor y entereza! ¡Muchos han estado conmigo desde el principio, hace quince años! ¡Otros apenas se han sumado! ¡Todos son importantes!

Las legiones de hombres y mujeres guardaron el más profundo silencio ante la voz de su líder.

—Les advierto que no será fácil. Que muchos de nosotros moriremos. Pero nos impulsa algo que es mayor que la suma de todos nosotros, y es el bien que hacemos con nuestra lucha a la humanidad.

Hizo una pausa para estar seguro de que todos lo escuchaban. Y así era. Al lado del túmulo se encontraban Manlio y Dietrich. Al interior del escriba se exaltaba ese sentimiento de confianza y admiración que le despertaba Theo. Ahora que lo escuchaba sabía que no se había equivocado. Desde el día en que, completamente aterrado, se obligó a dejar su hogar en Constantinopla para ir en su búsqueda, no había sentido esa certeza, esa confirmación de que había obrado bien. Y se lo agradeció, conmovido, en lo más profundo de su corazón.

—No todas las batallas entre el bien y el mal se libran en el plano espiritual. Por eso estamos aquí. Por eso hemos de marchar orgullosos a enfrentar a esos demonios y estar agradecidos por poder formar parte de esta historia.

Una benéfica nube se sobrepuso al inclemente sol. La tarde era magnífica. Algún cínico habría dicho que era perfecta para ofrendar la vida por una causa. Manlio detectó, gracias a un repentino miedo, que entre los que escuchaban a Theo había un demonio, un espía de Odoaker. Pero le pareció bien que fuera los ojos y oídos de su señor.

—¡Sepan esto! Nadie más que ustedes puede pelear esta guerra. Fueron convocados porque lo que hace falta para acabar con esos servidores del maligno no está en la fuerza o en el entendimiento. Y ustedes lo tienen consigo. Lo sé porque justo es eso lo que los hizo aceptar unirse a esta locura.

Todos lo miraban. Todos lo admiraban. Todos lo seguirían al fin del mundo o a una muerte segura sin dudar un instante.

—¡Pelearán una batalla que correspondía a los ángeles! ¡Y por eso son héroes! ¡Y por eso estoy orgulloso de todos ustedes!

Tomó el pendón de las manos del romano, a su lado, y lo blandió por encima de su cabeza. Todos lo vitorearon. La luna sobre la tela ondeó multiplicada cientos de veces, una por cada centuria de soldados, y avivó, en cada hombre y en cada mujer, el recuerdo de su humanidad, la sangre que corría por sus venas y la vida tan frágil que hacía latir sus corazones. Sabían que eso estaba bien, y se sentían orgullosos de ello. Porque eso hacía su campaña más honorable. Todas las dudas de Manlio Tasio quedaron para siempre atrás. Lo que hacían estaba bien y era necesario. Y cambiaría el rumbo de la historia.

"Para bien, espero", se sorprendió pensando.

—Rey Theoderich —dijo un hombre al aproximarse. Uno de tantos soldados que conformaban el ejército—. Queremos hacerte una petición.

—Habla —dijo Theo.

—Sabemos que tu nombre pasará a la historia, y que será magnífico. Pero nosotros queremos usar contigo uno que nos recuerde a aquel que nos llevó a pelear una guerra que no implicaba dominio o conquista, sino el triunfo del bien sobre el mal. Queremos poder hablar con nuestros hijos y ellos con sus hijos de esa persona que, aunque no mencionen los libros de historia, nosotros sabremos que existió, y que fue nuestra luz y nuestra fuerza, nuestra compañía y nuestro consuelo.

Theo miró a Manlio desde su improvisado podio. Ninguno sabía nada de eso. Era algo peculiar pero tenía sentido.

—Ése será, para nosotros, tu verdadero nombre. Estará oculto en el que llevas ahora. Y lo serviremos y honraremos hasta el día de nuestra muerte.

No era una ocurrencia de ese momento. Todo el ejército se había puesto de acuerdo para hacer la petición. En los ojos de Theo, ocultos tras el yelmo, se deslizó una lágrima furtiva.

—No digas más, hermano. Dalo por hecho.

Segunda parte

Sol negro

En el devenir del tiempo quedó registrado un suceso que por siglos y siglos sería recordado como un símbolo del bien y de la paz. Marcaría, en el calendario de todo lugar, un antes y un después. Significaría, incluso para aquellos que no compartieran esa idea religiosa, una fecha para pactar treguas y perdonar rencores. Dicho acontecimiento, que ocurrió en los albores de la contabilidad de los siglos, permanecería en la memoria de los hombres al menos un par de milenios. Y aunque la Iglesia fundada a partir de tal suceso no siempre correspondería al ideal primigenio de aquel que la fundara, todo lo relacionado con ese día, en la marca de los tiempos, estaría ligado a la bondad y la reconciliación.

Lejos de Belén, pero en el mismo instante, ocurrió otro nacimiento. Uno diametralmente opuesto y, en comparación, completamente anónimo. Era la reacción de la oscuridad al otro advenimiento.

En el vientre de una mujer que vivía a las orillas del Istro se había gestado un varón de padre desconocido. Ella, que había estado loca desde su niñez, vivía de comer alimañas y beber agua podrida de los estanques. Dormía siempre a la intemperie, jamás se había cortado los cabellos y las uñas, hablaba con los espíritus. Una noche tormentosa se descubrió embarazada, lo que repugnó a la gente de la región, pues no concebían el horror de que alguien hubiera podido amancebar con ella. El niño vino al mundo en una charca, una noche de luna nueva. Su madre no sobrevivió al parto.

Desamparado, a merced de los elementos, el bebé no lloraba. Lo descubrió un peregrino al pasar cerca de los médanos del río. Al creer que se trataba de una oveja perdida, se aproximó. El niño no lloraba, mostraba ojos sin la usual membrana blanquecina, es decir completamente negros, y había nacido con dientes. El cordón umbilical aún permanecía unido al cadáver de su madre. El hombre pensó en darle muerte ahí mismo, convencido de que se trataba de una aberración, pero le faltó valor. En ese momento, una manada de chacales apareció de la nada y lo atacó frente al recién nacido. Las bestias lo devoraron a él y a la madre en un santiamén y, las hembras, a partir de esa noche, tomaron turnos para amamantar al pequeño.

Toda esa región aledaña a la ribera del Istro fue desolada por los chacales hasta el día en que el niño cumplió siete meses de vida. Para entonces ya se sostenía en pie y emitía ruidos muy parecidos a los de un monstruo. Cualquiera habría pensado que tenía tres o cuatro años. Había empezado a comer la carne cruda que le ofrecían sus parientes carroñeros.

Un día como cualquier otro, la manada desapareció y dejó al chico a su suerte. Como éste ya andaba por sí mismo, aunque con dificultad, tuvo que ingeniárselas para acercarse al camino más próximo. Ahí se echó desnudo sobre la tierra a esperar.

A los dos días pasó un hombre, muy a su pesar, pues no era ignorante de lo que se decía de esa comarca, las brujas y fieras que la habitaban, el mal sino que pesaba sobre la aldea abandonada.

El sol estaba en lo alto cuando descubrió al pequeño, dormido y sin fuerzas. Lo tentó creyendo que estaría muerto pero éste reaccionó. Su mirada, al menos, había perdido aquella aterrorizante condición de ojos como fosos. El hombre se apiadó y lo levantó. El niño se abrazó a él y se dejó llevar.

Cuando el hombre llegó a su casa, una choza de la pradera en la que vivía de la cacería y el comercio de pieles, el hombre presentó al niño con su mujer, quien criaba a otros dos pequeños similares.

—Lo hallé en el camino —dijo—. Alguna madre desalmada. Tú decides si nos lo quedamos o lo ahogo en el tonel.

La señora, piadosa por naturaleza, lo vistió y alimentó y aceptó como otro de sus hijos. A los dos meses, el muchacho se mostraba interesado por todo pero no hablaba ni sonreía nunca. A los cuatro meses había crecido como si hubieran pasado dos años más, pero esto sólo le parecía extraño al cazador. Su mujer se mostraba hechizada por el recién llegado, a quien prefería por encima de sus hijos.

Una mañana el hombre volvió a casa por otro camino y vio al muchacho atormentando a uno de sus hermanos. Lo tenía atado a un árbol y lo azotaba con una vara. El enojo llevó al cazador a golpearlo y amenazar con devolverlo al bosque negro del que lo había sacado. El hijo de la noche sólo lo miró sin decir palabra y corrió a los brazos de su madre.

Al otro día el cazador, después de haber tenido un buen día y volver con un hato de zorros sobre el hombro, descubrió al muchacho esperándolo en la puerta de la casa, en pie, sin ningún tipo de sentimiento en el rostro. En los árboles aledaños cientos de cuervos hacían una extraña espera, como frutos negros. El hombre, cauteloso, rodeó al muchacho para entrar en su choza, sólo para descubrir que su mujer le había servido, para la cena, partes del cuerpo de sus otros dos hijos. Ahí mismo le cortaría el cuello a su mujer y correría a hacerse cargo del monstruo que había recogido apenas seis meses atrás. Pero no pudo siquiera acercarse a él. Los cuervos lo atacaron y, después de sacarle los ojos, se dieron un festín con su cuerpo vivo.

El niño sin nombre permaneció en esa cabaña varios días, viviendo de los cadáveres de sus anfitriones y luego, por un par de años más, retornando a su anterior vida salvaje. La región volvió a la desolación, los reptiles y las bestias se encargaban de ahuyentar a todo aquel que osara acercarse. Chacales, gatos y murciélagos, cautivados por el embrujo del niño, le llevaban presas, a veces vivas. Cuando era así, el muchacho se deleitaba haciéndolas sufrir antes de darles muerte. Sus favoritos eran los niños y las doncellas pero aceptaba cualquier cosa que anduviera en dos pies.

Sólo una bruja de la comarca pudo acercarse sin ser descuartizada por los guardianes del hijo de la noche. Atraída por la peste y el rumor de los espíritus que rondaban ese yermo paraje, se aventuró a entrar. Los cuervos la dejaron ir hasta la cabaña, ahora en ruinas. Un muchacho que bien hubiera pasado por tener doce años, cuando apenas habían pasado tres desde el día que su madre lo dio a luz en medio de un estallido de sangre, la recibió semidesnudo.

—Te suplico me permitas servirte —dijo la bruja, consciente de que tenía frente a sí una potestad; no precisamente al Maligno pero sí a un protegido de él.

El muchacho, poco acostumbrado a la gentileza, se mostró confundido. Luego, se acercó a la mujer. La olisqueó. La mordió en el cuello sin que ella pusiera ningún reparo; por el contrario, la vieja murió escupiendo alabanzas a Baal en una lengua que ya sólo se hablaba en el margen del Eufrates. Y, con los últimos estertores de vida, le reveló una profecía que no halló eco en el podrido corazón del muchacho.

Después de devorar las entrañas de la bruja, el hijo de la noche decidió que era buen momento para dejar ese cubil y volver a tener contacto con las personas.

En un minuto las bestias y alimañas huyeron en múltiples direcciones, dejándolo solo con un cadáver rendido sobre la hojarasca. Antes de anochecer, la cabaña perdió a su único habitante, aunque el solar quedó poblado de espíritus que clamaban justicia.

Capítulo diez

Brianda lo había soñado justo de ese modo, pensaba Farkas mientras descendía con Sergio en brazos, manteniendo el gesto adusto de quien se deshace de un molesto despojo, no de quien intenta salvar una vida. Brianda ya lo había soñado, se dijo. Eso significaba que era ineludible. El oscuro manto del futuro, por alguna extraña razón, se recorría en el sueño de toda aquella mujer en la que un Wolfdietrich depositaba su cariño. Y el futuro siempre se mantenía indemne. Por eso Sergio estaba muerto. Por eso el ajuste exacto de los acontecimientos a aquello que presagió la muchacha. Pero la apuesta en la que todos habían depositado hasta el último gramo de esperanza era que no fuese definitivo.

Un pie, luego otro. Un pie… luego otro. Un pie…

El sudor. La cabeza de Sergio colgando hacia atrás. La tiranía del tiempo.

El pesado rumor de la grey hacía cimbrar la piedra. Se traspasaba hacia los huesos por las plantas de los pies. Era fascinante y embriagador. Invitaban a unirse a la vorágine, al mantra maldito, a la sumisión.

Un pie… otro…

Estaba a siete escalones del suelo. Una vez ahí, confundido con la turba, no escatimaría segundos y echaría a correr.

Un pie… y otro y…

Un ominoso pensamiento le carcomió la mente, le hizo sentir ruin y estúpido. Debió haber pedido la asistencia de alguno de sus lobos. Oodak lo habría permitido. Toda una legión de licántropos en su campamento y él hubo de bajar solo. "Acaso así estaba escrito."

… y otro y…

El rostro convulso de Er Oodak, tras él, era exultante. Toda una confirmación de los negros tiempos que se avecinaban.

Y al fin, ambos pies sobre la plancha en la que estaba convocada la feligresía, en ese momento extasiada por la manifestación de poder de aquel a quien servían. Ninguno de los miembros de esa turba que se comportaba como un solo cuerpo, entregado a un cántico gutural y a una danza como el vaivén de las olas, tenía ojos u oídos para Farkas. La congregación entera estaba perdida en la adoración de su amo, por eso Farkas decidió que valía la pena correr el riesgo. Y apuró el paso.

Sin ninguna intención de ocultar ya sus intenciones, confundido entre los cientos de demonios ataviados igual que él, con túnica negra, empezó a correr, a abrirse paso, a intentar llegar al sitio en el que se encontraba la escalinata por la que habían bajado.

"Tengo que llegar en cuestión de minutos allá arriba o de nada servirá todo esto", pensó. En su corazón abrigaba la esperanza de que sólo hubiera pasado uno, cuando mucho, desde que había dado el último suspiro. En ese momento, Alicia debería tener el desfibrilador listo para la primera descarga, en caso de ser necesario.

Llegó a la escalinata y miró hacia arriba. Era demasiado. Cientos de metros. El elevador averiado. Lo único bueno era que ningún demonio reparaba en él, pero ni esa ventaja le daba tiempo de sobra. Cuando había bajado contaba con que podría volver por el elevador, cargando a Sergio, y ahora tendría que improvisar un modo para llevarlo a cuestas y poder correr como si en ello le fuera su propia vida.

"Tal vez así sea", pensó por un par de segundos.

Vio, a unos treinta metros de distancia, sobre la pared contraria de la caverna, una estructura metálica idéntica a aquella donde estaba parado y por la que ya estaba ideando cómo subir. Una estructura que crecía hacia arriba y se perdía en la entraña de la cueva, iluminada débilmente por un minúsculo foco.

"Otro ascensor", pensó.

A él y a Sergio los habían bajado por esa sección pero, al parecer, había un elevador idéntico del otro lado. Y, con suerte, ése no se habría averiado.

Corrió hacia allá con Sergio en brazos y el corazón en la garganta. "Por favor, por favor, por favor, por favor..." repetía como un murmullo.

Entonces un cambio. Uno muy sutil, entre sus brazos. Repentinamente sintió que la flacidez de Sergio se perdía. Le horrorizó pensar que estuviese entrando en *rigor mortis* tan de prisa. "No puede ser...", se dijo sin dejar de correr.

De pronto los brazos y piernas de Sergio adquirían tono muscular. De pronto era como si...

Pero no tenía tiempo de alimentar estúpidas esperanzas o de detenerse a comprobar algo que, de todos modos, era imposible.

Siguió corriendo y al fin llegó a la jaula que debía contener el ascensor y por el que debía poder llegar arriba en cuestión de minutos. Vacío. El ascensor, en efecto, existía, pero en ese momento se encontraba en la parte superior de la cueva, a nivel del suelo, en alguna cámara del castillo negro.

"Maldición", pensó Farkas.

Y entonces, una tos. Un estremecimiento. Un apagado grito.

No, no era su imaginación. Lo zarandeó un poco.

—Sergio... ¡Sergio!

Miró con detenimiento al rostro débilmente iluminado del muchacho. En efecto, debajo de ambos párpados, movimiento ocular. Increíble.

Se hincó y lo depositó con cuidado en el suelo.

—¡Mendhoza! ¿Estás...?

Decidió que no debía perder más tiempo, de todas formas. Tal vez su mente le estuviera jugando en contra. Tal vez la oscuridad, la avalancha de sentimientos, el mantra maldito que resonaba en la caverna, tal vez todo eso le estuviera afectando la cordura. Puso la cabeza de Sergio en el suelo y corrió al interior del armazón metálico. Traspasó la reja y presionó el botón rojo que llamaba al ascensor de mina, a seiscientos cincuenta metros de distancia sobre su cabeza.

Volvió con el muchacho. Y nuevamente una tos, un rictus de dolor en el rostro. Una confirmación.

—¡Mendhoza! En verdad...

No pudo contenerse y lo abrazó. Lo levantó en vilo de esa manera y se aproximó al sitio en el que bajaría el ascensor. Sintió como si le devolviesen el abrazo. Sintió como si las piernas, la completa y la cercenada, que hasta hacía unos segundos colgaban inertes, ahora adquirían firmeza.

"No puede ser..."

No quiso aventurar ninguna conjetura. Permaneció así hasta que la jaula metálica, precedida por el *clic clac* de su avance por la guía, chocó contra la plataforma del fin de su viaje. Habían pasado varios minutos y él no había cambiado de postura. Sin dejar de sostener a Sergio, liberó una de sus manos para recorrer la reja y entrar. Cerró la jaula. Presionó el botón de subida. El elevador inició el camino de vuelta. Sólo entonces Farkas se animó a sentarse en el suelo con el muchacho en brazos y comprobar que era cierto.

Ahí estaba. De vuelta. Los ojos húmedos y una lágrima bajando por sus sienes. Apenas unos segundos antes, Elsa Bay le decía "Eres un contrasentido" y, de pronto, un cambio de temperatura, la certeza de que alguien corría con él en brazos, la sangre fluyendo por sus venas y arterias.

—¡Cómo es que...! —gruñó el licántropo.

—Me echaron fuera, Farkas. Me echaron fuera.

Lo decía como si hubiese fallado en un importante examen. Su cuerpo desnudo, apenas cubierto por un pedazo de tela en el bajo vientre, se sacudía levemente por un llanto impreciso. Con todo, a Farkas le pareció que era lo mejor del mundo. Independientemente de lo que hubiese intentado hacer del otro lado y que, al final, por lo visto, no pudo hacer.

—Es increíble —dijo.

Y, como si lo conjurara con estas palabras, mientras el ascensor agotaba la distancia con la superficie, se escuchó un grito espantoso proveniente del sitio que acababan de abandonar. Luego, otro. Otro más. Cualquiera diría que estaban siendo masacrados. En el rostro de Farkas se reflejó el miedo.

"Oodak está siendo llamado a rendir cuentas", pensó Sergio, recordando las palabras exactas de la condesa. Quizás en ese momento el Señor de los demonios estuviese siendo víctima de una reprimenda poco agradable en presencia de todos sus súbditos. Por eso los gritos. Por eso el temblor de tierra. El fragor y las oleadas de calor, de humo, de peste. Farkas guardó silencio, miraba hacia arriba como si con ello pudiese acelerar el viaje.

El elevador tardaría varios minutos aún y Sergio, al ver cómo se aproximaba el cuadro de tenue luz que indicaba la llegada a la superficie, se sintió terriblemente cansado. Pero le dio gusto confirmar la ausencia de su pierna derecha, la mejor garantía de que había salido con bien y que todo el horror del inframundo había terminado. Pensó en Guillén, no obstante. Se sintió intranquilo. ¿Y si él no había salido? ¿Valía la pena confiar en la palabra de Elsa Bay? "Ni siquiera nos despedimos."

Los gritos se magnificaron a través de la extensa garganta por la que el ascensor seguía ascendiendo. El calor de pronto era tan sofocante que a Farkas le parecía que todo se había incendiado allá abajo, pero no se apreciaba cambio alguno. Los vapores sulfurosos sí se habían incrementado. Tal vez eso significara que el mismo Belcebú había vuelto para dar cuenta de todos sus súbditos.

Mientras, Sergio luchaba contra el sueño. Después de tantos días habiendo permanecido en vigilia, su cuerpo le demandaba un descanso. Probablemente no fuese sino una necesidad imaginada, un engaño de su nueva percepción adquirida, pues se daba cuenta de que en realidad no habían pasado ni cinco minutos desde su muerte. Aún así, sentía que rendirse a la inconsciencia era apremiante, el verdadero punto final a la lucha que había sostenido sin darse tregua del otro lado. No obstante, no quería sucumbir a ese deseo hasta no ver a los ojos a su hermana, a Julio. A Brianda.

Era como haber estado años lejos cuando en verdad sólo habían transcurrido unos pocos minutos. Afianzó en su mente aquel descubrimiento que hizo, tal vez meses atrás, tal vez ese mismo día, "El tiempo es el verdadero tridente del Diablo."

"Pero ya estoy aquí", se dijo, cerrando los ojos.

Al volverlos a abrir, ahí estaban, frente a él, en el campamento de Farkas.

Alicia, Julio, Wilhelm Stubbe.

Jop y Brianda.

Todos lo contemplaban tendido sobre una litera de pieles como a un enfermo que ha sobrevivido a la más difícil de las operaciones. Tal vez así había sido.

Una lágrima volvió a escapar de su mirada súbitamente emborronada. Se permitió cerrar los ojos de nuevo, sólo por un segundo.

Sol negro

Por primera vez en su vida sentía curiosidad por los otros como él, aquellos que le habían hecho sentir solo y superior. Todos le causaban repugnancia, a un grado inefable de destrucción voraz. Pero al abandonar su casa pensó que acaso no debiera solamente desear consumirlos, aniquilarlos, deleitarse en sus gritos. Acaso valiera la pena intentar algún tipo de entendimiento pues, de no ser así, estaba condenado al hastío del crimen y la depravación. Era demasiado fácil.

Mientras caminaba bajo una tormenta por el bosque, recordaba a aquella que lo había llamado hijo. Sus comidas calientes, sus canciones al atardecer, la forma que tenía de tocarlo. Era tan estúpida. Su final había sido previsible, pero demasiado fácil. Acaso debiera esforzarse más por conseguir un lugar entre aquellos que andaban en dos pies como él, aunque se sintiera más cómodo entre las fieras, cubierto de alimañas, cobijando en su boca y sus párpados a las moscas.

Llegó a un poblado cuando aún llovía con fuerza, pero por las luces en las ventanas de las casas de tejado de paja y el humo en las chimeneas, confirmó su teoría de que ahí hallaría hombres. Tal vez podría hacerse de un lugar entre ellos. Dormitó junto al pozo hasta que amaneció. Aún parecía un muchacho de quince años, no carente de atractivo. Para su buena fortuna, lo descubrió una de las hijas casaderas del panadero.

—¿Qué haces aquí? ¿Quién eres? ¿Cómo te llamas?

Recordó que aquella mujer que lo llamaba hijo había querido darle un nombre, pero su marido nunca se lo permitió. No tenía respuesta para esas preguntas.

—¿No hablas?

Prefirió, como otras veces, permanecer callado, aunque comprendía las palabras de la chica. Algo de fascinante encontró ella en él, pese a sus largas uñas y cabellos, y lo llevó a su casa. Ahí, la esposa del panadero, madre de siete, le obsequió ropas nuevas y le indicó el camino al río para que se bañara. La muchacha que lo había descubierto decidió seguirlo y espiarlo desde los árboles. Él se sintió observado y la descubrió. No le gustó lo que detectó en sus ojos. Se parecía demasiado a lo que irradiaba la mirada de la otra mujer, aquella estúpida.

El panadero estaba de viaje y su mujer lo invitó a su mesa, a compartir el pan, el vino y las setas con sus hijos. A todos les maravillaba ese forastero que no hablaba ni germánico ni latín y que parecía el colmo de la timidez.

Por la tarde, la chica de trenzas rubias que lo encontrara lo invitó a dar un paseo por el bosque. Siglos después, el hijo de la noche pensaría que se esmeró todo lo que pudo, pero fue insoportable. Había que tomar en cuenta que en aquel entonces era sólo un muchacho.

Ella lo rozó con una mano mientras caminaban entre las húmedas hojas de las serpenteantes veredas.

Él la tomó del cuello y azotó su cabeza contra un tronco repetidamente, hasta que el cráneo no fue sino un cuenco vacío y el manantial de sangre se detuvo. Decidió que no valía la pena. El hastío de esa rutina era mejor que someterse a la sumisión de sus congéneres sin hacer nada. Por alguna razón él era mejor que todos y prevalecería por encima de los hombres. Era su sino, su maldición.

Y le encantaba.

Dejó el cadáver de la chica ahí tendido y volvió a la aldea con las manos rojas, el corazón rebosante. Encontró a un hombre en la puerta de su casa, que en realidad era una tienda en la que dormía junto con sus cabras y sus bueyes. Éste lo saludó jovial a la distancia y lo invitó a acercarse. Tardó en darse cuenta del extraño color en las manos del muchacho, las mangas de la camisa, el gesto de permanente desagrado.

Fue demasiado tarde cuando advirtió que esa misma mano que ahora contemplaba, se transformaba en una garra y entraba en su estómago como si fuese una delgadísima membrana. El hijo de la oscuridad tomó la columna vertebral y la trozó en dos, arrancando el pedazo de hueso y extrayéndolo por el mismo lugar por el que había introducido la garra. Los bueyes y las cabras, súbitamente conscientes de que algo andaba mal, se replegaron contra el fondo del establo.

Un par de mujeres, en camino hacia el pozo, lo contemplaron todo horrorizadas. Fueron las siguientes víctimas.

La transformación ahora estaba completa.

Fue dolorosísima. Pero, también, increíblemente satisfactoria. Se sintió exultante mientras crecía hasta superar a los árboles, mientras se cubría de escamas verdinegras, mientras en su espalda se dibujaba un camino de espinas y su rostro se volvía reptilesco. Una bocanada de fuego y todo terminó para las mujeres frente a él, que agonizaron rodando sobre la tierra.

Luego, siguió con la aldea completa, que redujo a cenizas en un santiamén, llenándose el corazón de júbilo. No dejó una choza en pie ni una sola persona viva. El ganado también fue rociado de llamas o aplastado por sus garras. Se sintió triunfal, terrible, agradecido.

Y un poco hastiado. De nuevo había sido demasiado fácil.

Se sentó a contemplar su obra entre las llamaradas del incendio, que ya se corría a los abetos más cercanos. Demasiado rápido y demasiado fácil.

"Mi maldición. Mi sino. Mi mayor satisfacción", pensó.

En ese momento volvió a su forma humana, maravillado ante el fenómeno. Sus ropas seguían en su sitio, su piel, su cabello, todo igual. Corrió lejos de las llamas, temeroso de que éstas le fueran letales si no adoptaba su otra forma, aquella tan terrible que le había sido dada sólo por odiar con toda la pureza de su núbil espíritu.

Cuando estuvo lejos de la catástrofe, se sentó a descansar sobre un tronco. Pronto oscurecería y él volvería a sentirse cobijado por los elementos. Tal vez llovería. Tal vez podría recostarse a orillas de un pantano. Un búho con una rata entre las garras se posó sobre una rama. El hijo de la noche lo miró como si estuviese ante el más grande de los prodigios pues se sintió en sincronía con el ave rapaz. "Nada hay de malo en matar si puedes hacerlo."

Aún había luz de día cuando escuchó que algo se arrastraba sobre la hojarasca. Miró en torno y descubrió un cadáver calcinado, partido por la mitad, arrastrándose hacia él. Era la esposa del panadero. La mitad de su cara ya era calavera y aún expedía humo al acercarse a ese lugar del bosque ayudándose con las manos y avanzando sobre su pecho, pues carecía de piernas. Extendió el cuello hacia el muchacho y lo contempló como si fuese una esfinge.

—Estoy complacido —dijo el carbonizado esqueleto con una voz estentórea que salía de entre sus maxilares.

El muchacho, intrigado, contempló el fenómeno sin alarmarse.

—¿Quién eres?

—Aquel que te ha obsequiado el don. He venido a hacerte saber que cuentas con todos mis favores.

—¿Qué soy?

—Eres la respuesta de las potestades del infierno ante el bien supremo.

—¿Tú me creaste?

—No. Yo sólo te di el don. La ruindad de tu corazón es una conquista tuya. Y por ella te estamos agradecidos, pues ni yo ni mi señor intervinimos. Se dice que el mismo día que naciste otro niño vino al mundo. Un niño con sólo bondad en su corazón. Tú eres nuestro adalid. Tú eres nuestra confirmación de que, así como ellos juegan el juego de la predeterminación, nosotros también.

—No entiendo.

—No importa. Sólo vine a decirte que no estás solo. Que te debes a fuerzas más poderosas. Que ya llegará tu tiempo. Y que estamos complacidos.

Ante ellos se habían congregado más bestias. Un árbol cercano era ahora un nido de murciélagos. Serpientes se enredaban en las piernas del muchacho. Algunas langostas y arañas, sobre su cabello.

—Una vieja a la que devoré me dijo algo. Que viviré quinientos años justos. Pero luego volveré. Y el reino de la oscuridad será eterno con mi segunda venida.

El Señor de las moscas no respondió al instante. El conocimiento del porvenir sólo le estaba conferido a los que hablaban con los muertos y podían descifrar sus acertijos. Así que él también se sintió intrigado. Ni su señor podía anticipar tanto el futuro. Quinientos años, de cualquier forma, eran un buen lapso de aprendizaje.

—Nada debe inquietarte —dijo el cadáver—. Es cierto que no eres inmortal y que una espada puede atravesarte el corazón si la empuña el hombre correcto pero, aún así, nada debe inquietarte. No tienes órdenes ni lineamientos. Me basta con la total ausencia de bondad que hay en ti. Por eso, haz lo que te plazca. Sacia tu sed de sangre y destrucción. Estoy, como te dije, complacido.

Dicho esto, el esqueleto volvió a su natural inmovilidad.

Y el hijo de la noche, ahora rodeado por un enjambre de insectos como si de él se desprendiese el más hediondo olor de carne descompuesta, se echó sobre la tierra. Cualquiera que hubiese pasado por ahí en ese momento habría creído que era devorado por los moscardones.

"Nada debe inquietarte", se dijo a sí mismo, decidido a olvidar el resto. "Sacia tu sed", pensó.

Se durmió con el crepitar del incendio agotando el bosque.

"Nada... debe... inquietarte."

Capítulo once

Se daba cuenta, entre brumas, que luchar contra el sopor se había vuelto prácticamente imposible. Recordaba los rostros de sus seres queridos. Recordaba su cuerpo en brazos y en alguna cama o camilla. El sol en la cara y la luz artificial. Pero, sobre todo, el sueño. El ahora soberano e invencible sueño. Todo en su cabeza se revolvía como un amasijo informe, el viaje en helicóptero a Budapest, las revelaciones de Farkas, su muerte, los meses o años al lado de Guillén en el limbo, los años o lustros al lado de Guillén en aquella ciudad circular, la llegada de Elsa Bay, su despertar. Recordaba haber sido transportado en andas, en auto, en helicóptero, en avión, pero no los detalles específicos. Recordaba los rostros de sus seres queridos. Y el sopor. El mareo, la confusión, el cansancio. El maldito letargo de un sueño irrenunciable.

Por eso en ese momento, cuando abrió los ojos de nueva cuenta y éstos se posaron en una grieta, se obligó a no cerrarlos, a luchar con todas sus fuerzas contra esa pesada piedra que caía sobre ellos siempre que adquiría un segundo de conciencia. Una grieta que, increíblemente, encontraba un lugar en sus recuerdos.

A fin de cuentas, había estudiado un millón de veces esa sección del cielo raso de su habitación. No era la primera vez que se despertaba mirando hacia arriba. Aunque sí la primera en meses. Años.

Una invisible mano lo arrastraba de los cabellos nuevamente a la inconsciencia, como si hubiese consumido una sobredosis de algún narcótico poderosísimo. Pero consiguió hacerse de más fuerza, y esmerarse en algo que no había hecho desde que lo venció el desmayo en los brazos de Farkas: incorporarse, vencer la gravidez, romper las ataduras de la debilidad.

Se apoyó en ambos codos como si su cuerpo pesara cientos de kilos y miró en derredor. Vestía piyama. Estaba en su habitación, en efecto. Aunque solamente había una sencilla cama, justo donde ahora descansaba, y una nueva prótesis, recargada contra el muro del armario. Recordó, como si le hubiese ocurrido a otra persona, que la última vez que había estado ahí fue cuando recién terminó la Krypteia. La condesa Báthory había sido aniquilada y en su mente sólo estaba la necesidad de rescatar a Alicia, de dar con Edeth, de terminar con esa encomienda maldita y recuperar su vida.

Y todo parecía indicar que estaba ocurriendo.

"¿Entonces por qué no me siento contento?", se dijo, al aguzar el oído y mirar hacia la puerta entreabierta.

No hallaba una razón precisa. Simplemente se sentía como si, en vez de haber conquistado el derecho a la felicidad, sólo hubiera conseguido el derecho a no estar triste. Pero no tenía ánimos de ejercer ese derecho. Sentía como si, en vez de haber llegado a la cima, ésta hubiera desaparecido. Como si, a medio maratón, alguno de los jueces le informara que el resto de los corredores había sido descalificado y por ende él era el merecedor de la medalla.

Obligó a sus músculos y a sus huesos a dejar la convalecencia y ponerse en pie. Aunque sentía las articulaciones entumecidas, fue dando saltos hacia la ventana. Se asomó y comprobó que todo era tan normal como siempre había sido. Había gente en la calle. Perros. Autos. La estatua de Giordano Bruno seguía en el mismo lugar.

"Se acabó. Es todo", repasó en su mente. "Deja de cuestionarlo todo".

Volvió saltando a la cama. Se llenó los ojos de su cuarto, de blancas y desnudas paredes. Nada había sobrevivido al ataque de aquellos que lo habían asediado durante la Krypteia. Pero era evidente que Alicia había puesto manos a la obra desde su regreso. No tenía muebles, toda su música se había perdido, su viejo instrumento, su ropa, todo. Pero no había razón para no ver esto también como una nueva oportunidad. "Me voy a comprar playeras más padres. Y una batería Tama como la que siempre quise. Y..."

—¿Sergio?

Ésa era otra celebración. ¿Por qué no simplemente disfrutarlo? Ahí estaba, del otro lado de la puerta, como si nada hubiera pasado. Como si todo lo acontecido, desde el caso de los siete esqueletos decapitados, no hubiera sido más que una terrible pesadilla. Cierto que habían vivido muchas cosas juntos y que él se había retrasado al menos un año en la escuela, pero con un poco de voluntad, podrían dejarlo todo atrás. Y volver a ser felices.

Alicia asomó la cara por la puerta.

De inmediato fue a abrazarlo.

—¡Sabía que despertarías si te dejábamos en tu cuarto! ¡Lo sabía!

—¿Cuánto tiempo ha pasado desde...?

Alicia se separó de él y lo miró a los ojos, acariciándolo.

—¿Desde que volviste a la vida? Siete días. Hasta ayer te alimentamos con una sonda.

—¿Siete días estuve inconsciente?

—Estuviste muerto por varios minutos. No es trivial. Pero me da gusto ver que no ha habido secuelas. Que estás perfectamente. Que podemos recuperar nuestras vidas.

Volvió a abrazarlo. Esta vez con más fuerza.

Sergio cerró los ojos por un momento. Se dejó envolver por el perfume de su hermana, por la agradable sensación de cercanía, por la necesidad de sentirse optimista a partir de ese momento. Se obligó a sonreír, aunque no le gustaba justamente eso: tener que obligarse a un sentimiento que tendría que haber sido, dadas las circunstancias, natural.

"Algo en mí murió", recapacitó mientras abrazaba a su hermana. "Era de esperarse."

Torció la boca. Se resistía, al igual que ella, a dejar el abrazo. Pero, a la vez, le dolía. Alicia siempre le había transmitido ese mismo sentimiento que tanto bienestar le producía cuando estaba en presencia de un héroe. Como la confianza, como el amor, pero distinto. Aunque claro, ella era su hermana, su figura materna, y por eso Sergio nunca le había dado importancia a esa sensación.

Pero ya no estaba ahí. Ya no sentía esa certeza de que Alicia lo amaría y protegería por siempre, aún más allá de sus fuerzas y aún si tuviera que renunciar a su propia vida. Eso que había sentido desde que ella lo acogió en el desierto de Sonora, cuando los lobos se lo devolvieron y ella se prometió cuidarlo y velar por él a pesar de ser ella misma una niña, ese sentimiento... se había perdido. Tal vez esa fuera la principal razón de la tristeza. Que algo había muerto en su interior y no tenía remedio.

Se soltaron y Alicia le dijo que no le vendría mal una buena sopa, que era momento de volver a la vida. Le ayudó a ir hacia la estancia y lo acomodó en una silla plegable frente a una mesa plegable. A Sergio le agradó notar que también ahí habían pintado las paredes. Las consignas amenazantes sobre los muros eran cosa del pasado. Tampoco había muebles, pero de la cocina surgía un aroma de sopa instantánea que le pareció glorioso.

"Ganamos, eso es todo." Suspiró con fuerza. "Todo va a estar bien a partir de ahora."

Volvió Alicia a la estancia con sendos vasos de unicel humeantes. Puso uno frente a Sergio y le entregó un tenedor de plástico. Ella se sentó sobre una maleta puesta de costado. Le sonrió con cariño y tomó de la sopa. Sergio hizo lo mismo y al instante sintió cómo todo su cuerpo se estremecía de agradecimiento. Sonrió también. Qué lejos parecían los días del miedo, aquellos de cuando enfrentó a Guntra, o a Belfegor. Qué lejos toda esa aventura que, sin más, se había vuelto desechable.

—¿Y Farkas, Alicia?

—No sé. Dispuso todo para nuestro viaje pero él se quedó allá. Dijo que ya no tenía caso seguir con nosotros.

—Me hubiera gustado despedirme.

—Entiendo. Pero con la desaparición del castillo negro fue como si de repente todo acabara. Él mismo no dijo ni hizo nada por darle continuidad a esto. Creo que en el fondo también ya estaba muy cansado.

—¿Dices que el castillo desapareció?

—Con todos los que albergaba. Fue increíble. En cuanto nosotros salimos empezó a venirse abajo.

Sergio volvió a su sopa, a su introspección. "Increíble", se dijo también. Sabía que el sinsabor se debía justamente a eso, a que parecía increíble. Sonrió sesgadamente. Alicia extendió una mano para tocarlo. Lo apretó de un antebrazo con firmeza, demandando atención.

—¡Oye! Mírame —él la obedeció—. Es lo justo, Sergio. Y tú, más que nadie, te mereces, al fin, una vida. Qué importa cómo haya ocurrido. Lo importante es que podemos salir a la calle sin temor a que vuelvan a ocurrir cosas terribles.

Sergio asintió. Increíble, inconclusivo, insípido... pero no por ello falaz. Ya buscaría a Jop y a Brianda. Ya se encontraría con Julio. O con su padre. Ya trataría de hacerse a la idea de que Edeth nunca volvería. Que todo hubiese terminado de manera distinta no significaba que no hubiera ocurrido. Y qué bueno. A vivir sin miedo, de ahora en adelante.

—¿El Libro, Alicia?

—El... —titubeó ella—. Cierto. Ahora que lo dices... creo que se quedó allá. La verdad no supe qué pasó con él.

"Es la principal demostración de que todo terminó. O me hubiera seguido hasta aquí", concluyó Sergio, no sin cierta melancolía, empujando cuesta arriba esa felicidad que no terminaba de cuajar, pero que ya ocurriría.

Tal vez no ese día.

Pero ya ocurriría.

Sol negro

Sin ideas preconcebidas caminó fuera del bosque, hasta un lago cuya superficie estaba quieta como espejo. Ahí, en la orilla de tan hermoso ojo de agua, tomó la determinación de obedecer la única orden de no ceñirse a ningún esquema. Acometería a la raza humana hasta arrasar con el mundo o anhelar un fin distinto. En cierto modo, extrañó los días en los que sólo le importaba su supervivencia, el abrigo de la noche, el aislamiento total.

Con sólo desearlo consiguió su segunda metamorfosis, desplegó sus alas, emitió un rugido. Partió hacia el norte.

Su consigna era simple y justificaba una sola idea: ¿cuál era el verdadero sentido de todo eso si resultaba tan fácil como patear un hormiguero? Por ello deseaba sobrevolar aldeas, sembrar el terror y la muerte, descansar sólo para hurgar en su interior. Y virar el rumbo de su destino, si hacía falta.

Al primer poblado que encontró lo extinguió en un abrir y cerrar de ojos. Lo hizo a propósito. Fue tan mortífero que en los alrededores nadie se enteró siquiera de lo que pasó. Oculto por la noche, emitió un río de fuego que encendió las casas, los silos, los corrales. Evitó los gritos, el pánico, el impulso de la gente por salvar lo que pudiera. Todo ardía en cuestión de segundos. Y al hacer el análisis de sus sentimientos descubrió que, en efecto, poca satisfacción le traía esa nueva forma de crimen. Nacía en su interior la sospecha de que era mucho más placentero matar a una sola persona que a cien, siempre y cuando pudiera contemplar el horror y el sufrimiento.

Una sospecha que se volvió certeza al poco tiempo, pues, siguiendo una línea errante siempre en dirección al norte, fue diezmando aldea tras aldea hasta llegar a los gélidos mares donde los vikingos habían aprendido a conquistar el océano. Fueron los únicos hombres que se atrevieron a levantar la espada contra él y por ello les concedió su perdón. No por piedad, sino como una forma de inversión para el futuro; creía que tal vez algún día necesitaría guerrear con alguien y ellos serían los únicos dignos. Los vikingos fueron los primeros en hablar de su existencia y adoptar su figura como símbolo de poderío. Lo cierto es que él había concluido esa primera travesía de varios días con aburrimiento. Volvió al sur y una vez en tierras germanas regresó a su forma humana, convencido de que esa manifestación de fuerza era absurda en un mundo que carecía de rivales dignos.

Una suerte de apasionamiento le indicaba que sus pensamientos eran correctos. Pues la aniquilación de un hormiguero no es motivo de júbilo por mucho que se deteste a las hormigas. O a los seres humanos. Su repulsión por la vida y por los hombres debía concretarse de otra forma. Pero no lo sabía y tampoco lo intuía.

Andando en dos pies destrozó a cuanto viajero se encontró en el camino, hasta que él mismo aparecía todo el tiempo teñido de rojo. El hastío no se marchaba. Permaneció al interior de una cueva, a la expectativa, por varios años, aguardando cualquier variación en su rutina de dar muerte y no sentir nada. Había aprendido a controlar su envejecimiento y parecía ahora un hombre de veinticinco, lo cual era todo lo que se había propuesto crecer, mientras no naciese en él alguna especie de nostalgia por su propio sepulcro.

Tenía que haber alguna otra forma de sentir exaltación en el mal. La destrucción era demasiado fácil. Las carnicerías, un tedioso trámite.

Sentía paz y júbilo solamente en la reclusión, la noche, la compañía de arañas y escarabajos.

Por ello, cuando aún en el mundo un tal Poncio Pilato no enviaba a la cruz a aquel que marcaría un hito con su nacimiento, el hijo de las tinieblas había resuelto que la paz de un catafalco era el único sentido de su vida. Así que buscó un sitio inaccesible en las faldas de los Cárpatos y cavó su propia tumba. Removió la tierra y se introdujo en ella como si fuese a dormir por una noche cuando tenía pensado dormirlas todas. Aborrecía a la raza humana tanto que prefería no tener contacto con ella, ni siquiera al blandir un arma en su contra.

Advirtió que la tierra sobre su faz, cubriendo sus fosas nasales y sus párpados, no lo arrastraba a la muerte. Y recordó vagamente cierta profecía, a la cual no dio importancia.

Enterrado se mantuvo por décadas. Abría los ojos muy esporádicamente sólo para conseguir ver, a través de las capas de tierra de su sepultura, la vaga idea de un sol negro por encima de su cabeza.

Lo despertaron ocasionalmente algunos animales y viajeros. El rugido del dragón era lo último que escuchaban antes de morir súbitamente. Y él lamentaba la interrupción del mismo modo que haría un oso a mitad del invierno. A veces surcaba el cielo y alimentaba, sin darse cuenta, su leyenda.

Con el paso de los siglos se acurrucó en cuevas, grutas y ocultos pasadizos. A veces volvía de su encierro sólo para constatar que el mundo no fuese de otra sustancia. Dejaba su refugio y buscaba algún alma perdida. Si era de noche, mejor. Y si podía cometer el crimen en su forma humana, también. A veces pasaba días descuartizando inocentes sólo para volver al retiro autoimpuesto más hastiado que nunca.

Fue hasta inicios del siglo V que, en una de sus incursiones, tuvo una sutil revelación que le devolvió el apetito al cuerpo y le hizo volver a sumarse a la historia de la humanidad. Caminaba por un sendero cuando vio venir a un par de ancianos. En el mundo ya estaba instaurada la religión católica y no era difícil ver a este tipo de eremitas con báculo y fardel agotar los caminos. Decidió que mataría primero a uno, que obligaría al otro a mirar y luego también lo destrozaría. Realizaba este tipo de ejecuciones buscando sentir esa misma concupiscencia de los primeros años. Pero a veces ni la sangre, ni los gritos ni la última exhalación le sacaban del letargo.

Los dos monjes se aproximaron y le saludaron con un gesto. Él tomó el bastón del más viejo y lo golpeó en la cara con furia, haciéndolo caer de espaldas. El otro anciano, aterrorizado, se hizo hacia atrás, pronto a escapar. Entonces, de entre los arbustos, surgió un hombre y se unió a la violencia. Tomó al otro viejo, lo arrojó a tierra y comenzó a patearlo en las costillas. Al hijo de la noche le pareció haber coincidido con un ladrón. Interesante, pero nada del otro mundo. Entonces vio que el sujeto no detenía su afán asesino. Seguía golpeando al viejo en todo el cuerpo hasta que consiguió matarlo mientras él, sorprendido por el arranque de crueldad, había detenido su propio ataque. El primer anciano miraba confundido y aterrorizado, y, aprovechando la repentina pasividad, quiso arrastrarse fuera del camino pero el hijo de las tinieblas cambió al instante su forma a la de un reptil humano y, con una de sus garras, le cercenó la cabeza.

Los dos asesinos se miraron. El criminal espontáneo miraba a su contraparte con fascinación, el pecho agitado, la locura en su mirada.

El hijo predilecto de Satán comprendió al fin su lugar en la Tierra.

La mejor forma de aniquilar a la raza humana no era exterminándola, sino corrompiéndola. Ganándola para sí y su señor. Al ver su propio mal replicado en aquel hombre comprendió que la monstruosidad era un privilegio. Que los dones existen para ser utilizados. Y que al fin, después de tantos años, podía sentir un nuevo estremecimiento de espíritu.

Miró a su primer pupilo a los ojos y supo que estaba hecho.

Habrían de pasar un par de semanas antes de que se diera la transformación, pero sería magnífica y legendaria. El segundo demonio del mundo: un monumental cíclope que desolaría comarcas enteras. Sería gracias a esto que aquel muchacho que llegara casi cuatrocientos años antes al mundo, dejaría al fin el abrazo de la tierra y la oscuridad porque ahora tenía un propósito. Y no descansaría hasta llevarlo a cabo.

Capítulo doce

Sergio tenía la impresión de que la inconsciencia absoluta era imposible. Había conciliado el sueño pero de una manera superficial, como si le importaran todas las percepciones. El tacto de su piel contra las sábanas. Su respiración. La temperatura exacta. A la cuarta vez que despertó sobresaltado, decidió levantarse. Recordó, con la callada noche, los días del Nocturno Belfegor, cuando lo despertaban ruidos inexplicables y la desconcertante presencia de las cucarachas. Ahora todo estaba en calma. Todo estaba bien. Demasiado bien. Se puso la prótesis y fue al baño a aliviar la vejiga. Luego, se asomó al cuarto de Alicia, quien dormía como si ninguna preocupación fuera posible.

Decidió que intentaría algo que seguro le traería calma. Con sigilo buscó las llaves y el celular de Alicia, que encontró en la cocina. Se echó encima una chamarra de ella, olvidada sobre el respaldo de una de las sillas plegables. Quitó los seguros de la puerta principal y salió. Al bajar las escaleras, volvió a poner al máximo todos sus sentidos, nuevamente preocupándose por todo, sombras, aromas, sensaciones. ¿Así era el mundo sin demonios? Llegó al fin a la calle y, cerrando la puerta a sus espaldas tratando de no hacer ruido, miró en todas direcciones. Los edificios, todos en calma. Alguna ventana con luz incidental. Los sonidos de la ciudad, a la distancia. Autos, una ambulancia, el zumbido de los cables eléctricos. Serían las tres de la mañana. Atravesó la calle y se apostó frente a la estatua de Giordano Bruno. No supo qué decir, así que sólo permaneció un rato mirándolo. Aventuró un "Hola" que no obtuvo respuesta. "¿No estás contento con el resultado?", preguntó, de nueva cuenta.

Miró hacia el final de la plaza, los juegos infantiles, la cancha de básket, el camino que debería seguir para ir a casa de Brianda…

Se sentó en una de las bancas. No sentía miedo. Tal vez lo extrañaba.

Un hombre de traje y corbata, algún trasnochado, caminó por la calle de Roma. Sergio lo miró sin suspicacia. Ni siquiera la posibilidad de ser abordado por un desconocido le atemorizó. En piyama, a las tres de la mañana en una banca de una plaza citadina, casi estaba deseando hablar con alguien, quien fuera.

Sacó el celular de Alicia y lo encendió.

La pantalla estaba bloqueada y él no sabía la contraseña. Lamentó esa falta de previsión. Ahora no podría hablar con nadie. Intentó malamente un par de secuencias de dígitos. El cumpleaños de Alicia. El suyo. El año en curso.

Depositó el aparato sobre su regazo. Pensó esperar el alba ahí sentado...

Entonces el teléfono vibró.

Y su corazón dio un vuelco.

"Llamada entrante de Brianda."

¿En verdad estaba pasando? Contestó.

—Hola.

—¿Alicia?

—No. Soy yo.

El más elocuente de los silencios se hizo del otro lado. Seguro un alud de sentimientos se había echado encima de Brianda. ¿Por qué él no sentía lo mismo? ¿Qué estaba pasando? ¿Tan terrible había sido desafiar a la muerte que al final lo que había recuperado sólo era una sombra de la vida?

—Perdón —dijo Brianda con voz llorosa—. Es que de veras creí que a lo mejor nunca volvería a hablar contigo.

—Pues ya ves. No fue así.

—¿Dónde estás? ¿En tu casa?

—No. En la plaza. Frente a Giordano.

Un nuevo silencio. Esta vez, muy breve.

—No te muevas. Voy para allá.

El fin de la comunicación y el inicio de una espera que, sabía Sergio, no podía ir más allá de un par de minutos. Así tuviera que enfrentar la ira de sus padres, Brianda no permitiría que le impidieran salir. De eso estaba seguro. Pero le dolía no sentir la misma urgencia por verla. Y pensó que lloraría si no se sintiera tan seco por dentro.

"Quizás hubiera sido mejor que muriera por completo", pensó sin apartar la vista de Giordano Bruno.

Un claqueteo se escuchó a la distancia. Pasos apresurados. Repentinamente en la plaza, Brianda, vestida a la carrera con ropa deportiva. Hermosa y llena de vida. "Ahora todo estará bien", pensó Sergio.

Ella corrió hacia él y lo abrazó con fuerza en cuanto lo tuvo al alcance, aún de pie, el cuerpo torcido, sollozando de júbilo.

—Ahora todo estará bien —dijo ella como una curiosa confirmación del último pensamiento de Sergio. Se sentó a su lado.

—Exacto. Ya no te preocupes por nada —dijo él casi por fórmula.

—Ay, Checho… de veras creí que nunca se terminaría esto. Y ahora venos, con todo el futuro por delante.

Se separó de él y se hundió en sus ojos. Le dio un tierno beso. Volvió a abrazarlo. Sergio, en cambio, se sentía como si estuviera viendo una película donde el protagonista le fuese antipático. Nada de eso le competía. Nada le afectaba. "Oh, Dios…", pensó.

—Mañana buscaremos a Jop y te diré lo que haremos. Iremos a la feria de Chapultepec, igual que aquella vez que suspendieron las clases. ¿Te acuerdas? Y pasaremos el mejor día de nuestras vidas.

—Seguro —dijo él, torciendo la boca. Le horrorizaba que ella notara su desdén. No se lo merecía. Pero era una amargura inevitable. Forzó la sonrisa.

—Debería ir a la escuela, pero no me importa. Hay que celebrar. A partir de hoy todos nuestros días serán una fiesta. En el mundo ya no hay demonios. Tú y yo estamos juntos. ¡Al diablo Edeth y el Libro de los Héroes!

Un nuevo abrazo. Tenía toda la razón y, aún así, Sergio no quería concedérsela.

—¿Tus papás están bien?

Ella se separó y lo tomó de las manos. Volvió a mirarlo como si quisiera nunca dejar de hacerlo. Así, sin anteojos, era tan bella que hacía sentir aún más miserable a Sergio.

—Mejor que nunca —respondió Brianda.

Y entonces, él lo notó. El corazón se le comenzó a agrietar. Palpó las manos de Brianda, como si la acariciara, sólo para estar seguro.

"Debí darme cuenta desde el principio."

Era tan doloroso que comenzó a derramar lágrimas.

—Yo también estoy tan contenta que creo que nunca dejaré de llorar.

Otro abrazo y Sergio decidió que lo mejor sería precipitar las cosas. Lo cual era, en cierto modo, una verdadera tragedia, pues la noche era templada, no había una sola nube en el cielo, a lo lejos ni una ambulancia, ni un ruido amenazante, ni un maullido que mancillara el silencio. Nada que le permitiera inducir que en el mundo eran posibles el sufrimiento y la tristeza.

—Brianda... desde que desperté he tenido lagunas mentales.

—Me imagino.

—Y por eso me he visto obligado a preguntar para afianzar mi memoria. ¿Te importaría si...?

—Claro que no. Pregunta lo que quieras.

—¿Mi grupo de rock favorito es...?

—Led Zeppelin, claro.

—¿El nombre de la escuela en la que iba?

—Isaac Newton.

—¿Mis dos apellidos?

—Mendhoza Aura.

—Aquella vez que te ayudé a conseguir un recibo en la tienda, antes de que todo esto empezara. ¿Cómo fue?

Un titubeo. Y para Sergio fue como ver los edificios venirse abajo.

—Eh...

—En París te prometí que iríamos juntos a ver un ballet algún día. ¿Qué ballet era?

—¿Y eso qué importancia tiene?

—Antes de irme de aquí te dejé un sobre. En un lado estaba tu nombre; del otro, una bailarina, un corazón y una sola palabra. ¿Qué palabra era?

No era su imaginación. Estaba ocurriendo. Una especie de temblor de tierra que se transmitía del suelo a la banca. De la banca a su persona. De su persona a su corazón, que se partía en mil pedazos.

De su corazón a su espíritu, que quería gritar de angustia.

Los ojos de Brianda se tornaron opacos.

—Era una promesa —sentenció Sergio—. Una promesa resumida en una sola palabra.

La chica ya no sonreía. Por el contrario, se dibujaba en su rostro un enorme malestar.

A la luz de las farolas, la tez de Brianda perdió todo el brillo. Su piel se volvió cetrina. La mueca de su rostro era de desprecio.

Sol negro

Tardó poco en volver a hablar. Cuando lo hizo, adoptó un nombre: Odoaker, obedeciendo a una razón inescrutable para el mundo. Cuando aún era niño y vivía con aquella familia a la que tan mal pagó, un hombre llegó a media mañana, aprovechando que el cazador no se encontraba en casa. La mujer que se decía su madre recibió al visitante a regañadientes. Al parecer sostenían una relación clandestina pero ella no estaba de humor para recibirlo. Él no aceptó un no por respuesta y trató de forzarla a sus caprichos; entonces ella se defendió. Aquel pequeño que aún no tenía nombre y apenas medía un metro de estatura lo observó todo en compañía de sus hermanos, sólo que él no lloró al contemplar la escena. La mujer golpeó al hombre con un leño y éste terminó por irse, pero al muchacho nunca se le olvidaría la mirada llena de maldad de él, los gritos de ella maldiciendo su nombre.

Odoaker.

Nunca había sentido admiración por nadie. Pero ese hombre había sembrado en él un dejo de satisfacción cuando vio que el odio era factible y producía heridas que tardaban en cicatrizar.

Ya era Odoaker cuando, acompañado de un puñado de hombres listos a seguirlo, se apostó en un páramo carente de vida muy cerca de los márgenes del lago Pelso, en la Panonia Inferior.

Ya tenía un distintivo cuando se autonombró rey de los hérulos, una tribu que sus monstruos extinguieron para poder reconformarla únicamente con gente dispuesta a ofrendar su alma al maligno.

Ya iniciaba su oscura grey cuando un muchacho en Constantinopla percibió que la principal fuente de su miedo venía del noroeste. Un muchacho bizantino que necesitó de todo su valor para emprender el camino, siempre siguiendo la vibración intangible de aquello que, a cada paso, crecía hasta volverse terror. Era un muchacho todavía pero se había atrevido a tal jornada porque necesitaba dar respuesta a sus preguntas, porque no podía dormir por las noches, porque estaba harto de sentirse un cobarde.

Odoaker ya se había asentado en un campamento al estilo de los bárbaros. Él y sus hombres se hicieron de fama pues dormían a la intemperie y se habían apertrechado sin armas, como si fuesen un pueblo pacífico. Pronto se vería que no era así. Apenas eran cuarenta hérulos y aún no corrían ni veinte años del siglo V cuando comenzó a esparcirse el rumor: cualquiera que se aventuraba en dirección a su campamento, perdía la vida o la cordura. Un viajero romano corrió con suerte para relatar que en uno de los bosques aledaños fue atacado por un monstruo de enormes colmillos y alas de murciélago. Contaba que extrajo de sus ropajes la cruz cristiana que cargaba consigo y amenazó al demonio con ella. El monstruo se rio de su afrenta y le tiró un zarpazo, listo a devorarlo. Al hombre lo salvó una zanja en la que cayó accidentalmente, tratando de escapar en medio de la noche. Relatos como éste comenzaron a dar fama de aliados del Diablo a los hérulos. Se decía que los gépidos, pueblo guerrero y valeroso que ocupaba la zona oriental del asentamiento de Odoaker y los suyos, preferían no molestarlos y rodear su zona cuando marchaban a la guerra. Los hunos también les mostraron respeto cuando aún eran amos de la llanura. Atila mismo les había enviado doncellas y oro como una demostración de reconocimiento en tiempos en los que no llegaban ni a la centena.

Al momento en que cierto muchacho se armó de valor para tratar de comprender su miedo y emprendió un paradójico viaje, los hérulos ya portaban armas, ya utilizaban una muy sencilla armadura, ya dormían en tiendas, ya conformaban una tribu de miles. Las guerras en las que se enfrascaban las ganaban sin dificultad y se decía que arrasaban el campo de batalla, limpiándolo incluso de cadáveres. Se decía que no habían perdido un solo hombre y que aquel que los comandaba era el mismísimo Lucifer.

El joven Manlio Tasio padecía cada uno de sus avances en esa dirección, como si se acercara a la boca de un volcán activo y temiera que el vértigo le hiciera perder el piso. Cuando llegó al valle en el que los demonios se entregaban a sus fiestas de barbarie y canibalismo, estaba envuelto en sudor, el corazón parecía querer salírsele del pecho, lo acometían temblores. Y ni siquiera tenía a la vista ninguna monstruosidad. A la distancia, desde la colina en la que los divisó, sólo parecían soldados en campaña, disfrutando de un descanso antes de algún próximo combate. Pero él supo que no podría acercarse más sin sufrir un ataque y morir ahí mismo.

Bajó de su caballo y lo dejó pastar en los áridos pastos de esa cima. Luego, se sentó en una piedra a contemplar la aldea. Era la hora del alba y el sol iniciaba su cotidiano viaje por la bóveda celeste. Manlio pensó que permanecería ahí hasta donde se lo permitieran sus fuerzas y luego regresaría a su casa, satisfecho o no con lo encontrado. Le habían advertido algunos barqueros y peregrinos de Odoaker y sus hérulos, pero la suya era una misión absolutamente necesaria. Y, en su opinión, concluida.

Aunque, si era totalmente sincero, no del todo. También había sentido, viniendo de esa misma dirección, la percepción de un ente antagónico, un ser de luz que no había podido identificar en toda su jornada, acaso porque el semillero de maldad era tan poderoso. Ahora le parecía demasiado tarde y demasiado arriesgado tratar de dar con ambos, con el demonio y con el ángel. Miraría hacia el campamento, se convencería de que tal concentración de ruindad era posible. Regresaría.

Pero no había el sol subido siquiera un palmo sobre las montañas cuando un soldado se acercó a la empalizada que habían improvisado como cerco en torno al campamento. Miró justo hacia donde se encontraba Manlio. El miedo se centuplicó.

"¿Será posible?", se dijo el bizantino.

Tal vez lo fuera. El hombre de mirada torva no apartaba la vista justo del punto en el que él los divisaba. Era como si lo hubiera olido.

"¿Será posible que ellos detecten mi miedo así como yo percibo su maldad?"

No valía la pena quedarse a averiguarlo. Al instante se puso en pie y volvió sobre sus pasos, sólo para constatar que su caballo había huido sin él. Era una pesadilla en forma. Lo peor que le podía ocurrir en territorio bárbaro era que lo confundieran con un espía o con un enemigo. Echó a correr de vuelta al bosque sin titubeos.

Pero percibía que no estaba a salvo. Una sola vez miró por encima de su hombro y advirtió que, en efecto, aquel hombre iba en pos de él. Había cruzado la empalizada occidental y corría para darle alcance a través del llano. Buscó por todas partes su montura, sin éxito.

"¿Qué tontería hice?", se preguntó mientras trataba de decidir si lo mejor sería continuar hasta que sus piernas le fallaran o tratar de esconderse en algún sitio. ¿Podría el soldado olfatearlo si se acurrucaba al interior de un tronco hueco o debajo de alguna saliente? Correr ese riesgo podría ser fatal. Prefirió seguir de frente apostándole a la posibilidad de ser más rápido que su perseguidor.

No fue así. Escuchó los gruñidos tras él demasiado pronto. Era, en definitiva, un logro inhumano. Nadie habría podido correr esa distancia sin la ayuda de las artes oscuras. Entre los árboles volvió a girar el rostro sin dejar de correr. Una especie de hombre jabalí iba en pos de él, a toda velocidad. Manlio comprendió que los rumores eran ciertos. Que su miedo era auténtico. Que moriría en cuanto la bestia le diera alcance.

Se replegó de espaldas contra un tronco y extrajo la daga que llevaba al cinto.

El demonio se acercó con curiosidad. Evidentemente tampoco comprendía la naturaleza de ese llamado. ¿Por qué percibía el miedo de ese hombre? ¿Y por qué sentía tanta necesidad de acabar con él sin dilación?

—¿Qué eres? —preguntó el monstruo.

Manlio trataba de dar una explicación a lo que se presentaba frente a él. Era una mezcla de hombre y bestia. Tenía el cuerpo cubierto de pelo y andaba en dos patas, pero el rostro era el de un cerdo con enormes colmillos. Sólo atinó a pensar "así que la renuncia del alma hace esto en las personas".

El demonio le arrebató el cuchillo de un golpe. Emitió un rugido. Manlio cerró los ojos. Se contrajo para recibir la primera tarascada. Pero al instante el monstruo fue rechazado por una ráfaga de viento. O así se lo pareció al joven bizantino, quien volvió a abrir los ojos para percibir cómo un feroz lobo de pelaje gris erizaba su lomo frente al demonio, repentinamente en el suelo.

Manlio prefirió no esperar al desenlace. Corrió de vuelta al bosque con los rugidos de ambos contendientes a sus espaldas. Para su fortuna, no muy lejos de ahí divisó a su caballo reponiendo fuerzas junto a un arroyo. En breve estaba cabalgando a toda velocidad en dirección al sureste, con la intención de nunca volver a intentar una empresa similar, promesa que rompería cuatro años después, al ceder al impulso de bondad que lo llevaría a una casita aledaña a las ruinas de Carnuntum.

Pero esa misma mañana algo había nacido en el corazón de los moradores de aquel páramo, pues todos habían percibido el miedo de aquel visitante. Y al menos uno, su líder, había comprendido que no era una sensación trivial. Acaso esa novedad tuviera que ver con la posibilidad de ser vencidos en el futuro. Una especie de compensación necesaria ante tanto poder.

En la noche de ese aciago día, el propio Señor de los demonios derramaría la sangre de uno de sus seguidores, uno al que aún no había concedido la prerrogativa de formar parte de sus huestes, para consultar al portavoz de su amo. El mismo Belcebú le confirmó sus sospechas. Ese hombre insignificante era una punta de lanza que podría herirlo de muerte. Si su arrogancia no hubiera sido tanta, Odoaker habría recordado una vieja profecía. Y habría concluido que el fin de su primer advenimiento estaba cerca.

Capítulo trece

Lo pudo asegurar con ese primer vistazo. En la cara de Brianda no había sino repulsión, odio, miseria. Confirmaba lo que Sergio había sospechado al constatar con el tacto que ella no llevaba puesto su anillo de oro blanco; estaba seguro de que jamás se lo habría quitado en una circunstancia como ésa. Pero también confirmaba la muerte de una resolución fácil, la posibilidad de retomar su vida, de ser feliz eventualmente.

—Todo lo tienes que arruinar siempre —dijo Brianda con una voz que no era suya.

—Muéstrate, inmundicia.

—Podrías simplemente bajar la guardia, cerrar los ojos, abrazarte a ti mismo. Dormir y olvidarte de todo. Pero no. Insistes en sufrir como un maldito mártir de porquería.

—Muéstrate y termina con esta estupidez.

Los ojos de Brianda se volvieron completamente negros. Sus cabellos adquirieron movilidad. Las manos se le empezaron a avejentar, poco a poco.

Un grito se abrió paso a través de las calles tranquilas. Un grito de súplica, una llamada de atención, una advertencia. La voz decía "Sergio" y pugnaba por hacerse notar.

"¡Sergio!"

Era lamentable. Pero no había nada que hacer al respecto.

—Habría podido funcionar, ¿sabes? —dijo Brianda. Un par de enormes colmillos adornaban ahora su boca, que también se oscurecía hasta volverse negra—. La eternidad completa. Tú y yo. Y los otros idiotas puestos a tu servicio. Tu hermana. Jop. La escenografía, la utilería y demás. Habrías aprendido a ser feliz. Pero no. Siempre tienes que arruinarlo todo con esa cabecita incapaz de quedarse quieta.

Le apuntó a la frente con un dedo de alargada uña.

"¡Sergio!"

El temblor se incrementó hasta volverse terremoto. De pronto ya era cataclismo. Los edificios se derrumbaron frente a sus ojos. La estatua de Bruno se vino abajo. Los autos eran tragados por socavones repentinos. Los postes se arrastraban unos a otros unidos por el alambrado. Sólo él y el demonio permanecían en el mismo lugar.

La ciudad entera desapareció para dejar lugar a una oscura caverna de rugosas y húmedas paredes. Y, en la caverna, un hombre tirado de espaldas, gritando, sujetado por anillos de acero al suelo, incapaz de moverse. Un enjambre de tarántulas paseándose por el laberinto de la cueva, pasando por encima del hombre. Junto a él, la Gorgona en su majestuosa representación. Los ojos sin vida, las serpientes en su cabeza, la piel de un lagarto, la cola de dragón, los cuatro brazos. Mirarla era doloroso, pero no había posibilidad de muerte. Sergio tuvo que esmerarse por no desviar la mirada. Así es como serían las cosas de ahí en adelante. No miraría a otro lado si esto implicaba engañarse a sí mismo o permitir que otros lo engañaran. No más.

Advirtió que el hombre sujeto al suelo era Guillén. No había envejecido un segundo, era el mismo con el que había entrado al infierno. Con las mismas ropas, al igual que él. Ahora tenía de nuevo ambas piernas. La playera de Led Zeppelin. Sólo faltaba el anillo en su dedo. Para variar.

Dejó su sitio junto a la Gorgona y fue a intentar ayudar al teniente. Las arañas al menos no lo agredían. Pasaban por encima, palpaban su rostro o sus ropas y seguían su camino. Pero era imposible ayudarlo. Las abrazaderas en torno a las muñecas y tobillos del teniente carecían de mecanismos, surgían de la tierra como si fuesen plantas metálicas que hubiesen crecido ahí. Comprendió Sergio que los gritos que había escuchado un minuto antes eran de él, del teniente, quien murmuró "gracias a Dios" en cuanto lo tuvo cerca.

—Ahora sí puedo darte la bienvenida —dijo la condesa Báthory—. Éste es el Hades, Mendhoza. Ése del que hablan en tantos libros y que pintan de tan diversas maneras. Es distinto para cada quien. Ésta es una pequeña fracción del tuyo.

Se replegaba contra una protuberancia en la pared de la cueva, extendiendo sus brazos, su cola, permitiendo a sus serpientes ya erguirse, ya relajarse. La luz provenía de todos y de ningún sitio. Las arañas se comportaban como hormigas obreras, yendo y viniendo, aparentemente sin reparar en ellos.

—Lo cierto —continuó la demoníaca visión— es que nada aquí ocurre sin que Él lo permita. Y ha dejado que entren ambos a pesar de no pertenecer aquí. ¿Por qué? No tengo idea. Pero sé que a partir de este punto siguen sin ayuda. Aunque desconozco a qué han venido, quiero darles un pequeño consejo. No importa su misión. Olvídenla. Es imposible. Aquí dentro nadie tiene un propósito personal, excepto el de la propia miseria. Así que abandonen toda esperanza por concretar nada. Si aún no lo comprenden, ya lo comprenderán. En cinco o diez o veinte siglos se darán cuenta de que todo fue inútil y se arrepentirán de su propia imbecilidad, pero será tarde. ¿Saben qué es lo mejor de todo? Que no tienen posibilidad de salir. La tuvieron. Pero la dejaron ir. Ahora, ambos le pertenecen.

Dicho esto, se fundió con la piedra. Sergio y Guillén volvieron a estar solos. ¿Qué correspondía? ¿Hacia dónde ir? Los primeros destellos de la misma desesperanza que los había atacado en el limbo empezaban a surgir en sus mentes. ¿Y si, en verdad, nada tiene sentido y el único camino posible es la renuncia?

Pareció como si la eternidad fuese ahí y ahora. No le costó ningún trabajo a Sergio imaginar que un alma puede estar milenios contemplando los ríos de tarántulas ir y venir, a un amigo sufrir atado a la piedra, a sí mismo volverse loco. Lo traicionó una lágrima.

—Ánimo —dijo Guillén.

A Sergio le pareció risible el comentario. ¿Podía alguien estar en una situación más desesperada? Sonrió de mala gana.

—Al menos ahora sí es usted. Me alegro.

—¿Por qué? ¿Qué otras cosas has vivido?

—Ya le contaré.

Volvió a intentar forzar los anillos. Los golpeó con un pie, con el otro, los jaló, los empujó... las arañas, afortunadamente, no hacían caso. Pronto se percató de que, aunque las pisara, éstas no morían.

Se separó de Guillén y fue a recargarse a una de las paredes de la cueva, pensativo.

—Se supone que yo no pasaría —dijo Guillén de pronto—. Cuando te fuiste, cuando traspasaste el umbral, creí que me volvería loco. No sé cuánto tiempo estuve deambulando hasta que la misma Elsa Bay me dijo que jamás pasaría, que mejor debía marcharme mientras pudiera. Le pregunté cómo le habías hecho tú. Me confesó que no habías engañado a nadie. Que se te había permitido pasar por interés de Luzbel en persona. Pero que yo era caso aparte.

Las tarántulas comenzaron a pasar por encima de Sergio y él se las sacudía mientras podía. Sus espinosas patas le causaban repulsión pero comprendió que pronto tendría que acostumbrarse.

—¿Y entonces cómo fue que pudo pasar?

—Le dije que no me iría sin ti. Que jamás te dejaría solo. Eso causó el milagro.

"Milagro, sí", pensó Sergio. ¿Qué otro nombre podría recibir una sacudida del corazón en un sitio como ése? Porque con esas palabras recuperó la sensación de que, al lado de un héroe como Guillén, nada podía salir mal. Nunca. Ni siquiera en un sitio atroz como ése. Y se dijo que atesoraría ese milagro así pasaran cientos de miles de años.

—Gracias —musitó.

—Me dijo Elsa que podía pasar y estar contigo pero las condiciones las ponía Él —concluyó el teniente no sin cierto abatimiento en la voz—. Y ya ves.

"Sí, ya veo", pensó Sergio. Pero era como estar ciego. Frente a él sólo se adivinaba la posibilidad de caminar los laberintos de la gruta, inspeccionar, buscar una salida. ¿Hacia dónde? ¿Y con qué sentido? Fue con Guillén. Se agachó para apretar con cariño su antebrazo derecho. Se prometió no llorar.

—De veras gracias.

Así pasaran cientos de miles de años.

Sol negro

La partida de hombres que mandó el hijo de la noche como avanzada volvió con un claro mensaje. Los rumores eran ciertos. El ejército de ostrogodos enviado por el emperador romano de Oriente para derrocarlo estaba en marcha. Era un ejército grande, bien organizado, dirigido por un hombre cuyo rostro nadie conocía y cuyo poder sobre su gente parecía sobrenatural. Se decía que ninguno de los soldados que conformaba el ejército se había enrolado por propia voluntad sino que todos habían sido elegidos por el general, buscando cualidades imposibles de distinguir a simple vista. También era cierto que sólo peleaban cuerpo a cuerpo, que no usaban caballería ni arcos o ballestas y que creían más en el valor que en la fuerza.

Que, aunque nunca habían librado una batalla, se sabían invencibles, pues llevaban preparándose para enfrentar a los hérulos desde el día en que empezaron a conformarse.

Odoaker se encontraba en su palacio en Rávena cuando llegaron las noticias de que la confrontación era inminente. Cenaba como todo un patricio, carne y vino, echado sobre un triclinio, rodeado de ostentación y lujos. Los demonios que volvieron de la expedición transmitieron, además, otro dato a su señor:

—Siguen todos un mismo estandarte nunca antes visto. Le llaman "alborada lunar", y es el símbolo de su señor.

Muchos de sus seguidores se preguntarían si la decisión que tomó ese mismo día Odoaker no sería exagerada, considerando que iban a enfrentar a un ejército de fanfarrones que jamás había librado una batalla. Pero el hijo de las tinieblas sabía que no era trivial esa confabulación, que aquel hombre aterrorizado que habían dejado escapar hacía tantos años era el responsable y que todo ocurría por una razón.

—Haremos lo mismo ahora que los enfrentemos en Verona. Pelearemos cuerpo a cuerpo y seguiremos un solo estandarte.

No temía que se viniera abajo su reinado en Italia, sino que su único propósito, el de poblar el mundo de servidores del maligno, viese su fin a tan poco tiempo de haber sido descubierto. Había dedicado pocos años a su principal objetivo, y ahora le parecía el peor de los infortunios. Cierto que había logrado conformar un ejército de monstruos despiadados, pero su oponente no había tomado las cosas a la ligera. Llevaba años integrando su batallón, entrenando hombres y acrisolando lealtades. No valía la pena banalizar esa próxima batalla. En su mente apareció el recuerdo de cuando por décadas completas miraba hacia el cielo cubierto de tierra, nutriendo su repulsión por la raza humana.

—El nuestro será un sol negro —derramó vino sobre la mesa frente a él y llamó con un gesto a su chambelán, asegurándose de que viera lo que dibujaba con un dedo—. Quiero que copies esto en escudos, petos y blasones. Será nuestra marca y será nuestro orgullo.

No podía negar que respetaba a aquel a quien habría de enfrentar. Advertía, a su vez, una clara muestra de respeto a su persona de parte del enigmático general a través de los años de preparación y el cuidado que puso en la conformación de su ejército. Aquellos a los que había enfrentado lo habían subestimado, y el resultado siempre fue previsible. Ahora, en cambio, había un hombre que comprendía el tamaño del enemigo que pretendía vencer, y daba debida importancia a lo que deparaba el futuro.

—Siempre me pareció que Theoderich era un niño mimado. Por lo que sé, estudió en Constantinopla y desde entonces ha estado en campaña sin derramar una sola gota de sangre. Pero ahora veo que está dispuesto a ganarse su papel en la historia.

Ésa fue la palabra clave. Un hombre que había permanecido al margen, se adelantó.

—Tal vez convenga que sepa una cosa, mi señor —dijo el soldado. Era el espía que se había colado entre las huestes de los ostrogodos y había escuchado la arenga del general—. Sus hombres le han dado un nombre distinto. Uno que, según ellos, le hace más justicia, y con el que desean recordarlo. Tal vez si usted lo sabe pueda usarlo en su contra.

El interés del hijo de la noche se incrementó.

—¿Un nombre distinto? No lo comprendo.

El demonio trató de explicarse mejor.

—Insisten en que en esta batalla se peleará algo más trascendente que un cetro o un territorio. Y quieren que su rey pase a la memoria de los que saben esto con un nombre diferente al que registrarán aquellos que creen que la batalla es por su corona o por Italia, o por la servidumbre que debemos al imperio.

—¿Qué nombre es este?

—Orich Edeth le llaman. Y sólo le llaman así los hombres que le sirven.

Odoaker tuvo que admitir que ese sujeto le despertaba admiración. Era una lástima que tuviera que aniquilarlo. En secreto abrigaba la esperanza de que la confrontación le ofreciera una mínima dificultad. Y acaso poder ver la faz de este hombre, antes de cortarle la cabeza.

—Le llaman "Señor de los héroes" —informó el espía en tono burlón.

—No es ningún juego —dijo Odoaker, sonriente—. Y no nos quedaremos atrás.

La comitiva de demonios se mostró intrigada. No era común ver de buen humor a aquel que los había favorecido con sus designios. Pero Odoaker sonreía abiertamente. Se daba cuenta de que había estado faltando, en la historia del mundo, ese alguien que reconociera su importancia en la trama de los tiempos. Ese alguien que lo señalara como un enemigo que, por el bien de la repugnante humanidad, fuese preciso vencer. Alguien que le hiciera ver, a él mismo que, como favorito de Belcebú, tenía que salir del letargo y reclamar para su señor no sólo una comarca, sino el mundo entero.

—Lo aplastaré como un gusano y luego haré lo mismo que él hizo. Iré en pos de todos aquellos que quieran servir a la oscuridad.

Aprenderé a dar con ellos y los haré míos hasta que el ser humano desaparezca de la Tierra y sólo seamos nosotros, los elegidos.

Se sintió exultante. Sabía que todo eso podía y debía crecer formidablemente. Como la maldad humana. En ese momento sólo contaba con demonios menores, y él soñaba con monstruos dignos de formar parte de su corte más próxima: gorgonas, hidras, mafedets, monstruos que correspondieran a la putrefacción de su alma.

Cuando a los pocos días se presentaron en el cruce de las cuatro vías consulares romanas, en Verona, ya los esperaban Edeth y su regimiento. Para el rey italiano era una visión hermosa, una que debió formar parte de sus sueños desde el día en que fue amamantado por un chacal. Una batalla en forma, digna de su odio y su sed de sangre. Una en donde el sol perdiera para siempre su luz y se tornara en un astro muerto.

Se propuso, no obstante, no transformarse. Se mediría con aquél del rostro velado en igualdad de condiciones. Lo sometería y, antes de descuartizarlo, le agradecería en silencio el haberle hecho notar su propia trascendencia.

Llamó a uno de sus demonios y le dijo, a voz en cuello, para que todos oyeran.

—Preséntate ante su líder en forma humana. Dile que Er Oodak, Señor de los demonios, admira su valentía pero no le concederá tregua. Dile que aún están a tiempo de intentar salvar la vida aunque, si huyen, los perseguiré hasta darles muerte uno por uno.

El mensajero, con bandera de diálogo, traspuso el valle y fue hacia el bien dispuesto ejército ostrogodo. Interpeló a Edeth. Volvió enseguida.

—¿Qué dijo?

—Que le quitó usted las palabras de la boca.

Oodak sonrió con beneplácito. Las nubes se agolparon en el firmamento. Un cuerno, a la distancia, llamó a todos a las armas.

Capítulo catorce

Sergio había terminado por convencerse de que nada lograría quedándose al lado de Guillén simplemente aguardando. Aunque le horrorizaba la idea de dejarlo solo, comenzó a andar los pasadizos de la cueva con la esperanza de dar con algo y entonces, tal vez volver por él.

Su propia inquietud le empezaba a parecer ridícula. Según la condesa Báthory, la esperanza carecía de sentido ahí. No era posible. Lo más seguro era que estuvieran condenados a permanecer ahí dentro para siempre. Terminarían por perder la cordura, la identidad. Se volverían una molestia menor en el vasto mundo de Satanás. Abrazarían lo más parecido a la muerte que existe en el inframundo, se volverían sombras y todo el mundo los olvidaría. Incluidos ellos mismos.

"Avanzaré aunque sea porque no tengo nada mejor que hacer. Y recordaré los caminos que siga para poder desandarlos y volver con el teniente."

Así lo hizo. Comenzó por la primera cueva de la cámara en la que se encontraba. Siete posibilidades ofrecía y se decidió por la más grande, sin poder marcarla excepto en su mente. Se despidió de Guillén y tomó ese camino por el que, al igual que en los otros, transitaban desenfadadamente los arácnidos.

Se abrió paso, siempre maravillado de tener visibilidad a pesar de que no existía alguna fuente de luz cercana. En toda la gruta, además, la superficie de la piedra, su brillantez, la temperatura ligeramente fresca y la humedad del ambiente, se preservaban sin cambio alguno. Comenzó a hacer un dibujo mental porque no quería terminar perdido por completo en ese laberinto. Caminó por varias horas siempre repitiendo la secuencia, forzándose a tener doce referencias directivas, como en un reloj. Así, se decía cueva tres o cueva once de acuerdo al camino que tomara en referencia con la vista frontal de la abertura por donde salía, siempre las doce en punto. Caminaba o se arrastraba por algún corredor, a veces corto, a veces alargado, a veces solo, a veces en compañía de las arañas, a veces eligiendo bifurcación, siempre forzándose a retenerlo todo en la memoria. Cuando transcurrieron varias horas, se dijo que estaba bien y se propuso desandar el camino como si volviera a casa. Lo reprodujo en su cabeza al revés, en sentido contrario. Si en su cabeza decía tres, tomaba la nueve. Y si decía cinco, la once. Una sola equivocación lo haría perderse, así que fue cuidadoso.

Y funcionó. Al cabo de un número de horas similar al que había invertido en avanzar, salió de nueva cuenta a una cámara con siete cuevas. Un hombre en el suelo. El enjambre entregado a su incansable trajín.

—Dime algo —repuso Guillén—. Lo que sea.

—Nada. Probaré otro camino.

Y así lo hizo, sin éxito.

Luego, una tercera vez. Se detuvo sólo porque comenzó a dudar de su capacidad de retención.

Nada.

Una misma e inagotable caverna. Después del tercer intento se sentó al lado de Guillén. El cansancio, el hambre y la sed eran idénticos a los padecidos en otras fases de ese mismo juego diabólico. Lo más seguro es que todo fuera infructuoso. Transcurrirían los miles de siglos con que los había amenazado Elsa Bay.

—Lo estás haciendo de nuevo. No puedes perder la fe, aunque perderla sea lo único que tiene sentido en un sitio como éste —le dijo el teniente, nuevamente hurgando en su cerebro—. Si perdemos eso lo perdemos todo.

—Cierto. Pero…

Prefirió callarse. Había un montón de peros, y cada uno era un golpe más en la base de su maltrecha esperanza. No valía la pena.

Se echó de espaldas sobre una protuberancia por la que los bichos no transitaban. Supo que si Guillén no hubiera estado ahí, a las puertas de ese maldito lugar, hacía mucho que habría claudicado. Agradeció en silencio.

—Porque estoy seguro… —dijo el teniente, las arañas incansables, el hambre invencible, el tiempo permanentemente suspendido— de que ése es el engaño que quiere hacernos tragar. No es posible que estemos aquí sólo para su regocijo. Hay una salida. Él lo sabe. Nosotros lo sabemos. No puede ser de otra manera.

"Sí, pero…" volvió a pensar Sergio sin atreverse a continuar. Iba a decir que era posible, sí, pero también muy seguro que esa salida estuviera a miles de kilómetros de ahí. O miles de años. Y eso ya lo hacía, para fines prácticos, inalcanzable. Se obligó a callar porque ahí abajo no había fines prácticos. Una salida, aún en el infinito, es una salida.

—"Es importante, Checho" —espetó el teniente.

Sergio sonrió.

—Así como yo lo entiendo, él nos tiene aquí —resolvió Guillén—. Él puede liberarnos.

—Pero no creo que lo haga por piedad. Es absurdo.

—Entonces tal vez por la misma razón por la que nos dejó entrar. Por probar un punto.

El silencio se adueñó de ellos. Sólo se escuchaba el paso de los bichos y un sordo rumor bajo la tierra.

Sergio sintió, entonces, que se lo debía. En el ficticio escenario de la ciudad bajo la noche, el falso Guillén se lo había preguntado. ¿Por qué estaban ahí? Y él, por alguna razón, había resuelto que no tenía ningún sentido contárselo. Ahora, por el contrario, sentía que se lo debía.

—Eso que nos tiene aquí… —comenzó diciendo—, eso por lo que decidí morir…

—No es necesario que me lo digas —gruñó el teniente—. Tú así lo decidiste y yo con eso me conformo.

—Lo sé. Pero quiero decírselo.

—¿Y si él está escuchando? ¿Y si hace doblemente difícil tu búsqueda?

"Lo peor son las ganas de dormir", pensó Sergio, tratando de encontrar una postura más cómoda. "Las ganas de tener un segundo, aunque sea, de inconsciencia."

—Estoy seguro de que él está escuchando —dijo al fin—. Pero no me importa.

Ambos suspiraron. En el rostro de Guillén ya había rastros del paso de los bichos por encima de él, sus mejillas estaban lastimadas. ¿Cómo sería su rostro en la eternidad?

—La última noche de mi vida, mientras me encontraba a solas en la tienda de Farkas, tuve una ocurrencia. Me atormentó una pregunta para la que no hallé respuesta, y sólo se me ocurrió recurrir a una persona. Así que rompí el Libro de los Héroes —hizo una breve pausa, aguardando alguna reacción, pero era evidente que Guillén no lo interrumpiría—. Fue con toda la intención de que se presentara el guardián del Libro. Aquel espíritu que siempre lo restauraba a su forma original o me lo llevaba así estuviera en el fin del mundo. No tardó mucho en llegar. Es una especie de soldado muy viejo, un fantasma con una sola misión, según yo: mantener el Libro en buen estado y siempre al alcance de su mediador. Un espectro bondadoso que, entre sueños, ya había visto yo en cierto castillo francés, reintegrando el prefacio a mi Libro. El caso es que, en cuanto lo tuve enfrente, le hice la pregunta.

—Supongo que no me la dirás —inquirió Guillén.

—Sí, aunque le parecerá absurda.

—¿Cuál es?

—¿El Libro de los Héroes siempre fue obsoleto o sólo lo fue hasta que llegó a mis manos?

Guillén permaneció callado. En efecto, parecía absurda.

—Existe una forma mucho más fácil de acabar con los demonios del mundo —continuó Sergio—. Está ahí, en el Libro. En el *prefacium*. Pero nadie la ha aplicado antes con efectividad. ¿Por qué? Eso es lo que el guardián del Libro no supo resolver. Y eso es lo que vengo a averiguar.

—¿Cuál es esta forma?

Sergio miró en derredor, a sabiendas de que estaban siendo escuchados. Sonrió de una forma casi imperceptible.

—El espectro me dijo que el autor del Libro es un demonio. ¿Un demonio? ¿Tiene sentido para usted? Para mí tampoco. Pero me dijo que sólo aquí podría hablar con él y preguntarle. Y por eso hemos venido.

El interminable tránsito del nido de tarántulas ya no lo distraía. El golpeteo de patas se había vuelto el rumor de las olas o el silbido del viento. El horror de los bichos lo había abandonado. ¿Sería posible algún tipo de paz ahí dentro, a pesar de que, a la vuelta de cada ciclo de reloj, sólo lo esperaba el infinito?

—En cierto modo es comprensible —añadió Sergio—. En el Libro lo llaman la "innoble" vía. Supongo que es calificada así justo porque el autor es un demonio. Nada que aniquile a un demonio puede ser innoble.

"No, no puede haber paz aquí", se dijo Sergio al instante. "Ésa es otra trampa del Maligno." ¿Cómo encontrar paz con el teniente maniatado y sometido a ese extraño castigo? "No permitiré jamás que mi estadía aquí parezca algo posible. O que mi misión sea algo a lo que pueda renunciar. Tengo que hallar al autor del Libro así sea lo último que haga."

—Supongo —dijo Guillén— que conjeturar la respuesta no era una opción.

—No sin arriesgar lo más preciado.

—¿La vida?

—La vida la hemos de perder todos algún día.

—¿Entonces?

"Así sea lo último que haga. Así sea lo último que haga. Así sea lo último que haga." Lo repitió como un mantra en su cabeza porque sabía que en la interminable espiral del tiempo infraterreno, la única forma de combatir tan ominosos ciclos era con otros ciclos. Miró al teniente a los ojos.

—Esto mismo que somos y que nos define y que no es nuestros cuerpos pero sí nuestros pensamientos, nuestros sentimientos, nuestra memoria, aquello de lo que estamos orgullosos o arrepentidos o complacidos o insatisfechos. Eso que nos hace ir hacia la luz o hacia la oscuridad cuando llega la disyuntiva. Nuestra energía. Nuestra esencia. Nuestra sustancia.

—¿El alma?

—Ése también es un buen nombre.

Eclipse

Los dos ejércitos, perfectamente alineados, se medían a la distancia. En el cielo las tormentosas nubes se habían aglomerado, conformando un oscuro símbolo de lo que estaba por acontecer en los lindes de Verona. Los estandartes, en manos de los heraldos, volaban con el viento. El sol negro de un lado, la alborada lunar del otro. Habían sido los héroes quienes llamaran a la conformación, sonando el cuerno y llenando la quietud de la tarde con su terrible cántico de muerte.

Oodak se permitió una licencia. Fue al frente de sus hombres y se convirtió en un reptil majestuoso. No el dragón en su horrenda estampa, pero sí una especie de lagarto bípedo. A la vista de todos ellos, arrojó al suelo su espada, causando entre sus hombres un murmullo de consternación.

—A partir de hoy peleamos con nuestras manos, nuestras garras y dientes. El demonio se basta a sí mismo para aniquilar al héroe.

—Pero... —dijo uno de sus hombres—. ¿Por qué poner en riesgo nuestro triunfo? Desde que seguimos sus órdenes no hemos perdido una batalla. Hagámoslos pedazos y olvidemos el asunto.

—Ése no es un ejército como los otros —explicó Oodak—. Representa al bien, si tal cosa existe. La única forma de que el mal prevalezca es demostrando que se basta a sí mismo. La espada es humana. Nosotros ya no merecemos ese degradante calificativo.

Se escucharon caer al suelo, uno tras otro, todos los dispositivos de guerra. Cascos. Espadas. Escudos. De pronto eran hombres en vestimentas comunes, con la salvedad del sol negro en sus petos frontales, listos a dar pelea a mano limpia. Un segundo después, de pronto eran monstruos, en sus más fieras representaciones, listos a destrozar a sus adversarios.

—No hay lobos —dijo Manlio ante las horrendas transformaciones. Sólo Dietrich lo escuchó pero guardó silencio.

—No hay hombres lobo —insistió el escriba.

—Por supuesto que no —dijo el licántropo.

Edeth fue al frente de sus hombres y levantó una mano.

—Ahora tienen ante sus ojos lo que hemos venido a desafiar.

En sus más primigenias representaciones, los hérulos de Oodak ahora eran bestias espantosas. Algunas mostraban alas en su espalda, algunas se sostenían en un par de pezuñas, algunas eran insectos o batracios, algunas hombres de horrenda faz. Ninguno de ellos humano en realidad. Esto hacía mella en el espíritu de los congregados. ¿En verdad la espada bastaría? ¿En verdad sólo requerían de aquello que cubría sus corazas y armaduras? A simple vista no era más que carne y hueso, pero un hombre llamado Manlio Tasio había distinguido una peculiaridad en ellos, una virtud imposible de distinguir con la mirada y los había convencido de que no se necesitaban más que a sí mismos para dar esa lucha. Y ahí estaban, siguiendo a otro hombre que jamás había mostrado su rostro ante ellos y cuyo blasón no era la cruz divina sino algo más humano: la pálida luna tras las nubes del cielo.

—En todos estos años les he hablado con la verdad —dijo Edeth—. Lo que vamos a combatir es la más pura representación del mal. Y no será fácil. Pero tampoco imposible. Quiero decir que...

—¡Amado rey nuestro! —lo interrumpió un hombre. Manlio lo contempló con interés. Se trataba de un pescador griego que se había sumado a las filas ostrogodas en una campaña por las costas del Egeo; un hombre taciturno que casi nunca levantaba la voz. Manlio comprendió que no habría hablado si no le pareciese crucial hacerlo.

—Nos basta con saber que lo que hacemos es bueno y es necesario —dijo el pescador—. Nos basta con saber que eres tú quien nos lo pide. Si dotas de *importancia* nuestra lid muchos de nosotros podríamos envanecer. Eso no es bueno para nuestra causa.

Edeth lo miró sorprendido. Giró el cuello para ver a Manlio y a Dietrich, sus dos más leales compañeros. Ambos asintieron.

Era como si el griego apelara a la bondad de cada uno para pelear por algo que, aunque escapaba a su entendimiento, era totalmente necesario para conseguir un mundo mejor, un mundo más justo. Manlio incluso tomó nota mental. "La inocencia del héroe debe preservarse; no hay otra forma de asegurar que el halo de fortaleza se mantenga intacto."

A media milla de distancia aguardaban los demonios. Los héroes habían hecho sonar antes el cuerno. Ellos debían arremeter. Una ligera lluvia comenzó a bañar Verona.

Edeth levantó su espada.

—Sea su corazón su mejor armamento —gritó—. Porque no son las espadas las que aniquilarán a esas bestias... sino vuestras manos, que las empuñan.

El ejército entero levantó su espada, única arma con la que contaban, forjada al interior del campamento por Gernot y sus herreros, siempre supervisada por Edeth y aquel que habría de portarla.

Un grito resonó en el valle.

Bandadas de cuervos abandonaron los árboles.

Corrieron uno y otro ejército a encontrarse en el centro, ambos con la misma furia dibujada en el rostro.

Capítulo quince

No podía parar de llorar. La insistencia de Guillén a que lo abandonara le parecía el acto de amor más profundo y, a la vez, lo más injusto que había tenido que hacer en su vida. O después de su vida. El teniente no cambió de idea desde que se lo propuso. "Abandóname", le dijo. "No has venido aquí a cuidarme sino a buscar respuestas." Él se había resistido lo más que pudo, pero terminó por consentir. Con todo, intentó algunos paliativos para que la permanencia de su amigo ahí no fuera tan atroz. Intentó hacer que los bichos cambiaran de ruta, que no pasaran por encima del teniente, obligándolos a virar por horas. Creyó que, por costumbre, se irían por otro lado. No tuvo éxito, siempre volvían a usar el camino más corto y allanado. Tampoco pudo quitarse la camiseta para ponérsela en la cara al teniente y que al menos no lo lastimaran. La prenda volvía a aparecer cubriendo su torso en cuanto él se la quitaba. "Volveré, se lo prometo", fue lo que dijo, y lo que se llevó consigo para no volverse loco.

Ahora había empezado a caminar sin rumbo aparente, sólo porque ya no formaba parte de sus planes el volver al mismo punto. No se dispuso retener el camino en su memoria. Después de una eternidad errando, no encontraba cambio alguno y le seguía pesando haber abandonado a Guillén.

Cientos y cientos de recovecos, de cámaras todas idénticas, de pasadizos y túneles sin ninguna relación, sin ningún patrón a seguir, arañas y más arañas, cansancio y sed y necesidad de olvido. Pero no se permitió caer en el desasosiego a pesar de que era el único pensamiento que parecía poder mantener en su mente: el de la renuncia. Y fue esta reflexión la que lo llevó a consentir otra renuncia, para no volverse loco. Se dejó llevar por ésta. Incluso la expresó en voz alta mientras se arrastraba a través de una de las miles de arterias interiores de ese laberinto subterráneo.

—Renuncio a mi vida.

Desde que dejó de contabilizar los días pensó que lo mejor que podía hacer era renunciar a la posibilidad de volver algún día. "Si dejo de abrigar esa esperanza, me parecerá menos terrible la espera. Así pasen cientos de miles de años. En cuanto obtenga respuesta a mi pregunta, ya veré como la transmito a los que se han quedado del otro lado."

Y eso, increíblemente, le permitió descansar de la carrera contra el tiempo.

No volvería a abrazar a Alicia. No volvería a reír con Jop. No volvería a besar a Brianda. Jamás tocaría la batería en un concierto de rock. Nunca formaría una familia. El sol no le pegaría en el rostro nunca más.

"Pero está bien", se dijo.

Volvió a llorar. Hay despedidas que cuestan trabajo. Aunque estaba convencido de que no les había fallado a sus amigos o a Edeth porque lo había intentado hasta el fin de sus fuerzas, le dolía el solo recuerdo de los días felices.

Pero igual nunca se detuvo. Y así, cuando creía que llevaba una eternidad buscando el sitio del que venían o al que iban los arácnidos, o el sitio del que podría surgir una luz distinta o una ráfaga de viento, frente a sus ojos apareció un cuadrado negro. Al principio creyó que lo engañaban sus ojos, pero se aproximó y notó que, en efecto, era una especie de puerta a otro lado. Una geometría imposible en esa gruta de bichos y encrucijadas. Se podía trasponer, pues si ingresaba una mano, ésta desaparecía en la negrura; la retiraba y su mano estaba intacta. Cualquier cambio era una bendición.

Se arrojó al interior del cuadrado para surgir en una especie de tapanco. Advirtió que lo cubría una hoja de papel periódico. A su alrededor, cobijas. Un reloj de pared desvencijado. Un caballito de madera roto. Una cuna.

"Yo ya había estado aquí."

Tomó el diario. Dieciocho de octubre de 1994. El día anterior a su nacimiento. Decidió no perderlo esta vez. Lo tomó y buscó entre los trebejos algo que le permitiera hacer anotaciones. Un lápiz, un pedazo de carbón. Lo que fuera. Nada. "No importa", se dijo. "Con el papel del diario tengo." Y se dispuso a bajar.

Fue al piso inferior de la casa. Confirmó que era la misma en la que había estado con anterioridad. O tal vez fuese que todas las casas, por dentro, eran idénticas. No importaba. Los ruidos en la planta baja confirmaban que ahí también había bichos. Bajó las escaleras de dos peldaños en dos peldaños. Confrontó a la primera cucaracha en el rellano de la escalera. Ésta lo palpó con sus antenas y trató de asestarle una mordida. Sergio la apartó de un manotazo y siguió bajando hasta llegar a la puerta de entrada. Buscó en el cajón de una mesita en el vestíbulo algo que le fuera útil. Dos insectos iban en pos de él. Al interior del cajón encontró una libreta con un bolígrafo. "Increíble", se dijo al tomarlos.

Fue a la puerta principal para atravesarla apenas antes de que los bichos le dieran caza. Y tal como había ocurrido la primera vez, los monstruos no pudieron ir hacia afuera, sin cambios también desde aquella ocasión. Los mismos faroles, la misma disposición de calles y avenidas, la misma fachada en las casas.

Pero al verse en el porche de piso de madera, Sergio lo advirtió, y comprendió que nada ahí dentro le ofrecía una recompensa.

Los objetos que había conquistado al interior de la casa habían desaparecido de sus manos.

El diario. La libreta. El bolígrafo.

"No importa", se dijo, prometiéndose no arredrarse esta vez. Por mucho que ese mundo tratara de desalentarlo, era evidente que le ofrecía caminos. Que éstos no llevaran a ninguna parte le tenía sin cuidado. Los transitaría todos, así pasaran miles de millones de años.

Se encargó de confirmar, de nueva cuenta, que el panorama no hubiese sufrido transformación alguna en lo referente a la disposición y los huecos de los números de las casas. Y aunque así fuera, tampoco se arredraría. Puesto que había renunciado a su vida, tenía la eternidad para cumplir con su objetivo.

Prodigiosamente, el tablero de sudoku de cuatro mil noventa y seis casillas tenía la misma disposición de la primera vez.

Lo sabía porque lo había memorizado.

Y puesto que lo tenía tan afianzado en la mente, se decidió a intentar lo imposible, que para ello tenía la eternidad entera y ninguna otra cosa en qué ocuparse.

Fue al falsario jardín de la casa marcada con el número 22 de esa calle. "Éste será mi número de la suerte", se dijo. Se tendió sobre el pasto, vil escenografía, y comenzó el acomodo mental de las cifras para descubrir cuál era la solución perfecta. A fin de cuentas, sabía que nada lo perturbaría. La luz no variaría, la temperatura no bajaría ni subiría. Sólo el hambre, la sed y la fatiga continuarían su sempiterna labor, pero casi se había acostumbrado a "vivir" con tales malestares.

Después de un primer análisis, que no le llevó más de unas cuantas horas, advirtió que al menos una cifra demandaba ser puesta en una casilla específica.

Se levantó y fue corriendo hacia la casa sin número que demandaba tener un 49 en la tablilla encima del buzón. Abrió la reja, subió las escaleras, se detuvo frente a la puerta principal de la casa. Tras las ventanas, las cucarachas parecían pedir su entrada para encargarse de él.

Sergio no supo qué hacer. Acaso todo fuera una trampa. O una labor completamente inútil. Pero era un camino.

Dibujó con su dedo, sobre la tablilla, el número cuarenta y nueve. Nada. Puso la mano sobre la superficie de la madera y dijo cuarenta y nueve. Nada. Estudió con más detenimiento lo que tenía frente a sí. Miró del otro lado de la calle y advirtió que en esa casa, el número 19 era de un rojo encendido, como en todas las casas. Buscó algo que empatara con ese color ahí mismo, en la veranda, en el jardín, en...

Pensó en ello. Era una posibilidad.

Buscó algo con qué lastimarse.

Sólo de pensarlo ocurrió el ominoso prodigio: una daga apareció encima del borde de la tablilla. Sólo había que tomarla y...

Era un juego macabro pero no tenía alternativa. Todo indicaba que estaba siguiendo la senda correcta de ese absurdo camino. Tomó la punta del cuchillo y se pinchó el dedo. Consiguió hacerse una dolorosa abertura por la que no corrió sangre alguna. Puso el dedo sobre la tablilla. Dibujó un cuarenta y nueve.

Un súbito cambio que lo hizo trastabillar.

Guillén de espaldas, preso de muñecas y tobillos, sobre la rugosa superficie de la cueva.

Él en la protuberancia donde había aparecido la primera vez.

Las arañas yendo y viniendo.

La gruta tal y como la recordaba.

—¿Teniente?

—¿Sergio?

Una lágrima resbaló por las sienes del teniente hacia la dura piedra. Los bichos seguían su camino como siempre.

—¿Qué pasó? —preguntó Sergio.

—Nada —resolvió el teniente.

Las lágrimas seguían cayendo. Sergio se aproximó a él. ¿Así que de eso se trataba el juego? ¿Él acertaba poniendo un número y volvía al principio? ¿Tenía que hacer de nuevo el camino para poder completar una casilla? ¿Y el dolor de su dedo jamás se iría?

—Por Dios... —dijo—. ¿Qué le hicieron en mi ausencia, teniente?

—Mejor que no lo sepas. ¿Conseguiste algo?

Le hubiera gustado decir que no y permanecer con él por siempre, evitándole cualquier sufrimiento. Advertía que su rostro estaba íntegro, como si recién hubieran llegado ambos ahí. Le hubiera gustado mentirle.

—Sí. Conseguí algo. Pero tengo que marcharme para seguir con esa absurda prueba.

Guillén no dudó un instante.

—Entonces ve. Y tal vez nos volvamos a ver.

Sergio se arrodilló y le dio un beso en la frente. Volvió a perderse en las arterias de la cueva, esta vez forzándose a la resolución del rompecabezas mientras daba con una nueva salida, a pesar de la tristeza, a pesar del dolor constante en su dedo índice.

Pasó mucho tiempo hasta que volvió a dar con un cuadro negro. Tenía la respuesta de cuatro casillas más.

Cuando se detuvo de nueva cuenta frente a la tablilla de una nueva casa, intentó hacer el dibujo con el dedo que se había abierto la vez anterior. No hubo resultado. Tuvo que pincharse otro. El dolor se duplicó. Escribió el resultado.

El teniente, en la misma posición sobre el mismo pedazo de cueva, volvió a romper en llanto.

Dos casillas.

Eclipse

Había sido decisión de Oodak no mostrarse en la forma en la que aquellos vikingos lo habían bautizado: un lindwurm. No quiso bañarlos a todos en fuego, sembrar el campo de batalla con cadáveres, acabar con esa arrogancia de un soplido. Pero habían sido derrotados. Aunque no le pesaba mucho. Había algo de fascinante en ese hombre de rostro incógnito que se había lanzado a la batalla al frente de sus hombres.

Los héroes habían tenido bajas considerables, pero los demonios más. Asombrosamente, había sido confirmado que aquel golpe de espada que no les hacía mella cuando enfrentaban a hombres comunes y corrientes, los aniquilaba si venía de alguno de esos valientes entre los que se contaban hombres, mujeres, viejos...

Habían tenido que recular. Refugiarse en Rávena, capital de Italia. Oodak tenía que admitir que de los cinco siglos que había permanecido al servicio de Lucifer, sólo esos días había sentido que valía la pena haber sido llamado al mundo. Antes, el hastío y el aborrecimiento lo colmaban. Ahora todo estaba rodeado por una suerte de excitación. Le gustaba ser desafiado. Y por ello había querido huir, replegarse, esperar el siguiente ataque.

Después de todo, había aprendido a aumentar sus huestes a la distancia. Su amo lo había favorecido con un don nada despreciable: la identificación del momento en que un hombre perdía su alma. El instante preciso en que podía invitarlo a formar parte. Casi podía sentir la gratitud de dicho ser cuando le permitía su primera transformación. El primer respiro, después del doloroso cambio, era siempre de gratitud. Siempre se ponían a sus órdenes. Siempre se admiraban maravillados ante el espejo. Siempre le juraban lealtad.

Su estirpe sería eterna. No tenía nada de qué preocuparse.

Fue de este modo que permitió que los ostrogodos sitiaran Rávena por varios años y asediaran la ciudad con el fin de agotarlos, con el fin de que él y Edeth tuviesen un enfrentamiento real en un futuro no tan próximo para luego seguir con su misión de ganar la Tierra para su señor. Sabía que las batallas que habían librado en los lindes de la ciudad habían diezmado a los héroes y por ello dilataban en dar el golpe final. El estado de sitio de los ostrogodos era una especie de cortejo que él permitía porque le seducía igual que la muerte. Esporádicos enfrentamientos aniquilaban demonios, héroes... y prolongaban, de modo exquisito, el desenlace.

Ojalá hubiera escuchado Er Oodak a los oráculos. Todos sus emisarios negros coincidían en lo mismo: cualquier concesión sería su ruina.

Pero ninguno de ellos había tolerado quinientos años de tedio y soledad. La existencia de Edeth en la Tierra, aunque fuese por el efímero instante que dura la vida de un ser humano, sería como el aroma de un manjar exquisito que se reserva para el final del banquete. Ya lo devoraría en su momento. Ya lo destrozaría con sus propias manos. Bebería su sangre. Se deleitaría con su dolor.

Pero no todavía.

Tal vez, si su arrogancia le hubiese dado una tregua y le hubiera permitido recordar la única profecía que valía la pena tener presente...

En todo caso, era el primer año del nuevo siglo. La próxima celebración de la Navidad le infundió ánimos. Ni siquiera recordaba que él había llegado al mundo en un día como ése, cinco siglos atrás, tanto así le resultaban indiferentes las cosas de los hombres. Sólo recordó que en esa fecha los cristianos del imperio, a partir de Constantino, celebraban festividades, pactaban treguas, usaban el día como pretexto para incitar a la concordia. Y a él, Oodak, Señor de los demonios, le pareció que era el mejor momento para detener el asedio de la ciudad, pactar una prórroga y conocer el rostro de su principal enemigo. Lo dejaría vivir, a él y a sus héroes, hasta una última batalla donde ambos ofrendarían la vida. Sólo uno quedaría en pie.

Así que encomendó a uno de sus dilectos, le envió a dialogar con el Señor de los héroes a su campamento, surcando el cielo en alas de vampiro. Le espetó que no volviera sin una posible concertación y se sentó en su maltrecho trono a esperar.

La respuesta llegó expedita a dos días de la víspera de Navidad. Si alguna vez cupo algo parecido a la felicidad y la esperanza en el negro corazón de Odoaker, fue ese día.

—Orich Edeth, Señor de los héroes, desea invitarlo a un banquete, mi señor. Dice que está dispuesto a dialogar.

A lo que Odoaker repuso, sin cortapisa:

—Vuelve con él y dile que acepto. Pero que será mejor si lo hacemos en mi palacio. Él pondrá los manjares; yo, el recinto. E infórmale que lo recibiré desarmado.

—Curioso. Él ofreció lo mismo.

Capítulo dieciséis

Habían pasado años, o al menos así se había sentido, cuando volvió a la escena del tapanco, el periódico, el caballito de madera. Sería el sexto número que plasmara y ahora sabía algunas cosas. Sabía que al anotar la cifra con su invisible sangre, el farol correspondiente a esa casa y las casas aledañas con número en la tablilla, se apagaban, lo que sumía a esa sección en las tinieblas. Sabía que el ingreso a la ciudad a través del cuadrado de madera cambiaba, pues había memorizado su cuarto viaje a través de las cuevas y, al repetirlo, vio con decepción que esa quinta vez dicho portal no se encontraba donde estaba la vez anterior. Sabía que jamás había sentido tanto miedo y tanta tristeza.

La sexta vez tomó el periódico y notó, al igual que lo había intentado otras veces, que cuando quería leer las noticias alemanas le era imposible enfocar la vista sobre las letras. Con visión periférica podía ver el encabezado y descifrar algunas palabras cuyo significado ignoraba. Pero nada más. Aunque el diario seguía correspondiendo al día anterior a su fecha de nacimiento.

Sabía que nada en el tapanco ofrecía una respuesta distinta a todo ello, y que mucho de lo que ahí se encontraba era ilusorio. El caballito, por ejemplo, era imposible levantarlo, estaba sujeto al piso. Los montones de ropa los atravesaba con la mano como si fuesen hologramas. Todo, en general, era parte de esa tétrica broma.

Por sexta vez prefirió apurarse. Sabía que Guillén la pasaba horriblemente mal cada vez que él se marchaba, aunque no sabía exactamente qué tormentos sufría.

Repitió la rutina. Bajó por la trampilla del ático. Corrió por las escaleras evadiendo a los insectos, caminó hacia la siguiente casa en la que plasmaría el número nuevo.

Al pararse frente a la reja, listo para entrar, escuchó una voz a sus espaldas.

—"Es importante, Serch."

Sintió un escalofrío. Alguien hacía mofa de esa fórmula que había repetido incansablemente, y sabía que no sería bueno.

—"Es importante, Checho" —dijo ahora la voz, burlonamente.

Sergio sabía que no tenía escapatoria. Dio media vuelta.

Tardó un par de segundos en reconocerlo. Se encontraba en pie a media calle, a pocos metros de él, cruzado de brazos, mirándolo sonriente. Solía atender un supuesto negocio de revelado de fotografías en la Ciudad de México. Un hombre alto, con barba, de mirada iracunda, ojos claros, casi translúcidos. Aquel primer demonio que enfrentara en su vida: Melquiades Guntra.

Un segundo después era un hijo del averno. El rostro era el de una gárgola, la piel grisácea y las alas en la espalda, el rugido el de un demonio en forma. Sergio, no obstante, no se arredró. No entendía su presencia ahí pero le pareció un distractor pueril.

—¿Qué quieres? —preguntó.

—Hagamos esto más interesante.

Sergio se sorprendió de su propio control. Sólo negó y abrió la reja de la casa. ¿Qué haría el monstruo? ¿Perseguirlo, atormentarlo, devorarlo?

Tomó la daga, se pinchó un nudillo y plasmó el número.

La séptima vez, con la séptima cifra, la ciudad era la misma de siempre, con la única variación de los sectores carentes de luz gracias a los nuevos números plasmados.

La octava vez fue derribado por dos cucarachas y tuvo que soportar sendas mordidas en brazos y cuello. Heridas que, él sabía, jamás cicatrizarían.

La novena vez se sorprendió tirado por varias horas en un pasadizo de la gruta, las arañas pasando encima de él. Cada vez le parecía que era más difícil dar con el cuadrángulo negro que lo transportaba. ¿Cuántos años habrían transcurrido desde la octava?

La décima vez intentó quedarse por más tiempo en la casa, oculto de los bichos. La temperatura empezaba a subir cuando no salía pronto y se empezaba a sofocar.

La décima primera vez...

—"Es importante, Checho".

Se volvió. No quería confrontarlo. El dolor en los dedos que había abierto con la daga era constante, al igual que el que surgía de todas sus heridas. Era posible que una lucha con un demonio lo dejara incapacitado de seguir esos caminos por los que se había prometido transitar.

En efecto, era Guntra. Pero no sólo él. A su lado, un majestuoso minotauro que bufaba encolerizado. Recordó Sergio al millonario del tiempo en que Belfegor lo aterrorizó en la Tierra y trajo a la memoria su nombre: Heriberto Morné, el zar de los diamantes. Los acompañaba también una gorgona que no necesitaba presentación. Igualmente se mostraba, como los otros demonios, en su más hórrida manifestación, los ojos negros, la boca repleta de colmillos, el cuerpo escamoso, los cuatro brazos, la cabeza llena de serpientes, todas listas a atacar. Y, por último, una silueta conformada por insectos y alimañas, un hombre hecho sólo de escorpiones, arañas, avispas, ratas... un baalek, el mismísimo Gilles de Rais.

Sergio pensó que sólo faltaba Henrik, quien acaso siguiera en el limbo tratando de entrar.

No podía negarlo. Sintió miedo. No había modo de huir. No había héroe que lo pudiese sacar de esa situación. No tenía espada o modo de defenderse a la mano. Era la situación perfecta para cuatro demonios como ésos.

—¿Qué quieren, malditos?

Fue Barba Azul quien habló ahora. Su cuerpo crepitaba por la infinidad de bichos que se arremolinaban como moscas sobre carne podrida. Su voz fue estentórea.

—Tal parece que te lo has creído y eso nos parece sumamente divertido.

—De qué hablas.

—Que no dejas de intentarlo. ¡Es para morirse de la risa!

Pero no reía. Nadie ahí celebraba.

—¿Qué no lo ves? —insistió Barba Azul—. Puedes terminar el cuadro mágico y acaso se te conceda un número. ¿Qué tal un veintidós? Y tal vez ese veintidós sea parte de un nuevo cuadro de cuatro mil noventa y seis posiciones, donde para obtener el número de cada casilla de ese nuevo cuadro tengas que resolver, antes, un cuadro de cuatro mil noventa y seis posiciones. Y así hasta el fin de los tiempos. ¿En serio no lo ves?

"Lo veo", pensó Sergio, que moría de cansancio. Sus dedos no dejaban de doler, y la tristeza lo atenazaba. Y el miedo. "Pero tampoco se me ha dado ningún otro medio para seguir luchando."

—Aún así —volvió a decir el demonio—, tal vez toda esa labor sólo te sirva para avanzar un metro en una caminata de mil kilómetros en dirección al trono de mi señor. Para poder hacerle una petición que seguro ha de negar. ¡Es para morirse de la risa!

El grito resonó en ese lugar sin eco, sin vida. Sergio simplemente se dio la vuelta. Abrió la reja de la casa. Tomó la daga. Se lastimó uno de sus meñiques, aún ilesos. Sintió una descarga de dolor en la espalda. Guntra había volado hacia él y le había mordido en un hombro.

—¡Y eso es sólo el principio! —gritó Elsa Bay.

Con mano temblorosa, Sergio plasmó sobre la tablilla un número cincuenta.

—¿Estás bien? —dijo un Guillén de rostro endurecido, al comprobar que Sergio se encontraba llorando al reaparecer en la gruta.

—No se preocupe —dijo Sergio antes de perderse, de nueva cuenta, por el laberinto subterráneo.

La décimo segunda vez, no había nadie en la calle.

La décimo tercera, tampoco.

Ni la décimo sexta.

Ni la vigésima...

Pero a la vigésimo segunda...

En el interior de la casa en la que iba a plasmar el número, un rostro. Un rostro en la ventana de la izquierda que le erizó los cabellos. Una pequeña niña de sonrisa complaciente.

No se atrevió a dibujar el número correspondiente. Detuvo la mano con veintidós heridas a unos centímetros de la tablilla. Aunque sintió de golpe todo el miedo que creyó haber dejado atrás, se propuso no quitarle la vista de encima a la pequeña.

Era una muchachita pálida, de cabellos y ojos negros. Tendría unos diez años y una actitud lánguida y serena. Sergio decidió que no se apartaría de ahí mientras ella no motivara algún movimiento de su parte. Se contemplaron largamente hasta que ella se retiró de la ventana. Sergio sintió su corazón bombear como si estuviera a mitad de una carrera por su vida. El sudor acudió a sus manos. La asfixia. ¿Qué me pasa? Es sólo una niña.

—No. Es comprensible —dijo una vocecita a su izquierda.

Sentada en la banca que se encontraba sobre la veranda, la niña miraba a Sergio. Llevaba el vestido más inverosímil, casi el cliché de una muñeca, blanco a las rodillas con una cinta azul y hombreras abultadas, zapatos y calcetas blancos. El peinado impecable.

—Es comprensible porque abajo de mí no hay nadie, Sergio Mendhoza. Si no mueres de terror es porque ya estás muerto.

Sergio sintió arcadas en el estómago. Tuvo que sostenerse de un pilar de la casa. Lo que sentía era abrumador. Como padecer una operación a corazón abierto sin anestesia. Se derrumbó sobre sus rodillas y tuvo que recargarse contra la madera de la puerta. Se postró sobre un hombro y se abrazó.

—Ya pasará —dijo la niña, quien columpiaba los pies, divertida.

Sergio trataba de ordenar sus pensamientos pero no podía, eso tan parecido al dolor era más como un vacío, una ausencia de sensaciones, como la falta de oxígeno o de fuerza de gravedad.

Pero empezó a menguar.

Poco a poco se sintió más entero. Dejó de sentir la vibración en todo su cuerpo. La respiración volvía a la normalidad. El temblor en sus manos era más controlable.

Esperó un poco, aunque ya podía enfocar la mirada y realizar movimientos, para girar el cuello y mirar a la niña. El miedo lo había acalambrado. ¿Y si con sólo poner sus ojos en ella volvía a padecer esa suerte de estallido interior?

—Estás a salvo —dijo ella.

Sergio pasó saliva a pesar de que tenía la boca seca desde el inicio de todas sus penurias. Se dio valor. Miró a la niña. Volvió a sentir una sorda onda expansiva. Pero fue momentánea. Se repuso casi enseguida y se arrastró para sentarse con la espalda recargada contra un pilar.

—Puedes sentirte orgulloso. Has llamado mi atención.

Sergio no sabía qué decir. Jamás habría esperado algo como eso. Había trabajado tanto la resignación que ese cambio era completamente sopresivo.

—Una cosa es dejarte entrar al castillo por la puerta trasera cual mendigo, para darte un mendrugo... y otra que te cueles a las habitaciones de la reina para defecar en su cama.

Sergio seguía mudo. De hecho, sentía entumecida la garganta, la lengua. Muertas sus cuerdas vocales.

—Lo que estás haciendo no tiene cabida aquí, Mendhoza. ¿Cuánto tiempo crees tener para llevar a cabo tu misión? ¿Tienes idea de cuánto ha transcurrido desde tu muerte?

—No lo sé y no me importa. Mientras no me inmovilices como a Guillén, caminaré lo que tenga que caminar. Haré lo que tenga que hacer.

La niña miró al frente, sonrió con más soltura.

—Eso es justo lo que no cabe aquí. Me estás arruinando el postre con tu mierda. Tu tufo llega hasta el último rincón del palacio. Y, para ser sinceros, no puedo quedarme cruzado de brazos.

Lo miró de reojo y Sergio tuvo frente a sí toda la abominación, toda la repugnancia, todo el sufrimiento humano. Supo que su suerte se había agotado. Estaba en el único lugar donde había una oscuridad más poderosa que la del vacío, un dolor más terrible que el de la muerte, un terror más infame que el que nunca acaba. Y que no podía evitarlo.

Eclipse

Desde que lo vio traspasar los lindes de su palacio y ser conducido a los jardines, Oodak abrigó odio por él. Se presentaba en toda su presunción, con el rostro cubierto, las manos enguantadas y una loriga sobre el pecho y las piernas, como si fuese a guerrear, no a dialogar. "Es éste el que se arroga el derecho a traspasarme con una espada", se dijo. Pensó en detener la farsa, hacer saltar sus vísceras frente a todos los congregados, demostrar su poder, continuar con su misión... pero decidió esperar un poco. Acaso la reunión fuese más interesante o, cuando menos, más entretenida.

Lo recibió frente a las fuentes, esculturas y prados más hermosos del palacio. Se había aficionado a la belleza como una forma de ocultar su identidad. Era capaz de escuchar un diáfano canto mientras comía las entrañas de un esclavo. Todo sin perder la sonrisa. Por eso había decidido hacer ahí la reunión, porque la belleza suele cautivar a los seres humanos. Y, por lo pronto, ahí estaba, frente a él, el más emblemático de los seres humanos, el mismísimo Señor de los héroes, Orich Edeth.

Se saludaron en latín y Oodak le pidió que le acompañara a degustar los platillos traídos por los ostrogodos, ya dispuestos sobre las mesas.

Apenas habían probado la fruta y el faisán cuando Edeth habló.

—¿Qué es exactamente lo que me quieres proponer, rey Odoaker?

Ahí estaba. La oportunidad de extender la partida. ¿Valía la pena? Seguramente no, pensó Oodak. Contempló a los hombres que acompañaban al rey Theoderich. Todos parecían más sus amigos que sus subordinados. Sentía náuseas de sólo contemplarlos. Representaban todo lo que él había despreciado desde que llegó al mundo, el cariño, la camaradería.

—¿Que pongamos fin al asedio de la ciudad? —dijo Edeth pasando una uva por debajo del fieltro que cubría su boca como una cortina superpuesta al yelmo.

—Lo que nos atañe es más importante que eso. Ambos lo sabemos —dijo Oodak—. Más importante que el trono de Italia, aunque ése sea el pretexto con el que te haya enviado el emperador a combatirme.

—No comprendo.

—Tengo sembrado el imperio con mis demonios. Mientras tú has estado cuidando las puertas de mi casa, yo he hecho crecer mi ejército en miles sin moverme de sitio. Crees que vas ganando la batalla cuando en realidad la tienes perdida desde que llegaste a mis dominios.

Nadie más hablaba. A la mesa sólo se encontraban ellos dos. Los soldados, chambelanes y demás cortesanos degustaban de pie, tomando bocadillos de una mesa y tomando en copas que los esclavos les servían. Héroes y demonios fingían una tregua, una concertación común y corriente.

—En eso te equivocas, rey de los hérulos —dijo Edeth—. No me interesa el imperio.

—Pues he aquí mi propuesta —dijo Oodak—. Reinemos juntos sobre Italia. Hagamos de la batalla que definirá la supremacía de luz y oscuridad un evento digno de recordarse, no esta broma que hemos representado desde nuestro encuentro en Verona. Te daré diez años para convocar más héroes. Y entonces será matar o vivir. ¿Qué dices?

Edeth se puso en pie. Se limpió las manos. Miró de frente a Oodak.

—¿Una paz de mentiras? ¿Por qué?

—¿Te parecen pocos diez años? Que sean veinte entonces.

—Veinte siguen siendo una pobre limosna.

—¿Qué quieres entonces?

—Que tus monstruos dejen de matar, de devorar, de saquear. Para siempre.

—¿Y cuándo tendrá lugar, entonces, nuestra confrontación final? ¿En el fin de los tiempos?

Varios demonios rieron con desfachatez.

—Si tus hombres prometen no causar daño y tú prometes mantener el número de demonios en el censo actual, entonces no veo la necesidad de que nos aniquilemos mutuamente. Ya bastante daño hemos ocasionado juntos.

La atención era completa. Un ejército existía sólo para hacer el mal. El otro, para destruir al primero. ¿Qué exactamente se estaba pactando?

Un hombre, a pocos pasos de ahí, miraba al rey Theoderich fijamente. Un hombre que parecía no encajar en la congregación. Estaba vestido como pordiosero y llevaba una túnica con capucha. Levantó la mano y pidió permiso para acercarse.

Oodak no pudo oponerse.

—Es mi consejero —dijo Edeth.

Manlio susurró al oído de Theo.

—Va a pactar pero estará mintiendo, pues sus motivos no son honorables. No hay piedad en su intención y tarde o temprano romperá la alianza. Recuerda que es un monstruo. Con los demonios no debes pactar, ésa es la primera ley de esta lucha. O huyes o confrontas. No hay más.

—Pero… ¿y si dice la verdad, maestro?

—¿El favorito del príncipe de la mentira?

—Es un hombre —intentó refutar Edeth.

—Lo fue. En todo caso, te diré lo siguiente: que tus pecados recaigan sobre mí si me equivoco.

Por un momento la piedad hizo titubear al rey de los ostrogodos. Si en verdad Oodak prometía una paz duradera, ¿por qué continuar la matanza? ¿Por qué llevar a la muerte a tantos hombres y mujeres buenos que lo seguían? ¿Qué había de malo en terminar con eso y volver a casa?

—Esa batalla de la que hablas no tendrá lugar —dijo Edeth a Oodak una vez que despidió a Manlio con un ademán—. Pero no importará si ambos mantenemos el amnisticio para siempre.

—Sea —dijo Oodak poniéndose de pie, tal vez demasiado aprisa. Tal vez con la mirada demasiado puesta en el futuro: ya tendría modo de preparar una emboscada. Lo que quería era dejar la puerta abierta a esa posibilidad.

Y ofreció su mano.

Y Edeth la recibió, estrechándola.

Necesitó sólo de un segundo para escudriñar en sus ojos y advertir que Manlio tenía razón, que no pensaba cumplir. Que el aborrecimiento que sentían el uno por el otro haría al más cobarde desdecirse primero, y entonces sería demasiado tarde.

Con un movimiento rápido extrajo un estoque de entre sus ropas, un delgado y filoso espadín que insertó por debajo del esternón del rey de los hérulos hasta hacerlo llegar a su corazón. Oodak lo miró con terror, apenas consiguiendo sostener el antebrazo de su oponente, apoyado en su cuerpo. Sus ojos no se despegaban de él. Al instante sintió cómo se le escapaba la vida, cómo su cuerpo cedía a las leyes de la naturaleza, cómo los cinco siglos de su primer advenimiento llegaban a su fin, el mismo día del año en el que había nacido del vientre de una mujer.

Los monstruos reaccionaron. Rugieron y contratacaron, pero no había nada que hacer por el rey de los demonios.

—Muestra tu rostro —urgió Oodak a su rival mientras, aún afianzado a su brazo, se rendía hacia el suelo.

—¡Traidor! —gritó uno de los demonios—. ¡Él había aceptado el pacto!

Había aceptado, sí, pensó Manlio, quien se había refugiado detrás de una columna. "Pero sólo uno en este conciliábulo sabe con seguridad que no respetaría el acuerdo. Sólo aquel que lo leyó en sus ojos."

—¡Muestra tu rostro! —gritó Oodak con su último suspiro.

Edeth lo dejó caer. Le sorprendió que su sangre fuera tan roja como la de cualquier mortal. Y que, en verdad, no se sentía arrepentido.

La conflagración duró poco. Al final sólo quedaron sobre la plazoleta del palacio el cadáver del rey, los demonios que sobrevivieron al ataque y el rey mismo, ahora de otra sustancia, rugiendo de rabia, mirando desde el plano astral la escena con rencor. Prometiendo aguardar su tiempo y refinar, para entonces, la más terrible de las venganzas.

Capítulo diecisiete

—¿Qué día es hoy, Sergio Mendhoza?

Estaban en un cementerio. Un sitio de ruinosa estampa con lápidas, cruces, árboles esqueléticos, una luna sombría. La mayoría de las tumbas estaban en lamentables condiciones, las cruces rotas, la losa agrietada, la piedra deshecha. Ninguna de las lápidas tenía nombre o epitafio. Pero, al igual que en los otros escenarios, el detalle era preciso, las motas de polvo, las briznas de hierba, las astillas y la tenue brisa, todo se sentía como en el mundo real.

La niña se había recargado en un mausoleo de tétricas representaciones. Ángeles llorosos emitiendo gritos de desesperación custodiaban la entrada.

—¿Qué día es hoy, Sergio Mendhoza? —repitió.

Sergio, sin proponérselo, sabía la respuesta.

—El día anterior a mi nacimiento.

—Exacto. Un día especial. Por eso te reservé la mejor habitación del castillo —dijo palpando la cripta de blanquísimo mármol.

Sergio notó que el cementerio era en realidad una isla. Una isla pequeña que flotaba en la nada. Sus orillas destellaban luz. Vapores y columnas de humo ascendían más allá del borde del panteón desde un posible subsuelo.

—No entiendes. Claro. Es para evitarte el sufrimiento. Para concederte una última y honrosa salida.

Estaba aterrorizado, no podía ocultarlo. Nunca volvería a confrontar a un peor demonio que ése, que era el que había dado origen a todos ellos. El mismo Belcebú se arrodillaba ante su presencia. Y ahora estaba dialogando con él, con ese espejismo que seguro se debía a la necesidad de no mostrarse tal cual era.

Aterrorizado. Nunca volvería a estar en una situación más espantosa que ésa, y aún no sabía lo que le tenía deparado el ángel caído.

—¿Qué es el mal, Mendhoza? —repuso la niña, condescendiente.

—¿Qué?

—¿Por qué esta absurda tontería del bien y el mal? ¿No te has puesto a pensar que hay un sesgo humano en todo esto? ¡Oh, sí, el hombre, el rey de la creación!

A un movimiento de la mano de la niña apareció una cucaracha monumental frente a ellos. Era del tamaño de un león o un toro. Aleteó y produjo en ellos una ventisca fétida que hizo a Sergio mirar a otro lado.

Ante los ojos de ambos, el monstruoso insecto comenzó a padecer estertores de muerte, como si le hubiesen rociado insecticida. Terminó por girarse y caer patas arriba, sufriendo temblores agónicos hasta que quedó completamente rígida.

—¿Sentiste piedad, Mendhoza?

Sergio se anticipaba a la diatriba de Lucifer. Prefirió guardar silencio.

—Claro que no —insistió la niña—. Todo este asunto del mal y de la maldad tiene que ver con ustedes, los seres humanos, los grandes arrogantes. Alguien te lastima, te arroja ácido en los ojos o te arranca un brazo con sus dientes y claro, tú piensas que ese alguien es malvado. Cuando tal vez, simplemente, haya aprendido a verte desde arriba y un día se haya decidido a rociar un poco de insecticida sobre ti. Nadie pregunta a una cucaracha si cree en el bien y el mal cuando la aplastan.

El cuerpo del monstruo se encendió en llamas, se redujo a polvo, fue llevado de ahí por un viento fugaz.

—Nadie levanta un monumento a una cucaracha si lleva de comer a los hijos de otras cucarachas.

Sergio notó entonces que la circunferencia de la isla se iba reduciendo. Las tumbas y árboles de la orilla caían para no existir más en el horizonte. Sergio calculó que lo más probable fuese que la cripta que Luzbel le había asignado estuviera en el centro. Que ese reloj se detendría justo cuando fuera inevitable su propia caída.

La niña volvió a hablar.

—¿Por qué yo, dime, que no soy humano, debería de tener piedad, odio, o lo que fuese, por ti, repugnante cucaracha? Dime.

—No se trata de ti. No sé qué seas, pero bastaría con que te hicieras a un lado.

—Soy lo que ustedes me han hecho. El mal existe, sí. Entre ustedes. Una cucaracha roba, viola y mata a otra cucaracha y en su código moral se cataloga como "el mal". Pero yo no tengo nada que ver. Contrariamente a lo que muchos creen, ni Dios me creó ni yo me hice. Ustedes me dieron vida, me alimentaron y me asignaron un sitio. Me han dado múltiples nombres. Una corona. Un reino. ¿Me alimento del dolor y del sufrimiento y la abominación de los seres humanos? Sí y no. Me alimento de lo que hace que un ser humano cause dolor y sufrimiento y abominación a otro ser humano.

Nuevas cruces, lápidas, fosas abiertas, huían hacia el abismo.

—Te cuento todo esto para que entiendas por qué podría ver tu caminata de hormiga alrededor del mundo por siglos y siglos sin sentir piedad por ti.

—Pero no me aplastas porque no puedes.

—No te aplasto porque aquí todos son dueños de su voluntad, aunque no lo creas. Nadie está aquí si no quiere estar aquí. El odio que sientes por ti mismo te impide ver la luz. Entonces terminas aquí. Llegas por tu propio pie. Pero hay que tener el alma podrida irremediablemente… o estar mal de la cabeza.

Hizo un nuevo movimiento y se abrió un boquete a los pies de ambos. Sergio se afianzó de una de las efigies de la cripta, temeroso a caer. Contempló el fuego a varios metros de distancia de ellos y, entre las inconsumibles llamas, almas en pena gritando de horror. Pensó "yo ya había tenido esta visión".

—Sí, ya habías tenido esta visión. El día que Belcebú te pidió unirte a sus filas. Sólo añadió el falsario recurso de los héroes sufriendo. Una tontería. Ya te lo dije, aquí nadie entra si no quiere estar aquí. Te he mostrado a esos bichos inmundos gritando ridículamente de terror para que entiendas que eso que parecen llamas no lo son. Ellos las sienten así. Pero aquí cada quien inventa su propio castigo y se azota a sí mismo con su propio látigo. Cuando una persona no tiene piedad de sí misma no puede tenerla por nadie. Y aquí son bienvenidas, cucarachas queridas, por los siglos de los siglos amén.

El boquete se cerró. Pero la isla seguía perdiendo terreno.

—Claro, para ustedes, bichos insignificantes, es imposible comprender que alguien pueda manejar el tiempo a su antojo, del mismo modo que la cucaracha de la cocina no sabe cómo hacer para producir fuego.

De pronto, Sergio estaba en el limbo, caminando al lado de Guillén, tendido sobre un túnel del panal de millones de tarántulas, en la banca de la plaza Giordano Bruno al lado de una Brianda impostora, de vuelta ahí.

—Pero es posible —dijo la niña mirando un inexistente reloj de pulsera en su muñeca—. Así que no temas. Todo está arreglado. El trato es el siguiente: hablas con quien tengas que hablar y luego te largas. No quiero tu tufo contaminándome la sopa.

—¿Por qué haces esto?

—Porque puedo. Porque es más interesante que existas. Porque no puedo aplastarte. Y, principalmente...

Hizo una pausa en la que Sergio detectó la letra pequeña.

—... porque vas a volver. Y cuando vuelvas, nunca habrás existido.

Se empezaba a escuchar el fragor de las llamas, debajo del cementerio, como si flotaran por encima de un volcán activo y el magma estuviera a segundos de alcanzarlos.

—Nunca habré existido... —susurró Sergio.

—Es lo mismo que han pagado todos ellos —mostró las tumbas a su alrededor—. No hay nombres ni fechas de nacimiento o muerte porque nunca existieron. Tipos que creyeron que venir aquí era como ir a contemplar el Gran Cañón. Tenían un asunto pendiente y creyeron que aquí lo resolverían. Pues bien, sí, lo resolvieron. Pero luego yo les pedí lo único que en verdad me parece divertido pedir: que renuncien a su alma. No que la corrompan. No que la sometan a mil millones de años de sufrimiento. No. Que la borren de la historia.

—No importa. No volveré jamás si puedo irme con las respuestas que busco.

—Volverás. Pero no te preocupes. El curso de la historia será el mismo. Sólo que sin ti. Eso que te conforma y que te hace ser tú volverá al vacío del que surgió. Quedará registrado que los buenos ganaron, si es eso lo que te preocupa. Pero sin ti. Nunca habrá habido un Sergio Mendhoza. Brianda se casará con alguien más. Jop no te recordará. Alicia creerá que fue hija única.

—Jamás volveré.

—Tienes cuatro minutos con diecisiete segundos para hablar con él.

Enseguida, al lado de la cripta, apareció un hombre, casi un viejo. Sostenía un bastón y portaba una túnica andrajosa con capucha, iba descalzo, casi un pordiosero. Miraba con aburrimiento a Sergio del mismo modo que habría hecho alguien a quien se le pide que deje lo que está haciendo para atender una monserga.

—Esta larva escribió el primer Libro con su puño y letra. Las veintidós copias. Una a una. Ahora te restan cuatro minutos exactos.

Sol negro

Con la caída de Rávena, Theoderich se hizo del trono de Italia y comenzó su carrera de conquistador. Pero a sus espaldas ocurrió algo que no previó y de lo que, sin embargo, era totalmente responsable. Sólo el lobo que lo acompañaba fue capaz de reconocer ese peligro, pero prefirió no decirlo pues en verdad no creía que fuese digno de importancia. ¿Quién, a fin de cuentas, puede volver de entre los muertos para consumar una venganza? Los siglos se encargarían de contradecirlo.

El mismo día en que Oodak fue atravesado por la espada, su cuerpo fue llevado a lo más profundo del bosque por los pocos demonios de su séquito que no habían huido en todas direcciones. En una cueva sus leales sirvientes mantuvieron el cadáver a salvo de los carroñeros hasta que una bruja se presentó ante ellos. "Llevadlo al mar", fue la consigna. "Pues de este modo quizá vuelva." Y así lo hicieron. Tomaron el cuerpo y lo arrojaron desde un acantilado a las furiosas aguas del mediterráneo. No lo sabrían pero el espíritu de su señor no se había apartado de su exánime cuerpo desde el momento en que perdiera la vida hasta aquél en el que lo entregaron a las turbulentas aguas. Esto es lo que había detectado el lobo y eso es justamente lo que había preferido callar.

Antes de que el fiambre se hundiera por completo, la bruja le reveló al errante espíritu del Señor de los demonios, a quien ella misma adoraba abiertamente, lo que tenía que hacer: "Lleva tu cuerpo a la sima más oscura del gran océano. Ahí se te concederá lo que pidas."

Y el espectro asintió.

Le llevó siglos conseguirlo y cuando lo logró, aquello que entregó al oscurísimo lecho del mar no eran más que huesos carcomidos. Pero así de fuerte era su necesidad de venganza.

Edeth había creído que aniquilar a su oponente mientras se mostraba como hombre, y no como dragón, era una suerte de cortesía, pues sus allegados podrían enterrar su cadáver y concederle una especie de homenaje. De haberle dado muerte como monstruo, sólo cenizas habrían quedado a sus compinches para perpetuar el recuerdo de su nombre. Pero a él, a Orich Edeth, no le pareció honorable.

Ésa fue su perdición.

Pues ese mismo espíritu había tolerado antes el paso de los años y las décadas y los siglos postrado en la tierra, con el polvo en los párpados y la imagen de un sol negro grabándose con cincel en su cabeza. Comparado con esto, el mar y sus profundidades le parecieron, a los pocos días, un divertimento.

Le llevó siglos pero, cuando lo logró, pudo ver el rostro de Belcebú y supo que, en verdad, su segundo advenimiento sería mucho mejor. Que estaba por iniciar.

Y que esta vez no fallaría.

Capítulo dieciocho

—Me recuerdas un poco a mí, mediador —dijo el recién llegado, sosteniéndose de su bastón—. Hubo un tiempo en el que yo también creí en el bien. Ahora, en cambio, tronaría los dedos sin titubear si con eso se acabara el mundo y todas las personas en él.

—Promete que hablarás con la verdad —dijo Sergio.

El fragor de las llamas era cada vez más ruidoso. La niña hermosa del vestido blanco había aparecido una lengua de fuego en una de sus palmas. Jugaba con ella como si fuese un animalito. Parecía aguardar pacientemente a que terminara el coloquio de Sergio, quien comenzaba a sentir el calor inmenso que rodeaba al cementerio. Sus manos sudaban.

—No tengo por qué mentirte —dijo el autor del Libro—. Por otro lado, si me pides que te desee suerte, no cuentes con ello. Ojalá fracases en todos tus intentos y ojalá termines aquí.

—El Libro es obsoleto.

—¿Es ésa tu pregunta?

—Se puede aniquilar un demonio mientras esté en su forma humana. Si es así, cualquier arma sirve, cualquier método funciona, ¿qué necesidad hay de que exista un libro que diga cómo matar al monstruo?

—¿No leíste el prefacio?

—Sí, pero…

—Porque es deshonroso.

Lucifer miraba el reloj inexistente en su muñeca, haciendo presión. Sonreía.

—No me lo trago. ¿Qué hay de deshonroso en mandar al infierno a un demonio?

—La espada cambia al hombre, mediador. Matar no es un deporte de caballeros. Tu alma sólo se mantiene íntegra si es al monstruo al que aniquilas, no al hombre que lo contiene. Así sea por los motivos más "nobles", tu alma se perjudica. Aún aquellos que mataron a hombres crueles y sanguinarios por las razones más justas, sintieron una sacudida del espíritu. La espada cambia al hombre, y no para bien. ¿A eso viniste aquí, en verdad? ¿A que te dé una cátedra del Libro? Hubieras hecho tus deberes y te habrías ahorrado mucho sufrimiento.

—Tic, tac, tic, tac… —dijo la niña.

—Por mucho que tu alma sufra, no puede ser que…

—¡Sí, lo es! —gritó el hombre—. ¿¡O cómo crees que llegué aquí!?

Un repentino silencio. Una pausa desconcertante. Los segundos corrían y Sergio se sentía en un callejón sin salida. ¿En verdad tan grave era? ¿Aniquilar al demonio mientras se mostraba en su forma humana terminaba por llevarte al infierno?

Más pedazos de cementerio se derrumbaban y eran tragados por el abismo. Más segundos se consumían. Más calor sofocaba a Sergio, el único que parecía sentirlo en verdad.

—¡Por eso el mediador no debe tomar la espada! ¡Y por eso jamás se debe acabar con un hombre, así lleve al peor de los demonios dentro! ¡Sólo se aniquila al demonio! ¡Sólo al demonio!

La niña comenzó a balancearse como si fuese un reloj de péndulo. Sergio supo que tenía que sacar la otra carta que llevaba bajo la manga. Pero era una apuesta arriesgada.

—Hay una cita en el Libro. Una que comienza así: "Para vencer, sin armas y sin muerte…"

Algo cambió en el rostro del hombre que lo escuchaba.

—¿Está en tu Libro?

—Sí. ¿Por qué?

—Esa fórmula sólo se encuentra en un ejemplar. Sólo uno de los veintidós.

—¿Por qué?

—Esperaba que lo leyera la persona correcta. Esperaba que se mantuviera oculto.

—No entiendo.

—La respuesta es sí.

—No he preguntado nada.

—No hace falta. La respuesta es sí. Ése, justamente, es el camino. Pero hace falta que lo aplique una persona singular. Héroe, mediador y lobo. Corazón, mente y fortaleza. No me digas que…

—¡RIIIIIING! —gritó la niña—. Se acabó el recreo. Nos vemos pronto.

Sergio se sintió apabullado. Tenía una respuesta. Una, al menos. Y era casi como haber robado la joya más preciosa de ese reino.

—Una pregunta más. Pero no a usted… —se giró para ver a la niña. La isla ya era apenas un jardín con siete tumbas y una cripta—. ¿Hay modo de rescatar a Peeter Stubbe de aquí?

—No has entendido.

—¿No hay modo entonces?

—Idiota. Tonto. Imbécil.

—Pero es que…

—Piensa dos segundos. Wilhelm Stubbe está seguro de que su hijo no pertenece aquí. ¿Por qué?

Sergio sintió cómo su cabeza se revolucionaba a una velocidad vertiginosa. De pronto… luz. Tuvo que concederle razón al demonio. Había una respuesta para eso, una sencillísima. Se sintió rebozante, pero quiso tener una pista un poco más definitiva. Pensó en preguntar un nombre, un lugar, una fecha. Lo que fuese. El nombre llegó solo. Un regalo del Señor de la oscuridad.

"Gunter Maren", resonó en su cabeza. "Gunter Maren", repitió. ¿Cómo saber que no era una trampa?

—Oh, por todos los ángeles y los querubines y las potestades celestes. Simplemente lárgate de aquí —dijo Lucifer—. De todos modos nos veremos en poco tiempo.

"Gunter Maren."

El temblor de tierra bajo sus pies era más que elocuente. Todo llegaba al fin.

—Dime tu nombre —dijo el autor del Libro, evidentemente afectado.

—Sergio Mendhoza. Sergio... Dietrich, en realidad.

Algo chispeó en los ojos del pordiosero al momento de desaparecer. La cripta cayó al infierno. Unos cuantos segundos y todo terminaría.

—Bien. Pues hasta pronto —dijo el amo de ese reino.

—No —dijo Sergio—. Jamás volveré.

—Yo creo que sí. Hay un gordo esperando tu regreso, atado de pies y manos en una cueva tenebrosa. Y no sabe que salir de aquí es facilísimo. Pobre cucaracha. ¿Quién se lo dirá?

Sergio sintió como si lo hubiesen apuñalado en el corazón.

Las llamas rugieron cuando todo fue tragado por el fuego.

Tercera parte

Capítulo diecinueve

Un pie, luego otro. Un pie... luego otro. Un pie...

El sudor. La cabeza de Sergio colgando hacia atrás. La tiranía del tiempo.

El pesado rumor de la grey hacía cimbrar la piedra. Se traspasaba hacia los huesos por las plantas de los pies. Era fascinante y embriagador. Invitaban a unirse a la vorágine, al mantra maldito, a la sumisión.

Un pie... otro...

Y al fin, ambos pies sobre la plancha en la que estaba convocada la feligresía, en ese momento extasiada por la manifestación de poder de aquel a quien servían. La congregación entera estaba perdida en la adoración de su amo, por eso Farkas decidió que valía la pena correr el riesgo. Apuró el paso.

"Tengo que llegar en cuestión de minutos allá arriba o de nada servirá todo esto", pensó. En su corazón abrigaba la esperanza de que sólo hubiera pasado uno, cuando mucho, desde que había dado el último suspiro. En ese momento, Alicia debería tener el desfibrilador listo para la primera descarga, en caso de ser necesario.

Miró hacia arriba. Era demasiado. Cientos de metros. El elevador averiado.

Entonces vio, a la distancia, sobre la pared contraria de la caverna, una estructura metálica idéntica a aquella donde estaba parado. Corrió hacia allá con Sergio en brazos y el corazón en la garganta. "Por favor, por favor, por favor, por favor..." repetía en un murmullo.

Al fin llegó a la jaula que debía contener el segundo ascensor y por el que debía poder llegar arriba en cuestión de minutos. Vacío. El elevador, en efecto, existía, pero en ese momento se encontraba en la parte superior de la cueva, a nivel del suelo, en alguna cámara del castillo negro.

"Maldición", pensó Farkas.

Presionar el botón para accionar el motor podría ser la peor y más mortal de las esperas.

"Maldita sea."

No era momento para lamentaciones. Puso al muchacho sobre la dura piedra de las entrañas del mundo. Miró en derredor. Una palanca. Engranes. Poleas. Trebejos. Una cuerda. ¡Una cuerda! Se quitó la túnica y tomó la soga. Con rápidos movimientos ató a Sergio por debajo de las axilas y lo echó sobre su espalda para, a su vez, anudar la cuerda con fuerza frente a su pecho y rodear sus hombros. En cuanto sintió que el cuerpo del chico estaba bien asegurado llevó a cabo la transformación. La cuerda se estiró consiguiendo afianzar los nudos. En breve era un hombre lobo corpulento, negro como la oscuridad que lo rodeaba y de ojos amarillos que centelleaban de desesperación.

No podía perder un solo segundo. Ahogó un rugido.

Puso una de sus manos de afiladas uñas sobre el primer travesaño metálico del ascensor, idéntico a aquel por el que bajaran él y Sergio minutos antes. Cientos de metros lo esperaban, pero sabía que sólo de esa forma podría lograrlo.

—Farkas... ¿por qué la prisa? —dijo una voz a sus espaldas.

No importaba quien fuera. Debía actuar rápido. Se dio vuelta y, de un zarpazo, le cortó el cuello al monstruo que lo interpelaba. Un vampiro de grotesco rostro lo miró con sorpresa mientras se llevaba las nudosas manos a la garganta, fuente repentina de sangre negra en borbotones.

Farkas volvió a la escalinata de varillas que suplía al elevador en casos como ése y se dijo que no cedería a ninguna distracción.

Sincronizó sus manos y sus patas para subir como un bólido. En su mente sólo estaba la urgencia de llegar arriba, poner al muchacho a disposición de su hermana, recordar los tiempos en los que creía que rezar servía de algo.

Mano derecha, pata izquierda, mano izquierda, pata derecha, en perfecta coordinación para lograr la máxima velocidad de ascenso. Jamás en los siglos que llevaba aguardando su muerte le pareció más importante pedir al lobo que echara mano de toda su fuerza, toda su astucia, toda su energía. "Por favor..." Una de sus garras traseras resbaló al posarse sobre un travesaño. Perdió el ritmo. "Por favor..." Se repuso. Continuó tratando de no fijarse en lo lejos que aún se veía el ojo minúsculo de luz por encima de su cabeza.

Mano derecha, pata izquierda, mano izquierda...

Prefirió quitar la vista de su objetivo y mirar hacia el frente, hacia la gastada piedra que llevaba hacia el templo. Sabía que como licántropo su fuerza y velocidad se potenciaban. Más de una vez lo había comprobado. No obstante, le pareció que no era suficiente. Que viviría el resto de sus días lamentando no haber ejercitado más sus habilidades, no haber sido más fuerte y más veloz. Le complacía darse cuenta de que los cánticos, el rumor de los adoradores de Belcebú cada vez parecía más inaudible, pero igual sobre su rostro aún no percibía un verdadero cambio en la luz. Seguía avanzando en tinieblas, toda su concentración en la distancia que separaba cada pedazo de fierro del siguiente para no perder el ritmo y llegar en un respiro.

Sintió que no podría ahogar el siguiente rugido, que era de impotencia. "Maldito torpe, no estás subiendo con la rapidez necesaria. Todo será tu culpa."

Rugió con vehemencia. El bramido aterrador hizo retumbar las paredes, la estructura metálica, el saturado aire a su alrededor.

—¿Qué fue eso? —dijo Brianda. Miró a Julio y a Alicia, esta última vencida sobre sus rodillas. Sólo ella había cambiado de postura desde que Farkas y Sergio se habían internado en la oscuridad para enfrentar su destino. Sólo ella había cedido a la desesperación y se había visto envuelta en gritos de impotencia que le rompieron el corazón a Julio y a Brianda. Con todo, a los pocos minutos, aún con mano temblorosa, dispuso todo para iniciar la resucitación.

Mientras la veía trabajar, Brianda pensaba que el instante en que Jop abandonó a la carrera esa cámara del castillo parecía haber ocurrido horas atrás y, sin embargo, ni siquiera media hora debía haber transcurrido.

Las lágrimas que habían resbalado por las mejillas de los tres aún estaban frescas. Las antorchas sobre las paredes de ese acceso conferían a la imagen un aspecto de funeral gótico. Alicia no dejaba su postura de hinojos. Su mano no dejaba de temblar. Julio se resistía a abrazarla y confortarla. Ya habría tiempo para eso.

Siguió un ruido que no correspondía a la cargada vibración que emanaba de la cueva. Un golpeteo sin aparente explicación.

Se miraban entre sí. Alicia tenía dispuesta la esterilla en el suelo y el equipo médico de emergencia en posición. Aún no sabía si una muerte por terror dejaba el cuerpo intacto o laceraba definitivamente los órganos vitales. Pero no estaba dispuesta a renunciar a su hermano, y estaba lista para dejar el alma en el proceso de reanimación.

"Todo va a salir bien", se dijo a sí misma para conjurar la mala suerte. Como si se lo dijera a Sergio minutos antes. También necesitaba creerlo.

El ruido del golpeteo se incrementó. Poco a poco. "Está subiendo", pensó Alicia. "Es él, lo sé. Es él."

El golpeteo fue sustituido por pasos sobre la tierra. Sólo que estos provenían de una sección lateral a la cavidad por la que habían ingresado Farkas y Sergio originalmente. "Vienen por otro lado. Son ellos. Tienen que ser ellos", dijo Alicia.

Como si hubiesen sido producto de la invocación, apareció un hombre lobo llevando sobre su espalda a un muchacho.

Alicia jamás creyó que le daría tanto gusto ver a un monstruo como ése.

Farkas redujo el tamaño. Se volvió un lobo negro común y corriente. Se postró en el suelo, al lado de la esterilla. Los amarres se aflojaron y Alicia pudo pasar la cuerda por encima del cuerpo inerte de su hermano. Julio la auxilió apartando a Sergio del lomo del lobo. En un santiamén ya lo había puesto sobre la tela. Los brazos exangües de Sergio se abrieron a los costados de su cuerpo. Su cabeza cayó, ladeada. Su abdomen no mostraba movimiento alguno.

Brianda se rindió de nueva cuenta a las lágrimas. Se cubrió el rostro. No creyó que la impresionaría tanto verlo así.

Alicia, en cambio, puso manos a la obra de inmediato.

Capítulo veinte

Pese a que correr a través del bosque con la mirada obnubilada por las lágrimas es una mala idea, Jop no quiso poner de su parte para detenerlas. Se permitió llorar mientras avanzaba entre los pinos, los olmos y los arces porque sabía que probablemente jamás en su vida se sentiría más triste que en ese momento. Tenía derecho a llorar todo lo que quisiera.

Pero no dejó de correr. Siguió corriendo, golpeando los árboles, tropezando con ramas y tierra suelta hasta que lo vencieron las fuerzas. Hasta que, jadeante, supo que tendría que detenerse por unos momentos. Al menos a verificar que estuviera yendo en la dirección correcta.

Se sentía tan triste que creyó que lo visitaría la muerte ahí mismo. Tenía un mal presentimiento. La idea de engañar a Oodak arrebatándole el alma de Sergio le había parecido, desde el principio, absurda. ¿Bajar al templo maldito del Señor de los demonios, ofrendar la vida de Sergio y volver a tiempo para echar a andar su corazón? ¿En serio? ¿Ése era el plan? Él mismo había insistido a todos que no permitieran a Sergio inmolarse, que era una idiotez, que mejor sería morir todos peleando que viendo a uno solo fallecer como un cordero. Pero Farkas tenía ideas más concluyentes al respecto. Decía que no era una muerte estéril si Sergio se sentía tan impelido a llevarla a cabo. De hecho, ni siquiera sería una muerte definitiva si actuaban con celeridad, pues ningún demonio tocaría su cuerpo. Según Farkas, por su recién descubierta faceta de héroe, Sergio intuía el momento de su muerte y esa necesidad de correr a abrazar a la parca obedecía a la necesidad intrínseca del héroe a hacer lo que tiene que hacer. Pero en el caso de Sergio, no todo sería morir e ir al lugar de paz y luz, sino llevar a cabo algo más grande. ¿Pero qué? Y, más importante aún, ¿le bastarían unos cuantos minutos?

Jop sacó la brújula de su recién recuperada mochila para ver hacia dónde estaba el suroeste. Apenas unos minutos antes había pasado al campamento de Farkas y había tomado sus cosas sin siquiera esbozar un saludo o una despedida a ninguno de los licántropos que conformaban el compacto ejército que custodiaba el castillo negro. No tenía ni idea de por dónde había de empezar. Por eso había echado a correr con los ojos llenos de lágrimas, golpeándose y tropezándose hasta llegar allí, a ese sitio a mitad del bosque, a regresar sobre sus pensamientos y verificar la dirección.

No había errado, al menos. Había corrido instintivamente hacia el suroeste y no se había equivocado. Se puso en pie y siguió de frente, ahora un poco más sereno.

Pensó en Julio. En Brianda. En Alicia. Sintió un poco de lástima. Él no tenía una encomienda fácil pero la de ellos era aún peor. Arrebatarle a la muerte a Sergio. Si él tuviera en sus manos esa misión, así fuera el mejor médico de todos los tiempos, se sentiría tan propenso al fracaso que terminaría arruinándolo todo. ¿Cómo conseguir algo tan difícil sin contar con garantía alguna? Alicia había especulado que, si el corazón de Sergio se detenía únicamente por el terror vivido, como sugirió Farkas, entonces habría esperanza. Si se actuaba con rapidez, después de un infarto de ese tipo, era posible el milagro. Pero últimamente Jop no creía en los milagros.

Tomó una resolución mientras seguía su instinto para alcanzar los límties de Nagybörzsöny y, desde ahí, buscar la forma de llegar a Budapest.

"No preguntaré cómo resultó todo hasta que no haya dado con Ugolino Frozzi. Mejor no saber si lo consiguieron hasta no terminar con mi misión."

Se propuso no llamarles ni contestar sus llamadas. Haría lo que tuviera que hacer, abrigando en su corazón la convicción de que Sergio se había salvado y que todo terminaría bien.

"Porque si no fuera así... no podría con esa tristeza. Y jamás haría lo que debo hacer."

Siguió caminando por una hora hasta que, poco a poco, divisó detrás de los árboles una cruz. Una torre. Una iglesia.

Tras la mampostería que la rodeaba, se encontraba la pequeña iglesia de San Esteban, centenario símbolo de la lucha contra el mal. Jop sabía que, en importancia, era acaso más grande que una catedral. Y, en comparación, del mismo tamaño que el palacio negro de Oodak. Se sintió tentado a tomarse un respiro y tratar de acceder a su interior. Traspuso el portón de madera, abierto. Ni un alma se veía en los alrededores. Ni un cura, ni un sacristán. Nadie. Jop se sentó en una de las bancas más próximas a la entrada y descansó la vista en el crucifijo de madera.

La paz del recinto lo empezó a tranquilizar.

Recordó el llanto de Alicia durante la noche. "Es sólo un muchacho", había insistido mientras Sergio trataba de conciliar el sueño en la tienda de Farkas y ellos tenían ese pequeño conciliábulo en otro lado del campamento. El equipo médico estaba en sus manos, el plan completamente armado. Pero Alicia no había podido resignarse tan fácilmente.

"Ojalá pudiera", fue lo que le dijo Farkas también con la voz rota. "Ojalá pudiera convencerlo de que no ceda a ese impulso. Pero tú sabes que no puedo. Que hará lo que tenga que hacer hasta las últimas consecuencias. Eso es lo que mejor lo define. No su increíble memoria o sus dotes de deducción o la capacidad de controlar su miedo, sino la imposibilidad de actuar de forma incorrecta ante cualquier disyuntiva."

Alicia había tenido que asentir. Lo conocía, y sabía que era cierto. Impedirle someterse a esa locura sería como matarlo de otra manera. Acaso peor y más irreversible. Pero su llanto era algo con lo que Jop se quedaría por siempre. Pensó en su propia madre y supuso que ella también lloraría igual o peor si supiera que su hijo debía morir. Se sorprendió llorando de nueva cuenta. Sus sollozos resonando en las paredes de vieja piedra del templo. Las miradas de los santos contagiando piedad. El día cediendo espacio a la noche, tras los férreos muros.

"Todo va a salir bien", se dijo.

Se limpió las mejillas.

Sacó su laptop de la mochila. Abrió una red wifi en su celular para compartir la conexión a internet con su computadora.

En cuanto pudo abrir el navegador tecleó, con los ojos cerrados: Ugolino Frozzi. Y se dijo, como alguna vez había hecho Sergio cuando tecleó Wolfdietrich en su computadora: "Voy a tener suerte".

Alborada lunar

"Nadie repara en un pordiosero." Con ese pensamiento Manlio Tasio había seguido al lado de las huestes de Theoderich en su paso hacia el oeste y mediterráneo. La intención del rey de visitar a los visigodos en Galia e Hispania y luego a los vándalos en el norte de África tenía más fines de persecución de demonios que de conquista, pero a la larga se conseguiría anexar esos reinos a su gobierno, logrando expandir su dominio. Pocos años después ya se le conocía como Theoderich el Grande. Aunque Manlio había jugado un papel muy importante señalando a los monstruos que había que aniquilar, llegó el tiempo en el que sintió que estorbaba a los fines políticos de su monarca. Edeth no estaba muy cómodo con el nuevo brillo de su corona, pero sabía, a su vez, que era menester poblar el mundo de héroes. Para cuando tenía control sobre todo el territorio romano de Occidente, la tríada parecía vislumbrar su propio fin. Sólo Dietrich no parecía envejecer por algún extraño encantamiento, pero las manos de Edeth ya mostraban el paso del tiempo y Manlio cada día era más lento en su andar. La leyenda, no obstante, los precedía. Un rey sin rostro, un pordiosero, un hombre lobo.

Manlio recordaría por siempre el día en que, cansado de la responsabilidad que recaía en él de identificar demonios e incorporar héroes, decidió actuar por su cuenta.

"Nadie repara en un pordiosero", se dijo cuando, de visita en Roma, identificó a un demonio en la figura de un mercader. Eran tiempos de bonanza. Los servidores de Oodak habían corrido en todas direcciones cuando su señor había sucumbido a la espada de Edeth y ahora vivían completamente desorganizados. La supremacía del bien parecía una posibilidad. Pero Manlio estaba seguro de que ese demonio era de reciente filiación. Lo cual sólo significaba una cosa: "Oodak no ha muerto. Al menos no del todo."

Volvió con la comitiva que los había llevado ahí y habló con Edeth al respecto.

—Debimos haber reducido a cenizas su cuerpo. El rey de los demonios sigue actuando desde algún lugar.

Edeth lo escuchó no sin cierta preocupación. Era una visita oficial, había ido a dialogar con el Papa respecto a lo que él creía que debía ser distintivo del nuevo imperio, la libertad de culto. Se encontraban en ese momento aguardando audiencia cuando Manlio llegó con este nuevo dilema. Comían, en la casa de un patricio, varios de los que acompañaban al rey: Dietrich, por supuesto, pero también Gernot, Gunnar y otros.

—Esto no va a terminar el día que nuestras vidas sean segadas —dijo Edeth llevando aparte a Dietrich y a Manlio—. Nos iremos del mundo y el mundo seguirá necesitándonos. Habremos de pensar qué hacer.

Y no parecía fácil.

Por lo pronto, esa misma tarde Manlio tomó una resolución. Puesto que el sol seguía saliendo todos los días y Oodak seguía afiliándose demonios, nada le impedía actuar de primera mano. Siempre había acariciado esa idea y nunca le pareció más necesaria. Para entonces ya sabía que los demonios no eran inmortales. Poco a poco se había dado cuenta de que cada uno tenía una debilidad específica, pero todos eran completamente vulnerables mientras se mostraran humanos.

Esperó afuera de la casa del mercader, arrebujado detrás de unos toneles de vino. Era medianoche y aquellos con los que había viajado a Roma se encontraban dormidos. La ciudad eterna no mostraba señales de vida por ninguna de sus calles, pero él sabía que el mercader saldría. Después de un poco de investigación supo que tenía una bodega repleta de esclavos, y que saciaba su sed de sangre con ellos.

Tenía miedo. Sabía que el demonio ya lo estaría olfateando. Pero también sabía que, si se demostraba a sí mismo que podía con algo así, tal vez no necesitaría alistar héroes nunca más.

La luna se mostraba serena y, coincidentemente, tras una cama de nubes que la mostraban hermosa.

El mercader salió de su casa. Efectivamente, algo había despertado su curiosidad en las inmediaciones.

Manlio decidió que no podía amedrentarse. Oculto por las sombras, entre los toneles de vino, exclamó:

—Por caridad cristiana. Una limosna.

El mercader se aproximó, intrigado. Manlio actuó con toda la celeridad que aún le permitían los años. Salió de su escondite como un bandido, rodeando los toneles y saltando sobre el demonio por la espalda. Tomó su barbilla con una mano y, con la otra, le cortó el cuello. Todo en un segundo. El mercader no tuvo tiempo de nada. Se volvió para ver al autor de tal infamia pero, al rendirse sobre sus rodillas, sus ojos carecían de vida. Estaba hecho. Manlio había aniquilado a un demonio con sus propias manos de la forma más pronta y eficaz. Sintió un extraño regocijo, pues eso le confería dotes sobrenaturales. Era capaz de identificar a los demonios y acabar con ellos. ¿Por qué no se le había ocurrido antes? Cierto que enfrentar a un ejército escapaba de sus posibilidades. Pero ahora, si actuaba solo y en la clandestinidad, bien podía ir mermando la pléyade de Oodak uno por uno.

"Nadie repara en un pordiosero", se dijo al guardar la daga entre sus ropas.

Caminó por las calles de Roma canturreando del mismo modo que hacía Edeth cuando sentía que la vida era buena.

Pero llevaba las manos teñidas en sangre por primera vez en su vida. Algo en la hermosa luna pareció diferente.

Capítulo veintiuno

—Sergio, por favor…

Musitó Alicia después de la última compresión. El sudor, las lágrimas y esas esporádicas súplicas eran lo único que revelaba aquello por lo que estaba pasando. Porque, fuera de eso, se comportaba como una máquina. Iba de las compresiones a la respiración boca a boca, a los ciclos de unas y otras como si lo hubiera hecho toda su vida.

Pero Sergio no parecía reaccionar.

Brianda presionaba sus ojos con ambas manos. Temblaba. Se preparaba instintivamente para lo peor y no sabía cómo haría para soportarlo.

No dejaba de suplicar internamente. "Por favor, Sergio. Por favor…"

Julio, estático, no despegaba los ojos del muchacho, esperando una mínima señal de reanimación. Había apartado el desfibrilador pues Alicia determinó que sería inútil: el corazón de Sergio no estaba fibrilando; no mostraba señal eléctrica de ningún tipo; estaba detenido por completo.

Farkas seguía recostado, reponiéndose del tremendo esfuerzo, su pecho en rítmicas contracciones.

El mundo, en vilo.

—Vamos… —dijo Alicia en un tono más audible.

Presionaba el pecho de su hermano. Una. Y otra. Y otra vez.

Traía a su mente pensamientos felices. Recuerdos que le rompían el corazón porque quería ella misma dejar la vida si no conseguía recuperar la de su hermano.

Contaba uno dos tres cuatro cinco, diez, quince. Pasaba a ventilar los pulmones de Sergio. Una, dos veces. Volvía a las compresiones. Lloraba. Goteaba sudor sobre el pecho de Sergio. Y continuaba, cada vez con más fuerza.

"La bolsa con sus cenizas", pensó Julio repentinamente, para de inmediato silenciar la idea. Nada sería más eficaz que todo el esmero que estaba poniendo Alicia en esa operación. Por eso ni siquiera Sergio había sugerido, antes de bajar a las entrañas de la Tierra, que echaran mano de tal recurso. Por eso la inyección de epinefrina también había sido desechada por Alicia. Por eso el tiempo y el espacio se habían vuelto, repentinamente, insustanciales. Por eso, esa sensación de que todo el universo y todos los siglos cabían con holgura en ese recinto y en ese momento.

Por eso la convicción de que, o ahí se gestaba un prodigio, o nada en el mundo y su historia tendría sentido.

El lobo negro cerró los ojos.

Uno dos tres cuatro...

Alicia sosteniendo a Sergio en brazos, en una mecedora. Siempre te voy a querer, siempre te voy a cuidar. Él todavía tenía ambas piernas, y ella conservaba la inocencia de quien cree que el mundo es un lugar seguro y apacible. Él le sonríe, acaso es su primera sonrisa. Ella le devuelve la sonrisa, le pone la yema del dedo índice sobre la punta de la nariz. Lo cobija. Lo aprieta contra su pecho. Le parece lo mejor que le ha pasado en la vida. Siempre te voy a querer. Siempre te voy a cuidar.

—No me hagas esto, por favor...

Uno dos tres cuatro, ocho, trece. Respiración. Respiración. Uno. Seis. Nueve...

Alicia empujando un columpio. El pequeño niño, con su pequeña prótesis, riendo feliz. Los trabajos de una madre incidental de dieciséis años. Tener que salir adelante con ingenio y tesón. La suerte de contar con trabajos que le permitieran estar más tiempo en casa, continuar con sus estudios, salir adelante. Alicia jugando baraja con Sergio, sosteniendo un muñeco de acción, las escondidas, un dos tres por Sergio que está detrás del sofá. Viendo la tele juntos, yendo al parque, al cine, de vacaciones. Un pastel de cumpleaños, y otro. El día que compraron juntos la batería.

—¡Checho! —gritó Brianda con todas sus fuerzas.

Un dos tres cuatro cinco seis siete ocho nueve diez once doce trece catorce quince respiración respiración un dos tres cuatro cinco seis sietocho nuevdiez onc docetrececat quince respiración resp un dos tre cuatro cinc seissietochnuevdiez oncdocetrec cator quince respir un dos cua

El límite de sus fuerzas. Alicia echándose hacia atrás, sosteniéndose con las palmas de las manos sobre el suelo de la caverna. Jadeando. Llorando a mares.

Sergio sonriendo a la cámara. Sergio con su diploma de la escuela primaria. Sergio escuchando discos de heavy metal.

Sergio despertándola con un beso.

Sergio despidiéndola a la distancia.

Sergio abrazándola.

Julio y Brianda horrorizados ante la aparente renuncia de Alicia. Farkas poniéndose en cuatro patas, aullando como si estuviese convocando a todas las manadas de la Tierra. El mundo, detenido.

El horror en los ojos de Alicia.

—¡NO PUEDES HACERME ESTO! —grita entonces ella y recomienza con nuevo brío— ¿ME OYES? ¡NO PUEDES HACERME ESTO! ¡TÚ ERES MÁS FUERTE, MÁS LISTO, MÁS GENEROSO! ¡NO PUEDES! ¡NO TIENES PERMISO!

Uno dos tres cuatro cinco seis siete ocho nueve diez once doce trece catorce quince respiración respiración uno dos tres cuatro cinco seis siete ocho nueve diez once doce trece catorce quince respiración respiración uno dos tres cuatro cinco seis siete ocho nueve diez once doce trece catorce quince respiración respiración uno dostrescuatro cinco seissieteocho nuevediezoncedoce trececatorcequince respiración respiraciónunodostrescuatrocinco seissieteochonueve diezoncedocetrececatorcequince respiraciónrespiración unodostrescuatro uno

Unodostrescuatrocincoseissiet resp respiración

Unodostresundostresundostrescuatcincoseistechonvedzonce-dcetr

—¡Alicia! —exclama Brianda repentinamente.

Undostrescuatrocinsstenvdizon cdctreccatoquin respundstrcua

—¡Alicia!

Lo sintió. Repentinamente. Una sacudida.

El nuevo tono muscular.

El universo y todos los siglos, con holgura, en ese recinto y en ese momento.

Movimiento bajo los párpados.

La vida.

—¡Sergio! ¡Sergio! —gritó Alicia.

Siguió con las compresiones pero era evidente que sí, que había habido un cambio. Puso su oído contra las fosas nasales de su hermano.

Un tenue, muy tenue, intercambio de aire.

La vida.

* * *

El rojo vivo era enceguecedor. Era un destello que iba del blanco al amarillo al naranja encendido que lo envolvía, lo abrazaba y lo abrasaba. Pero el dolor se había ido. El malestar. Todo parecía distinto. Era como si hubiese estado sostenido de pinzas metálicas aferradas a su piel y, de pronto, hubiese caído en agua fría, reconfortante. No sentía ninguna incomodidad. Ni frío, ni calor, ni hambre ni cansancio. Nada. Ni siquiera su propio cuerpo.

Pero tampoco escuchaba los lamentos de las almas en pena que había contemplado desde el cementerio, antes de caer a plomo junto con tierra, piedras, el mausoleo.

Todo eran llamas. En sus manos. En su piel. En sus ojos. Pero sin ocasionar una sola quemadura, una sola irritación.

Era como formar parte de la nada, pues tampoco podía verse a sí mismo. Presentía que se había vuelto uno con la llamarada.

Escuchaba el fragor de un incendio inagotable. Veía los anaranjados borbotones de un volcán inextinguible.

Recordaba un grito. Una llamada de atención. Un aullido.

Todo como una caricia del alma. Algo que no había sentido en años y años de empujar una piedra cuesta arriba. De pronto, mientras caía hacia el voraz río de fuego, su nombre en labios de alguien que lo amaba más allá de sus fuerzas. Un columpio. Una foto. Un pastel. Y, luego, un aullido.

Un despertar.

No sabía dónde se encontraba, qué se le demandaba. Pero se sabía vivo. Y listo para enfrentar lo que siguiera. Acaso habría vuelto al averno, a las puertas del lugar de mayor desesperación, pero ese súbito cambio le hacía sentir bien. Como si hubiese, al fin, pasado por todo lo que tuviese que pasar y ahora sólo restara recoger el premio.

A pesar de que sabía que no sería asi, que esa tregua era como estar en el ojo del huracán, un descanso momentáneo en lo que la tormenta volvía a arremeter en su contra, se sintió bien por primera vez en mucho tiempo.

Se ordenó caminar. A través de las llamas y a través de los miles de grados centígrados de incandescencia, salir de ahí. Ir en pos de lo que siguiera. Confirmó que sus sentimientos seguían intactos. Que podía sentirse triste o jovial si así se lo ordenaba su fantasmal corazón. Eso, a fin de cuentas, era más que una bendición. Pues no sólo el intelecto necesitaba para concretar su misión, sino también el pleno recordatorio de por qué se había metido en eso, y por qué era menester llegar hasta el final.

Pensó en Guillén y que en algún momento tendría que regresar a desencadenarlo. Una tristeza horrenda como un buitre se posó sobre sus hombros. Pero pensó en Edeth y en la posibilidad de llevar el mensaje, y una alegría como el de la vuelta a casa le estrujaba el corazón.

Maravillosamente, ordenaba a sus impalpables piernas que caminaran y así lo hacían; poco a poco comenzó a abrirse paso a través del magma. Una novedosa condición a la que ya tendría tiempo de acostumbrarse, pues era como flotar sin ser completamente libre, un poco como caminar en un planeta con gravedad distinta. O como avanzar por el fango.

Pensaba que lo más probable era que Oodak hubiese iniciado un contundente ataque contra el mundo. Que nada se pareciese a aquello que había dejado antes de abandonar el mundo. Que Brianda ya lo hubiese olvidado. Que Alicia hubiese entrado en resignación. Que Jop hubiera preferido volver a su vida. Pero, a la vez, se decía que el solo hecho de que hubiera podido huir del reino de las tinieblas portando tan luminosa joya de información, tenía por fuerza que ser esperanzador. Así los demonios hubiesen tomado el control del mundo, lo que llevaba consigo podía revertirlo todo de un plumazo.

"Sólo necesito dar con Edeth, que concertemos una pequeña charla y no cometer un solo error en el momento en que se enfrente con Oodak. Casi nada."

Pero estaba vivo. O así se lo parecía, a pesar de su naturaleza incorpórea. Ni siquiera lo decía por el grado de consciencia y sensibilidad que había alcanzado, sino por lo que abrigó en su corazón al momento en que escuchó aquella voz con su nombre y aquel aullido de lobo. Había sido como recibir una enorme bocanada de oxígeno en sus pulmones, como sentir el flujo de sangre reavivarse al interior de sus venas y arterias.

Al fin consiguió ver huecos oscuros en la erupción constante de lava. Distinguió que los chorros de mineral fundido eran escupidos hacia arriba por una zanja en la que aún se encontraba suspendido. Continuó avanzando y de pronto sus ojos dejaron la cortina de naranja blanquecino para entrar en otro ambiente. Divisó una extensa muralla negra, burbujas sulfurosas ascendiendo, la borrosa visión de la enorme temperatura que lo rodeaba, muy parecida a la de los espejismos en el desierto. Pero aquello no era el desierto.

"No. Es..."

"En efecto", resonó una voz en su cabeza. "El lecho del océano."

Sergio supo al instante de quién se trataba. Sintió el primer escalofrío de su nueva condición.

"Uno de mis abismos favoritos. Le llaman dorsal mesoatlántica. He elegido este punto por mera justicia. Desde aquí fue que Er Oodak retornó a escena en el siglo trece. Aquí fue donde su espíritu volvió a la carne y elevó sus alas al cielo para reconstruir su reinado. Aquí, en el jardín de Belcebú, fue que se decretó que el mal podía conquistar al mundo, así le llevara siglos. Y está ocurriendo."

Sergio comprendió por qué era tan absoluta la oscuridad. Más allá del resplandor del magma, no se veía absolutamente nada. Ni hacia arriba, ni hacia abajo. Su espíritu habría sido liberado miles de kilómetros hacia abajo, en la profundidad del mar. Ahora tendría que ir hacia tierra. Hacia la luz. Cumplir con su cometido y regresar a liberar a su amigo. Sus sentimientos volvían a adquirir complejidad. Era una victoria agridulce. Acaso jamás descansaría.

"A partir de ahora el tiempo es lineal y es constante", continuó la voz en su cabeza. "Así que te recomiendo no holgazanear."

Caminar no era ningún problema. Pero ordenar a su espíritu que flotara a través del agua simplemente no resultaba. ¿Tendría que marchar hacia alguna costa a pie? Si había entendido bien, la franja estaría en el océano Atlántico. Ir hacia cualquier continente significaría atravesar medio océano caminando. Pero no se arredró. Había tenido el mejor entrenamiento en el sitio del cual había escapado.

Caminó hacia la pared de la franja desde la que sangraba la tierra. Escaló varios metros hasta alcanzar la plataforma. Miró hacia abajo y pensó en una pregunta. "¿El agua siempre apaga el fuego?"

Pudo reconocer el rostro de aquel cuya visión había obligado a su corazón a detenerse. La más horrenda representación de un demonio lo contemplaba desde su reino de fuego. La retorcida cornamenta, el rostro de macho cabrío con cientos de ojos, cada uno con una escena de depravación incrustada en el iris. La lengua un músculo que parecía humano y que cambiaba de formas lascivas y repugnantes. Los dientes completamente ensangrentados. El pelaje espinoso. Las manos de múltiples dedos sosteniendo un cetro cuyo núcleo era la maldad del mundo, pues ahora sabía Sergio que eran las personas las que alimentaban a monstruos como ése. Lo cual era bueno en cierta medida, pues significaba que demonios como ése no eran eternos.

"No te tengo miedo", pensó. A pesar de que el terror de haberlo mirado había sido tan insoportable que lo había matado, pudo verlo sin temblar y sin sentir más repulsión que la que se siente por un bicho muy feo.

"He estado en presencia de tu amo", pensó. "Y eso es bastante peor que confrontarte a ti."

Belcebú rugió, iracundo, pero Sergio ya le había dado la espalda. Ascendía en pos de la luz.

Hacia el este, se dijo. Hacia Europa, Hungría, Nagybörzsöny. Hacia el castillo negro de Oodak. Hacia donde todo quedó inconcluso.

Alborada lunar

Edeth lo advirtió desde años atrás, pero sólo hasta que se sintió viejo y enfermo fue que decidió tomar cartas en el asunto. Para entonces había dejado de guerrear, sostenía una progenie que formaba parte de la farsa iniciada muchos años atrás en una cabaña del bosque. Estaba listo para partir y sus más allegados lo sabían. Pero era menester, antes que nada, poner las cosas en claro con sus dos hombres incondicionales.

Se encontraba en sus aposentos librando una batalla más simple pero acaso mas difícil de ganar, contra una fiebre de días, cuando pidió a ambos que acudieran. Tenía el rostro descubierto pues sólo ante ellos se permitía esta licencia. Dietrich pensó, al verlo, que seguía siendo tan hermoso como antaño. Era una lástima que la carga de una corona impidiera a alguien tan generoso llevar una vida más complaciente en vez de portar una espada.

Las débiles llamas de las lámparas de aceite dibujaban sombras en los muros adornados con grecas multicolores.

—Dime, Dietrich. ¿Quién más nos acompaña? —preguntó Edeth en cuanto los dos convocados se acercaron.

El lobo respondió:

—Gernot se encuentra entre nosotros. También Caio Decio. Y Lucas.

Manlio se mostró contrariado. No conocía esa habilidad del lobo.

—¿Puedes verlos? —preguntó a Dietrich.

—Sólo en circunstancias especiales. Por ahora, sólo los escucho. Ellos mismos me han dicho su nombre. Se sienten honrados de estar aquí, alteza, y me informan que su secreto está a salvo con ellos.

Edeth sonrió y abordó los asuntos que le preocupaban.

—Mi hora está cerca. Lo presiento. Por eso los he llamado. Porque sabemos, todos los aquí congregados, que aunque yo termine, la lucha no lo hará. Tenemos que hablar de eso.

Manlio y Dietrich tomaron asiento. Se respiraba un aire de paz muy singular. No tenía visos de despedida. De entre sus sábanas, el rey de Italia extrajo un estandarte de los muchos que habían confeccionado para combatir a los demonios. Era un blasón grande, del tamaño de un hombre, donde se apreciaba la alborada lunar que los había distinguido en aquellas batallas. Un trozo de tela que estaba listo a ondear de nuevo, si era necesario.

—Querido hermano lobo —dijo mirando a Dietrich—. A ti es al único a quien puedo pedir un favor como éste. Necesito que vayas a Panonia. Puesto que el tiempo no pasa igual en ti que en nosotros, quiero que cuando muera te instales en algún lugar visible desde varias comarcas. Ahí, iza este estandarte sobre el asta más alta que puedas levantar. En algún momento de tu vida, que deberá ser larga —y al decir esto lo miró con fijeza, haciéndole notar que ésa también era una encomienda— te visitará alguien como yo preguntando por el símbolo que, como verás, está incompleto. Busca en tu corazón cuando eso ocurra. Y si tu corazón te lo autoriza, entrégale esto.

Ahora extrajo tres rollos de papel, su primer yelmo y su vieja espada, el estoque con el que había dado muerte a Oodak.

—En estos rollos están mis memorias. Sólo puede leerlas quien se aproxime a ti con la pregunta correcta.

Luego, depositó sobre la orilla de la cama, una pieza del chaturanga que jugaba en casa de su abuela, hacía tantos años: el consejero blanco.

—En este pedazo de madera está mi fuerza y convicción. También habrás de entregarlo.

Dietrich tomó todos los objetos y asintió.

—A partir de ahora serás Wolfdietrich. Tu linaje, si decides aceptar la encomienda, peleará siempre del lado de la luz. Serás caballero de mi corte y héroe a tu pesar.

—Respondo por mí y respondo por mi descendencia —aseguró el recién honrado, inclinando la cabeza.

Ahora Edeth se dirigió a todos.

—Oodak no partió del todo. Lo sabemos. Sus demonios siguen medrando gracias a que él los favorece. Por ello no podemos dar por concluida la lucha. Y por ello quiero enaltecer el valor de nuestros amigos que ya partieron.

A Dietrich le maravilló que miraba hacia puntos específicos del salón, como si en verdad pudiera contemplar a los espectros que habían asistido.

—Aún no sé cuál será su papel en esta lucha, amigos. Pero agradezco profundamente que no quieran marcharse hasta que todo termine. Alguien debe permanecer con la memoria intacta. Y ésos han de ser ustedes, quienes lo vivieron todo desde el principio.

Tosió un poco. Se animó a tomar vino rebajado en agua de un cáliz que se encontraba en una mesilla, a su lado.

—Porque yo... he de volver para empuñar la espada. Esa espada, justamente —señaló los objetos que sostenía Dietrich—. He de prestarme para seguir con la lucha, pero mi verdadera misión será acabar para siempre con Oodak. Terminar lo que dejé inconcluso al no impedir que sus secuaces hurtaran el cuerpo. Puede ser en cien años. Puede ser en mil. No lo sabemos. Pero no cejaremos.

Volvió a mirar a los espectros. A Gernot. A Decio. A Lucas.

Luego, obsequió una mirada inquietante a Manlio.

—Ahora bien, querido amigo... creo saber por qué dejaste de envejecer.

En su voz había un tono de reclamo cariñoso, como quien descubre a alguien a quien ama mucho en una falta menor. Aunque ésta, ambos lo sabían, no era menor en lo absoluto.

—Lo que no sé —continuó Edeth—. Es por qué no has empuñado tu daga en mi contra.

Manlio miró a Edeth con miedo y fascinación. Miró a Dietrich y sintió temor de los fantasmas ahí presentes.

En un segundo trajo a su mente los años en que había tomado la causa en sus propias manos. Las decenas de demonios a los que había cortado el cuello sorprendiéndolos en algún callejón vacío, en algún camino solitario, siempre a mitad de la noche. Cómo se había empezado a sentir, poco a poco, presa de una voracidad asesina. Evocó en su memoria cómo la sangre en sus manos había empezado a ser la única manera de sentirse en paz y satisfecho. El día que, durante una furiosa tormenta, la voz de Oodak le habló en sueños. "A partir de este día dejarás de tener miedo." "¿Dónde está tu humanidad, Manlio Tasio?" "Sólo la primera vez duele."

Manlio recordó aquella tarde en la que, tras acechar a un demonio por un paraje desierto para darle muerte, descubrió a una muchachita caminando sola entre los abetos. Se acercó a ella y ésta dejó escapar un grito espantoso ante lo que contempló. Manlio se retorció de dolor, incapaz de comprender lo que le ocurría. Cuando el dolor amainó, la muchacha había echado a correr, y él se sorprendió convertido en una bestia.

El escriba bizantino pensó entonces que todo era producto de la equivocación, que eso no podía estarle ocurriendo. Pero algo en su interior era distinto y lo sabía. Cuando se aproximó a la chica, había paladeado en su cabeza la idea de hacerle algún mal. Tantas muertes en su conciencia habían empezado a trastornarlo. Había empezado a soñar con usar sus propias manos, estrangular, descuartizar, incluso devorar a algún congénere.

Se arrodilló ante su señor y tomó una de sus desnudas manos. La besó y derramó lágrimas sobre su dorso.

—Soy víctima de mi arrogancia —declaró—. Creí que no necesitaba de nadie más para dar la lucha.

Dietrich lo miraba con extrañeza. Acaso los espectros también.

—Levántate —le ordenó el rey—. No podías saber que habría esta consecuencia. Lo que no entiendo es... si tu corazón ha sido transformado y has sido llamado a las filas de Oodak, ¿por qué no has empuñado la daga en mi contra si duermes bajo mi techo y comes de mi plato?

Manlio no dejaba de mirar al suelo, avergonzado.

—Porque cada día es una batalla, mi señor —dijo con la voz quebrada—. Todos los días el mal me corrompe un poco más. Y todos los días me resisto a levantar la mano contra aquellos que trabajan por el bien, aunque esto vaya en contra de mi naturaleza. Jamás imaginé que la sangre me cambiaría de este modo. Soy ruin. Estoy condenado al lugar del castigo. Pero antes me apuñalaría con mi daga que usarla en tu contra.

Edeth puso su mano sobre la tonsura de su fiel amigo.

—Hace muchos años nos conocimos. Lo primero que me dijiste fue: Déjame luchar contra el poder de la noche a tu lado; sólo eso y mi vida tendrá sentido. Ni siquiera sabías quién era yo. Esa frase me cambió para siempre. A ti debe más la lucha que a ninguno de nosotros. Por eso creo que tu historia habrá de ser distinta.

Manlio se estremecía. En su interior quería estallar, transformarse en bestia y herir a sus dos camaradas. Pero sabía que no lo haría. "Cada día es y será una batalla", pensó. "Hasta mi último respiro."

—Tú y nadie más que tú habrás de decidir tu destino, querido Manlio —insistió Edeth—. Ahora comprendo que hayas dejado de mediar para nosotros. No porque el mundo estuviese agotando su inventario de demonios… sino porque los reservabas para ti.

Manlio no supo qué responder. Había sido descubierto. Nada sería igual a partir de ese día.

—Te libero de tu carga —dijo el rey, finalmente—. Los héroes habrán de enfrentar a los demonios aún cuando no puedan identificarlos previamente gracias a tu ayuda. Lo mismo haré yo cuando vuelva. Será arduo, pero no imposible. Y así habremos de segar la mies del mundo hasta que no quede un solo servidor de Oodak.

Manlio no pudo resarcirse de la culpa. Retiró la mano de Edeth de su cabeza y se levantó para echar a correr hacia la puerta. Con todo, se detuvo en el umbral y miró por encima de su hombro. Sus ojos se encontraron con los de su señor.

"Adiós, Theo" dijo con un nudo en la garganta, sin emitir voz alguna.

"Hasta pronto, querido maestro", respondió el rey, igualmente en un murmullo.

Una de las flamas de las dos únicas velas que alumbraban el recinto se debilitó hasta apagarse por completo.

El Señor de los héroes, rey de los amalos, gobernador de Galia, Hispania e Italia, haría lo mismo en un par de días. Los que lo acompañaban en su lecho contarían después que se había marchado emitiendo un cántico de juventud con una sonrisa en los labios.

Todo un imperio lloraría su muerte. La primera de ellas.

Capítulo veintidós

Después de varias horas, la luz de las emisiones volcánicas de esa herida en la tierra de la que había surgido lo dejó de acompañar. En su camino a través de los sedimentos del océano muy pronto volvió a quedarse en penumbra. Comprendió que no era conveniente caminar sin dirección, pues bien podría estar yendo hacia el Ártico y no enterarse hasta chocar con el Polo Norte.

"¿Por qué no puedo despegar los pies de la tierra?", pensó después de varios intentos de flotar.

"Debería ser lo más fácil del mundo."

Pero no lo era.

Cuando estos pensamientos lo asaltaron no podía ver absolutamente nada, y caminar hacia ningún lado parecía una insensatez. Por ello se detuvo en medio de la oscuridad a tratar de resolver qué era lo que más le convenía.

No dejó de intentar saltar hacia arriba, siempre sintiendo sobre sus plantas el golpe falaz contra la arena, única sensación tangible y aparentemente real que le transmitía su espíritu. No podía palparse a sí mismo o al agua o las piedras o la arena. No podía sentir textura alguna. No respiraba. No parpadeaba. No lo molestaban en absoluto los cientos de toneladas por centímetro cuadrado que debían hacer presión ahí o la temperatura alrededor de los cero grados centígrados. Pero se veía afectado por la ley de gravedad. No podía despegar sus plantas del suelo por más de unos cuantos segundos.

La fortuna le cambió al cabo de varias horas de fallidos intentos. Una chispa lejana apareció en su campo de visión. Una débil lucecita verdiazul que se avivaba por momentos. A los pocos segundos advirtió que se trataba de un pez abisal. Eso consiguió el primer cambio.

Con sólo poner la vista en el monstruoso pez, todo colmillos, pudo al fin desplazarse. Ni siquiera tuvo que agitar sus brazos o sus piernas. Su incorpórea imagen fue directamente al pez, al faro que pendía de su cabeza, y ahí se mantuvo sin mayor problema.

Comprendió cómo funcionaba, y comprendió también que su representación fantasmal era sólo eso. Una representación.

"Mis manos no sirven para asir, ni mis piernas para avanzar, ni mi boca para hablar o mi nariz para respirar o mis ojos para ver. Pensar eso es tan absurdo como creer que este pedazo de tela me cubre del frío. O que debo llevarlo simplemente porque es aquello que vestía cuando morí."

En seguida se vio cubierto por ropas más suyas, una playera de Led Zeppelin, un pantalón de mezclilla. En seguida se vio, como había ocurrido en el inframundo, con dos pies y zapatos a juego.

"Soy sólo una idea", se dijo. "Una identidad. Un nombre. Un estado. Y como tal no debería regirme por las leyes de la física tradicional."

Seguía al lado del pez de enormes y ciegos globos oculares, gigantescas quijadas y afilados colmillos como si fuese su medio de transporte. Listo para dejarse llevar hacia arriba, libre de las leyes de la mecánica clásica.

Pero no lo logró. En cuanto trataba de apartarse del pez, volvía a sentir que la gravedad lo llevaba de vuelta al piso marítimo. Para recuperar su posición volvía a mirar al pez, volvía a proponerse estar a su lado, y volvía a desplazarse. Pero a una velocidad terrena, natural. No lograba "aparecer" simplemente al lado del pez.

"Debe ser porque, como idea, no puede uno existir en el mundo más que en referencia de algo más."

Hizo el intento. Se enfocó en las partículas que alcanzaba a alumbrar la bombilla que pendía de la cabeza del pez.

Funcionó. Pudo trasladarse hacia ellas sin que la sensación de caída lo dominara.

Pero en cuanto el pez se alejó, volvió a aterrorizarlo el mismo miedo. Iba en dirección al lecho oceánico cuando lo comprendió.

"Mis ojos no sirven para ver."

"La luz misma no debería serme necesaria. No hay pupilas en mí que capten la luminiscencia."

Hizo una especie de ejercicio mental para hacer como si cerrara los ojos.

Los volvió a abrir.

Y advirtió que las corrientes marinas, los peces a la distancia, el cadáver de un cetáceo a algunos kilómetros de distancia, las partículas de algas que flotaban, el kril diminuto, todo lo que lo rodeaba se dibujaba en su mente como si cada cosa emitiera una vibración específica. Era fascinante y aterrador. Como si "viese" la esencia del mundo. Como si tuviese el poder de contemplar los planos de cada cosa material. Un trazo de cada elemento, uno solo, pero el más importante. Sin colores, sin texturas, sin aromas, sin ancho ni profundidad. Sólo el trazo mínimo que hace que cada cosa sea aquello que le da nombre.

Comenzó al fin a ascender.

Sostenido del kril o de la arena o de la gota o…

Pero siempre a una velocidad que también dependía de su propio concepto de humanidad. De un ser humano en el océano. O a la mitad de la nada.

"De eso no puedo despojarme", se dijo. "Porque, a fin de cuentas, eso es lo que soy. O lo que fui. Un ser humano. Que ve, que oye, que huele… aunque sólo en apariencia."

Por ello no podía ascender como un delfín o un torpedo. Pero no le importó. En cierto modo le parecía una experiencia hermosa y gratificante, pues el propio ejercicio de "cerrar los ojos" lo devolvía a la oscuridad y al miedo y al vacío pero sólo de manera temporal. Porque podía, un segundo después, volver a apreciar lo que le rodeaba, gota por gota y molécula por molécula.

Al cabo de un par de horas de subir el océano cambió su tonalidad, comenzó a volverse azul oscuro. Luego, azul y finalmente la luz del sol se filtró a través de las aguas a lo lejos, por encima de su cabeza. Una tortuga cruzó a través de él y pudo volver a la ilusión más apreciable de las cosas. A mirar, oír, oler... y se sintió gratificado.

Pudo salir del océano y ser bañado por la luz del sol, aunque todo lo sentía de un modo metafórico. Era una cámara manipulada por un dron. O un juego de video en primera persona. La desolación del mar le pareció de una belleza indescriptible, el sol radiante a un palmo de las crestas azules subiendo y bajando, el cielo sin nubes de un celeste impecable, el silencio absoluto.

"Debería quedarme aquí para siempre", se dijo, súbitamente emocionado.

Se miró sin mirarse. El fantasma de un chico fallecido en Hungría flotando a la deriva a mitad del océano Atlántico, en medio de la nada. Era hermoso.

Un nombre se dibujó, como un trazo, en su mente, pero no le dijo nada.

"Sergio Mendhoza Aura."

Le pareció deleznable. Todo se le antojó trivial e innecesario pudiendo quedarse ahí para siempre, entregado al vaivén del mar, convencido de que nada ni nadie podía perturbarlo.

El sol y su estela dorada, dibujada como un camino sobre el mar, comenzaron a unirse en el horizonte poco a poco. Sergio había estado entregado por tanto tiempo a los estragos de lo que la eternidad puede causar en una persona, que esa belleza momentánea le pareció digna de ser atesorada. Por eso no se movió hasta que el sol se volvió rojo, fue tragado por el mar y la noche se cubrió de estrellas. Hasta entonces recordó. "Sergio Mendhoza Aura." Era él, y tenía una misión que concretar. Tenía que dirigirse hacia oriente.

Alborada lunar

El hombre conocido como Andrei el eremita se encontraba cocinando unas setas silvestres cuando llamaron a la puerta. Su cabaña se encontraba en una de las colinas más altas e inaccesibles de Panonia. No era común que fueran a visitarlos a él y a su mujer, en ese momento encinta. Pero estaba seguro de que no había sido producto de su imaginación aquellos golpes en el portón, aquellos pasos por el camino. Tenía un buen oído, como todos los de su familia, y si en algo podía confiar era en su capacidad auditiva. Era capaz de distinguir sonidos peculiares, o de decir si la lira que solía tocar en las tardes de soledad, estaba desafinada a la primera pulsación.

Con todo, prefirió esperar.

Volvieron los golpes. Dejó la marmita en la chimenea y fue directamente a la puerta. En ese momento su esposa dormía en el lecho y prefería no molestarla.

—¿Quién llama?

—La paz esté con usted —dijo una voz aguda, lo cual hizo que Andrei se pusiera alerta. Ya le había advertido su padre, y, antes que él, el padre de su padre.

—Y con usted. Dígame qué le trae por aquí.

—¿Puedo pasar?

—Dígame qué le trae por aquí.

El fuego que lamía la superficie del caldero le hizo pensar en horribles aberraciones, monstruos terribles dispuestos a todo. Él nunca había enfrentado uno. Ni siquiera había visto uno a los ojos, pero sabía que existían. Dejó la puerta y fue hacia un arcón puesto al lado de sus instrumentos de labranza. Al interior se encontraba su espada, cuyo manejo había olvidado, pues su padre lo había instruido poco. Pero no lo tomarían desprevenido. O desarmado. Sopesó el viejo acero.

—Le parecerá extraño —dijo la voz tras la puerta.

—Por estas tierras nada es extraño —respondió haciendo un par de movimientos de ataque fingido en el aire. Estaba seguro de que su primer hijo era lo mejor que le podía ocurrir, y no estaba dispuesto a arriesgar esa alegría.

—Es... la bandera que pende de esa pica al lado del establo, señor —dijo la voz—. Yo ya había soñado esa misma luna. Esas mismas nubes.

Entonces el nombre conocido como Andrei el eremita recordó que se le había pedido conservar una tradición. Se sintió un poco estúpido y dejó la espada sobre la mesa.

—¿Y qué es lo que desea saber, exactamente? —dijo, recargándose en la madera.

La voz titubeó.

—Eh... no sé explicar esto, pero... ¿no es cierto que ese símbolo está incompleto?

Su padre le había contado. Y le había contado también que un hombre antes que él y que su abuelo y el abuelo de su abuelo habían sido nombrados caballeros de un rey ancestral, guardianes de su paso por la Tierra. Recordó que era un Wolfdietrich y que su posición en esa colina y lo que representaba ese estandarte tenían una razón. Recordó que algún día alguien se presentaría con la pregunta correcta, y él estaba obligado, por su honra, a responder.

Andrei el eremita tomó unas llaves del interior del arcón.

Tomó ceniza del hogar y la esparció en el suelo. Con el dedo dibujó el símbolo en el estandarte.

—Muéstreme.

El dedo del visitante completó el dibujo y Andrei sonrió. Entonces era cierto.

Salió a la ventisca, a la tarde macilenta de principios de otoño y, después de cerrar la puerta tras de sí, condujo al visitante hacia el establo donde tenía sus dos únicos caballos. Oculto entre el forraje se encontraba un baúl pequeño con un derruido candado. Andrei abrió el candado por primera vez en su vida y extrajo lo que ahí se encontraba.

—No diga nada hasta que no haya leído esto. Estaré en casa.

Volvió a la cabaña y dispuso la mesa para una comida frugal. Su esposa se quejó desde la cama. Su estado la tenía todo el tiempo postrada. En cualquier momento podía dar a luz. Pero Andrei no temía por su hijo o por su mujer. Fue a confortarla y le pidió que durmiera. Ella así lo hizo y él volvió a la mesa.

Después de agotar sus alimentos, abrió un barril de cerveza y la echó en un par de pocillos. Pensó en lo extraño que era todo aquello. Su padre le había dicho que debía llamarle "señor" desde el principio, por extraño que esto pareciese. "¿Por qué extraño?", había preguntado en su momento. "Porque no se presentará a tu puerta nadie a quien llamarías así", le respondió crípticamente.

Nuevos golpes sobre la rústica madera. Andrei abrió, dispuesto a desempeñar lo que siguiera.

—Bienvenido a casa, mi señor —dijo.

La figura, con el yelmo cubriéndole el rostro, la espada en una mano, la pieza de ajedrez entre sus ropas y el libro de memorias en la otra, traspasó la puerta.

—Gracias —dijo. Su voz había cambiado—. Es importante que me escuches.

—Tome asiento.

—¿Cuál es tu nombre?

—Andrei. Andrei Dietrich.

—Andrei... éste será mi penúltimo retorno.

El eremita extendió los vasos con cerveza. Edeth tomó el suyo, complacido. Agradeció el gesto. Se tomó su tiempo para volver a hablar.

—Y ésta será la última vez que cubra mi rostro.

—¿Puedo preguntar...?

—La memoria, Andrei. La memoria es importante. A cada retorno siento que merma. Este libro hace su trabajo, pero temo que después de unas cuantas vueltas más no recordaré quién soy y leeré estas letras como si se tratase de alguien más. Temo que olvide cuál es mi última misión en la Tierra, y no puedo llevarla a cabo mientras Oodak no se muestre. No tendrá caso que la lleve a cabo si no podemos dar una última batalla contra él y sus demonios. Así que he decidido no volver más… hasta que sea el tiempo correcto.

Andrei asintió. Su padre le había contado todo aquello. Lo había instruido y le había acompañado cuando tuvo su primera transformación entre sus once y doce años. Pero a él no le había correspondido entregar a nadie el libro, el casco, la pieza y la espada. A su abuelo, en cambio… sí le había visitado alguien en su tiempo. Y él, como correspondía al linaje, se había puesto a sus órdenes, y había blandido la espada a su lado.

—Pelearé por última vez contra los demonios en esta vida. Despacharemos al infierno a los que podamos, Wolfdietrich. Pero luego…

Hizo una pausa. En realidad era como si hablara un viejo, cuando aquel cuerpo estaba aún rebozante de vida.

—Luego me marcharé y no volveré hasta que sea el tiempo.

Miró, a través de la abertura horizontal de su casco, a su fiel caballero.

—¿Qué año es éste, Andrei?

—El 741, señor.

—Imposible saber cuánto más habrá que esperar. Por lo pronto, escucha bien. Entregarás todo esto a Gernot y sus soldados cuando yo muera.

—¿Gernot?

—Es un amigo que peleó a mi lado en el principio, hace algunos siglos. Al entregarle mis cinco pertenencias, él y sus soldados las custodiarán hasta mi regreso. Pero tú no contarás nada de esto. Tú instruirás a tu hijo primogénito del mismo modo que te instruyeron a ti, como si nada hubiera cambiado. No le mencionarás mi estandarte, mi espada, mi casco, mi figura de madera y mis memorias. Pero de todo lo demás le hablarás como si yo fuese a volver cualquier día. Y luego él, a su hijo primogénito, y así hasta mi regreso. ¿Entendido?

Andrei asintió.

—Ahora, preséntame con tu esposa, que habremos de convivir por un tiempo.

—Sí, señor.

Orich Edeth se levantó de la mesa para ir a la única habitación de tan pobre casa, como si se tratase de un pariente lejano que ha llegado de visita.

Durante la tarde, ocupó el tiempo restableciendo el símbolo de la alborada lunar, en el estandarte, a su forma original. Tiñó la tercera nube con sus propias manos para que, la siguiente vez que ondeara esa bandera, fuese idéntica a como lo hizo en el campo de batalla.

A los pocos días se instalaría en el establo y sostendría en sus brazos al primer hijo varón de Andrei Dietrich para quererlo como si fuera suyo.

Antes de volver a empuñar la espada, le hablaría a Benjamin Dietrich de tiempos remotos, batallas prodigiosas, héroes legendarios y monstruos confinados al abismo como si no hubiese sido él quien formara parte de tales leyendas. Después, se marcharía hasta el día en que la muerte lo volviera a visitar en su lecho, rodeado de gente querida, con un cántico entre los labios.

Capítulo veintitrés

Cuando se miró en el espejo creyó no reconocerse. Tenía un incipiente bigote, ojeras de varios días y el cabello hecho una piltrafa. Además, había engordado. Todo lo que había bajado de peso mientras estuvo en compañía de Sergio buscando a Edeth, lo había vuelto a subir después de una semana de no hacer nada.

"Soy un fracaso", se dijo a la hiriente luz del foco por encima del espejo.

Era su séptimo día peleando contra el abatimiento. Su séptimo día de pedir comida al *room service*. Su séptimo día de encender el televisor sólo para apagarlo al instante y decirse que no tenía derecho a ningún tipo de entretenimiento mientras no hiciera, al menos, un mínimo avance.

Su cuarto día de no bañarse, no peinarse, no vestirse, no ir a ningún lado.

El celular volvió a sonar y él volvió a negarse a contestar. Ya ni siquiera quiso mirar de quién se trataba. Lo habían buscado Brianda, Julio y sus papás. A los únicos a los que les había querido contestar (a través de un mensaje) había sido a sus padres. "Estoy bien. No se preocupen. Ya me reportaré. Besos."

Pero no estaba bien. Se sentía víctima de un ataque de falta de inspiración como nunca en su vida. No se le ocurría nada para dar con alguien de nombre tan peculiar como "Ugolino Frozzi" sin tener consigo alguna pista real. La búsqueda entrecomillada no arrojaba resultado en ningún buscador. Lo cual era de esperarse. Pero tampoco jugando con las posibles variaciones, cambiando la ortografía, separando ambas palabras. Se había puesto en contacto con algunos Frozzi al azar, preguntando por un posible familiar que se llamara Ugolino. Nada. Un hombre en Nápoles había recordado a algún tío Ugolino que vivía en la Toscana pero había muerto a principios de siglo. A Jop se le antojaba aún más difícil que la búsqueda de Edeth. Era el séptimo día de no obtener nada.

Desde que alcanzó Budapest se recluyó en ese albergue de tres estrellas por la única razón de que tenían wifi disponible en las habitaciones. Así podía trabajar sin ser molestado.

Pero desde la primera búsqueda en internet hasta ese momento no había conseguido ni un solo avance real.

Siete días y ya había pagado anuncios en internet pidiendo al tal Ugolino Frozzi que se reportara, haciendo alusión a un libro por el cual deseaba preguntarle. Los pocos que se habían reportado por la promesa de una recompensa ecónomica, habían sido incapaces de contestar siquiera la primera de una serie de preguntas de verificación de identidad. "Es una especie de manual para matar demonios. ¿Cómo se llama?" A esto nadie sabía la respuesta y Jop daba por concluida la conversación, ya fuera por chat o por Messenger o por correo electrónico.

Y volvía a sumirse en el desasosiego.

El celular volvió a vibrar sobre el buró, donde lo había dejado recargando desde el primer día. De la vibración pasó al sonido y luego al silencio. Él no dejaba de confrontarse al espejo.

"¿Qué más puedo hacer?"

Repasó en su mente que también había pagado a un par de detectives en Chile y Argentina para que intentaran dar con el sujeto, del que no tenía más datos que su posible complexión (muy delgado) y que había vivido en Buenos Aires en algún momento de su vida. Ninguno había conseguido nada pues la consigna era que sólo lo comunicaran con aquel que respondiera la primera pregunta.

Se dio un tope contra el espejo, tratando de serenarse. La impotencia lo tenía en un grado de estrés permanente. Dormía mal y no pensaba en otra cosa. Las veces que salía a comprarse una golosina a alguna tienda cercana, volvía de inmediato para hurgar en todas sus cuentas, por si lo había buscado alguien en alusión a Ugolino Frozzi, aquel mediador a quien en verdad correspondía el

Libro de Sergio. En todas sus cuentas había mensajes sin leer de Brianda Elizalde. Todas sus cuentas estaban sembradas de minas que no quería pisar para no venirse abajo, temeroso de que las noticias no fueran las que esperaba. Porque, aunque ninguno de los asuntos que venían como títulos de los mensajes le revelaba nada ("Hola", "¿Estás bien?", "Comunícate conmigo"), cada una de sus cuentas hablaba por sí sola. Ningún mensaje provenía de Sergio Mendhoza.

Y ya habían pasado siete días.

Lo venció el llanto por primera vez desde que había huido de Sötét vár. "Soy un fracaso. Jamás debí involucrarme en esto. Debí decirle a Sergio que no podía con el encargo."

Siguió llorando con la cabeza puesta contra su propio reflejo cuando el celular volvió a sonar. A ninguno de los detectives le había dado su número, así que...

Pero igual fue al buró y revisó quién llamaba. Un número desconocido, pero con el prefijo +52 que delataba que era mexicano. Y no, no quería hablar con nadie en México. No mientras...

Llamaron a la puerta.

Se despabiló. ¿Podría ser algún empleado del hotel? No era hora de que asearan la habitación. De hecho, durante varios días había pedido expresamente que la dejaran como estaba. Volvieron a llamar. Repentinamente recordó que todo eso tenía que ver con una lucha. Que había estado inmiscuido entre héroes y demonios desde el principio. Más valía estar alerta, por mucho que Oodak le hubiese permitido a Farkas salir con todos de ahí.

Nuevamente llamaron. Y entonces, una voz. Una voz que se abrió paso entre sus recuerdos.

—¿Jop?

Supo al instante de quién se trataba.

—¿Niño Alfredo?

No pudo evitar sentirse bien por un segundo. Abrió la puerta y confirmó su sospecha. Pensó que no debió haber pagado por internet la reservación del cuarto con la tarjeta de su padre. Pero, a la vez, se congratuló por ello. Pereda, el leal chofer que lo había acompañado en otras aventuras, se encontraba del otro lado de la puerta. Llevaba corbata y traje como si se hubiese presentado a trabajar, no como si estuviese en Budapest llamando a la puerta de un mesón de desayuno continental.

—Pereda. ¿Qué haces aquí? ¿Te mandó mi papá?

—No.

—¿Entonces?

—Supe por él en qué hotel estaba hospedado y con mis ahorros tomé un avión para acá porque él sigue respetando lo que usted decida.

—Pero entonces... ¿por qué viniste?

—Para pedirle algo.

—¿Qué?

Pereda lo miró largamente.

Sólo él sabía lo mucho que se había extrañado al muchacho en la casa de los Otis. Sólo él sabía lo mucho que él mismo lo había extrañado. Demonios y héroes aparte, la vida necesitaba ser de otro color.

—Vuelva a casa, niño Alfredo —dijo sin más—. Vuelva a casa. Por favor.

Sol negro

El monstruo llevaba aterrorizando la región desde hacía varios años. La gente hablaba de él como si fuese la encarnación del mal. Era una aberración cuyo símil más cercano era un escorpión humano, tenazas en vez de manos, seis patas en lugar de sus dos pies, el rostro infame del usurero que había sido hasta que la sociedad lo vomitó. Vivía en una cueva con vista al Cantábrico y sólo salía cuando el sol se ponía. En su inventario de crímenes se encontraban niños, viejos, doncellas. Sólo calmaba su sed de sangre cuando se le ofrendaban oro y joyas.

Cuando aquel mendigo llegó a ese pueblecito del norte de España preguntando por algún hijo de Satanás que estuviese haciendo de las suyas, los pobladores no dudaron en ponerlo en esa dirección, intrigados por el cuestionamiento. El mendigo era un hombre que transitaba por cada comarca sin rumbo aparente y al que los hombres confundían con los seguidores de un tal Francisco de Asís, recientemente fallecido, hasta que lo oían blasfemar y tomar vino.

La gente se maravilló al ver al hombre aproximarse a esa zona de la playa donde el monstruo había puesto su guarida. Y se maravilló aún más cuando, al día siguiente, lo observaron mirando al mar, sentado en una roca, sosteniendo entre sus manos un collar de perlas.

—Está hecho —dijo el misterioso pordiosero cuando se acercó una partida de hombres a preguntarle si estaba loco, pues había permanecido toda la noche en esa zona.

El hombre, de calva incipiente y mirada acuciosa, volvió a hablar. Pero no hablaba con ellos sino consigo mismo.

—Bueno, en realidad... estará hecho cuando yo muera.

Los hombres de ese pueblo pesquero tuvieron que aguardar a que se pusiera el sol para comprender a qué se refería el peregrino.

Al interior de la cueva ya no se oían ruidos terribles y todo parecía en paz. A la mañana siguiente se hicieron de todo el botín de oro del monstruo y de la tranquilidad que tanto habían anhelado. Jamás supieron a quien agradecer porque aquel hombre se marchó de ahí sin más en sus manos que un par de perlas del collar que deshebró sobre la playa.

En su camino hacia ninguna parte Manlio Tasio se tiró sobre una roca en una ladera a contemplar el mundo. Él era el único que podía afirmarlo. Estaba hecho: el mundo conocido estaba libre de demonios. Con el paso de los años había aprendido a ubicar su miedo, y ya ni siquiera tenía que asaltar a los monstruos de una manera estudiada. Al último lo había sorprendido durmiendo. No le había temblado la mano. Frente a sus ojos, una hermosa campiña francesa le pareció el mejor escenario para echar una soga a un árbol y colgarse de ella.

Pero el crepúsculo lo sorprendió hurgando en su corazón, tratando de rescatar una pizca de luz en éste.

Volvió a ocurrirle. Siempre que creía que podía vislumbrar una escuálida bujía alumbrando la noche de su alma, lo traicionaba su naturaleza. Se transformaba en esa horrenda bestia. Mitad hombre. Mitad lobo. Lo invadían unas terribles ganas de huir a un agujero en la montaña o tirarse por un despeñadero.

O a saciar su voracidad con la sangre de algún paseante.

Pero esa noche sería distinta. La luna, ese gajo de luz, pugnaría por alumbrar tras un rebaño de nubes, y él, monstruoso y repugnante, se sorprendería mirándola como si fuese aquel que, hacía muchos años, había salido de Constantinopla para cambiar el mundo. Aquel que había viajado hacia Panonia con un propósito en la vida.

Sobre sus patas traseras, gruñó recargado en el mismo árbol sobre el que había pensado colgarse. Aulló esperando que el destino le obsequiara un solo hombre o mujer transitando por allí. Lo devoraría y se iría del mundo como era menester. Hasta entonces había resistido a su instinto y jamás había matado a nadie que no lo mereciera, pero tal vez era momento de cambiar eso. Sucumbir. Marcharse como debía.

Esa noche, sin embargo, era distinta. Mientras se abrazaba a un árbol resistiendo el impulso de correr hacia el poblado más cercano, tuvo una visión que se replicó enseguida. Y luego una vez más. Hasta concretarse en veintidós.

Se serenó y volvió a su forma humana. Se sentó sobre la misma piedra en aquella ladera sobre la que había decidido morir definitivamente.

Veintidós espectros lo contemplaban a la luz de la luna. Al menos uno le pareció familiar.

—¿Cuántos años han pasado, Manlio? —dijo el espíritu.

—¿Qué siglo es éste, Gernot?

—El décimo tercero.

—Entonces han pasado todos los años posibles.

—Todos los años posibles —dijo Gernot— para acabar con todos los demonios posibles.

—Menos uno.

—¿Er Oodak?

—No. Éste que ves.

Cada una de las figuras fantasmales portaba la cota de malla con la que habían peleado los héroes cuando el rey Theoderich los había dirigido. Cada uno se mostraba como si estuviera listo a dar batalla, aunque muchos de ellos, y Manlio lo sabía, no habían estado ahí cuando todo empezó. Veintidós soldados en casi mil años para preservar la memoria de lo ocurrido. Veintidós guardianes con una propuesta. Veintidós guardianes…

… y una bruja. En ese momento surgió, de entre los árboles, una vieja decrépita que sostenía un gato del cuello. Evidentemente acababa de darle muerte, pues el gato chorreaba sangre.

—¿Qué hace un emisario negro como ella aquí?

—No todo es como tú lo crees, Manlio Tasio. No eres el único que ha estado cientos de años contemplando el paso de la vida. También he aprendido cosas.

—Nada me podrás decir que no sepa ya.

—¿Has oído aquella aseveración que dice: "El hombre es el lobo del hombre"?

—No te burles.

—¿Qué te hace diferente a nuestro amigo Wolfdietrich, Manlio? ¿Por qué él se mantuvo íntegro y tú no? Es algo para que pienses mientras realizas un último trabajo.

—No puedes darme órdenes, y menos la noche que pienso dejar el mundo.

—No es una orden. Es una sugerencia. Cuando la escuches, quizá la emprendas como propia.

En la fría noche Manlio comprendió que tal vez Gernot hubiese estado al tanto de él. Un espíritu tiene tal posibilidad. En vez de molestarlo, le complació.

—Habla.

—Hoy ha muerto el último demonio.

—Penúltimo.

Gernot miró a sus veintiún cofrades, niebla entre la niebla. No había sido tan fácil convencer a la bruja. Tal vez su ocurrencia terminara en nada. Pero los años lo habían vuelto persistente.

—La pregunta es... —continuó—. ¿Qué hará el mundo sin ti una vez que te hayas marchado? Er Oodak no tardará en volver y el mundo se poblará de demonios.

—¿Cómo sabes que Er Oodak volverá? Lleva siglos sin mostrarse. Gracias a ello es que ahora el mundo está libre de inmundicia.

—De hecho, ya ha vuelto.

—Mientes. Lo habría percibido.

—Hace algunos siglos el Señor de los demonios perdió el interés porque le ocupaba algo más importante: volver a la carne. Su espíritu, que jamás abandonó este plano al igual que nosotros mismos, llevó su cuerpo al más profundo abismo de la mar océana. Día tras día, siglo tras siglo, se empeñó en arrastrar sus huesos hasta llevarlos a hundirse en el sitio que su amo Lucifer le demandó.

Ahí, el príncipe del averno lo devolvió a la sustancia amalgamando fuego y tiempo. El dragón surcó los aires hace unas tres décadas. Está levantando un castillo en Hungría.

—¡MIENTES!

—Yo mismo lo presencié.

Manlio lo miró con suspicacia. ¿Acaso jamás tendría descanso? Se había propuesto, desde los tiempos de Edeth, que la Tierra tenía que estar limpia de servidores de Oodak. A últimas fechas y últimos demonios ni siquiera sabía si lo hacía por alcanzar un bien supremo o por mera costumbre de cortar cuellos y atravesar corazones. Pero lo había logrado. O eso creía. Y ahora…

—Yo también estuve ahí —dijo Caio Decio, otro de los héroes originales—. Nos llevó un par de centenas de años aprender a trasladarnos a cualquier punto del globo terráqueo en un abrir y cerrar de ojos. En lo más profundo del mar, en una herida del mundo que sangra fuego, volvió a la vida el Señor de los demonios.

—La Tierra es redonda —añadió Gernot—. Y hay otras naciones más allá del mar, lo cual hace la labor de aniquilar demonios aún más difícil. Pero tenemos algo que proponerte.

Manlio había enmudecido. ¿Sería posible que Oodak también hubiese aprendido cosas? ¿A ocultar su naturaleza demoníaca, por ejemplo?

—¿Cómo sé que no mientes, Gernot? —dijo Manlio, llevándose una mano a la frente. Si lo que le contaban era cierto, el mundo jamás tendría descanso. No mientras viviera Oodak. Sólo había una persona que podía darle muerte. Y esa persona se había ausentado de la Tierra hacía muchos años.

—Supuse que tendría que demostrártelo —dijo Gernot—. Aguarda un momento.

Dicho esto, se esfumó. A los pocos minutos reapareció. Manlio comenzó a sentir cómo se instauraba el miedo. Poco a poco, sentía en su corazón esa resonancia que lo había hecho, en su juventud, tomar un caballo de su padre y buscar el origen de todo mal. En un par de minutos supo que Gernot tenía razón, que Oodak estaba en el mundo. Era como nunca haber salido de una recurrente pesadilla.

—Pe... pero...

—Todo esto está pactado, aunque no lo creas —dijo Gernot—. En la ecuación sólo faltas tú. He hablado con Oodak y está de acuerdo.

—¿Con qué? ¿Adónde fuiste? ¿Qué es toda esta locura?

La bruja había comenzado a hablar en murmullos. Una lengua muerta había revivido en sus labios. Sus ojos se tornaban blancos.

—Fui a avisarle al Señor de los demonios —dijo Gernot— que podía ser él mismo otra vez. Durante estos años se escondió utilizando cierta argucia que le resulta dolorosa pero que consideró necesaria, para ocultar al demonio interior de ti. El pacto indicaba que yo le avisaría cuando el último demonio hubiese muerto y tú estuvieses listo para emprender la labor.

—¿Qué labor? ¡Sabes perfectamente que con los demonios no se pacta, Gernot!

—Es una especie de tregua hasta que vuelva Orich Edeth. Ya que no estarás con nosotros, se te pide la confección de un libro. Un libro que contenga todo lo que sabes y todo lo que han aprendido los héroes para aniquilar a los demonios, un libro que hable de la importancia de la lucha y que sea entregado sólo a gente con la sensibilidad y la inteligencia necesaria para poder discernir entre el bien y el mal.

—No puedo creer que Er Oodak esté de acuerdo.

A una señal de Gernot, la bruja cercenó la cabeza del gato y arrojó el resto de la sangre del cuerpo del felino sobre su cabeza pelada. Habló en latín, la lengua que usaban.

—El Señor de las moscas —dijo con una voz que no era suya— da fe del pacto.

Repitió esto tres veces antes de desmayarse sobre la hierba.

—Oodak y su amo están de acuerdo —dijo Gernot—porque Edeth ha prometido volver. Pero mientras esto ocurre y la lucha vuelve a ser justa, con el libro se logrará el equilibrio necesario para que el mundo no sucumba por completo al mal.

—Lo tienes todo previsto —ironizó Manlio.

—Pero tú eres el verdadero artífice de este convenio. Sin ti no podremos seguir adelante. Cada uno de nosotros se compromete a custodiar una copia del libro. Cada libro será entregado al mediador correspondiente a través de un emisario negro, hasta la vuelta de nuestro señor.

—"Mediador"... —murmuró Manlio, al parecer no tan convencido con el apelativo.

—De acuerdo al pacto, habrá un concilio —continuó Gernot—. Veintidós nigromantes obtendrán los nombres de cada mediador hasta el último de ellos. Los plasmarán en estado de trance en un número fijo de sobres. Nadie sabrá el nombre del siguiente y es posible que muchos sobres estén vacíos para que nadie, ser de luz o de sombra, sepa el número exacto de mediadores que corresponderá a cada copia del libro.

La luna se había ocultado detrás de las nubes. La noche era cerrada. Sólo en algún punto de esa campiña que había dejado de ser hermosa, brillaba una hoguera. Al interior de una pequeña casa alguien había encendido un fuego, completamente ajeno a lo que, a unas cuantas millas, se decidía en torno al futuro de la humanidad. A Manlio le gustó la metáfora. La gente siempre viviría al margen. La gente siempre terminaría por creer que todo eran mitos, cuentos de las abuelas para espantar a los chiquillos.

—Lo tienes todo previsto —repitió Manlio.

—Pero las veintidós copias deben ser de tu puño y letra.

—Y cuando acabe me puedo ir al jodido infierno.

—No todo es como tú crees, Manlio Tasio.

—Ni todo será como tú deseas, Gernot de Panonia.

Uno a uno los espectros empezaron a marcharse hasta que en la ladera sólo quedaron un hombre muy cansado y una bruja tendida en la hierba. Aún estaba lejos el amanecer.

Capítulo veinticuatro

La primera noche creyó ver un naufragio a la distancia. Un barco fantasma de grueso velamen que, en cuanto se acercó, volvió a la nada. Al cuarto día dio con un hombre sentado en el ala de su avión, flotando sobre la superficie del agua. Un piloto británico de la segunda guerra mundial quien le saludó con júbilo en cuanto lo vio aparecer.

—Es gratificante ver a alguien a mitad de este desierto.

A Sergio le pareció una metáfora exacta. Había conocido todo tipo de desiertos, el de aquella plancha de cemento, el de la ciudad circular y el laberinto de la montaña. Y éste, de aguas inquietas, no le parecía muy distinto.

El piloto le explicó que los controles de su avión enloquecieron y por eso terminó en esa sección del Atlántico, acuatizando hasta su muerte.

Sergio advirtió que podía descansar al lado del espectro, sobre el ala de su Spitfire sin hacer mayor esfuerzo. En verdad podía sentir la superficie del avión del mismo modo que el tacto del espíritu.

—Son casi setenta años de permanecer aquí, a la deriva, contemplando el vaivén de las olas, la furia de las tormentas, los esporádicos delfines, los transatlánticos —explicó el piloto—. Y aún no me decido a dar por concluido mi paso por la Tierra. No sé si es mucho amor a la vida o mucho miedo a la muerte.

Sergio estaba lleno de preguntas. Era el primer fantasma que veía desde que había vuelto a la Tierra. Le parecía que era una forma distinta de vida, pero vida al fin. Como una segunda oportunidad.

—Te daré un consejo —dijo el piloto, de buen semblante y mirada apacible. Ten cuidado con tus pensamientos. Algunos son como una sirena de ambulancia, audibles a kilómetros para el que está prestando atención. No es recomendable dar cobijo a cualquier cosa en tu mente mientras no aprendas a esconder tus ideas de los curiosos. Desde que te vi venir supe que vas en pos de un lugar y que tienes que volver a otro sitio que te causa miedo. Cuidado. Hay quien se vuelve un único pensamiento porque lo obsesiona. Yo morí de buena manera y por eso nada me perturba, ninguna venganza, ningún ajuste de cuentas, pero hay quien sólo piensa en la sonrisa de aquel que lo asesinó, o los ojos de aquella que lo traicionó. Si puedes marcharte, hazlo. Nada hay de bueno en estar aquí sentado mirando sólo al mar. Te juro que partiría si supiera que del otro lado no extrañaré este azul infinito.

Dejó pasar varios segundos con la vista puesta en ningún lado antes de rematar:

—Al final supongo que sí, que es miedo a la muerte.

—¿Cómo es que el avión también es un espectro? —preguntó Sergio.

—El apego, muchacho. Un galeón entero puede transitar fantasmagóricamente si su capitán lo amó tanto como a su vida. Un jinete puede seguir en la tierra al lado de su caballo si lo consideró parte de sí mismo. Este armatoste, que no es más que fierro carcomido en el lecho del mar, fue para mí como el mejor de los amigos.

Contemplaron juntos al sol ser tragado por el horizonte. A Sergio no dejaba de maravillarle esa capacidad del piloto de no hacer otra cosa más que mirar la terrible hermosura del mar encrespado. No dejaba de maravillarle que, acaso por haber sido un Wolfdietrich, el lenguaje no fuese barrera entre ellos.

—Un último consejo —dijo el hombre antes de que Sergio se dispusiera a partir—. No los mires a los ojos.

—¿A quiénes?

—A los otros.

Y dicho esto, desapareció. Sergio se encontró flotando en la nada. Una habilidad que no sabía cómo desarrollar. Volverse invisible. O desaparecer. O caer en la inconsciencia.

Con el dibujo de las estrellas en el cielo nocturno, se mantuvo fiel a la dirección que se había propuesto. Ubicó el sitio exacto en el que el sol se había hundido y continuó flotando en dirección opuesta, sobre las crestas del mar, hasta que amaneció, y anocheció de nueva cuenta, y volvió a amanecer. Así, en un ciclo de cinco días que culminó con la visión, enormemente placentera de una costa a la distancia justo cuando el sol estaba en el cenit.

Desde que había vuelto a la tierra no se había sentido tan complacido de poder sentir, en su etéreo corazón, lo mismo que si estuviese vivo: ver a un ser humano sería lo mejor de todo aquello por lo que había pasado. A fin de cuentas, todo eso que estaba haciendo tenía que ver con una sola cosa: el bien de la raza humana. No olvidaba la comparación que había hecho Lucifer de la gente con bichos intrascendentes y que en realidad todo ese asunto del bien y el mal sólo tenía que ver con el bienestar o el perjuicio de la especie. Pero, en su opinión, el ser humano poseía algo que le permitía escapar de esa categorización: el reconocimiento del otro. Ahí es donde probablemente estuviese la bondad de la humanidad, que a lo largo de los años había aprendido a reconocerse en el que es distinto. Sea de otro color de piel o de otra tribu o de otra religión o de otra filiación política o de otra preferencia sexual. Tal vez algún día sería capaz incluso de reconocerse en alguien de otra naturaleza física, de otro universo, de otro plano existencial. Pero la humanidad estaba lista para ello, no le cabía duda. "Y eso", se dijo Sergio, "es algo de lo que ninguna cucaracha sería capaz".

Alcanzó la costa atravesando las olas, poniendo al fin sus pies sobre la arena sin producir ningún dibujo en ésta. A su derecha, a la distancia, un muelle con barcos atracados. A su izquierda, un acantilado donde las olas rompían furiosas. Frente a él, algunas chozas de palma.

Una pequeña niña negra jugaba a hacer un hoyo en la arena. A lo lejos, una muchacha de unos quince años le gritó algo en francés. La niña corrió a su casa. Sergio entonces recordó a…

A…

En su mente aparecieron unos hermosos ojos detrás de unas peculiares gafas, el atuendo de una bailarina, la risa fácil, la complicidad, el primer beso.

El primer beso.

De…

… de…

El nombre no acudió a su mente. Un dejo de horror germinó en su intangible pecho.

Capítulo veinticinco

Jop tomó aquella escultura que consideraba casi un trofeo, pues la había conseguido al lado de Sergio en los tiempos del Nocturno Belfegor. De hecho, podía decirse que él, su mejor amigo, se la había regalado. Se trataba de una araña de arcilla con ocho brazos humanos en vez de patas. Miró en derredor: toda su habitación era un templo macabro de juguete. Tenía pósters de películas de miedo y parafernalia de asuntos terroríficos por doquier. Las mismas cortinas eran lo suficientemente gruesas para impedir el paso de la luz. Y, sin embargo, todo era un juego. Todo había sido un juego hasta que se involucró en esa lucha de la que no podía salir pero tampoco sabía entrar de lleno.

Con la araña entre sus manos, miró hacia la televisión apagada de su cuarto. No había transcurrido ni media hora de que apareciera, en un noticiario, la descripción de una masacre en una reservación india en Missouri, Estados Unidos. Dieciocho personas habían sido descuartizadas en mitad de la noche por algo que seguía sin poder ser identificado por los zoólogos norteamericanos. Se hablaba de una fiera salvaje, tal vez una manada de lobos o de osos. Lo cierto es que el resultado era abominable. Los cuerpos habían sido tasajeados y dispuestos en un solo montículo para que los propios indios de la reservación descubrieran el amasijo de carne con la aurora. La noticia había dado la vuelta al mundo y la consternación era general. ¿Qué clase de monstruo comete tal atrocidad?, había preguntado el comentarista del noticiario, para luego compararlo con algo ocurrido en un centro nocturno ucraniano. Jop había respondido, con indolencia, al momento de apagar el aparato: "Cualquier demonio al que no le importe la posible consecuencia".

—Jop, hijo… ¿te traigo un sándwich para que cenes? —preguntó su madre al llamar a la puerta.

—No tengo hambre, mamá.

—Pero tienes que comer algo.

—Al rato.

No, no sabía cómo entrar de lleno. Pero tampoco sabía cómo salir. Una nueva variación había ocurrido en esos días, una cualidad que no había percibido sino hasta que, en el avión de vuelta a casa, sintió una especial repugnancia por un pasajero. Como si emanara un tufo de podredumbre o como si le recordara a alguien que le hubiera ocasionado un terrible mal en el pasado. Estaba ocurriendo y era evidente que no habría retroceso. Como el cambio de voz, que había ocurrido mientras andaba con Sergio por el mundo. O ciertas evidencias de su entrada de lleno en la adolescencia. Estaba ocurriendo. Dijo un nombre en voz alta que saltó a su memoria.

—El profesor Baranyai.

Sergio le había contado alguna vez que, durante los episodios del Nocturno Belfegor, un profesor de piano cuya esposa era mediadora había padecido una especie de transferencia de habilidades. Aunque de una forma menos contundente, el profesor había quedado tocado de alguna manera. Muy a su pesar, podía distinguir demonios y héroes. Muy a su pesar sentía el miedo y el halo de fortaleza. Ahora que no estaba Sergio, era algo que él mismo estaba experimentando en carne propia. No era algo con lo que quisiera vivir el resto de sus días. ¿Pero cómo se cura uno de algo así?, había pensado desde el avión y luego en el aeropuerto y, finalmente, al llegar a su casa y sentir que pasando la calle, uno de sus propios vecinos era capaz de cometer actos de la más repugnante vileza.

Maldijo en silencio el momento en que conoció a Sergio.

Y volvió el torrente de lágrimas.

Otra de las pruebas de que la adolescencia había llegado era que ciertos sentimientos le parecían abrumadores. La soledad era uno, y más de una vez había acariciado la idea de no volver a salir de su cuarto, así se cayera el mundo en pedazos. La sensación de estar atascado en medio de la nada era a veces tan envolvente, tan paralizante, que le causaba asfixia, insomnio, dolores de cabeza, angustia. Las ganas de no seguir viviendo era acaso el más poderoso de tales sentimientos. La necesidad de acabar con todo de una vez por todas, ya no saber de demonios y mediadores nunca más, sumirse en el olvido, ser polvo, una foto en una cómoda, un dolor en la memoria de sus padres. Era constante. "Y yo", lo pensaba y las lágrimas seguían traicionándolo, "no me merezco esto".

Pero tampoco sabía cómo salir. Ninguno de sus esfuerzos por dar con Ugolino Frozzi daba resultado. Era un fantasma, una mentira, algo que jamás había ocurrido. Él no sabía qué más hacer...

—Hijo, ábreme —dijo la voz de su padre del otro lado de la puerta.

Jop se limpió las lágrimas y abandonó su cama destendida para ir a abrir. Su papá había estado atendiendo sus negocios desde casa, preocupado por su hijo, por las cosas que había vivido y lo habían cambiado. Pero había sido todo lo respetuoso y todo lo tolerante que le fue posible durante esos seis días en que el chico no había querido salir de su cuarto más que para ir al baño. Al instante notó que había estado llorando nuevamente. Se le encogió el corazón. Nuevamente.

—Hijo... no sé si ya viste...

—No te preocupes, papá. Mañana o pasado mañana veo lo de volver a la escuela.

Jop mismo se sorprendió con lo primero que salió de su boca. Y, a la vez, comprendió ese impulso. Sabía que si alguien lo había apoyado en todo eso era su padre, quien había confiado en él y corrido con todos los gastos sin chistar. Recordó al ver su afectado semblante que había acariciado la idea de volverse un dolor en su memoria y se sintió mal automáticamente. No se merecía eso. Así tuviera que vivir como un zombie, sin interés por nada y decepcionado de sí mismo hasta llegar a la edad adulta, no le haría eso a sus padres. Nunca.

—Sólo que… a otra escuela —remató la frase.

El señor Otis comprendió que Jop no quisiera tener ninguna relación con nada que le recordara a Sergio. Ésa era la razón por la que sólo había tomado una llamada de Brianda en el teléfono de la casa. Él mismo había escuchado cómo le había pedido a su amiga, con un nudo en la garganta, que ya no lo buscara. Que él estaba fuera de todo eso. Que quería volver a ser una persona normal. Pero también había presenciado cómo Jop estaba atascado en medio de la nada, cómo en seis días se había duchado una sola vez y no había salido de la casa. No sabía cómo ayudarlo. El también lo quería de vuelta, y haría lo que fuese por recuperarlo así como Pereda había tomado un avión a Budapest sin avisarle a nadie, sólo con la intención de hacerlo volver a casa. Pero necesitaba pistas. Necesitaba no sentirse como si su hijo viviese en una isla apartada. Necesitaba no sentirse el peor padre del mundo.

—Y dile a mamá que iré al psicólogo que me consiguió.

En sus manos seguía jugando con la araña de arcilla como un niño pequeño que no desea soltar a su oso de peluche.

El señor Otis sonrió tristemente. No le costaba admitir que estaba orgulloso de él, aunque no supiera qué papel exactamente hubiese jugado en todo aquello. Le tomó con cariño un antebrazo y lo apretó suavemente.

—Gracias. Pero… bueno, yo venía a… te decía que no sé si viste que están pasando una película de Brian de Palma en TNT.

Jop sonrió con la misma tristeza. Lo que su padre le hacía sentir en ese momento era casi como un halo de fortaleza.

—No. No he visto, pa. Pero gracias. Ahorita prendo la tele.

Y volvió a su encierro. Y, al poco tiempo, a la lucha contra la indefensión, la impotencia, la necesidad de arrancarse el nombre de Ugolino Frozzi de la cabeza, con música estridente de fondo y un sándwich que sólo pudo comer a la mitad.

Eclipse

Manlio reservó ese día especial para entregar la última copia. Era el aniversario de aquel en el que había merodeado por las ruinas de Carnuntum y quiso llevar él mismo ese ejemplar al sitio en el que se encontraban los objetos que alguna vez pertenecieron al rey Theoderich. Corría el año 1243 cuando subió a esa cueva en los Pirineos y llamó a los guardianes a voz en cuello. Gernot fue quien acudió. Ningún otro espectro se mostró.

—Una nueva era comienza —dijo éste—. Yo mismo custodiaré este ejemplar. Será el primero que entreguemos.

—Como quieras —bufó Manlio, quien había escalado hasta ese punto en la misma forma en la que había extendido su vida por todos esos siglos, pasando desapercibido como si fuese un mendigo. La nieve le había entumecido los pies y se moría de frío. Pero no quería consentir ninguna transformación. Ése sería el último día de su vida y trataría de llevarlo a cuestas de la manera más honrosa posible, pues no había sido fácil. Con la confección del Libro de los Héroes, había diseminado también otras copias, aquellas que sólo hablaban de la lucha terrenal, donde se mostraba a Odoacro y a Teodorico como personajes de estirpe más mundana para que los historiadores los dieran por buenos.

Suspiró y se abrazó a sí mismo. Depositó sobre la piedra el último ejemplar del Heldenbuch, el único que contenía una variación con respecto a los otros: una sola frase que podía cambiar el curso de la lucha. La había filtrado con la esperanza de que la leyera la persona correcta en el tiempo correcto, aunque fuese completamente inútil para un mediador común y corriente. Sería su única aportación real, pues todo lo demás era producto del empirismo, de los años de ver morir a monstruos espantosos de todo tipo a manos de héroes que no habían cejado en su empeño.

Gernot tomó el libro de la piedra y lo hizo pasar del mundo tangible al mundo etéreo. Lo hojeó con cuidado y satisfacción. En verdad creía que una nueva era comenzaba.

—¿Aquí está todo, escriba? ¿Ogros, hidras, gorgonas?

—Todo. Incluso aquellos que nunca vi morir, como Lamia. O el mismo Señor de los demonios, quien sólo podría sucumbir a la espada del Señor de los héroes. Hasta el uso del *clipeus*, aunque de forma velada.

Gernot siguió pasando las hojas con deleite. Los dibujos también eran obra de Manlio y reproducían con bastante exactitud algunas escenas que ambos habían vivido o presenciado. Se detuvo en cierta sección. Abrió el libro y le mostró a Manlio las ilustraciones de dicho apartado.

—Supongo que será el único error del libro.

—¿Qué te pasa, anciano? El libro no tiene errores.

—Creí que durante estos años de plasmar el conocimiento en el libro te habrías dado cuenta.

—¿De qué? —gruñó Manlio. El viento azotaba la escarpada pendiente. Al interior de la cueva haría menos frío, pero el espectro no lo había invitado a entrar, a pesar de los trabajos que había pasado para llegar ahí descolgándose con una cuerda desde aquel árbol seco con forma de mano. De todas maneras ése sería el último día de su vida, así que no le importaba.

—En fin. Lo toleraremos —dijo Gernot—. No importa que hayas plasmado un demonio que no lo es. Ya se enfrentarán héroes y mediadores a ese detalle en su momento.

—No digas estupideces. ¿Cómo crees que viví tanto tiempo?

Gernot sopesó el ejemplar. Era imposible decir cuántos mediadores lo usarían. Cuántos años, décadas o milenios estaría en el mundo. Los sobres con los nombres ya estaban en el interior de la cueva y el tiempo comenzaba su marcha.

—¿No has considerado la posibilidad de quedarte en el mundo, escriba?

—No insistas. Hice lo que pude. El mundo está limpio de demonios hasta el día de hoy. Cuando yo muera se acabará el asunto. Ahora toca a otros dar la pelea.

El ventarrón hacía ulular el acantilado. Las ropas del bizantino querían ser arrancadas de su cuerpo. Sólo el fantasma y el libro en sus manos se mantenían ajenos al castigo de los elementos.

—Sí. Supuse que dirías eso. Así que tal vez quieras pasar a saludar a un viejo amigo antes de marcharte.

Dicho esto, atravesó el portón de madera, enclavado en la cueva de la montaña. Un par de segundos después, se abrió la puerta. Un gruñido salió del interior. Manlio traspasó el umbral y un lobo gris levantó la cabeza al verlo entrar. La puerta volvió al marco, el viento quedó fuera y sólo el filo del encuadre alumbró el interior. Al animal lo rodeaban veintidós atriles de madera, cada uno con un ejemplar del Libro. Veintidós compartimientos estancos, cada uno con una centena de sobres lacrados. Y tras él, en un rincón, un baúl con un símbolo labrado en la madera. Una luna. Tres nubes. Manlio no pudo evitar sentir un golpe de nostalgia.

El lobo se puso en cuatro patas. Luego, se mostró en su forma humana. No se reprimió y fue a abrazar al recién llegado. El golpe de nostalgia en el corazón de Manlio Tasio se volvió una cascada de sentimientos. Creyó que se desmoronaría ahí mismo. No quiso corresponder el abrazo.

—Nadie debería vivir tanto tiempo —dijo al contemplarse en los ojos del primer Wolfdietrich.

—A menos que se tenga una misión que lo valga.

—No digas tonterías, amigo mío —insistió el bizantino—. Tú también te mereces un descanso.

—Volverá, Manlio —dijo Dietrich con entusiasmo—. Y cuando lo haga, yo estaré aquí.

Ternura. Melancolía. Envidia. Manlio se sentía abrumado por lo que sentía. Después de casi mil años, el ímpetu del lobo era casi enfadoso.

—Me cambié de bando. Supongo que lo sabes. Por eso llegué hasta aquí.

—Eso me dijeron —dijo Dietrich—. Pero no me importa.

—Debería. Somos enemigos.

Envidia. Porque él jamás había podido ser un lobo en forma, jamás había podido rozar la tierra con sus cuatro patas como la apacible estampa de aquel que era hermano del hombre desde tiempos inmemoriales; él sólo era una aberración, algo a la mitad del camino, ni una cosa ni la otra. "En mí sólo cabe la sed de sangre y la destrucción", se dijo. "Yo jamás tendré la nobleza del que aúlla y caza con la manada. Yo sólo soy un monstruo."

—No sabes nada —escupió Gernot.

—Y tú tampoco —rugió Manlio, tentado a mostrarse por última vez en su hórrida figura, tener una pelea con Wolfdietrich y hacerle ver que en él cabía más ferocidad y más posibilidad de dar muerte. Pero se contuvo. Como siempre, se contuvo.

—Sé lo que hay que saber —respondió el espectro con tristeza.

—Pues deberías saber que hay otra forma de dar la pelea. Una más efectiva y menos cobarde que la que has adoptado; podrías hacer mucho más que sólo estar mirando cómo cae la nieve, fantasma de porquería.

—No sé a qué te refieres —objetó Gernot.

Aunque desconocía de qué hablaba Tasio, sí sabía al menos tres cosas que, en las sesiones de nigromancia, habían destacado; tres cosas que habían escapado de los labios de los que, en trance, habían visto el futuro. Tres cosas que se guardaría sólo para sí porque revelarlas sería una ruindad.

La primera: que Oodak y Edeth habrían de reencontrarse una Navidad, mas ninguna sangre correría.

La segunda: que Oodak tendría la posibilidad de matar a Edeth como se mata a un cordero y, no obstante, ninguna sangre correría.

La tercera: que el día de la lucha final, al correr la primera sangre, sólo uno prevalecería.

Y una cuarta, aunque ésta era sabida tanto por héroes y demonios debido a que el nigromante no estaba en trance al revelarla: que sólo un héroe que se bastara a sí mismo podría dar con Edeth, y que habría de iniciar su búsqueda en un lugar llamado Nagybörzsöny.

Saliendo de sus cavilaciones, Gernot insistió en saber por qué Manlio lo había llamado cobarde.

Pero Manlio prefirió callar. Una sola vez había contemplado la batalla entre demonio y espectro, y con ésa había bastado para comprender que la lucha entre el bien y el mal era de una pureza que lo sobrepasaba todo. Había concluido cuando vio a aquel demonio ser arrastrado al infierno de la manera más eficaz posible, que la lucha escapaba al plano físico y por eso la transformación de cada demonio era casi una metáfora. "Esto no tiene nada que ver con la constitución de mi cuerpo", pensó en ese entonces. "Por eso las partículas de mis ropas también se integran al monstruo en el que me convierto. Lo que trasciende, en realidad, es el mal. Del mismo modo que, en el plano espiritual, lo que trasciende es el bien. Por eso todo puede ser arreglado con un tronar de dedos."

Por ello la cláusula incluida solamente en ese último ejemplar.

Por ello ese último intento por sacudirse su esencia.

Y por ello esa necesidad de ofrecer una postrera ayuda, a pesar de no saber si algún día le serviría de algo a alguien. A Edeth o a quien fuera.

Dietrich no toleró más la esencia humana y volvió al lobo, pues sólo así podía detener el paso del tiempo. Gernot abrió el Libro en el prefacio. Manlio se despojó de su túnica como si quisiera irse como había venido al mundo. Los tres se miraron por última vez. El fantasma, la bestia, el hombre. Convinieron tácitamente que era el final. Que se inauguraba una nueva era. Serían otros los que crearían el desenlace.

—"Si crees en la bondad de los seres humanos, te pido que me escuches..." —dijo Gernot, leyendo del Libro la invitación al héroe.

Manlio sólo negó con la cabeza. Abrió la puerta. Corrió a la nieve y se arrojó al abismo.

En algún lugar no muy lejano, el primer demonio de la nueva era rugía con estertor. Un terrible mafedet agradecía a Oodak, en su castillo negro, la prerrogativa de la transformación, la posibilidad de causar daño, muerte, terror, el poder formar parte de toda abominación. El sol negro fue sustituido por otro blasón: la torre, el león y el dragón. Serían ellos los que crearían el desenlace.

Capítulo veintiséis

No bien hubo entrado a los primeros indicios de civilización, al interior del continente, y Sergio comprendió a qué se refería aquel piloto. Le eran visibles todos aquellos que, pese a haber muerto, seguían rondando la Tierra; siempre y cuando así lo quisiesen ellos. Él, en contraparte, también les era visible, lo desease o no. Tal vez el aparecer o desaparecer a voluntad no fuese algo tan fácil de aprender. O quizá no le estuviese concedido. En todo caso, si cometía el error de mirarlos a los ojos, ellos se metían en sus pensamientos. Hombres y mujeres que rondaban la superficie de la Tierra en pos de algo que tal vez se hubiese vuelto uno con ellos. Hombres y mujeres de años o de siglos. Algunos porque el mal los retenía; otros, porque el bien les era importante. Espectros de ruin y de bondadoso corazón. Todos lo notaban pero no todos buscaban su mirada.

En esa región específica de África ninguno de los muertos hablaba español y, no obstante, le era difícil ignorar sus diatribas, pues todas las escuchaba en su lengua materna. Se metían en su mente y le susurraban cosas que él trataba de desechar al instante, con poco éxito. Por otro lado, sentía que sus pensamientos adquirían sustancia y era ésta la que detectaban los espectros. Del mismo modo que el piloto había descifrado que tenía necesidad de ir a un lugar y de volver a otro que le causaba miedo. Hungría primero. El infierno después. Sentía que su idea no sólo era una sirena de ambulancia sino también un letrero, una insignia, un cartel con luces de colores, una pasta esponjosa que los otros podían tocar y absorber y hasta hacer propia.

"Lo peor", se dijo mientras avanzaba por las paupérrimas calles de esa ciudad desconocida en algún país de África, "es que hay algo que me está arrastrando a la desmemoria. Hace unos días olvidé por completo a Brianda. Y ahora no puedo recordar el rostro de…"

Pensó con horror que su nombre empezaba con jota, y que era corto. Era su mejor amigo. Pero de pronto no había nada más. Ni siquiera su cara.

"Esto no tiene ningún sentido si comienzo a olvidarlo todo."

¿Habría posibilidad de venirse abajo en esa nueva condición? ¿Vagar a la deriva? ¿Morir de nuevo en esa muerte?

Pensó que al menos había un nombre que no debía olvidar o toda su misión sería completamente en vano. Nagybörzsöny. Lo repetiría una y otra vez así se volviera una música enloquecedora en su cabeza. No podía permitirse no llegar al castillo negro de Oodak. Volver con los suyos. Transmitir el mensaje. Volver por Guillén.

Caer en la nada.

Así, transitó por el día y por la noche con la única visión en la mente de llegar a Hungría, Budapest, el bosque de Nagybörzsöny. Siempre al norte y al oriente. Por aldeas y ciudades y junglas y sabanas y lagos y ríos y desiertos. Había recibido el mejor entrenamiento en el sitio del que venía y por ello no le resultó descorazonador, como habría podido esperar. Repasaba en su mente el mapa de África y Europa una y otra vez para no olvidarlo y, de acuerdo al país en el que se encontraba, seguía una dirección determinada. Así fue como atravesó Senegal y cruzó la frontera con Mauritania, atravesó el Sahara hasta Argelia y Túnez. Cruzó el Mar Tirreno y la bota italiana. El Adriático. Croacia. Y, finalmente, Nagykanizsa, la primera ciudad grande que identificó al interior de Hungría. Los primeros señalamientos en la carretera hacia Budapest. El posible final de su jornada.

Pero habían transcurrido nueve días con sus noches desde que tocó tierra firme en aquella aldea en Senegal, había andado casi cinco mil kilómetros, se había enfrentado a cientos y cientos de variantes en el paisaje, desde las dunas en el desierto hasta las heladas cumbres de las montañas. Cuando pisó suelo húngaro apenas recordaba las pocas cosas que seguía repitiendo maquinalmente. Una ciudad. Un nombre. Una fórmula.

Se detuvo al lado de la carretera tratando de dilucidar exactamente qué era lo que había ido a buscar a ese país. Qué debía esperar cuando alcanzara ese bosque que no dejaba de repetir en su cabeza. Ya ni siquiera le importaba haber olvidado su nombre o su misión. Sólo sabía que tenía que llegar, pero había quedado atrás, muy atrás, la razón para hacerlo.

En esos nueve días al menos había aprendido a pasar desapercibido entre las almas errantes, había conseguido avanzar tan rápido como si estuviese corriendo y había logrado distinguir los puntos cardinales por la posición del sol. Además, había mantenido intacta la resolución de que lo que lo motivaba en tan largo viaje era extremadamente importante, pero sin alcanzar a comprender por qué, igual que haría un animalito que migra de un continente a otro por instinto.

Nagybörzsöny, Orich Edeth, dijo como haría una máquina contestadora. Se preguntó si su propio nombre, Sergio Mendhoza, significaría algo para otros. Hubiese llorado pero el letargo era superior incluso al sentimiento de desánimo.

Siguió hacia el noreste.

En las inmediaciones septentrionales de Budapest advirtió un cambio significativo, a pesar de que durante su peregrinaje había aprendido a ser solamente viento, uno más en la nómina de muertos.

Después de atravesar el Danubio y dejar atrás la capital húngara, la congregación de espíritus malignos se incrementó notoriamente. Durante su viaje los espectros no se metían con él ni siquiera cuando distraídamente se atravesaban entre sí o producían algún tipo de choque o contacto. El problema era buscarse en la mirada, pero hacía mucho que Sergio había aprendido a evitarlo del mismo modo que haría cualquier persona en una multitud. Sin embargo, en Budapest las cosas habían cambiado. Poco antes de alcanzar los márgenes de la ciudad, un espíritu lo interpeló de mala manera.

—Tú no perteneces aquí. ¡Largo!

Sergio estaba seguro de que le había hablado en magiar antiguo y, no obstante, había entendido perfectamente.

—¡Te he dicho que te largues! —insistió el espíritu, un hombre viejo con un overol desgastado. Una especie de obrero de siglos pasados.

Lo empujó con fuerza, como queriendo repelerlo del sitio al que se dirigía. Y Sergio sintió el golpe, en su etéreo cuerpo, igual que si estuviera vivo.

—¡Es verdad! ¡No cabes entre nosotros! ¡Fuera! —gritó ahora un espíritu distinto, una anciana de hosca mirada.

Sergio se sintió tentado a obedecer. Pero, después de todos esos días, lo único que aún impulsaba su voluntad era la necesidad de continuar en esa dirección, llegar a cierto bosque, repetir cierto nombre, cierta fórmula. No cejó en su intento. Pero la muchedumbre se había confabulado en su contra. Cientos de espectros se aglutinaban en torno al bosque. Más específicamente, en torno a un castillo cuya vista estaba velada para los vivos pero no para los muertos, como si hubiesen sido convocados ahí por una especie de epicentro de maldad. Sergio se había encontrado, durante su viaje, con otro tipo de fantasmas, espíritus cuyo pendiente era de otra naturaleza. Madres muertas que seguían cuidando de sus hijos, hombres que velaban por sus negocios, algún entrenador de cierto equipo de futbol que se congratulaba con cada contienda. Los que ahí se daban cita como un malévolo enjambre obedecían a razones muy distintas para no dejar el plano terrenal. Asesinos cuyo odio seguía latente, millonarios incapaces de abandonar sus fortunas, parias que se complacían viendo cómo la maldad prevalecía. Eran ellos los que atacaban a Sergio o a cualquier otro espíritu que no compartiera con ellos esa aversión a la luz.

—¡Largo! —gritó un hombre desnudo de mirada enloquecida. Fue hacia Sergio y le mordió un brazo, acción que hizo al muchacho gritar de dolor y preguntarse cómo era posible algo así si ambos no eran más que soplos de viento.

Otro hombre le incrustó un zapato con hebilla en el estómago.

Otro más le dio un puñetazo en la cara.

Finalmente, una señora obesa de dentadura podrida gritó:

—¡Llevémoslo al castillo y que ahí se encarguen de él!

Lo tomaron de los brazos y lo empezaron a llevar contra su voluntad. El tumulto era un mar embravecido. Sergio distinguió de pronto cómo todos los espíritus se hacían visibles y poblaban las calles de Nagybörzsöny y las inmediaciones del bosque. Era como ser llevado a través de las gradas infinitas de un estadio o de un concierto abarrotado.

Seguramente todos los otros espíritus, aquellos cuya razón de permanencia en el mundo era ajena a cuestiones oscuras, se habían alejado de ahí en cuanto comenzó esa aglomeración terrible. Algo importante ocurría al interior del castillo negro que convocaba a tantos fantasmas atormentados por su propio odio.

Lo llevaban hacia el justo lugar al que se había prometido llegar. Pero ahora le parecía una estupidez, pues no hacía falta echar mano de la memoria para darse cuenta de que algo malo estaba por ocurrirle.

—Por favor… déjenme en paz.

Los que lo arrastraban rieron con fuerza. Flotaban entre la muchedumbre siempre en dirección a Sötét vár. No tardaron en darse cuenta los ahí reunidos que el espíritu que llevaban entre varios era una especie de sacrificio, un divertimento para los demonios que atestaban el palacio. Algunos quisieron unirse a la procesión. Otros se acercaron a intentar golpear al muchacho.

En la memoria de Sergio despertaba el último incidente de su vida. Su cuerpo siendo llevado de una manera similar a algún evento parecido, en ese lugar justamente. ¿Por qué volví? ¿Qué es lo que me espera en este sitio?

—¡Déjenme, por favor! ¡Déjenme!

Más risas. Los espectros habían alcanzado el bosque, sitio en el que la aglomeración de almas de corazón negro era aún más densa. A la distancia parecía un terreno de extraña textura, un tejido de parpadeantes celdas. Sólo de cerca era posible percatarse que cada destello independiente de luz era un espíritu, y que cada espíritu despedía el hedor de la maledicencia.

—¡Por favor!

"¿Cuál era el sentido de todo esto? ¿Cuál era ese nombre? ¿Esa misión tan importante? ¿Qué hago aquí?"

Alguien le apretó el cuello y sintió una inédita asfixia.

¿Por qué siento este dolor? ¿No es ilógico?

¿Qué es lo que me espera?

Un nuevo grito escapó de su garganta cuando sintió que la mano que la aprisionaba aflojó un poco.

Entonces ocurrió un inesperado cambio. Una ráfaga de luz. La liberación.

—¡Ahora, Sergio! ¡Hay que escapar!

Pero él no hizo nada. Estaba tan aturdido que tardó en reaccionar. Una nueva mano lo tomó de una muñeca y lo arrastró en dirección contraria al castillo a toda velocidad. Aquellos que llevaban a Sergio minutos antes fueron sorprendidos de tal forma que, en cuanto intentaron recuperarse, el chico había sido llevado lejos. El maremágnum de espíritus tampoco reaccionó. La mancha de luz que les arrebató al chico ya viajaba hacia los bordes de la congregación, hasta alcanzar los límites de Budapest.

Hasta un paraje solitario, en el jardín interior de una casa de clase alta, donde ningún ser humano, vivo o muerto, les prestaba atención.

Aquel que rescatara a Sergio de la turbamulta espiritual lo depositó sobre una banca de cantera. Las luces lapislázuli que alumbraban el jardín hacían que la escena fuera un poco más tranquilizadora.

Sergio se apoyó en la superficie rocosa de la banca. Había aprendido a hacer esto aunque su sustancia sintiera la necesidad de traspasarla. Una ilusión bien trabajada pero ilusión al fin.

Miró a los ojos a aquel que lo arrastrara hasta ese apacible punto. En su memoria quiso surgir esa sonrisa, esos ojos, esa barba, esa cabellera despeinada. Al surgir el nombre fue como si se reventara un dique o como si cayera un manto negro de sus ojos. Repentinamente volvió a él todo aquello que estaba confinado a la sombra en su espectral cerebro. Muchos nombres y rostros volvieron como si sólo hubieran estado aguardando un momento específico. Se sintió feliz.

—Hola, Rojo —dijo con el corazón rebozante—. Qué gusto verte de nuevo.

Capítulo veintisiete

Jop miraba a través de la ventana trasera del auto hacia la puerta de la escuela Isaac Newton, que acababa de cerrarse tras una gruesa cortina de lluvia. Era el tercer día de clases que se perdía. Se había inscrito de nueva cuenta pero no había tenido ánimos para asistir. Pereda lo llevaba a las puertas justo diez minutos antes de la hora de entrada, esperaba a que Jop se apeara en silencio y, en cuanto cerraban la puerta, volvía a echar a andar el motor y lo llevaba adónde él le indicara.

El primer día le había pedido ir al cine pero terminaron por no entrar a ninguna sala y sólo se tomaron un refresco en silencio durante el tiempo que se suponía que estaba en la escuela.

El segundo día le pidió que lo llevara a Cuernavaca, ida y vuelta, sólo para poder ver el mundo pasar por la ventanilla sin tener participación alguna.

Ese día, el tercero, con la lluvia golpeteando el techo y los cristales del auto y el ánimo completamente apachurrado, tardó más de una hora en abrir la boca. Cuando se atrevió a decir algo, el chubasco ya había terminado y Pereda había conseguido un lugar entre dos autos, había apagado las luces intermitentes e incluso dormía un poco.

—Llévame a la plaza Giordano Bruno —dijo resueltamente Jop.

Pereda se despabiló. Lo miró por el espejo retrovisor. Trató de no hacer evidente su sorpresa.

Encendió la marcha y después de accionar y apagar los limpiaparabrisas para retirar los estragos de la lluvia tomó camino. La plaza estaba a unas cuantas cuadras de la escuela, así que Jop hubiera podido sugerir que fueran a pie, o incluso guardar silencio y sólo bajar del coche. Pero Pereda no cuestionaría una orden tan peculiar como ésa.

Al acceder a la plaza por la calle de Roma, el chofer puso de nueva cuenta las luces intermitentes y esperó. El cielo seguía nublado, la plaza y las calles mostraban charcos por doquier, los árboles escurrían de sus ramas gotitas furtivas. La gente de la colonia Juárez transitaba sin denotar nada en el rostro, ni júbilo ni preocupación. Era una mañana como cualquier otra para el resto de las personas, aunque no para ellos que habían rehuido esa cita por casi un mes, desde el día que Jop había vuelto a la Ciudad de México.

No era fácil para ninguno. Pero Pereda prefirió seguir en el mutismo que había adoptado desde el primer día.

—Ven por mí a la hora de la salida —dijo de pronto Jop, y salió del auto sin mirar atrás.

Estuvo un par de minutos con las manos en los bolsillos de su chaqueta y la mirada en los pies, permaneciendo quieto en la banqueta de la calle, a espaldas del auto que no tardó en volver al flujo vehicular para desaparecer en el tráfico.

Luego, se fue a sentar a la banca más cercana sin importarle que estaba mojada.

Con los ojos cerrados.

Se dio valor contando hasta el cincuenta. Cincuenta y uno. Cincuenta y dos. Cincuen...

Sus ojos miraron de inmediato hacia la ventana del tercer piso de cierto edificio en la calle de Roma que le aceleraba el pulso y le estrujaba el corazón. No podía evitarlo. Antes de mirar cualquier otra cosa, esa ventana se sobrepuso a todo.

El cristal estaba cerrado. Las cortinas, no obstante, habían sido apartadas, dejando pasar la luz de la mañana. Al interior no se alcanzaba a distinguir nada. Era sólo una habitación como cualquier otra, anónima y ordinaria. Jop pensó que debía simplemente levantarse, caminar por la calle, parar un taxi, volver a casa, hacerse a la idea de que todo había terminado y, al día siguiente, entrar a la escuela, tomar apuntes, preparar sus exámenes. Vivir.

Crecer. Por doloroso que fuera.

Olvidar. Por imposible que pareciera.

Miró ahora a Giordano Bruno. Le preguntó qué había hecho mal. En dónde había perdido el rumbo. No pudo evitar que los ojos se le volvieran a cristalizar como tantas otras veces. Recargó ambos codos en sus muslos. Se llevó la cara a las manos. Se preguntó por qué no avanzaba ninguna de sus investigaciones sobre Ugolino Frozzi.

"De todos modos", pensó, "ya no habrá de servir. No sé cuál sería la razón de Sergio para dar con él pero estoy seguro de que será inútil. Todo ha terminado".

Levantó la vista. Se sintió sobrecogido por un recuerdo. El hombre del abrigo, frente a sus ojos, caminaba por la calle balbuceando incoherencias. Aquel indigente, lleno de mugre y con la barba de meses que no era otro sino Farkas, había aparecido en su memoria, se recargaba en la base de la estatua y cerraba los ojos como hacían los hombres que no tenían nada que ganar y nada que perder.

Un recuerdo feliz y triste a la vez.

Un recuerdo que, además, no se iba. Una imagen que, asombrosamente, decidió permanecer.

Jop tuvo que sentarse derecho, recargarse contra el respaldo, tallarse los ojos.

Ahí estaba en efecto. Farkas, como antaño, deambulando por la plaza. Tirándose al sol esperando un milagro. Pensando en su hijo o en Edeth o en una absurda lucha que había llevado, al final, a nada.

El licántropo abrió los ojos. Ambos se miraron a la distancia.

Pero ninguno se atrevió a decir palabra. Eran como soldados que han vuelto de una batalla perdida y les avergüenza recordar su derrota. Ambos sabían que todo giraba en torno a un nombre y a un muchacho por el que ambos habrían dado gustosos la vida, y que simplemente no estaba con ellos.

Farkas desvió la mirada. Jop supo, sólo por el brillo en ésta, que no era un cambio fortuito en los acontecimientos de esa mañana.

—Gracias a Dios —dijo una voz a su derecha. Luego aparecieron unos brazos que se colgaron de él y temblaron presas de sollozos incontrolables. Sollozos que se transmitieron a él y lo contagiaron de un sentimiento abrumador, maravilloso y terrible. Como un golpe volvieron a él los días de amistad y risas y aventuras. Días de miedo y oscuridad pero también de luz y confianza en el futuro. Días en los que nada podía ser tan terrible ni tan oscuro ni tan mortal porque estaban juntos los tres. Correspondió el abrazo de Brianda y se dejó llevar por el llanto también porque por primera vez desde que abandonó el castillo negro con una encomienda que lo había superado, no se había sentido tan en casa como en esos brazos fortuitos.

No se soltó hasta que sintió su espíritu restablecido, aunque en realidad nada hubiera cambiado desde el momento en que llegó a la plaza.

Brianda se separó de él y lo miró a los ojos.

—¿Quieres verlo? —preguntó.

Jop sólo pudo asentir. Se levantaron de la banca para constatar que Farkas ya no estaba por ningún lado. Caminaron en dirección al edificio de tres pisos que tantos sentimientos representaba para ambos. En silencio.

Sin nada que agregar.

Brianda abrió la puerta del edificio con una llave propia, dejando en claro que eso, para ella, era ya una rutina.

—¿No estás yendo a la escuela? —preguntó Jop mientras subían las escaleras.

—Sí, pero no todos los días —resolvió ella.

Al llegar al tercer piso, Brianda introdujo en la cerradura una llave del mismo manojo.

—¿Y Alicia? —dijo Jop.

—Fue a arreglar unos pendientes. No debe tardar en volver.

Jop asintió, torciendo la boca. Al interior del departamento nada era como lo recordaba. Las paredes estaban recién pintadas, los muebles eran nuevos aunque sencillos. Ningún adorno a la vista.

La sala y el comedor parecían la antesala de unas frías oficinas de reclutamiento de personal. Brianda se quitó la chamarra y la puso sobre el respaldo de una de las sillas del comedor.

—¿Dónde está? —cuestionó Jop con un temblor en la voz.

—En su cuarto.

Caminaron por el pasillo hacia la única puerta abierta. Traspasaron el dintel. Los ojos de Jop se posaron primero en una cómoda blanca. Sobre ella se encontraba el Libro de los Héroes, inverosímil objeto en un ambiente tan precario como ése. Una cajita de música que conocía bien. Un par de baquetas. Una bolsa pequeña de cuero.

Al lado de la cómoda, una cama. Y, sobre ella, su mejor amigo, tendido de ojos cerrados, conectado a varias sondas que indicaban, sobre un monitor encendido, la última presión sanguínea, el número de pulsaciones por minuto, los niveles de glucosa, la oxigenación. Lecturas todas que confirmaban, como si fuese una broma, la rotunda presencia de vida en el inanimado cuerpo que ahí yacía.

—Hola, Serch —dijo Jop. Brianda no pudo resistir al impulso de volver a abrazarlo.

Capítulo veintiocho

Fue como un golpe en el estómago.

—Hola, Jop —respondió, sin importarle dónde estaba o lo que acababa de ocurrir. Lo había sentido, lo había escuchado, le había dado un vuelco al corazón. Para él era tan indudable como que la noche húngara repentinamente se había vuelto una bendición.

—¿Cómo dijiste? —repuso el Rojo.

Sergio volvió a mirarlo, más entero. No le pareció necesario explicarle que había escuchado a su amigo hablarle, así como otras veces había escuchado la voz de una muchacha leyendo, cantando, instándolo a seguir. La voz de una muchacha cuyo nombre y rostro había olvidado; tanto como esa voz que, en cuestión de segundos, se había abierto paso hasta sus recuerdos para recuperar su nombre y su historia al lado de aquel cuyo cuerpo yacía inanimado al interior de un departamento en la colonia Juárez. Un saludo, una contestación, y el mundo en un instante perdía todas sus fisuras.

—Nada, Rojo. Que he tenido dos golpes de suerte muy próximos.

—Pues yo he tenido uno como ningún otro. Jamás me hubiera imaginado encontrarte aquí. Y además… de esta manera.

—Lo mismo digo.

Habían tenido poco contacto en vida pero durante los días que estuvieron juntos la amistad se había afianzado de manera contundente. Sergio recordó lo difícil que fue dar con él en Colombia y lo mucho que se había sentido gratificado cuando lo conoció. El dolor de haberlo perdido en Francia apenas se veía compensado con el enorme placer de encontrarlo ahí, en Hungría. Junto con Guillén y Julio, no había conocido héroe mayor que él.

—¿Qué fue lo que te trajo acá?

Era maravilloso tener ese momento de paz después de tanta penuria. Hablar con alguien sin miedo. Sentir por primera vez que había una posibilidad de triunfo.

Desde ese jardín se mostraba Budapest en la salpicadura luminosa de los miles de focos encendidos. Parecía un belén o una constelación. Para Sergio era como haber alcanzado la orilla después de nadar miles de kilómetros.

—Después de que aquel demonio me diera muerte, me sentí tentado a largarme para siempre —explicó sentándose al lado de Sergio en aquella banca de piedra—. Pero decidí que mi labor aquí no había terminado. Por eso vine. Aquel "jefe" que guió mis pasos a la distancia me había dado un solo lugar de posible contacto. Y era ese bosque húngaro en el que nos encontramos. Por eso fui hacia allá.

—Sí. Después supe que ese supuesto jefe no era otro que Farkas.

—Muy pronto aprendí que el lobo nos escucha y ve sin esforzarse. Él mismo me dijo que me mantuviera cerca, y así lo hice. Te vi entrar al castillo de pie. Te vi salir en sus brazos. Pero te creí dormido.

—¿Sabes adónde llevaron mi cuerpo?

—A México. Farkas me pidió que permaneciera aquí por si aparecías. Y ahora me congratulo de que así haya sido.

El Rojo pasó uno de sus fuertes brazos por los hombros de Sergio.

—No entiendo esta nueva condición, Rojo —admitió Sergio—. No entiendo por qué te siento. Y por qué, en cambio, no puedo sentir el roce de esta banca o el de mis plantas al andar sobre el suelo.

—Es una atadura de la mente. Dar las cosas por hecho. Si tú consientes que te toquen o que te vean o que escuchen tus pensamientos, así será. Al menos con otros espíritus. Con los seres humanos no funciona así. No es tan sencillo. Yo mismo no he sabido cómo hacerme presente ante los vivos. Y no hay un manual para ello.

—¿Pero cómo consigo impedir que me toquen o me vean? ¿Sólo lo deseo y ya?

—¿Y cómo conseguiste cambiar tu atuendo? Según yo, no son ésas las ropas que tenías cuando moriste.

Sergio admitió que, al volver al plano terrenal, había renegado de su imagen semidesnuda, y había conseguido esa transmutación con sólo desearla.

—Un espíritu no está obligado a otra cosa más que a ser él mismo. Por ello no es necesario que, si moriste ahorcado, vagues por el mundo arrastrando una cuerda. El que así lo hace no está siendo más que esclavo de las cadenas de su mente. Al final, eso que flota por ahí y que algunos llaman alma o espíritu no es más que tu esencia más pura, Sergio. Es lo que te define y hace único. Lo que reposa en la tierra sólo es el cascarón. Tú eres más tú con una camiseta de Led Zeppelin. Por eso te muestras de ese modo.

Sergio asintió, comprendiendo. Pero tenía más dudas.

—¿Tú también tuviste pérdida de la memoria después de morir?

—No. ¿Tú sí?

—Fue como si empezara a perder la noción de todo, excepto la importancia de venir aquí. Pero en cuanto te vi… fue como si me viera en un espejo y recordara que no era yo solamente una idea, sino alguien con un pasado, con una historia.

El Rojo miró hacia las luces de la ciudad con beneplácito.

—Nos reconocemos en los otros, Sergio. A veces es necesaria esa confirmación de nuestro paso por el mundo, ese vislumbrarnos en los ojos de los demás para hacernos conscientes de nuestra existencia. Tu propio nombre sirve de poco si estás en una isla desierta. Tu nombre es necesario en función de los otros. Es posible que sólo existamos si existimos en ellos, en los demás. Y por eso nadie muere del todo siempre que es recordado.

Sergio sintió una punzada en el corazón. Se hizo presente la convicción de que tenía que volver a la oscuridad a rescatar un amigo y pagar una deuda. Lamentó que el más posible desenlace fuera ése en el que regresaba al día anterior a su nacimiento y de él sólo quedaba una lápida anónima en un cementerio del último rincón del inframundo.

—De cualquier modo... —dijo el Rojo, pensativo—. Sé por qué perdiste la memoria, y por eso hay que ponernos en marcha cuanto antes.

"Es curioso", se dijo Sergio. "Porque justo ahora es como si no hubiese olvidado nunca nada. Recuerdo la disposición del sudoku de cuatro mil lugares. Recuerdo la partitura exacta del Nocturno Belfegor y los nombres de mis compañeros en la Krypteia. Recuerdo las carpetas en el disco duro de Jop y cada uno de los días que pasé en aquel castillo al lado de Julio. Los nombres de los mediadores que recibieron mi copia del Libro y de cada persona que ha tenido algo que ver conmigo. Lo recuerdo todo."

—¿Me escuchaste? —insistió el Rojo—. Dije que...

—Sí. Te escuché. Es curioso, pues ahora recuerdo prácticamente cada minuto de cada día de mi vida. Es fascinante y un poco aterrador. Recuerdo, por ejemplo... que me contaste que una vez mataste a un hombre lobo. Lo que no sé es por qué omitiste un detalle tan importante aquella vez.

El Rojo volteó a verlo, asombrado.

—¿Un detalle... importante?

—Si es que en verdad acabaste con ese hombre lobo, debió ocurrir algo distinto al morir. Algo que no está especificado en el Libro.

El Rojo entrelazó las manos. Detuvo su mirada en ellas.

—Juro que fue la única vez que te mentí.

—¿Le diste caza por dos días como contaste?

—Sí. Pero en el último momento me acobardé. Ni siquiera había sido un demonio que me señalara Ugolino, sino algunas personas que convivían con él. Lo acorralé en una fábrica abandonada. Un solo tajo lo habría matado, pero es cierto que nunca lo había visto cometer mal alguno. Nunca supe por qué le perdoné la vida.

Sergio le dio una palmada amistosa.

—El hombre lobo es el único demonio que no se vuelve ceniza al morir. Es el único que alimenta la tierra con su cuerpo. Lo supe después y lo verifiqué con mis propios ojos. Lo que nunca supe es por qué. Algo me dijeron otros lobos cuando esto ocurrió, algo que tiene que ver con su entereza y la lealtad que brindan a la raza humana. Pero sé que hay algo más.

—¿Por qué pensaste en ello justo ahora?

—Todos mis recuerdos se volcaron de un tirón a mi mente. Me di cuenta de que tenía un pendiente sin resolver contigo. Quise ponerlo en claro de una vez.

—Me parece bien pero, como te dije, hay que ponernos en marcha.

—¿Por qué? ¿Hacia dónde vamos?

—Tu memoria va a decaer nuevamente, pues no eres completamente libre, aún tienes una liga con el mundo a la que no puedes renunciar. Tu espíritu aún depende de la química y la física de tu cuerpo.

—¿De qué hablas?

—Vas a tener que decirme todo lo que consideres importante en nuestra misión de vuelta, antes de que vuelvas a olvidar todo. ¿Dónde vives? ¿A quién debemos buscar? Todo.

—No entiendo.

—Te daré un consejo para tratar de retrasar el olvido. Enfoca tus pensamientos en alguien. Una sola persona a quien ames mucho. Muchos espíritus cometen el error de anclarse al odio y al resentimiento, y llegan a un punto en el que olvidan incluso sus nombres, pero no la venganza que les impide dejar la Tierra. Sólo los que justifican su estancia aquí con el cariño y la bondad sobreviven al deterioro. Tu misión es importante, lo sé. Está basada en el cariño y la bondad. Pero en tu caso no bastará. No salves al mundo entero, Sergio Mendhoza; salva a una sola persona y tal vez consigamos impedir la desmemoria.

Sergio recordó aquella vez que Farkas lo puso en una disyuntiva similar, una noche oscura en el campamento de Sötét vár.

—Intentaré salvar a dos, si no te importa —dijo, resueltamente.

—Claro —sonrió el Rojo—. A fin de cuentas se trata de evitar el olvido. Porque de todos modos, cuando cumplamos con lo que Farkas me encomendó, nada de esto permanecerá en tu mente. Todo lo que hayas vivido, incluyéndome, se borrará de tu memoria. Sólo recordarás lo último que vieron tus ojos físicos.

—¿Vas a decirme qué es lo que tenemos que hacer? ¿Qué es eso que Farkas te encomendó? Porque yo todavía tengo un mensaje que transmitir para que todo mi viaje no haya sido en vano.

El Rojo se puso en pie. Le ofreció una mano, dispuesto a iniciar un viaje que implicaba atravesar un continente y un océano enteros, siempre yendo hacia el oeste, con una sola meta que conquistar:

—Creí que estaba claro. Tienes que despertar, Sergio Mendhoza.

Capítulo veintinueve

Cuando Jop tomó asiento al interior del pequeño local de pizza, sólo una cosa llevaba en mente: el trazo repetitivo de la gráfica en el monitor conectado a Sergio, el 94, 92, 91, que indicaba que su corazón seguía palpitando. "Está vivo. Tengo que aferrarme a eso para no desmoronarme."

Había trabajado esa idea desde que pidió a Brianda que salieran del cuarto de su amigo y después, cuando le pidió que le permitiera usar el baño y, finalmente, cuando le demandó que fueran a otro lado a platicar. Los signos vitales de Sergio indicaban que estaba sano y que estaba bien... pero no estaba ahí. Era casi tan doloroso como saberlo muerto. Por eso se había resistido a acudir desde que lo supo con la llegada de Pereda a su hotel en Budapest. El leal chofer no había podido guardarse el secreto. Después de todo, ésa fue la primera razón para convencerlo de que nada ganaba permaneciendo en un país lejano haciendo algo que seguramente podía hacer desde la computadora de su casa.

"Signos vitales", pensó Jop con ironía al sentarse en una mesa del que, en otro tiempo, había sido un café donde habían conversado, más de una vez, él y sus amigos. "Te pone a pensar qué es en realidad la vida. Hay más de Sergio en cualquiera de las fotos que tengo de él que en ese montón de células allá arriba."

Pidió un refresco y Brianda hizo lo mismo. Ninguno se animaba a decir la primera palabra.

"Pero igual la única posibilidad de que volvamos a reír juntos está allá arriba, en ese montón de células. Tengo que aferrarme a eso para no desmoronarme."

Trajeron sus bebidas y fue ella la que inició la charla, tomándolo de una mano. Con una sola mirada, Jop pudo decir que Brianda, a sus quince, había crecido todo lo que hace falta crecer para estar completo. Era prácticamente una mujer, pero no por su desarrollo físico, sino por la entereza que demostraba sólo por estar ahí, por no abandonar a Sergio, por ser capaz de levantarse todos los días para ir a tomarlo de la mano y esperar un milagro.

—Gracias —fue lo que salió de la boca de ella.

—¿Gracias?

—Por venir. Por estar. No sé... por todo.

Jop no pudo ocultar la avalancha de sentimientos que lo sacudían en ese momento. No lloró, pero sólo porque ya lo había hecho varias veces en los últimos minutos.

—No he podido hacer nada, Brianda. No sé a qué te refieres con "todo".

—Por todo. Por estar desde que nos enteramos que estaban desapareciendo niños hace varios años, por acompañarme a Hungría, por decidirte por la amistad, por acompañar a Sergio hasta el final. Por estar aquí ahora.

En brevísimas palabras Brianda había hecho un recuento de todo lo pasado. No era poco. Los había cambiado irremisiblemente.

—Pero no basta, Brianda. Siento como si le hubiera fallado. Como si al final nada de lo que mencionas hubiera servido porque, míralo, ahí está, allá arriba. Y nosotros aquí platicando. Y Oodak encendiendo la maquinaria para hacer volar el jodido mundo. Y Edeth comiendo palomitas en algún lugar del jodido mundo.

Brianda volvió a apretar su mano, a través de la mesa.

—Sientes como si todo estuviera perdido —extrajo ella las palabras de su mente.

—Peor. Siento como si todo estuviera perdido por mi culpa.

Miró hacia todos lados. No quería desmoronarse. Pero no sabía cómo evitarlo. Llevaba viniéndose abajo desde que en Budapest tuvo que admitir que no conseguía nada y no había dejado de caer hasta ese preciso instante.

—Yo, en cambio... —dijo Brianda, con algo en los ojos que Jop percibió apenas en ese momento, pero que seguro había estado ahí desde que se encontraron en la plaza—, estoy segura de que el final aún no está escrito, aunque no sé cuál será. Sólo sé que será distinto. ¿Bueno? ¿Malo? No podría decirlo. Pero sí que abre una puerta hacia algún futuro, y eso, por lo menos para mí, basta por el momento.

Jop comprendió enseguida.

—Soñaste algo.

Ella asintió emitiendo un largo suspiro, emulándolo y mirando también para todos lados.

—Cuando murió, algo se rompió dentro de mí. A los pocos minutos, cuando Farkas lo regresó a la superficie y Alicia consiguió que su corazón latiera de nueva cuenta, aunque moría de la felicidad, eso que se rompió en mi interior seguía hecho añicos. Lo trajimos de vuelta a casa y aunque siempre ha estado monitoreado, y según Alicia completamente sano, excepto por el detalle de que no despierta, y yo he estado a su lado casi todo el tiempo, mi alma seguía llena de fisuras. Hasta que volví a soñar.

—¿Cómo fue?

—Fue como si por primera vez tuviera razones para creer que en verdad estaba vivo.

Dio un breve trago a su refresco. Se abrazó a sí misma.

—Lo soñé en una especie como de cañada, un valle seco y frío. Rodeado por decenas de lobos muertos. Y un dragón terrible, listo para escupir fuego.

—¿Y nada más?

—Y nada más. Pero no es un sueño trivial, Jop. Lo sé. Es una continuación. Según Farkas, yo debí haber dejado de soñar cuando él murió. Pero esto confirma que no está completamente muerto.

—Él también está aquí, ¿cierto?

—¿Farkas? Por supuesto. Pero no ha querido instalarse con nosotras. Dice que tiene que volver a su condición lobuna muy frecuentemente. Ronda por la plaza como aquellos días en que creíamos que era un menesteroso. Lo veo hablar con la estatua y dormir en la calle, de cara al sol. Pero casi no me busca. Sigue esperando, como todos. ¿Qué? Quién sabe. Sólo continúa esperando.

—Cualquiera habría dicho que en verdad iba a marcharse, como amenazó en Hungría.

—Estoy segura de que su cariño por Sergio es así de fuerte.

—Qué ironía. Nadie trató a Sergio peor que él.

—Nadie necesitaba tanto que estuviera listo.

A Jop le parecía que Brianda se había vuelto demasiado sensata. Casi como si tuviera diez o veinte años más. "Es lo que pasa cuando vives cosas como las que ella ha vivido."

—Te parecerá una contradicción —dijo Brianda—. Pero esa certeza de que él está ahí, en el futuro, en algún lugar del mundo, enfrentando al peor de los demonios, me restablece. Eso que se había roto en mi interior ha empezado a sanar. Perdamos o ganemos, el solo hecho de saber que hay un futuro me ha hecho creer de nuevo.

Jop comprendió, con ese nuevo gesto en su semblante, que tampoco había sido fácil para ella. Se sintió mal automáticamente.

—En un principio quise mandarlo todo al diablo. Cuando volvimos, mis papás quisieron forzarme a olvidarlo. Incluso hablaron de enviarme a estudiar lejos con tal de que dejara ya esa tontería de héroes y demonios que los ha llevado a atenderme más de una vez con psicólogos y psiquiatras, aún desde antes de irme a Francia con Julio. Sólo mis lágrimas y mis buenas calificaciones los han persuadido de que no necesito ninguna otra ocupación, por el momento, que estar al lado de Sergio. Leerle. Hablarle. Ayudar a Alicia a atenderlo. No hasta que todo esto termine, así sea cuando todos estemos llenos de canas.

Jop no tuvo corazón para disentir.

"Tu sueño no significa nada", pensó Jop. "Casi es una metáfora. ¿No te das cuenta? ¿Lobos muertos? ¿Un dragón? Tal vez sea el primer sueño genuino que tienes, el primero que no significa nada, Brianda. Tal vez sólo sea el espíritu de Sergio el que soñaste, una idea de él y no él mismo."

Pero se calló lo que pensaba.

Entonces lo percibió y miró por encima de su hombro. No, no era su imaginación. Un demonio acechaba. Un hombre moreno de atuendo impecable que aparentaba estar repartiendo propaganda religiosa, miraba en esa dirección desde la calle. Hicieron contacto visual. El hombre, que para cualquier otro habría pasado desapercibido, esbozó una mínima sonrisa y siguió con su falsa promoción. A Jop, no obstante, no le sorprendió. Era lógico que Oodak hubiera mandado a algún secuaz a apostarse frente a la casa de Sergio. Comprendió la tremenda maldición con la que había vivido su amigo. "Ojalá que pierda esta sensibilidad pronto", pensó. "Antes de volverme loco."

Brianda lo notó pero prefirió no hacer un comentario. En cambio, se dejó llevar por una corazonada.

—Sé por qué no has conseguido nada —afirmó.

—¿Cómo?

—Que sé por qué no has logrado dar con Ugolino Frozzi. Y es comprensible.

—¿Qué dices? No creo que…

—Lo sé. En verdad lo sé, Jop. Es lo mismo que me pasaba a mí. De hecho, lo mismo que me pasa a mí en este momento.

—¿Y qué es?

—Que te parece que nada de esto tiene sentido si no está él.

—¿Nada de…?

—¿Qué caso tiene buscar a Ugolino Frozzi si Sergio no está con nosotros? Te pidió que dieras con él. Ni siquiera sabes para qué. Ninguno de nosotros lo sabe. Parece una tontería. Sin embargo, intuyes que es importante. Lo más importante del mundo. Pero no te da la gana dar con él porque no le ves el caso si Sergio no está aquí.

Jop tuvo que admitir que Brianda tenía razón. No le apartó los ojos de encima.

—Lo sé porque yo misma pensé que, aún si estuviera en mis manos dar con Edeth o seguir la lucha contra los demonios, tal vez no lo haría porque sin él todo me parece inútil o vacío. Pero comprendí que ésa es la peor traición que podría hacerle.

Jop bajó la mirada, avergonzado. Tal vez todo fuera una especie de autosabotaje, una rendición a la apatía sólo porque la recompensa de actuar correctamente parecía tan insulsa: que el bien triunfe sobre el mal, pero sin Sergio. Y es cierto que eso tenía visos de traición.

—Te digo todo esto porque sé que puedes dar con él.

—Pero...

—Escúchame. Puedes dar con él. Sergio no le encomendó esto a Julio. O a mí. Te lo encomendó a ti porque sabía que si alguien podía dar con ese mediador eres tú. Es sólo que dejaste de creer en ti, pero tú sabes y yo sé que no hay nadie mejor que tú para hacer este trabajo.

—Es que...

Repentinamente, una oleada de satisfacción. Una especie de abrazo o brisa fresca o un golpe rotundo de buenos pensamientos. Fue como si Sergio de pronto apareciera caminando por la plaza. O como si alguien le susurrara al oído que todo estaría bien a partir de ese momento. Tal vez un héroe estuviera en las proximidades y él sólo hubiese sentido esa especie de confusión. Tal vez sólo fuese que Brianda había dicho las palabras correctas. Pero comprendió que también esa sensibilidad traía sus recompensas. Se sintió bien por primera vez en mucho tiempo.

—Acaso nunca te diste cuenta —dijo Brianda—, pero "Jop" no es la forma reducida de "Hopeless", como has querido creer todo este tiempo. "Hope" es una palabra completa, se basta a sí misma. Y significa esperanza.

Para Jop fue como si le estrujaran el corazón. Primero esa oleada de buenos sentimientos, y luego esa contundente frase de Brianda. Esa mirada con la que le decía "tú eres nuestra esperanza y todos dependemos de ti". Más que una terrible responsabilidad era un tremendo honor, y ahora estaba orgulloso de ello. De que Sergio lo hubiera designado y de poder hacer algo al respecto para que las cosas no se detuvieran ahí.

Se puso en pie de golpe.

—¿Puedes pagar la cuenta? —dijo, poniendo un billete de cien pesos sobre la mesa.

Le dio un beso a Brianda y salió de la pizzería a la carrera. De pronto tenía perfectamente claro lo que tenía que hacer. La ocurrencia era una sobredosis de adrenalina.

"Las lágrimas y las buenas calificaciones", pensó Jop mientras corría. "No dejar de hacer lo que te toca aunque tengas el corazón roto."

Brianda no terminó su bebida. Pagó y caminó de vuelta a casa de Sergio. El hombre de la propaganda religiosa se había sentado en una banca y la observó a la distancia, fingiendo indiferencia. La mañana seguía su curso. Brianda no atendería clases ese día, como había pactado con sus padres y maestros, faltando cada tercer día mientras no bajara su desempeño. Entró al edificio y subió con nuevos bríos hacia el departamento. Cuando abrió, notó que Alicia había llegado.

—Hola —dijo, como si fuesen las mejores amigas. Acaso lo fueran.

—Hola. ¿Ya almorzaste?

—Ya, gracias. Estaré acá.

Fue a la habitación. Tomó el último libro que le había estado leyendo, uno de Stephen King que le traía buenos recuerdos. Se sentó en una de las dos sillas de plástico que ahí tenían. Comenzó a leer. Pero un pensamiento no dejaba de asediarla mientras leía. Así que decidió externarlo para poder continuar sin contratiempos.

—Tienes que volver —le dijo—. Es importante, Checho.

Y siguió leyendo.

Capítulo treinta

—El nombre del negocio es "Pianos Sonatina", pero repíteme la dirección exacta, por favor —dijo el Rojo.

Recién habían abandonado el continente por la costa norte de España, siempre en dirección hacia occidente. Recién cabalgaban las olas guiándose por el dibujo preciso de las estrellas. El Rojo llevaba de la mano a Sergio, pues él, más experimentado en la translación incorpórea, se movía más rápido, aunque todavía no supiera cómo hacer algunas cosas que otros espectros más experimentados sí podían, como desaparecer y aparecer en otro lado. O cómo inferir en los objetos cuya materia aún formaba parte del mundo físico: moverlos, lanzarlos, afectarlos. Con todo, al segundo día ya estaban surcando las aguas del Cantábrico, y ya se exponía el Rojo al hecho de que Sergio, cada día, se mostraba más callado, más taciturno.

—La dirección exacta de la casa de tu padre, Sergio, por favor.

Sergio hurgó en su mente sin hallar nada. Si la teoría del Rojo era cierta, su espíritu seguía dependiendo de lo que le transmitiera su cerebro dormido. Y éste, por momentos, no le transmitía nada.

—¿El nombre de tu primera mascota?

—Creo que nunca tuve una mascota.

—¿El mensaje, lo recuerdas?

—¿Cuál mensaje?

—Según me dijiste, recabaste cierta información en el reino de Lucifer. Cierta información tan importante que puede llevar la lucha entre héroes y demonios a un final inmediato.

—Eso lo recuerdo.

—¿Y aún prefieres no decírmelo, por si lo olvidas?

—No puedo olvidarlo. Ni siquiera es algo que me hayan revelado. Podría decirse que es algo que yo descubrí y confirmé allá.

—¿Te dice algo el nombre de Gunter Maren?

—Sí. Y es importante que no lo olvides.

—Entonces aún estamos bien.

—Pero no recuerdas la dirección de la casa de mi padre.

—Oh, sí la recuerdo, no te preocupes. Pero quería cerciorarme.

El mar se mostraba benévolo. Las efímeras colinas azules que se levantaban para volverse a hundir eran un hermoso paisaje a la luz de la luna y las estrellas.

—¿Qué es lo que más extrañas de estar vivo, Mendhoza?

—El sueño.

El Rojo atravesó una ola encrespada. Pensó un poco en lo que dijo Sergio.

—Yo también —dijo, al cabo de un tiempo.

* * *

El ímpetu se disipó como a las cuatro de la tarde, hora en que creyó que su primera búsqueda sería infructuosa. Aún así, no se apartó de la colonia Juárez, y ahí siguió por varias horas más, hasta que anocheció. La combinación de sentimientos contradictorios lo tenía confundido, pues a ratos tenía la sensación de estar muy cerca de un gran héroe para, casi al instante, ser contrarrestada con el miedo que le producía un demonio tras la espalda. Hubiera querido largarse a su casa y olvidarse de todo, como se había propuesto días antes, pero desde su plática con Brianda le resultaba imposible. Había avisado en su casa que no iría a comer y probablemente tampoco a dormir cuando al fin lo vio. Farkas apareció detrás de uno de los juegos infantiles de la plaza Giordano Bruno. Lo abordó al instante.

—¿No deberías estar haciendo algo de provecho? —le espetó.

Farkas, en su figura de pordiosero, barba y melena crecidas, enorme abrigo maloliente, zapatos raídos y manos sucias, simplemente se recargó en uno de los pilares de esa zona.

—Me importa un rábano. Sólo quiero que despierte para cortarme yo mismo el cuello.

—Qué valiente.

—No me des lecciones, niño. Qué sabes tú de valentía.

No era tan tarde. Incluso a algunos niños no les importó la presencia del imponente hombre de mirada demencial y siguieron jugando.

Jop recordó súbitamente que Farkas llevaba encima el anatema del rescate de su hijo de las llamas del infierno. En gran medida, Sergio había sido como un hijo para él. De acuerdo a Brianda, su cariño por el muchacho era tan fuerte como para haberlo llevado hasta ahí y tenerlo deambulando como un loco por las calles.

—Lo siento. Es sólo que...

—Que te parece que debería estar haciendo algo. Lo que fuera. Y tienes razón. Pero justo en el punto en el que me encuentro, me importa mucho menos la batalla entre luz y oscuridad a la que Sergio libra con la muerte. Ya le fallé una vez a mi hijo. No puedo fallarle también a él. Necesito que regrese.

Jop recordó también cuando, en el campamento de los lobos, Farkas dejó escapar una lágrima al hablar de todos esos asuntos. En verdad lo lamentó.

—Ugolino Frozzi —dijo para apresurar las cosas.

—¿Qué?

—El mediador original del que nos hablaste. Sergio me pidió que diera con él.

—Ya recuerdo. Poco antes de morir. Yo estaba ahí. Recuerdo tus palabras. "Así sea lo último que haga."

Jop se sintió abochornado. Tal vez inconscientemente había desechado ese recuerdo para no odiarse por cejar en su intento.

—Bien. Lo sabes. Ahora dime, ¿cómo doy con él?

—No tengo la menor idea.

No había sorna en la voz del licántropo, si acaso una suerte de decepción.

—¿Qué dices? —reclamó Jop—. Debes tener alguna liga, alguna conexión. Tú mismo te pusiste en contacto con él para iniciar toda esta farsa. Para darle su Libro a Sergio y desencadenar todo esto.

—Lo sé. Pero el trato fue dejarlo en paz en cuanto Sergio se encontrara con el Rojo. Quería dedicarse a una vida alejada de "todo esto". Y no lo culpo. ¿Tú sí?

Jop lo miró con enfado.

—Es necesario que dé con él, Farkas. Dame un teléfono, un domicilio, lo que sea. Una sola pista. Y no te molestaré más. Podrás dedicarte a sentir lástima por ti mismo hasta el fin de los tiempos.

—¿Como has hecho tú contigo estos días?

Jop apretó los puños, hirviendo de rabia. No se iría sin nada.

El hombre del abrigo caminó hacia la estatua de Giordano Bruno sin reparar en el muchacho. Jop tuvo que seguirlo. Farkas se recargó en la base de la estatua, de brazos cruzados. Miraba al monumento y sonreía. Algo balbuceó. ¿Hablaba con él, como decía Brianda? La noche incipiente cobijaba la actividad en la plaza, las parejas de novios paseando de la mano, los oficinistas cruzando para llegar al metro, los niños jugando. Nadie reparaba en tan singular escena.

—Dice el amigo Bruno que te mereces esa ayuda.

Jop miró a la silente estatua.

—Lo malo —continuó Farkas—, es que soy un hombre de honor. En verdad borré a Frozzi de mi agenda personal, por decirlo de algún modo.

—¡Pero seguro puedes recuperar su número! ¿No eras tú el que enviaba mensajes anónimos imposibles de rastrear al teniente Guillén usando magia negra? ¡Seguro puedes hacer algo!

Farkas, socarronamente, volvió a cruzar los brazos. Se rascó la barba. Volvió a mirar a Bruno.

—Sí. Puedo. Te daré una pista y luego me dejarás en paz. Para dedicarme a sentir lástima de mí mismo sin interrupciones.

—Como sea. Dame la pista.

—Pregúntale al Rojo. Seguro que él no lo borró de sus contactos.

Dicho esto, comenzó a caminar por la calle de Roma para internarse en las calles de la colonia Juárez. Había estado durmiendo en las inmediaciones del mercado. Vivía de cazar ratas y perros callejeros. Permanecía oculto el mayor tiempo posible, entre la basura y bajo las coladeras. Hasta que Sergio despertara o hasta el fin de los tiempos, lo que ocurriera primero.

—¡No juegues conmigo! —gritó Jop al seguirlo—. ¡Sabes perfectamente que Rojo está muerto!

Farkas volvió a hablar, pero sin detener su caminata.

—Lo sé. No obstante, te repito: pregúntale al Rojo.

—¡Maldita sea! ¿No entiendes que...?

—El que no entiende eres tú. Si fueras Sergio Mendhoza ya habrías dado con la solución. Pero claro, sólo eres tú, el comparsa. El que necesita vejigas para nadar.

Jop se detuvo, herido. Sin embargo, comprendió lo que quería Farkas. Lo había visto hacer eso mismo varias veces con Sergio: acicatearlo para que no se rindiera ante un problema aparentemente sin solución. Porque, si le estaba diciendo que Sergio habría podido es que en verdad había una respuesta. Y seguro estaba frente a sus ojos.

Vio al licántropo perderse en la noche. Vio cómo se cerraba ante sí la puerta de una continuación fácil. Había permanecido todo el día en esa zona de la ciudad porque estaba seguro de que Farkas lo ayudaría, que correría a darle el número, que todo sería sencillo a partir de ese momento. No obstante, todo lo que le ofrecía era un enigma y un portazo en las narices.

Sobre la banqueta, mínimamente empujado por los transeúntes yendo y viniendo, trató de dar con la respuesta. ¿Preguntarle, cómo? ¿Acaso habría modo de comunicarse con él todavía? ¿Alguna especie de contacto vía...?

De pronto, un nuevo desbordamiento de júbilo. Una epifanía.

Tuvo que recargarse contra la pared del edificio más cercano para no ser abatido por el regocijo.

Volvió a sentirse abrumado, un títere de todas las emociones de ese día, desde el inclemente juego que hacían el miedo y el halo de fortaleza de demonios y héroes próximos con él hasta lo que había vivido en compañía de Brianda, al ver a Sergio por primera vez desde Hungría y ahora esa sorpresiva revelación. Tan obvio como una simple deducción lógica.

No pudo evitar sentirse un poco orgulloso de sí mismo. Como si hubiese sido, por unos instantes, Sergio Mendhoza.

"No se trata de preguntarle al Rojo", pensó. "Sino a Salomón Díaz, el mexicano."

Miró su reloj. Ya no lo haría ese mismo día pero sí al siguiente. Buscó, por lo pronto, un contacto en su agenda y presionó el botón verde de su celular.

—Pereda, ¿puedes venir por mí?

Capítulo treinta y uno

Una playa desierta de gente en la costa de Veracruz, México.

Y una pregunta.

—Sergio… ¿En qué país del mundo nos conocimos?

Sergio lo miró como si no se refiriera a él. Como si su propio nombre le pareciera ajeno.

—¿Cómo se llamaba la empresa de Barba Azul en París?

París hacía eco en sus memorias. Una zona de París, un hotel, un programa de televisión…

—¿El nombre de aquel demonio que acabó conmigo?

Ahora tocaban sus pies la arena y se adivinaba el fin de la jornada. Pero habían sido varios días, miles de kilómetros, un solo sonido, el del mar.

—Bueno… al menos dime a quién estás salvando.

Sergio dudó. ¿Salvar? ¿En verdad estaba…?

—No estás salvando al mundo, ¿recuerdas? —insistió el Rojo.

¿Salvar al mundo? ¿Pero no se suponía que él estaba estudiando la escuela secundaria, que vivía en la colonia Juárez, que vivía con su hermana, que…?

—¿A quién estás salvando, Sergio Mendhoza?

En Sergio aparecieron, en efecto, dos nombres, dos rostros, dos razones muy poderosas.

—Brianda y Jop. Ella es una latosa. Él tiene miedo hasta de su sombra. Ambos son lo mejor que me ha pasado.

El Rojo lo instó a seguir avanzando.

—Entonces vamos bien.

* * *

A un par de minutos de que todo se resolviera, mientras aguardaban en una pequeña banca, Jop y Pereda no podían ocultar su nerviosismo. Jop había empezado a torcerse los dedos de la mano izquierda con la derecha. Pereda se ponía en pie y se levantaba intermitentemente.

Jop miró su reloj. No eran ni las dos de la tarde y ya era factible que aquello que lo había obsesionado y atormentado en los últimos días, llegara a un fin.

Se cubrió la cara y recapituló, en su interior, todo lo que había ocurrido hasta ese momento desde que abandonó a Farkas y volvió a su casa en compañía de Pereda, cuatro días después, en que aguardaba a las puertas de un monasterio benedictino en Buenos Aires.

Aquella noche entró a su cuarto y se instaló frente a su computadora para obtener los datos de una sola persona. Un objetivo que, en su opinión, sería el primer punto de contacto hacia Ugolino Frozzi. Pero no quería llamarle por teléfono ni abordarlo en su oficina sino hacerle una visita en su casa. Así que se abocó a la misión de buscar en internet todo lo que pudiera obtener. Al cabo de una hora pudo dar con su página personal en Facebook y, aunque en ésta había pocas publicaciones abiertas a todo el mundo, al menos una lo puso en la dirección correcta. Una foto en la que aparecía formando parte de una sociedad de exalumnos. Eureka: en la página de dicha sociedad la inscripción de los miembros podía hacerse en línea, lo que significaba que las bases de datos estaban a un paso de distancia. Jop pasó hasta las tres de la mañana intentando la intrusión. Cuando estaba a punto de darse por vencido, descubrió que en uno de los códigos más viejos habían dejado sin encriptar la instrucción SQL para entrar a la base de datos. A partir de ahí, todo fue de bajada. El domicilio que buscaba estaba en su celular a las tres y media de la mañana. A las siete en punto de ese mismo día, ya estaban él y Pereda llamando a la puerta de una casa de dos plantas en una colonia residencial de las afueras de la ciudad.

—¿Quién? —dijo una voz femenina al interfón.

—Venimos a ver al capitán Ortega —dijo Pereda, por instrucciones de Jop. Ambos miraban hacia la cámara de seguridad.

—¿Para qué asunto? —preguntó la voz, un poco titubeante.

—Dígale que somos amigos del difunto teniente Guillén —dijo ahora Jop—. Es un favor que queremos pedirle.

La voz volvió a dudar.

—No le quitaremos mucho tiempo —reafirmó Jop—. Se lo prometo.

Jop mostró la palma de la mano como si hiciera un juramento. No apartó la vista de la cámara. Una voz masculina apareció en el interfón.

—Ahora voy.

Tal vez la estampa de ambos no intimidaba. O bien Ortega no encontró motivos para negarse. El caso es que, en breve, apareció tras la reja de la puerta, con el pantalón de la piyama y una camiseta de tirantes adornada por una sobaquera con todo y pistola. Ortega los identificó con la mirada, a través de los barrotes. Del tiempo de los Siete esqueletos decapitados.

—Tú eres amigo del niño aquel, ¿no es cierto? Sergio.

—Sí. Sergio Mendhoza —admitió Jop.

—¿Cómo diste con mi casa?

—Soy bueno investigando.

—¿En verdad murió Guillén?

—¿No lo sabía?

—Pensé que sólo estaba desaparecido. ¿Qué quieres?

—Justamente que me ayude a seguir con una investigación. Y no lo molestaré más.

No fue difícil convencerlo de que ayudara. La noticia de la muerte de Guillén lo había sacudido. El capitán Ortega, otrora jefe del teniente, había lamentado profundamente que su subalterno desapareciera precisamente cuando le habían ordenado, desde los niveles más altos del gobierno, que desestimara la posible inocencia de Sergio Mendhoza. Incidentes terriblemente persuasivos que ocurrieron en su vida personal lo forzaron a detener la maquinaria de la justicia y hacerse a un lado. Gente muy poderosa había puesto los ojos en Mendhoza y él prefirió no correr riesgos. Ahora que sabía la verdad respecto a Guillén se sentía conmocionado. La petición de Jop le pareció trivial.

—Mañana en la mañana te hago llegar el informe.

—Gracias.

—¿Y Sergio Mendhoza? También desapareció.

—Sí —resolvió parcamente Jop.

—¿Está vivo? ¿Está bien?

—Está vivo —contestó Jop—. Aunque no del todo bien.

Ortega apuntó su correo electrónico personal en un papelito que le extendió Pereda a través de la reja.

—¿Por qué no está del todo bien? —preguntó el policía.

—Digamos que está lejos. Digamos que no puede volver... todavía.

Jop tuvo la ocurrencia, entonces, de arriesgar otra petición. A fin de cuentas, el capitán se veía verdaderamente afectado.

—Capitán... ¿aún existe la orden de aprehensión en contra de Sergio?

Ortega recordó esos días en los que fue obligado, por amor a sus seres queridos, a torcer la justicia. Tal vez fuera tiempo de rectificar.

—Veré qué se puede hacer.

Jop se retiró de ahí con un sentimiento de triunfo como no había experimentado en mucho tiempo. A la mañana siguiente, después de las nueve de la mañana, recibió en su correo el archivo en formato PDF. Todas las llamadas entrantes y salientes de todos los teléfonos celulares de los mexicanos cuyo nombre era "Salomón Díaz" de los últimos cinco años. La revisión les llevó, a él y a Pereda, toda la tarde y buena parte de la noche. Al final, filtraron las llamadas a celulares cuyo prefijo indicara que habían sido desde o hacia algún país sudamericano, privilegiando Chile y Argentina. No eran muchas las coincidencias, apenas veintisiete números en total. Se acostaron, no obstante, con el mismo brío y la misma excitación que los había acompañado desde que se presentaron con Ortega.

La llamada número veinticuatro logró el milagro, cuando estaban ambos pensando que la estrategia fallaría. Una llamada que, además, les había costado trabajo concretar. Tres veces fueron enviados al buzón. A la cuarta…

—Perdón, ¿estoy hablando con Ugolino Frozzi?

—¿Quién?

—Ugolino Frozzi.

—Ya no tiene este número.

Una inquietante pausa. Jop no podía creerlo. ¿Había dado a entender que lo conocía?

—¿Ah, ya no tiene ese número?

—No. Era mi vecino pero, cuando se fue, me dejó la línea.

A Jop le pareció que la liga con Frozzi dependía de un delgadísimo alambrito que en cualquier momento se rompería.

—¿Tiene usted idea de adónde fue?

—Se fue de monje —respondió el sujeto, como si nada—. Está en el monasterio de Santa María, el de la ruta 65.

Jop hubiera podido llamar. Pero en verdad temía que ese alambrito fuese aún más delgado de lo que creía. Tenía una pista. Un nombre. Un lugar. Prefirió tomar un avión que levantar de nuevo el teléfono. Al día siguiente estaban aterrizando, a las nueve de la mañana, en el aeropuerto de Ezeiza. Antes de las dos estaban llamando a la puerta de un monasterio lejos del centro de Buenos Aires, en una zona boscosa y parcelada, lejos de todo urbanismo, un convento que más parecía hotel o albergue y en el que se respiraba una paz singular. A la puerta acudió un monje de túnica y escapulario.

—Buen día. ¿Quieren comprar queso?

Lo siguiente fue tan fácil como preguntar por Ugolino Frozzi y ser invitados a esperar en la banca. Jop se retorcía los dedos. Pereda se mostraba incapaz de permanecer sentado por más de diez segundos.

—Está en el huerto. Me pregunta que quiénes lo buscan —indagó el hermano.

Jop sopesó su respuesta. ¿Valdría la pena correr el riesgo? ¿Mencionar el Libro de los Héroes? Ni siquiera él sabía cómo lo convencería. Qué le diría. Intentó por una vía similar a aquella que utilizara con el capitán Ortega.

—Dígale que somos amigos del Rojo. Él entenderá.

—Bien.

Nuevos minutos de desasosiego. La entrada al convento, que parecía la recepción de un hotel, con folletos y objetos católicos a la venta, les parecía a ambos una razón más para sentirse inquietos. ¿Era en verdad ahí donde terminaba la búsqueda? ¿En un sitio tan aséptico, de luz matinal y canto de pájaros?

Pereda, en su ir y venir, abandonó la banca y volvió al solar de la entrada, a la tierra apisonada del camino que llevaba a la autopista.

Ya iba de vuelta a la banca cuando algo llamó su atención.

—Niño Alfredo… —dijo con preocupación en el rostro. Jop se angustió. ¿Se habían ido a meter a un lugar en apariencia inofensivo pero que abrigaba grandes temores? No lo creía; hubiera sentido la presencia de demonios. ¿Entonces qué era lo que había visto Pereda? Se apartó de la banca y fue a su lado. El chofer señalaba, a unos cien metros de distancia, a un hombre que salía de las instalaciones del convento, brincando unos arbustos, para alcanzar la carretera y echar a correr.

Jop no lo pensó más. Sin invitar a Pereda a seguirlo, corrió en esa dirección. El hombre, en ropas de paisano, tendría que avanzar a través de un pequeño jardín arbolado para llegar a la autopista y tal vez ahí seguir en forma paralela al asfalto.

Jop aprovechó para correr directo hacia la carretera. Advirtió que el hombre se había dado cuenta de que lo seguían. Cambió de dirección bruscamente y tropezó con una raíz. Cayó por tierra, dolido del tobillo.

Jop no tardó en llegar al jardín que separaba al monasterio de la autopista. Se aproximó al recién caído, un hombre delgado de calva pronunciada, ojos grandes y tal vez demasiado juntos, manos afiladas, ropas sencillas. Se encontraron sus miradas.

—Perdón si lo espantamos.

—Al menos no son demonios —dijo el hombre sobre la hierba, apretándose el tobillo derecho.

—No.

Pereda iba en esa dirección, a su paso. En el ambiente nada había cambiado. El sol seguía luminoso, las aves seguían gorjeando, el verde de la vegetación era igualmente brillante. Pero la búsqueda había llegado a su fin.

—No te extrañó mi afirmación, pibe —dijo Frozzi—. Hablé de demonios y a vos no se te ha movido un pelo.

—No. Ojalá no supiera de lo que usted habla... pero lo sé.

—¿Por qué?

—Como dije, conocí al Rojo. Pero en realidad soy amigo de Sergio Mendhoza.

Ugolino se arrastró hacia la base del árbol más cercano. Se recargó. Hurgó en su memoria. No tardó en recordar. No tardó en negar con la cabeza.

—Estoy retirado, pibe. Le cedí el Libro a tu amigo. Luego hice lo que pude con el Rojo pero, en cuanto se fue a Colombia, yo me vine para acá. No quiero saber nada de esto. ¿A qué has venido?

Jop también se sentó en la hierba. ¿A qué he venido?, se preguntó. Tanto trajín y ahora se sentía desarmado, incapaz de transmitir información. La orden de Sergio había sido: "Busca a Ugolino Frozzi, da con él y tráelo contigo". Ni siquiera sabía por qué razón. Repentinamente se dio cuenta de que sólo había hecho la mitad del trabajo, y que, a menos que secuestrara al monje, tendría que convencerlo de irse con él.

—¿Te mandó el jefe?

—¿Farkas? No. De hecho, me mandó él, Sergio Mendhoza.

—¿A qué?

—A llevarlo a usted conmigo.

—¿Adónde?

Jop volvió a sentirse apabullado. "Tráelo contigo." ¿Adónde? ¿Al castillo negro, donde se lo había pedido? ¿O al sitio donde él se encontrara? Sintió como si el peso de una montaña se le viniera encima. ¿Adónde?

Resopló. Arrancó un pedazo de hierba. Lo arrojó lejos. Se sintió infantil y estúpido. Con ganas de pasarle la estafeta a alguien más.

—No sé —exclamó, compungido. —Sólo sé que debo llevarlo conmigo. Perdóneme.

Frozzi lo miró largamente. Luego, sonrió. Le parecía que nadie haría un viaje como el de ese par de personajes tan disímiles sólo para terminar admitiendo una confusión tan grande. Un chico mexicano, rubio, bajito, con gesto de desamparo. Un hombre maduro, de cuidados modales, traje y corbata, a todas luces el escudero. Una misión incomprensible en manos de una pareja incomprensible.

Frozzi llevó una mano a la bolsa trasera de su pantalón. Extrajo un paquete de papel estraza anudado con un cordel. Con cuidado, deshizo el nudo y extendió el papel. Del interior extrajo un paño marrón con barbillas doradas. Antiquísimo, al parecer. Lo puso sobre su muslo y lo extendió delicadamente. Sobre éste se observaba una luna creciente. Un par de nubes bajo ella, y nada más.

—¿Qué tienes que ver con esto?

Jop contempló la insignia. La estudió. Volvió a torcer la boca.

—Nada, la verdad. ¿Por qué?

Frozzi volvió a doblar el pedazo de tela. Con cuidado lo cubrió con el papel mientras hablaba.

—En la Navidad de hace un par de años me visitó un espectro, uno de los guardianes del Libro con los que pacté la transferencia del ejemplar a Sergio. Vino a hacerme una encomienda —exclamó con tranquilidad—. Me dijo que yo era el último mediador vivo. Que todas las otras copias del Libro habían sido destruidas y que sólo se conservaba la mía, por lo que me correspondía una última misión.

Jop miró a Pereda para confirmar, en su mirada, que también se daba cuenta de que el viaje no había sido en vano. Que algo de importancia los había estado esperando ahí.

—Entonces me entregó este pedazo de tela y me dijo que debía entregárselo a la persona correcta.

—¿La persona correcta? —cuestionó Jop.

Frozzi terminó de anudar el cordel en torno al paquetito.

—¿Lo ves? No sos el único que forma parte de una trama que no entiende —dijo el monje, sonriendo—. El fantasma me dijo que sólo yo debía conocer el sitio del santuario. Que debía entregar el símbolo a la persona correcta y conducirla al santuario para que todo llegara a su conclusión.

—¿Qué santuario?

—No sé más. Te lo juro. Cuando le pregunté al espectro cómo sabría quién era esa persona de la que me hablaba, me miró como si le estuviera preguntando cómo dar con mi propia cabeza.

Por el cielo surcó un aeroplano pero incluso ese zumbido parecía tener su propia magia, parecía encajar en ese coloquio que todos habían estado esperando sin saberlo.

—Y entonces... —dijo Frozzi mirando al paquete en sus manos—. Llegás vos con tu cara de enigma. A mí me parece que es la única respuesta con la que cuento desde aquel día. ¿Será que Sergio Mendhoza sabe algo de esto? ¿Por qué no vino él mismo?

Jop quiso esbozar una respuesta. Sólo mencionarlo le rompía el corazón. Al menos esa parte de su cruzada llegaba a su fin. Tal vez el que pudiese en verdad llevar a Frozzi consigo significara algo. ¿A México? ¿A Sötét vár? Como fuese. Ya lo sabría. Prefirió no responder y alargar un suspiro. Los ojos se le cristalizaron. Había sido tan arduo desde que salió a la carrera del castillo negro abandonando a Sergio a su suerte, que los sentimientos lo abrumaron.

Frozzi sonrió, dejando en claro que era una buena persona. Como Sergio, también lamentaba el anatema de su condición, pero no por ello se arredraba.

Jop le devolvió la sonrisa.

—Ayudame a poner de pie, amigo —dijo Frozzi extendiéndole la mano a Pereda—. Voy a extrañar mi vida en el monasterio, pero yo también merezco saber cuál es el final de todo esto.

* * *

En aquel lugar de máxima desolación, a mitad de un desierto infinito donde lo único que hay son negras rocas volcánicas que impiden el menor descanso, un hombre abriga un pensamiento. Uno distinto a los que lo han atormentado desde que llegó ahí, hace tantos años que es como si nunca hubiese estado en ningún otro sitio. Recuerda de pronto la vida que llevó cuando aún era posible responder a un nombre, cuando sus pulmones aún retenían el aire y la risa aún podía acudir a su garganta. Súbitamente algunas palabras vuelven a tener sentido para él: Constantinopla, por ejemplo. Súbitamente un par de ojos se revelan en su memoria. Una cabaña en el bosque. Un caballo apacentando entre los árboles con la luz del sol bañando su lomo.

Por supuesto, todo tenía que ver con ese muchacho al que Luzbel le concedió esa entrevista. Ese muchacho que le recordaba tanto a sí mismo, cuando una mañana se hizo de una montura, dejó la casa de su padre y cabalgó hacia oriente, en busca de un ser de luz.

Recuerda un par de ojos, hermosos y benévolos. Recuerda una mesa y un fuego encendido. Un canturreo. Recuerda que aquella dama de cabellos como la nieve le había obligado a afianzarse a una promesa.

En aquel lugar de máxima penumbra, entre rocas de afilados bordes y parajes que no llevan a ninguna parte, Manlio Tasio mira sus manos, sus raídas ropas, sus pies eternamente lastimados. Cobija una semilla de esperanza, algo imposible en un lugar como ése.

Capítulo treinta y dos

Cuando el avión aterrizó en la Ciudad de México, poco antes de las cinco de la tarde, Frozzi comenzó a sentirse inquieto. Jop, quien viajaba a su lado, lo notó enseguida.

—¿Estás bien?

—Sí. Es sólo que…

Prefirió no decirlo. Con un movimiento de mano, hizo comprender a Jop que no valía la pena, que tal vez había sido un malestar pasajero. Pero sí que valía la pena. Y no era un malestar en lo absoluto. Se trataba de algo que jamás antes había experimentado.

Mientras el avión se acercaba a la puerta de embarque, Ugolino Frozzi se sumió en sus pensamientos, mirando por la ventanilla del avión. En su mente se encendió la certeza de que la vida no había sido fácil para él desde que recibió el Libro. Aún no habían pasado diez años de eso y parecía toda una vida. Como si nada antes y después tuviera real significado, los acontecimientos de su labor como mediador lo habían marcado definitivamente. Recordó que estaba terminando sus estudios de filosofía en Buenos Aires cuando ocurrió. Una noche que regresaba de una tertulia con amigos, de pronto, en el subte, algo peculiar y extraordinario: notó que se encontraba completamente solo en el andén. Estaba leyendo de pie, esperando a que llegara el tren, cuando el silencio se volvió tan espeso que tuvo que levantar la vista de su novela. Nadie más ocupaba los andenes. Era como si el tiempo se hubiese detenido, pues tampoco se escuchaba, a lo lejos, que se alejara o aproximara un convoy, ningún trajín en los pasillos de la estación, ni un solo suspiro. Nada. Bajó el libro y miró en derredor. Se preocupó al instante. "¿Hola?", dijo, como si recién hubiese entrado en alguna habitación sin ser invitado. Después de breves segundos, se sobrepuso al silencio un único sonido: el de los pasos de alguien que se acerca. Se giró y confrontó el túnel que desembocaba en esa parte del andén. Un arrastrar de pies hacía eco en la estación. Era como si se aproximara alguien enfermo, con cojera. Al fin, después de un par de minutos, aparecieron, dando la vuelta al túnel, un par de excéntricos personajes: una vieja ciega, desaliñada y sucia, acompañada de un hombre alto de piel cetrina que portaba levita y sombrero, casi un personaje decimonónico, de mirada neutra y que le servía a la vieja de lazarillo. El hombre llevaba, bajo el brazo, una carpeta de piel. Miró a Frozzi, quien se puso de inmediato a la defensiva.

—No tengás miedo —dijo la vieja, haciendo que su voz retumbara en todas las paredes de la estación.

—¿Qué está pasando? ¿Quiénes son ustedes? —dijo Frozzi, alarmado. No le gustaba nada la mirada del tipo con facha de sepulturero. No le gustaba nada que ella no lo mirara y, sin embargo, supiera que él se encontraba ahí.

—Si corrés tendremos que obligarte a recibirnos en tu casa. Y vos no querés eso —espetó la vieja con una sonrisa.

Ugolino se encontraba, de cualquier modo, petrificado. Jamás le había pasado nada como eso. Ni siquiera cuando era niño y vivía en una hacienda en Neuquén y el ambiente era más propenso a la magia; ni siquiera cuando, de chico, temía a casi todo, a la oscuridad, a la soledad, a los ruidos en la noche. Temió que le hubieran puesto algo a su bebida en la reunión que acababa de abandonar.

—Es cuestión de un par de segundos —insistió la vieja cuando llegaron ella y su acompañante al sitio en el que se encontraba Frozzi.

La vieja posó sus ojos huecos en él, quien miraba intermitente a ambos personajes. El hombre sólo lo contemplaba, mudo y carente de gestos

—No puede hablar, en la vida real es un gato sarnoso —explicó la bruja mientras alargaba sus manos para tomar una mano de

Frozzi. Él no pudo rehusarse y dejó que ella estudiara el dibujo de las líneas de su palma con el puro tacto.

—No es algo que yo pueda hacer, ¿sabés? —dijo la vieja sin dejar de palpar la mano de Frozzi—. Pero Oodak concede este tipo de prestaciones a quien le sirve bien. Y yo necesito quien me cargue las cosas, ¿no es cierto, Jeremías?

El hombre guardó silencio. La miró como si la odiara por unos segundos y luego dirigió sus ojos hacia el hueco de las vías, a pocos pasos de ellos. La vieja dejó al fin la mano de Frozzi y luego de asentir el hombre abrió la carpeta de piel que llevaba bajo el brazo. Extrajo un grueso libro de pasta marrón, vetusto y con una inscripción en la portada. Se lo ofreció a la bruja, quien, luego de tomarlo, sacó un sobre de entre sus páginas. Se lo entregó a Frozzi.

—Abrilo y decime si es correcto.

Ugolino jamás olvidaría el deseo que tuvo, en ese momento, de salir corriendo y desentenderse de esa pesadilla, pero le resultaba imposible; se sentía víctima de un embrujo. Sus pies no respondían y hallaba una suerte de satisfacción en la repentina obediencia que le prodigó a la vieja. Tomó el sobre, lacrado con un sello particular, una mano empuñando una espada y un demonio, ambos separados por un rayo. Titubeó un poco y, luego de buscar una confirmación en los blancos ojos de ella o en el tácito rostro del acompañante, rompió el sello, abrió el sobre, sacó el papel que se encontraba al interior.

Su propio nombre, en letra estilizada, sobre un papel que parecía haber viajado miles de años para llegar a sus manos fue lo único que halló.

—Soy yo, sí, pero...

—Entonces es correcto —lo interrumpió la bruja—. El Libro te pertenece, mediador. Mi labor termina ahora.

Le extendió el libro y Ugolino leyó, sobre la portada: "Libro de los Héroes". Puso sus ojos en la primera página que abrió, donde con letras grandes se mostraba el título del capítulo, que al parecer pertenecía a un monstruo, un espantoso dragón, un lindwurm.

Y, al segundo siguiente, la oscuridad más completa.

Se habían apagado las luces y él sintió que le fallaban los pies, como si hubiera caído en un abismo. De pronto era de noche al interior de la estación. Su corazón se agitó. Miró en derredor y notó que seguía ahí, en el mismo lugar, pero solo. Sacó su celular y confirmó la hora: las 3:41 de la mañana. Habían pasado seis horas en pocos segundos. La estación estaba desierta y él se encontraba ahí, tratando de asimilar lo que le había ocurrido.

A partir de ese día, comenzaría a sentir cosas que no había sentido jamás y empezaría a ver a las personas de manera distinta. Su percepción se potenciaría. Se entregaría a una lucha que no comprendía pero que, a la larga, tendría que hacer suya porque era lo que le correspondía. Hasta el día en que pudo, al fin, echar a correr y refugiarse en un monasterio. Hasta el día en que un muchacho mexicano llegara a perturbar su paz con una petición incomprensible y él no tuviera corazón ni argumentos para no tomar un sorpresivo vuelo a la Ciudad de México.

—¿Todo bien? —repitió Jop, a su lado.

Él sólo asintió, sin dejar de mirar hacia afuera. Sin dejar de pensar que, de todo lo que había percibido desde el día en que recibió el Libro y comenzó a adivinar lo que había en el corazón de las personas, jamás había sentido algo como lo que sentía en ese momento.

"*Geborgenheit*", repetía en su mente; pues le había dado un nombre alguna vez, aunque fuese en otro idioma.

No bajaba de intensidad sino, por el contrario, parecía aumentar. Y era magnífico, como si todas sus penas y angustias y trabajos pudieran ser borrados de un manotazo. Como si toda su vida tuviera, al fin, un sentido. El sentimiento no se redujo ni al bajar del avión ni al formarse en migración ni al esperar el equipaje. Jop prefirió no volverle a preguntar si estaba bien pero estaba claro que algo no marchaba, aunque en el rostro de Ugolino no se reflejara preocupación sino algo distinto.

Al abordar el taxi, Ugolino se mostraba distraído, incapaz de sostener una conversación. Él y Jop ocupaban el asiento trasero del sedán en el que subieron; Pereda viajaba en el asiento del copiloto. El nerviosismo del mediador era evidente.

—¿Cuál es el plan?

—Ir a Budapest, supongo. No será fácil pues tendremos que acercarnos al castillo negro de Oodak, si trato de seguir al pie de la letra lo que me pidió Sergio. Aunque no sé para qué.

—¿Qué fue exactamente lo que te dijo?

—"Ve por Ugolino Frozzi y tráelo contigo."

—Hay que ir donde está él.

—Pero ya te lo dije, está en coma.

—No importa.

—Bueno. Nada más pasamos a mi casa y...

—Ahora mismo —sentenció con firmeza—. Por favor.

Ante tal contundencia, Jop no supo negarse. Habló al instante con el chofer para pedirle el cambio de dirección. El taxista tampoco se negó, aunque amenazó con cobrar una diferencia.

—¿Exactamente qué es lo que pasa, Frozzi?

—No estoy seguro. Es una corazonada, nada más.

Pero Jop sabía que implicaba algo más que eso. Por eso le pidió al taxista que intentara llegar lo antes posible. En el fondo agradeció que esa aprensión que se había despertado en él desde que notó el cambio de actitud en Frozzi se desahogara pronto. ¿Tendría que ver con la petición de Sergio de ir a buscarlo?

En todo caso, Frozzi no dejaba de mirar por la ventana, como si adivinara el camino sólo por la sensación en su interior. El taxi siguió por el viaducto y giró en Monterrey para alcanzar la colonia Juárez al cruce con Insurgentes. Nada se decía entre los cuatro viajantes. Ni una palabra salía de la boca de ninguno. Pero Frozzi no dejaba de apretarse el mentón y retorcerse las manos.

Cuando al fin tomaron Insurgentes en pos de la calle de Roma, Frozzi miró con intensidad a Jop. Estaba a punto de decirle algo pero prefirió callarse.

—Qué —lo instó el muchacho.

—Nada. Mejor hasta estar seguro.

El taxista entró a Roma casi en la esquina con Reforma y se detuvo frente al edificio de Sergio con las luces intermitentes puestas.

—¿Seguro que aquí vive Sergio? —preguntó el mediador.

—Claro, ¿por?

—Es que, juraría...

No terminó la frase por no hostigar a la fortuna. Pero es cierto que, a un par de cuadras de ese destino, había sentido que la sensación comenzaba a mermar.

Se apearon los tres y repentinamente se vieron en la banqueta con sus pequeñas maletas y el rostro circunspecto. La actividad vespertina en la calle era como la de cualquier otro día. Frozzi miró hacia el otro lado de la calle, hacia la estatua de Bruno.

—Es curioso que esté ese monumento aquí porque...

—Sí, porque también él medió alguna vez, lo sé —declaró Jop—. Me contó Sergio.

—Y con nuestro mismo Libro —concluyó Frozzi.

—Estoy seguro de que no es casual. Hace mucho que dejé de creer en las coincidencias.

Frozzi asintió y levantó su maleta. Jop mostró el camino. Se paró frente al edificio y llamó al departamento de Sergio por el interfón. La voz de Brianda no tardó en escucharse.

—¿Quién?

—Yo, Brianda. Jop.

—¡Pasa!

Se liberó la puerta y entraron. Frozzi ya no se mostraba tan entusiasta. Hasta para Jop fue evidente esto. Como si hubieran errado el camino. Subieron al tercer piso y llamaron a la puerta. Brianda no pudo ocultar su alegría al ver a Jop. A Pereda. Y a...

—Hola. Te presento a Ugolino Frozzi.

El mediador parecía arrobado por la imagen del interior del departamento, tanto que ni siquiera saludó a Brianda. Miraba por encima de su hombro, como si tras ella ocurriera algo de vital importancia.

—¡Hemos venido al sitio correcto, Jop! ¡Justo aquí fue donde inició la cuenta regresiva!

Todos se miraron entre sí, incapaces de comprender a qué se refería el mediador argentino, quien ni siquiera ingresaba aún al departamento. Pero una chispa se encendió al centro de esa peculiar reunión. Brianda, Pereda y Jop fueron capaces de reconocer que estaban en el umbral de algo. Y sintieron una excitación tal que, al pasar al interior, olvidaron las maletas del otro lado de la puerta.

Capítulo treinta y tres

—Un mediador —dijo el hombre de la propaganda religiosa al teléfono, en perfecto español—. Estoy seguro. Sentí su miedo, aunque nunca pareció reparar en mí. Recién llegó a la casa con el otro chico que siempre acompañaba al Wolfdietrich.

Oodak, del otro lado de la línea, solamente dijo:

—Es demasiado tarde para que echen mano de un mediador. Es absurdo.

El Señor de los demonios se encontraba en ese momento en un conciliábulo. Entre los demonios que ocupaban la cámara del castillo que utilizaba para ese tipo de asambleas se encontraban hombres y mujeres de la política mundial, empresarios, líderes de opinión y gente de la farándula, la mayoría de ellos con la marca de la Krypteia en sus muñecas. También había demonios incidentales que habían ganado su lugar en tal congreso pues su nivel de maldad era digno de ser tomado en cuenta: asesinos, violadores y degenerados de todas las nacionalidades y todas las razas. Sötét vár irradiaba un aura de perversión siniestra que no pasaba desapercibida para los espíritus cercanos. Si un mediador hubiese pasado por ahí habría padecido dolores de muerte, pues tantos demonios juntos no se habían visto desde los tiempos en que Odoaker había conformado un ejército para demostrar su poder sobre la Tierra. Afortunadamente, el único mediador vivo se encontraba a miles de kilómetros de distancia.

—Creí que con la muerte de Mendhoza habían desaparecido —dijo Oodak al teléfono.

—Hacía mucho que nadie detectaba un mediador —respondió el hombre al otro lado del teléfono—. Pero al parecer todavía quedan algunos.

—No tiene importancia. Búscame cuando algo en verdad notable ocurra.

—Sí, señor.

El Señor de los demonios colgó sin mostrarse afectado. Él mismo había pedido a ese krakgul que se apostara frente a la casa de Sergio, pues sabía que el muchacho había sido trasladado de vuelta a su casa en estado de coma, detalle que pudo haber evitado si hubiera dispuesto del cuerpo pero que, en el fondo, le debía a Edeth pues éste, hacía tantos siglos, también había respetado el suyo, permitiéndole volver a la carne eventualmente. Además, con esa carta en manos de los héroes, Oodak recuperaba la esperanza de que al final sí ocurriera lo que había estado esperando por tantos siglos: que Edeth surgiera y que él pudiera devolverle el golpe, consumar su venganza, reclamar el mundo para sí.

En el fondo anhelaba que se escribiera de otra forma ese último capítulo. Todo era demasiado fácil, como antaño, y no podía evitar sentir una mínima aversión por todos ésos que ahora lo elogiaban en el anfiteatro.

Pero si no podía ser de otra forma, lo haría así, rápido y contumaz.

Recordó a sus hérulos y sintió una nueva nostalgia. Miró hacia el portentoso símbolo del *clipeus*, su sol negro, y también lo invadió algo parecido a la melancolía. Aquellos días en que en verdad se podía blandir la espada. O manifestarse en la magnífica estampa del lindwurm y arrasar una aldea completa. Ahora se pactaban elecciones, caídas en los índices financieros, hambrunas en países lejanos, catástrofes y golpes de estado. ¿Dónde quedaba el placer del sufrimiento humano en primera fila?

—Todo está muy bien —se animó a decir, acallando una leve discusión que había surgido entre dos senadores de un mismo país—, pero nadie puede arrebatarnos el placer de la sangre a gran escala. Eso es lo que haremos en cuanto nos sintamos listos.

Quizás el tono en el que lo dijo. Quizás el brillo en sus ojos o que todos necesitaban una buena dosis de gritos a veces para sentirse vivos. Varios miraron los asientos vacíos de Erszébet y Gilles, quienes eran unos maestros en el arte de la tortura. Un par de hombres cedieron al ímpetu de la transformación y se mostraron en sus terroríficas formas.

Oodak hizo una rápida llamada sin decir más. De pronto se había puesto de buen humor pues en verdad acariciaba la visión de triunfar sin posibilidad de duda: empalando la cabeza de Edeth y exhibiéndola en la torre más alta de su castillo. Eso sólo podía ocurrir si resurgía el Señor de los héroes. Y acaso sí, surgiría, porque... ¿qué demonios hacía un mediador en la casa de Mendhoza?

La puerta de la cámara se abrió. Una gárgola empujó al centro, hacia donde todas las miradas convergían, una jaula de hierro. Al interior, un grupo de turistas aterrorizados.

El festín de sangre duró poco. Pero fue muy satisfactorio.

* * *

El maestro había sentido, ese mismo día, deseos de volver a tomar el violín por alguna razón inexplicable. Pero, después de una comida raquítica y una tarde aciaga, había preferido sentarse a leer. En cuanto los colores de las cosas se sumieron en el monótono gris de la noche, lo percibió. Sintió un sacudimiento. Ésta no era una voz como las otras, no era ese balbuceo pertinaz de las almas que no descansan. Éste parecía tener una identidad específica y una razón para estar ahí. Apagó la lámpara de piso que había encendido minutos antes para dar continuidad a su lectura. Esforzó la vista porque no sería tan improbable que el espíritu se mostrara si sabía cómo hacerlo.

La oscuridad era incipiente. A través de la ventana se colaba la luz de los faroles en la calle. Frente a él, su viejo piano, los cuatro libreros, la mesa de centro, el libro cerrado. El tic tac del reloj de la cocina.

El ligerísimo movimiento de una cortina.

—Muéstrate —dijo Philip Dietrich con firme voz.

Los rostros impasibles en los retratos. El violín sobre el taburete. Una gotita esporádica en el grifo del baño más próximo.

Sintió miedo. Nunca antes un espectro se había dirigido directamente a él. Los escuchaba, sí, desde hacía muchos años. Como buen Wolfdietrich, había aprendido a controlar dicha percepción. Pero en esa ocasión era tan clara y contundente la voz que lo interpelaba que quiso mirarle a los ojos si había de tener lugar ese coloquio.

El ruidoso escape de una motocicleta corriendo por la calle.

—¿Quién eres?

"Un amigo de su hijo", replicó la voz.

"Entonces es cierto", pensó Philip. Al instante quiso curar un dolor del alma.

"¿Está contigo, espíritu?"

El Rojo miró a Sergio, a su lado. Cerraba los ojos como haría un hombre muy viejo y muy cansado listo para la extremaunción. Hacía varios días que no decía nada. Buscaba algo en su dedo anular de la mano izquierda. Se dejaba conducir y devolvía las miradas pero ya no respondía a pregunta alguna. El Rojo había perdido todo tipo de comunicación con él en algún lugar cercano a Puebla. Parecía como si en verdad ya ni siquiera recordara su nombre. Sólo cuando le hablaba de sus amigos mudaba el rostro, pero apenas por algunos segundos. Se mostraba todo el tiempo como si tuviera la mentalidad de un recién nacido. Le maravillaban algunos colores, los animales, la música.

La música. El Rojo no pudo evitar partirse por dentro nuevamente. Las lágrimas de un fantasma son algo poderoso. Una tecla del piano se accionó sola. El más grave de los dos sostenidos.

Philip Dietrich sintió una terrible congoja.

"¿Está contigo, espíritu? No me mientas. Sé que murió hace poco. Mi corazón no ha encontrado reposo desde ese día."

El Rojo prefirió mentir.

"Me pidió que viniera con usted. Hace unos días me contó que, al momento de su muerte, su madre le indicó que usted podía revelarnos cosas."

El señor Dietrich cedió también a su propio llanto. Entonces era cierto. Había muerto.

"Mi mujer lo soñó en oscuros pasadizos, espectro. Lo soñó caminando desiertos interminables. Lo soñó pidiendo a gritos la muerte. Dime por favor que todo eso no ocurrió en la ultratumba porque entonces hoy mismo me quitaré la vida para buscarle donde sea necesario y tratar de aliviarle un poco."

La voz entrecortada del maestro de música, que ni siquiera había salido por su boca, era la mayor manifestación de cariño paterno que el Rojo había presenciado. No se había movido un solo músculo en el rostro del hombre; sus ojos, en cambio, hacían más que evidente su dolor.

"No está conmigo", volvió a mentir el Rojo. "Pero sé dónde está y al menos ahora no está padeciendo."

Ahora sí el padre de Sergio se cubrió el rostro y se convulsionó en una cadena de sollozos.

"No sabes el bien que me has hecho, espectro."

"Yo sólo he dicho la verdad."

Después de unos cuantos minutos, el maestro se puso en pie. Se sirvió un poco de agua. Volvió a sentarse.

"Pregunta lo que quieras, espíritu."

"¿Cómo puede estar seguro de que no pertenezco al lado oscuro y he venido a hacer el mal?"

El señor Dietrich sonrió por primera vez. Miró hacia la nada con la esperanza de notar algo, lo que fuera. La oscuridad se mantuvo inalterable.

"Soy un Wolfdietrich, espíritu. Tengo oído para estas cosas. Pregunta sin miedo."

Capítulo treinta y cuatro

No bien puso un pie en la estancia del departamento, aún amueblada con esa fría sencillez con la que Jop lo había visto en días pasados, Ugolino Frozzi dijo una frase que a todos les causó estupor.

—Aquí se reunirán Er Oodak y Orich Edeth por primera vez después de mil años. En este mismo lugar.

—¿De qué hablas? —lo cuestionó Jop, excitado.

Brianda se había llevado una mano a la boca, impresionada.

—Aquella Navidad, el día que murió el penúltimo mediador, me visitó el guardián del Libro. Eso ya lo conté —agregó, mirando a Jop—. Lo que no conté es que, cuando me entregó el paño con el símbolo, tuve una visión. De hecho, dos visiones. La primera: el último momento en que se miraron el Señor de luz y el Señor de sombra, el día en que Edeth dio muerte a Oodak. Fue en una especie de banquete, hace muchísimo tiempo y yo sabía que miraba los acontecimientos desde los ojos de Edeth porque yo mismo tomaba la espada y la introducía en el cuerpo del demonio. La segunda visión correspondió al momento en que volverán a mirarse ambos, después del regreso de Edeth. Ambos eventos están conectados entre sí a lo largo del tiempo. Y por eso me acometieron ambos al tocar el paño. En esa segunda visión vi a Sergio. Ahora sé que era él. Vi a Oodak vestido de sacerdote católico. Vi a un hombre gordo con bigote, de traje café, tomando de una taza. Algo celebraban. Había otro hombre. Un seminarista, creo.

Brianda se había tenido que sentar, apabullada por el relato. Seguía cubriéndose la boca.

—¿Qué tienes? —le preguntó Jop—. ¿Estás bien?

—¿No te das cuenta, Jop? —dijo ella, temblando.

—No entiendo.

—No era una visión del futuro.

Entonces, Ugolino Frozzi levantó una mano, como si hubiese escuchado algo. Un ruido que necesitaba reconocer. O una música que le evocaba algo. Pidió silencio, aunque Brianda lloraba en toda forma. Era la única que comprendía la verdad y las razones por las que Sergio había pedido que convocaran a Ugolino Frozzi.

—¿Sergio está ahí dentro? —preguntó Frozzi, visiblemente alterado.

—Está en su cuarto —dijo Brianda.

—¿Esperan alguna visita?

—No —dijo Brianda.

"¿Alguien más vive aquí?", iba a preguntar. Pero no le dio el cuerpo para sacar la voz. Repentinamente había vuelto esa sensación tan implacable que había sentido desde el aterrizaje y que lo había llevado hasta ese sitio. Poco a poco se acrecentaba y era como si un coro de armonías pacificantes fuese creciendo en su interior. Cada centímetro de su piel sintió el escalofrío de aquello que se avecinaba, que estaba a segundos de ocurrir. Un golpe de luz. El impacto de un vendaval. El agua fresca en el rostro.

—Era una visión del presente —dijo Jop, igualmente impresionado. El gordo al que se había referido Frozzi era el teniente Guillén. Todo tenía que ver con aquella Navidad en la que había muerto Pancho Gómez, el penúltimo mediador. Era una visión de lo que estaba ocurriendo justo al momento en el que Frozzi recibía, de manos de uno de los guardianes, el paño con la insignia, en algún lugar del mundo.

—Se parece al amor —dijo Brianda, conmovida—. Por eso Sergio lo confundió todo el tiempo.

Ugolino no pudo más. Se sintió estrujado por el sentimiento y cayó de rodillas. Desde el día en que aceptó el Libro y leyó el prefacio, dio por descontado que jamás le tocaría vivir lo que ahí se narraba. Era imposible que él, un estudiante de filosofía, temeroso de la noche y de la vida, pudiese contemplar algo tan grande como la historia de la humanidad. Había hecho lo que se le había pedido y varios demonios habían muerto gracias a él y el Rojo. Se había retirado a un monasterio cuando sintió que había cumplido. Pero nunca creyó que...

Inmóvil, de rodillas, esperaba que todo lo prescrito concluyera.

Pereda se hizo a un lado, a sabiendas de que lo que ahí acontecía no era normal, aunque él no comprendiera ni un poco.

Jop fue al lado de Brianda y posó una de sus manos sobre su hombro.

Se escucharon pasos detrás de la puerta. Una llave entró en la cerradura.

El tiempo se detuvo. En un par de segundos transcurrieron siglos.

La llave giró.

Un escriba bizantino entró en una cabaña en el bosque, en la región de Panonia, y cambió el destino del mundo para siempre.

La puerta se abrió.

Un monje argentino, en un departamento de la Ciudad de México, bajó la mirada, conmovido, y restableció para siempre el orden de las cosas.

Agradeció en silencio y se rindió al dictado de su corazón.

—Por favor, déjame luchar contra el poder de la noche a tu lado —repitió sin saber de dónde sacaba las palabras—. Sólo eso y mi vida tendrá sentido.

Cuarta parte

Mi nombre es María Elene y ésta es mi historia.

Capítulo treinta y cinco

—Tal vez lo único que pueda transmitirte, espíritu, que en verdad valga la pena contar, es todo aquello que ocurrió antes de que mis hijos huyeran de mis manos. Los eventos posteriores a esos días forman parte de la vida que vivieron sin mí y que desconozco en gran medida. Sólo sé que volvieron del desierto de Sonora a la Ciudad de México. Que Alicia pudo sostener a Sergio a pesar de ser tan chica. Que siempre tuvieron el apoyo de alguien, pues nunca les faltó nada, pero yo tardé en dar con ellos y si pude estar al tanto fue precisamente porque me autoimpuse el castigo de la distancia.

La noche se había adueñado de la casa de Philip Dietrich. La oscuridad y el silencio eran patentes en la estancia donde se llevaba a cabo tan singular entrevista. El maestro de música no se había movido de su lugar excepto para tomar una fotografía donde, en primer plano, sonreía su difunta esposa. El Rojo se había sentado en la sala, cosa imposible de percibir por el que ahora hablaba. Sergio, por su parte, se mostraba ajeno a todo. Había sido obligado por el Rojo a permanecer a su lado, pero ningún interés se dibujaba en su rostro. A la casa la rondaban otros espíritus incidentales, pero ninguno tenía ánimos de perturbar la escena.

Así, el señor Dietrich contó del tiempo en el que se enamoró de una hermosa mujer que conoció en uno de los múltiples viajes que hacía cuando recién abandonó la carrera de arquitecto en su juventud más temprana. Sus dos padres, alemanes migrantes, habían muerto en un accidente y él no se sintió con ganas de continuar estudiando, a pesar de que el seguro de vida de su padre le hubiese permitido continuar por su cuenta. Así que prefirió tomar el violín que tocaba desde niño y ejecutar a los clásicos por monedas. Pronto empezó a salir de la Ciudad de México sin rumbo específico. Sólo su violín, y una tristeza que no se agotaba, llevó como equipaje.

—Somos gente solitaria, los Dietrich —dijo con cierto pesar—. Nuestras relaciones familiares son muy contadas o, en ocasiones, nulas. Pocos hermanos o ninguno. Pocos primos o muy distantes. Cuando murieron mis padres me descubrí solo en el mundo pues ellos migraron de Alemania a México solos y nunca fueron muy sociables. Yo conservaba algunos amigos y nada más. Ninguna novia. Tenía veinte años. Me daba lo mismo esta ciudad que cualquier otra.

Un hombre joven, cabizbajo, con un estuche de violín por caminos y carreteras, sin rumbo fijo, abatido por su mal sino, se dibujó en la mente del Rojo.

Fue en la alameda de Morelia, Michoacán, cuando, a mitad de un fragmento del tercer movimiento del tercer concierto para violín de Saint-Saëns, se descubrió partido en dos por unos hermosos ojos cafés que lo contemplaban a varios metros. Una muchacha lo había estado observando sin que se diera cuenta. Cuando sus miradas se encontraron, ella sonrió y, luego de dejar una moneda, partió. La chica se volvió la obsesión de Philip a partir de ese día y se propuso no abandonar la ciudad hasta no verla de nuevo. Cuando ella volvió a detenerse a escucharlo tocar cierto día, él no permitió que se fuera sin suplicarle antes que le aceptara un café.

Selene, la madre de Sergio, tampoco tenía padres ni hermanos. Vivía con unos tíos a los que mucho pesaba su manutención y quienes no habían querido seguirle pagando la escuela. Se enamoró de Philip en menos de un mes y se casaron en menos de un año.

La única particularidad de su matrimonio era que ella no quería tener familia. Le parecía que los hijos eran una responsabilidad tan grande que arrasa con todo lo demás en la vida de una pareja, empezando por la felicidad. A Philip no sólo no le importó, sino que incluso lo agradeció. "Conmigo termina esta tontería de la estirpe Wolfdietrich", se dijo. "Y bien por nosotros." Al final, ninguno de los dos creía en la paternidad y estaban convencidos de poder tener una vida plena sin descendencia.

Fueron cinco años de una situación feliz y placentera en la que él daba clases de música o amenizaba ceremonias religiosas mientras ella sacaba adelante su carrera trunca de administración de empresas. Cinco años en los que ella soñaba con el futuro, y era un futuro feliz. Fue justo el primer trabajo real que ella consiguió lo que hizo que los acontecimientos cambiaran drásticamente de rumbo. Iban de camino a la Ciudad de México a la primera entrevista de trabajo de Selene cuando a Philip, quien conducía un viejo sedán, le llamó la atención una columna de humo a unos trescientos metros de la carretera, cerca de Maravatío. Ambos acordaron salir del camino y ver qué pasaba.

Al llegar a los lindes del fuego se congratularon por su decisión. Después de conducir por un caminito de piedra, dieron con una casa que empezaba a incendiarse tras una fila de árboles. Era una construcción sólida de ladrillo con estilo colonial, una pequeña fuente en la entrada. Philip se animó a entrar por una ventana, siguiendo un impulso más fuerte que él y se sorprendió al descubrir un bebé llorando en su cuna. Las llamas habían empezado en la cocina y aún no alcanzaban la única recámara de la casa. Tomó al bebé y lo llevó consigo fuera de la casa, ahora a través de la puerta principal. En cuanto puso un pie afuera, las llamas parecieron enconarse con el edificio, el cual empezó a arder hasta terminar consumido.

Selene observó el suceso desde el auto con el bebé en brazos, incapaz de hacer algo mientras Philip buscaba ayuda en la cercanía. El joven músico alejó el coche del incendio y detuvo a unas personas para que avisaran en la caseta de peaje y enviaran a los bomberos, pero éstos nunca llegaron. Al cabo de unas horas, la casa había sido diezmada por el fuego. Una lluvia pertinaz hizo la labor que los ausentes bomberos no pudieron. Los árboles, afortunadamente, jamás fueron alcanzados y, antes de que anocheciera, el cielo estaba limpio y sereno otra vez.

Cuando Philip volvió al auto con su esposa, notó al instante que un cambio se había operado en ella. Parecía haber creado un vínculo con el bebé, una niña. Esto le pareció más bien trágico al músico. Al caer la noche las llevó a Maravatío y las hospedó en un hotel para iniciar las pesquisas de a quién debían entregar el bebé.

Tres días estuvo Philip esperando a que alguien apareciera frente a la casa recién calcinada. Ni siquiera un cartero se asomó por ahí. Los pocos caminantes que abordó en la carretera no parecían saber, siquiera, que ahí había habido una casa. Sus propias pesquisas, hurgando en los escombros, sólo le sembraron más preguntas. Ningún cadáver, ningún aparato electrónico, ningún tanque de gas. La existencia de una cama reducida a cenizas era la única prueba de que la bebé no vivía sola ahí.

Pero nunca nadie se asomó por ese sitio en los quince días que estuvo yendo y viniendo del hotel a la casa hecha pedazos. En Maravatío nadie sabía nada. Al final convinieron que lo mejor sería hacerse cargo.

—Le propuse a mi esposa que lleváramos a la niña a un albergue o alguna casa hogar. Fue como si le pidiera que se cortara un brazo. Se negó de manera tan rotunda que comprendí que la suerte estaba echada —dijo Philip, no sin cierta melancolía—. Me confesó que ella había soñado con eso, pero nunca me había dicho nada. Así que me di a la tarea de conseguirle papeles a la niña, una fecha de nacimiento y una pequeña historia. Mi esposa descubrió la alegría en su maternidad y yo nunca supe oponerme —añadió Philip—. Y la verdad es que Alicia siempre fue motivo de orgullo para nosotros. Desde pequeña mostró un gran corazón, hacía lo correcto de forma natural. Tanto si encontraba un perrito lastimado en la calle como si veía a un hombre tirando basura, siempre hacía algo al respecto.

El Rojo distinguió una mueca en el rostro del señor Dietrich.

—Si acaso, lo único que siempre lamenté con ella fue que no le interesara la música. Nunca pude sembrar en ella el cariño por el violín o por algún otro instrumento.

Fueron años apacibles en los que la niña creció sin sobresaltos. Años en los que Philip, Selene y Alicia conformaron una compacta familia que no parecía necesitar más.

—La niña estaba cursando la escuela secundaria cuando ocurrió aquello que terminaría con toda nuestra felicidad.

El Rojo miró involuntariamente a Sergio.

—En efecto, espíritu —agregó Philip, adivinando en el Rojo su congoja—. Por un descuido nuestro, mi mujer se embarazó. Todo cambió por completo a partir de que ella lo supo, porque en sus sueños comenzó a aparecer un niño. Un hermoso niño. El mejor de todos. El más bueno y el más valiente. El más digno, repetía ella con frecuencia. "Pero este niño pasa por tantos males que no sé si seré capaz de soportarlo", me confesaba. Para entonces ambos sabíamos que sus sueños eran premonitorios.

El Rojo, deliberadamente, tomó de una mano a Sergio.

—Con todo —continuó Philip—, cuando Sergio nació, la casa fue una fiesta. Ni siquiera me importó que la dinastía Wolfdietrich prevaleciera. Era un niño precioso y todos lo queríamos más allá de nuestras fuerzas —suspiró el cansado maestro de música, la noche avanzaba y para él no había sido fácil el coloquio—. He pensado, más de una vez, que tal vez eso fue lo que acabó con mi esposa: la carga del futuro fue superior a ella. Antes de morir me encargó que hiciera todo lo que estuviera en mis manos por impedirle tanto sufrimiento a nuestro hijo. Y yo, por supuesto, le di mi palabra.

El Rojo advirtió de pronto esa otra presencia. Le maravilló el sigilo con el que se había sumado a la escena si ni siquiera él lo había sentido entrar. En la oscuridad, su silueta se dibujó como un leve contraste de negro sobre negro. Era un hombre alto, fornido, de barba espesa. Comprendió que el padre de Sergio lo había oído o tal vez olfateado, pero lo había dejado entrar y formar parte.

—Fue entonces que entré yo a sus vidas, Rojo.

"¿Así que él puede percibirme?", pensó el Rojo. "¿Por qué extrañas artes? ¿Será, también, un Wolfdietrich?"

—Y di un pequeño giro a los acontecimientos —concluyó la estentórea voz, desde la penumbra.

Es poco en realidad lo que recuerdo de mi infancia. Sólo sé que siempre fui feliz y siempre estuve acompañada de una sola persona, la mujer a la que llamé abuela a pesar de que ambas sabíamos que no estábamos relacionadas por sangre. También puedo decir que, aunque nunca conocí padre o madre, tampoco sentí jamás la necesidad de ellos, pues todo el tiempo tuve lo que requería para estar bien y estar en paz. Crecí en una cabaña sumida en un paraje boscoso que parecía protegido por un encantamiento mágico pues nunca fuimos molestadas y prácticamente todos los viajeros pasaban de largo. No obstante, cuando tenía yo catorce años cumplidos, mi vida cambió. De eso trata este escrito que, si estás leyendo, es porque te compete. Y porque, poco a poco, se reavivará en tu mente la memoria de todo lo acontecido hasta el día de mi muerte. De tu muerte.

Se despertará en tu corazón todo lo acontecido a lo largo de mi vida. De tu vida.

Y podrás tomar tu destino en tus manos.

Aún recuerdo esa tarde mágica en la que llegó a visitarnos un hombre de lejanas tierras, un romano de ojos serenos llamado Manlio Tasio.

Capítulo treinta y seis

Los años de llevarlo consigo fueron los que consiguieron el milagro. Farkas había sostenido por tanto tiempo el vínculo con Sergio, que se había sentido llamado hacia ese rincón del norte de la ciudad de México en cuanto el Rojo y Sergio se aproximaron a la mancha urbana. El licántropo se encontraba tirado en una calle de la colonia Juárez, dormitando, cuando apreció un cambio en su consciencia. Era como si alguien gritara su nombre desde alguna lejana tierra, como cuando llevaba al cuello, permanentemente, una pequeña bolsa de cuero.

Al instante recurrió a las voces de los muertos. A su instinto. A esa necesidad ulterior por darle una mejor conclusión a todo ese asunto.

Comenzó a caminar.

Hacia el norte. Siempre hacia el norte. Y sentía que, en efecto, parte de esa liga rota se reconstituía. Llegó a Paseo de la Reforma y tomó un autobús. Las voces de los muertos se lo confirmaban.

En cuanto llegó se sintió bien por primera vez desde aquella carrera atroz del templo de Oodak a las puertas del castillo negro, y puso aquel cuerpo inanimado en las manos de su hermana y quiso ofrendarse a sí mismo por esa vida. "Está aquí, lo siento", se dijo desde que confrontó la casa en penumbra.

Luego, se escabulló al interior. Sabía que ahí vivía Philip Dietrich. Lo que no sabía era qué hacía ahí…

Sergio Mendhoza. Al lado del Rojo. Su percepción se había incrementado y podía sentirlos a ambos.

Sintió una enorme gratitud en su corazón.

Aunque supo que Philip había advertido su llegada, no quiso hacerla evidente. No todavía. Así que no tardó en darse cuenta de que Sergio no era el mismo. Era como si no se diera cuenta de su propia presencia ahí. "Debe ser el estado en el que se encuentra, completamente anómalo", pensó Farkas. Comprendió que Philip no se dirigiera a él sino al otro espíritu, al Rojo.

Philip llegó a cierto punto en su relato y Farkas sintió que se demandaba su participación. Así que rompió el silencio.

—Fue entonces que entré yo a sus vidas, Rojo. Y di un pequeño giro a los acontecimientos.

Philip no mostró molestia por esta intervención. Antes bien pareció estar complacido. A él y a Farkas los unían viejas rencillas que debían terminar ahí. El Rojo, por su parte, reconoció enseguida a aquel que le había pedido que permaneciera en las proximidades de Sötét vár, por si acaso.

—Yo tampoco quería que el muchacho sufriera. Pero, a diferencia de Philip, sabía que estaba hecho de una sustancia mucho más fuerte y más poderosa que cualquier castigo que pudiese padecer. Yo tenía en mi poder el papel que lo identificaba como la única salvación de esta lucha, aquel que me había dado Michel de Nostredame hace ya tantos siglos. Y yo sabía que, por el tiempo cifrado en la hoja, era él a quien estábamos aguardando.

Contó entonces Farkas cómo había estado detrás de cada uno de sus descendientes a lo largo de la historia hasta llegar a Philip; el día en que lo buscó, poco después del nacimiento de Sergio, para hablarle de la importancia de su primogénito en la historia y cómo el hombre, una vez fallecida su esposa, huyó para librar a su hijo de algún posible destino al lado de Farkas.

—Pero fue inútil. Estuvimos ligados prácticamente toda su vida. En cuanto Alicia y él huyeron de su padre y yo lo despojé de su pierna, fui el más fiel de los partidarios de su causa. En el fondo es lo único que he sido, un vehículo, un acicate, una sombra que igual da miedo como presta auxilio —una especie de resignación se filtraba a través de su voz—. Y estuve todo el tiempo al tanto de ellos. Encargué al único amigo fiel con el que he contado desde que mi vida quedó marcada por esta lucha, la difícil tarea de hacer la vida llevadera a Alicia y a Sergio. Un hermano que ha estado conmigo desde mis días de Bedburg en el siglo dieciséis: Gunter Maren.

El nombre causó una reacción en Sergio, una sutil chispa en los ojos que se apagó al instante. Ambas palabras lo condujeron de vuelta a un lugar de fuego y desesperación para, inmediatamente, traerlo de regreso a esa casa, esa oscuridad, esa incomprensible charla. El Rojo supo, igualmente, que el nombre no era trivial. Sergio lo había encomendado a su memoria.

—Gunter Maren se mudó a México y se encargó de que Alicia siempre consiguiera trabajos sencillos y dignos para una chiquilla, que no tuviera problemas para rentar departamentos o continuar con sus estudios en la ciudad en la que ella y Sergio se hallaran. Que nadie la cuestionara por la extraña relación que sostenía con un bebé, luego un niño, al final un muchacho. Gunter Maren fue el invisible encargado de que pudiesen volver un día a la Ciudad de México y rentar ese departamento frente a la plaza Giordano Bruno. Con todo, siempre fue el extraordinario y heroico cariño de Alicia, hay que decirlo, el que mantuvo a flote esa pequeña familia. Siempre fue una madre para el muchacho y nunca lo dejó de amar, desde el primer día que lo tomó en sus brazos, cuando la madre de ambos aún vivía, hasta que llegaron a la calle de Roma, en la Ciudad de México. Fui yo quien depositó las reliquias de Bruno debajo del monumento en la plaza que lleva su nombre. Aquella falange que sustraje del sitio en el que lo incineraron, en Campo de Fiori, reposa bajo la base de la estatua. Es por eso que su espíritu yace cerca. Y es por eso que Sergio lo percibía.

El muchacho no mostraba interés ni siquiera cuando era aludido. Farkas tenía que admitir, mientras hablaba, que aunque se le llenaba el corazón de satisfacción al presenciar al muchacho ahí, no sabía cuál sería el final de todo eso. Nunca había contemplado algo así excepto a través de artes oscuras como la de la escisión africana, que separaba espíritu de cuerpo en vida. En cambio, aquí había habido una ruptura cuya reparación no atinaba a adivinar;

finalmente, el muchacho había estado muerto, su alma había padecido un tránsito cuyos alcances nadie sabía. ¿Había estado en el infierno? ¿Se podía volver de un sitio así y no ser víctima de la locura? ¿El cuerpo aún era posible depositario del espíritu después de un viaje como ése?

—En cuanto Sergio cumplió las ciento cuarenta y cuatro lunas, me vi forzado a precipitar los sucesos. Finalmente, cada día se parecía más al retrato que había conseguido de él cuatro siglos atrás. Fue entonces que di con Pancho, di con Ugolino, les pedí que se me unieran. Lo difícil fue pactar con los guardianes del Libro para completar el engaño. Pero aquel quien custodiaba el ejemplar de Sergio resultó ser uno que luchó al lado de Edeth. La sola mención de esta posibilidad, de que aquello que me proponía hacer con el ejemplar de Ugolino podía ayudarnos a dar con la última encarnación de Edeth en la Tierra, lo convenció. Así fue como Frozzi arrancó el *Prefacium* del Libro, pusimos el dibujo del rostro de Sergio en un sobre y perturbamos el espíritu de aquella bruja para que entregara el Libro. Así fue como conseguimos que héroe, lobo y mediador fuesen uno solo y se abriera una ventana de esperanza.

"Está aquí", pensó súbitamente Philip Dietrich. Alguna inflexión en la voz de Farkas. O el modo con el que el licántropo miraba hacia cierto lugar específico en su estancia. O quizá que él mismo lo había sospechado desde la llegada de ese espectro. El caso es que Philip lo supo en ese momento y se sintió alborozado. Triste pero a la vez reconstituido. "Está muerto", se dijo. "Eso no puede cambiar. Pero el hecho de que no haya querido marcharse sin dejar esto concluido es justo de lo que habla Farkas. Está hecho de una sustancia más fuerte y poderosa. Sólo por eso vale la pena no tirarse al duelo, pues el muchacho ha de dar la lucha hasta donde le dé la vida, hasta donde le dé la muerte. Y no puedo sino sentirme orgulloso de él."

—Rojo —se animó a hablar Philip—. Dígale que nunca dejé de quererlo. Dígale que lo sigo haciendo. Dígale...

Lo abatió la congoja. Miró al suelo. Apretó las manos.

—Te escucha, Philip —dijo Farkas—. Sólo que... no es él, por el momento.

Farkas también sintió la necesidad de ceder a esa última mortificación, así que se sentó en el taburete del piano. "Por el momento", repitió en su cabeza. "¿Cuál momento? Acaso nunca lo podamos traer de vuelta. Acaso todo esto no tiene sentido. Quizá debí quitarme la vida justo el mismo día que descubrí el cuerpo de mi hijo."

El Rojo, quien de los tres ahí congregados era el único que podía tocar a Sergio, hizo que el muchacho extendiera su mano y la llevara a la mejilla de Farkas, aquel que necesitaba más consuelo en ese momento. El lobo lo contempló y terminó por desmoronarse.

"Siempre estuve ahí. Desde el primer día. En cuanto te devolví incompleto a Alicia en el desierto, nunca dejé de llevar la bolsa al cuello. Sin estar, siempre estuve. Sin escuchar, siempre escuché. Te vi crecer. Te vi dar tus primeros aunque difíciles pasos. Te vi balbucear y te vi hablar. Te vi entrar al preescolar y a la primaria. Y a la secundaria. Te vi llenarte de júbilo con tu primera batería y te vi abrigar miedo por tu extrema sensibilidad. Gunter movía los hilos de la lógica humana para que no te faltara nada, pero era yo quien, a la distancia, me despertaba buscándote y me esforzaba por nunca perderte de vista. ¿Y por qué? Porque el agua siempre extingue al fuego. Porque eres un arroyo y una cascada y un mar. Porque sé que eres capaz de esto y más. Y porque sé que hace falta más que un mundo de maldad para vencerte."

El Rojo, quien había escuchado todo, se sintió conmovido. Se dijo a sí mismo que, sin haberlo expresado jamás de esa forma, pensaba igual que Farkas. "Eres más fuerte que todo esto, Sergio."

"Vamos a casa del muchacho", dijo Farkas directamente al Rojo, motivado por la repentina insurrección de su propia alma. No quería que lo escuchara Philip pues le parecía que aún debía mantenerse a la distancia, que esa última batalla no le competía.

"En cuanto amanezca", respondió el Rojo, tentado a que, con luz de día, las tinieblas fuesen menos ominosas.

"No amanecerá hasta que todo esto concluya", respondió el licántropo. "Así que mejor ponernos en marcha cuanto antes."

El Rojo estuvo de acuerdo.

Insistí en que me llamase "Theo", incluso a solas, a pesar de que él conocía mi identidad. No necesitaba recurrir a mi antiguo nombre para saber quién era. Finalmente, llevaba la pieza más fuerte del ajedrez conmigo: ese recordatorio que me entregó mi abuela en el último momento con una sola frase, sus ojos en mis ojos, sus manos en mis manos: "Un símbolo no es nada si aquello que simboliza es mentira. El rey simboliza el poder, sí, pero esta pieza lo personifica. En el tablero la reina se basta a sí misma, mientras el rey necesita de toda su corte para subsistir".

Yo sabía que Manlio pensaba igual. Que si alguien podía vencer a Odoaker, tendría que ser alguien como yo.

"No hay partida de ajedrez en la que la reina sucumba sin dar batalla", me decía mi abuela en nuestras largas tardes jugando esa variación del chaturanga que había aprendido de un árabe. "Si esa pieza cae es a cambio de alguna otra pieza, nunca se esconde tras ningún otro, nunca se rinde sin antes atestar un golpe."

Aquella noche que le expuse a Manlio mi teoría respecto al fulgor de la luna, sentí que todo adquiría sentido gracias a una certeza que despertó en mi mente. El ejército que había de vencer a los demonios de Odoaker no podía ser comandado por un Julio César, ni por una Cleopatra, sino por una combinación de ambos.

"Esta batalla necesita de alguien como tú, que sea símbolo y sea poder. Rey y reina en el tablero. Alguien que sea espada y sea lienzo, golpe y caricia, fortaleza y ternura. Alguien que represente al bien y que sea, al mismo tiempo, el bien."

Fueron las últimas palabras de mi abuela. Fueron para mí en mis años de campaña militar. Sean para ti en tu lucha contra la oscuridad.

Capítulo treinta y siete

Cobijado por las sombras, un lobo negro corrió de forma paralela al flujo de los autos, siempre oculto por la noche, siempre desdibujándose tras los postes, los arbustos, los coches estacionados, las bardas. Era un perro negro en pos del alba, una magnifica bestia con una magnífica misión. Aquellos que lo veían venir, a pesar de lo avanzado de la noche, no podían evitar sentir un golpe de adrenalina que caía al instante, no podían evitar sentirse afortunados de seguir vivos para poder contar eso tan increíble que pudieron ver. Los ojos amarillos, el oscuro pelaje, los frenéticos jadeos a través de calles y avenidas eran un heraldo, eran el golpe de orquesta previo al clímax. El portentoso lobo negro no descansó nunca y detuvo el ritmo de su impetuosa carrera hasta que alcanzó la calle de Roma y, tras la estructura metálica de un puesto de periódicos, volvió a su forma humana. A su lado seguían dos distintas formas del alma humana: un espectro que se resistía a abandonar la Tierra y un espíritu que no debía aún abandonar la Tierra.

—Esto no está bien —dijo Farkas.

En torno al edificio, en los ojos del Rojo y en la percepción de Farkas, una negra vorágine, un tifón de rencor, odio, resentimiento, cientos de fantasmas vengativos poblaban la atmósfera alrededor del inmueble. A simple vista, siendo las tres de la mañana, la calle era un dechado de quietud. A los ojos de un Wolfdietrich o de un espíritu, era como presenciar un aberrante torbellino de rostros convulsos, gritos aterradores, sed de destrucción.

"En el departamento del segundo piso", informó el Rojo a Farkas. "Un sacrificio humano. Un pobre viejo ha sido desmembrado y, sin embargo, sigue vivo. La vieja y el demonio que se han confabulado para tan horrible operación son los responsables de que toda esta turba de malditos se encuentre aquí."

Sólo en torno al castillo de Oodak había observado el Rojo tal congregación de espectros nutridos de desprecio por la raza humana. Así de terrible debía ser el sufrimiento por el que estaba pasando el infeliz vecino, cuyo único descanso vendría con la muerte. Sergio, aunque nunca había dejado de permanecer al lado del Rojo, ahora más que nunca se mostraba carente de toda sensación, la mirada perdida, el etéreo cuerpo completamente flácido, el rostro inmutable.

—Algo cambió en mi ausencia —dijo Farkas—. No he venido por acá en varios días. ¿Crees poder llevar a Sergio hacia su cuerpo? Todo el viaje que ha hecho su espíritu desde que su corazón volvió a bombear sangre por sus venas tendría que culminar aquí.

"¿Bastará con poner a ambos en contacto?", preguntó el Rojo.

—Sólo hay una forma de saberlo.

Farkas extrajo de entre sus ropas unas llaves que se había hecho del edificio a partir del primer día. Abrió la puerta principal y subió las escaleras. Pasó frente al departamento del segundo piso odiando a aquellos que, protegidos por un inaudito muro de silencio, torturaban a un hombre amordazado tras la puerta. Ya regresaría a poner orden ahí.

El Rojo, mientras tanto, intentaba abrirse paso a través del espeso tumulto espectral que se arremolinaba en torno al dolor de aquel que estaba siendo martirizado. No hacía contacto visual con ninguno. No buscaba interpelar a nadie. Sin embargo, ambos eran arrastrados en el involuntario desplazamiento de almas, tan parecido a un cardumen de sardinas cuyo epicentro eran las ahogadas e inútiles súplicas del señor Reyes pidiendo misericordia.

Farkas llamó a la puerta. Una. Dos. Tres veces.

Se corrieron los cerrojos. Brianda, en piyama, soñolienta, apareció tras el hueco que se abrió entre la puerta y el marco.

"Esto es imposible", decía el Rojo mientras lo golpeaban, arañaban, mordían en su intento por llegar al tercer piso. "¿Quién habrá ordenado esta barrera?"

—Farkas. ¿Qué pasa? —dijo Brianda.

—Déjame entrar, por favor.

La chica quitó la cadena interior y entornó la puerta.

El Rojo no tardó en darse cuenta de que había subestimado la misión. Tal vez podría llegar al ojo del huracán, es decir, al sitio en el que ocurría aquel horror perpetrado por un demonio y una bruja, pero la corriente de espectros no se detenía en varios metros a la redonda. Seguramente por la habitación de Sergio también correría ese torrente de almas podridas.

"¿Qué sentido tiene abrirme paso hasta ahí si será imposible contar con...?"

Un grito escapó de su incorpórea boca.

—¿Y Alicia? —preguntó Farkas.

Brianda lo miró con sorpresa.

—Entonces no lo sabes.

—¿Qué es lo que no sé?

Un estrépito repentino obligó a ambos a voltear. Una silla fue arrojada furiosamente contra una pared.

El Rojo perdió a Sergio en el torbellino. De pronto los ataques de cientos de enconados espectros habían rendido fruto. El espíritu de Sergio fue arrastrado por la vorágine. "Esto no puede estar pasando", pensó el Rojo al perderlo de vista. ¿Y si era llevado por los espíritus a algún sitio lejano? ¿Cómo se da con un espíritu en particular en un mundo poblado de ellos y sin más señas de identificación que las que se llevan consigo? Repentinamente comprendió a aquellos que volvían al lugar de su muerte una y otra vez. Pasados los años, las décadas, los siglos, tal vez fuese lo único que te diera un lugar en el mundo.

Lo que estaba en la mesa, cubiertos y platos sucios, fue barrido por una mano invisible hacia el suelo. Otra silla fue estrellada contra una pared.

—¿Qué está pasando? —dijo Brianda asustada, replegándose contra la pared.

—Ven. Hay que impedir que lastimen a Sergio —dijo Farkas corriendo hacia la habitación. Un florero voló en proyectil hacia él, golpeándolo en un hombro.

—¡SERGIO! —gritó el Rojo, sin obtener respuesta. Trataba de internarse en la corriente de fantasmas sin ser llevada por ésta. La simple oposición al frenético tránsito de espíritus le resultaba imposible, terminaba saliendo de ahí y buscando sólo con la mirada. Llamándolo a los gritos sin éxito.

—¡Sergio! —gritó Brianda al entrar a la habitación detrás de Farkas.

El cuerpo del muchacho levitaba por encima de su cama. Era llevado lentamente por manos invisibles hacia el techo. Las agujas y tubos que iban de los dorsos de sus manos hacia el suero que pendía de un perchero se estiraron grotescamente.

—Ayúdame —dijo Farkas posando una de sus manos sobre el pecho de Sergio y tirando hacia abajo—. Su cuerpo es ahora presa fácil para los espíritus inmundos. Cualquiera podría entrar y hacer de él lo que quisiera.

No bien dijo esto el rostro de Sergio cambió. Se dibujó en él una sonrisa que no era suya y sus párpados se abrieron para mostrar un par de ojos blanquecinos. Brianda trataba sin éxito de devolverlo a la cama haciendo la misma operación de Farkas. Los labios de Sergio se movieron, balbuceando incoherencias.

"Jamás había visto un derroche de energía espectral como éste", pensó Farkas. "No es normal. Allá abajo está ocurriendo algo que sobrepasa los límites."

—Haz lo que puedas —dijo a Brianda. Al tiempo en que soltó el cuerpo de Sergio, corrió de vuelta a la puerta del departamento. Bajó las escaleras y, en cuanto estuvo frente a la puerta del segundo piso, rompió la cerradura con un contundente golpe de hombro.

"Esto no está pasando", volvió a decir el Rojo, recriminándose por haber soltado la muñeca de Sergio. Todos los trabajos que habían pasado para viajar desde Budapest se volvían humo en ese caos. Perdido Sergio, e incapaz de recordar su nombre, la búsqueda sería prácticamente imposible. "Qué estúpido he sido", dijo con pesar.

"No estúpido, sólo un poco descuidado", dijo una voz que iba dirigida a él. Así tenía que ser o no habría podido capturarla en ese espiral de gritos.

"¿Quién dijo eso?"

"Tranquilo", dijo el espíritu. "El muchacho está conmigo."

Farkas había visto cosas terribles en su vida, pero el horror de la escena al interior de ese departamento casi lo obliga a vomitar. Cuatro cirios negros iluminaban precariamente el centro de lo que, un par de horas antes, debió ser una sala común y corriente. Los sillones habían sido apartados y sobre la alfombra se encontraba una bruja echada de espaldas sobre un pentagrama, desnuda y con el vientre abierto de un tajo. Las vísceras habían abandonado el resguardo de su cuerpo, así que no era difícil identificar los intestinos como nido o receptáculo de aquello que servía de vínculo con el inframundo: la cabeza del señor Reyes, el hombre que vivía solo en ese lugar, había sido depositada sobre el revoltijo de tripas y sangre. Y dirigió sus ojos a Farkas.

—¡Auxilio! —gritó Brianda en el momento en que el cuerpo de Sergio comenzó a doblarse sobre sí mismo, hacia atrás, en una convulsa y grotesca forma que amenazaba con romper su espina dorsal.

—No interrumpas, perro —dijo Belcebú en los labios del hombre que acababa de pasar por la peor tortura posible.

Farkas supo al instante de quién era la voz. Comprendió la congregación de espíritus infectos, y supo que la bruja aún vivía o no sería posible aquella espantosa hechicería. Fue directo a la cocina y tomó un cuchillo, el mayor que pudo encontrar. Volvió a la estancia. Al menos ahí su mente había logrado el descanso del silencio; las voces de los muertos no lo volvían loco porque giraban en torno a esa horrible manifestación de poder oscuro manteniendo una respetuosa distancia. Aunque los cirios se habían apagado pudo distinguir que en la oscuridad la escena continuaba idéntica: la bruja tendida en el piso, sosteniendo la cabeza de su víctima sobre su vientre sanguinoliento, la retahíla de maldiciones en boca de ésta, el horror en su máxima expresión.

—No pueden ganar, perro —dijo el Príncipe de las tinieblas—. Mi señor los hará comida de gusanos. Mi se...

—Cállate, maldita porquería —dijo Farkas en cuanto cortó el cuello de la bruja, acelerando su muerte. El vínculo se rompió y la cabeza cayó al suelo, silente. Las manos de la bruja se desguanzaron hacia los lados. La vorágine se detuvo.

Los espectros, una vez perdido su núcleo, dejaron de gravitar en torno a un mismo punto y comenzaron a huir en todas direcciones.

El cuerpo de Sergio cayó en la cama, ileso.

Farkas, en pie, dejó caer el cuchillo. Miró en derredor. Descubrió el festín de sangre, los brazos y piernas del señor Reyes dispersos por la estancia, el torso hecho a un lado con cinco cortes que aún goteaban sangre.

"¿No había dicho el Rojo que también había un demonio?", se preguntó el licántropo.

Los años en Constantinopla fueron los mejores. Tenía libertad. Tenía un futuro. Tenía un amigo que me seguía a todas partes. Luego, de vuelta con los amalos, de nuevo en la casa de Theodemir, tomamos entre todos la decisión de ocultar mi rostro. Creo que ése fue el momento en que supe que no había vuelta atrás. Que mi nombre sería mi estigma. Y que la importancia de aquello por lo que iba a pelear se quedaría conmigo para siempre.

Aún así, justo es decir que no me arrepiento. Nunca lo hice. Nunca lo haré.

Capítulo treinta y ocho

El grito de Brianda pidiendo auxilio se quedó colgando de la noche. Nadie acudió en su ayuda. Nadie podía imaginar que minutos antes se había abierto una ventana al infierno y que cientos de almas en pena habían acudido a la convocatoria de aquel que había conseguido filtrarse hacia este mundo. Pero ahora todo estaba quieto. Tal vez demasiado quieto. Y eso no le gustaba a Farkas.

—Gracias— dijo el Rojo.

Giordano Bruno permaneció impasible. Era un espíritu con demasiados años, con una sabiduría adquirida muy a su pesar, pero con el corazón y la mente intactos. Había ocultado a Sergio tras de sí, en la base del monumento, el sitio que había hecho su casa en los últimos años. Celebraba el haber podido intervenir, pues es verdad que la pérdida de Sergio, en ese estado, habría sido letal.

—Nunca había visto un comportamiento como éste. ¿Es por el vínculo que aún tiene con su cuerpo?

—Estoy seguro de que sí. Aún obedece el mandato de la naturaleza. Su cerebro biológico le ordena olvidar, poco a poco cae en el letargo.

Giordano sacó a Sergio al aire quieto de la noche. Su mirada perdida le rompía el corazón. Se había mantenido presente durante más de cuatrocientos años con la única intención de hacer lo que pudiese, de ayudar en lo que hiciera falta, y mucho había tenido que ver, al final, con la existencia de ese muchacho. Ese chico que había cumplido con lo que le tocaba hacer aún más allá de su propia vida. El resultado tenía que ser otro, por fuerza.

—¿Intentarás devolverlo a la vida? —dijo Bruno, conmovido.

—¿Qué otra posibilidad nos queda? —preguntó a su vez el Rojo.

Bruno asintió y tomó la mano de Sergio.

Farkas subió al tercer piso sosteniendo con firmeza el cuchillo con el que había dado muerte a la bruja. Con sigilo traspasó la puerta, desconfiando. La ausencia de sonidos lo había puesto alerta. Los sollozos de Brianda, en la habitación del fondo, eran lo único apreciable. Se negaba a admitir que todo había terminado... porque sabía que no era así.

Caminó por el pasillo interior de la casa de Sergio con la seguridad de que algo no estaba bien.

Tal vez sólo tuviera que traspasar la puerta de la habitación del muchacho.

Tal vez no fuera Brianda la que estuviese sollozando.

Tal vez...

Una corriente de viento a sus espaldas.

Apenas quiso girar el cuello y un golpe contumaz en la cabeza lo derribó.

Perdió el conocimiento al instante.

El hombre de la propaganda religiosa lo miró con indiferencia en el suelo. Tenía las manos cubiertas de sangre y un monolito de piedra en una mano, seguramente un adorno que había extraído de la casa del señor Reyes. Lo dejó caer al suelo, sobre el cuerpo de Farkas.

—¿Farkas? —dijo Brianda, desde la habitación del fondo.

El demonio pensó que ya volvería para acabar con ese entrometido. La urgencia ahora era desobedecer las órdenes de Oodak y dejar de mantenerse al margen, acabar con la chica, despedazar al chico y pedir disculpas a su señor cuando fuese necesario, alegando que iba en contra de su naturaleza, que órdenes así no se pueden obedecer. Su sed de sangre era mayor.

Caminó hacia la puerta abierta del cuarto de Sergio con parsimonia, como si viniese a hablar de las bondades de su religión a un par de vecinos picados por la curiosidad. Se plantó frente a la puerta. Sonrió.

—¿Quién es usted? —preguntó Brianda. Se encontraba sosteniendo la mano de Sergio en ese momento, tratando de reponerse de lo que acababa de vivir.

El demonio no dijo nada. Le pareció que valía la pena aterrorizar primero a la chiquilla. Devorarla después.

Sus manos se volvieron tentáculos y la tomó por los brazos. La levantó en vilo. El grito de Brianda fue, esta vez, escalofriante.

Sergio, quien estaba ahí sin estarlo, reaccionó. Por primera vez en mucho tiempo sus ojos enfocaron. El Rojo lo advirtió. Lo mismo Bruno. Apenas llegaban a la habitación cuando el monstruo levantaba a Brianda. La cabeza del demonio se había transformado en una enorme boca llena de dientes, una esfera cubierta de pelo con mandíbulas, lista para tirar una mordida. Sería cuestión de segundos.

Pero el cambio ya operaba.

En el cuerpo de Sergio, tendido sobre la cama, volvió a haber actividad en los globos oculares, ocultos tras los párpados.

En el espíritu de Sergio, en pie junto a la ventana, volvieron en tropel los recuerdos, encadenados en su interior. Un solo grito real y la avalancha liberadora hacia su memoria lo sacudió. "¿A quién estás salvando, Sergio Mendhoza?" El nombre, y todo lo que el nombre implicaba, tenía sentido.

Bruno y el Rojo adivinaron sus intenciones, por eso el Rojo tomó la iniciativa, pues no podía darse el lujo de perder definitivamente al muchacho. Se permitió un mínimo pensamiento, uno de gratitud y despedida. Una cifra final. En cierto modo se sintió honrado por las circunstancias. Había hecho lo que se le había pedido y se marcharía del mejor modo. Cualquier héroe estaría orgulloso.

Se adelantó a Sergio y entró al cuerpo del demonio. No tuvo que hacer nada. Aunque deseaba con todo su corazón la muerte del nefando monstruo, el mero contacto de su espíritu con la sustancia de ese ser de oscuridad producía una contradicción irresoluble, un estallido, una aniquilación. El demonio sintió una terrible sacudida, un crujir de sus huesos y la trituración de sus órganos. Comprendió que no tenía escapatoria porque en cada molécula de su cuerpo se vaticinaba el final. Dejó escapar un rugido.

Sergio contemplaba al Rojo, a Bruno, la escena. Brianda sostenida por un espantoso krakgul. Su propio cuerpo inerte. Y el poderoso instinto, que le había ordenado impedir que Brianda fuese lastimada. Estaba listo para actuar cuando el Rojo depositó en su mente un pensamiento: gratitud, despedida. Una cifra. Luego, un demonio soltando a Brianda y cayendo al suelo con un grito. Un estertor y un relámpago. Y, finalmente, un cúmulo de cenizas.

De nueva cuenta, Sergio descubrió el anillo de oro blanco en su mano, como si con él recuperara su alma, su vida, toda la esperanza.

El anillo, fiel reflejo de aquella otra sortija que portaba su cuerpo, tendido sobre la cama a un par de metros, auguraba un cambio. Uno definitivo.

"Setenta y tres", pensó Sergio, repitiendo aquella cifra que pronunciara el Rojo antes de marcharse. Sonrió levemente, porque en el enorme bagaje de recuerdos que había recuperado estaba ése, el del número de demonios que había matado el Rojo en vida y de los cuales se sentía orgulloso. Setenta y dos, más uno en muerte, el último y definitivo, setenta y tres.

"Gracias, Rojo. Gracias, amigo."

Bruno le apretó el brazo. Sergio supo que era él y le devolvió el gesto con cariño. Una nueva calma se había apoderado de la habitación. Brianda estaba sentada en el suelo, incapaz de comprender lo que ahí había ocurrido. Sergio trataba de asimilar la carga de experiencias vividas desde que el Rojo lo rescató en el castillo de Oodak hasta ese momento, pues repentinamente era como si en verdad hubiese estado ahí, sólo que oculto. Recordaba el paso por el océano y la llegada a costas mexicanas. Recordaba el andar hacia la ciudad y lo contado por su padre. Recordaba todo y el corazón se le hinchó de satisfacción.

—Fue el Rojo —dijo Farkas, apareciendo por la puerta.

Brianda levantó la vista, llena de interrogantes.

—Un héroe que no conociste —explicó Farkas—. Él te salvó. Su fantasma, al menos.

Dirigió una mirada hacia la nada y una suerte de júbilo se reprodujo en su rostro involuntariamente. Porque advirtió que ahí estaba, de nueva cuenta, Sergio Mendhoza. Le devolvía la mirada, una mirada de reconocimiento, de vuelta a casa. El centenario lobo no pudo evitar abrigar una nueva esperanza. La primera desde que la muerte del muchacho había acontecido, unas semanas atrás.

—Ahora está bien —resolvió Farkas ante la mirada interrogante de Brianda—. Cuando un espíritu hace tal sacrificio es reclamado por la luz. Obtiene su recompensa, va al fin al lugar de descanso. Y termina su historia en la Tierra.

Era una extraña asamblea. Una chica, un licántropo, un espíritu, un cuerpo astral. El mismo Farkas no sabía qué seguía, pero se sintió revitalizado. Por lo pronto, valía la pena intentar aquello por lo que el Rojo había ofrendado su permanencia en la Tierra.

—Te tengo una sorpresa —dijo Farkas, sentándose al lado de Brianda, en el suelo.

—Yo también, pero tú primero.

Farkas volvió a mirar hacia el espacio en el que se encontraba Sergio. Debía bastar con que su espíritu entrara en contacto con su cuerpo para que éste reconociera su lugar y se amoldara a su antiguo capullo. Debía ser así, aunque nunca había presenciado algo como eso. Hizo una seña a Sergio, invitándolo a cumplir con aquello que parecía lo más lógico, lo mejor para todos.

Sergio asintió. Iba a hacerlo. Quería hacerlo. Extendió una mano. Deseaba abrazar a Brianda con todas sus fuerzas, volver a sentir el frío y el calor y el aire en sus pulmones, el hormigueo que produce el miedo y la embriaguez que produce la felicidad. Quería recuperar la capacidad de sentir dolor y de sentir placer, el cansancio y el hambre y...

Y...

Y entonces, el titubeo. Pues el Rojo le había anticipado que podía olvidarlo todo, despertar sólo con la última imagen que habían percibido sus ojos físicos. Preguntarse dónde había estado y cuál la razón de su ausencia. Su viaje a las sombras y su vuelta al mundo se perderían para siempre. Y, con ello, la respuesta que traía consigo para librar la batalla final sería sólo una difusa e inalcanzable promesa.

Retiró la mano. Farkas no pudo ocultar su desconcierto, al igual que Giordano Bruno.

"Aún no puedo regresar" dijo Sergio con pesar. "Lo siento mucho."

Farkas no supo qué agregar, pero le pareció que ése era el Sergio Mendhoza que conocía. Aquel incapaz de tomarse un respiro si no ha hecho todo lo posible, si no ha llegado al final de sus fuerzas, si no ha logrado aquello que se ha propuesto. Él mismo lo había atemperado los últimos dos años.

En la memoria de Sergio se vindicó el mensaje que llevaba consigo gracias a la última acción del Rojo. Comprendió súbitamente que tal mensaje no debía transmitírselo a nadie, porque no había quién pudiera echar mano de esa información. Ni Edeth ni nadie. Sólo él. Él era el único que podía utilizar dicho conocimiento y poner en marcha algún posible plan. Era factible justo porque se encontraba en esa frontera entre la vida y la muerte. Y porque había sido mediador. Y héroe. Y Wolfdietrich.

Farkas asintió, con una enigmática sonrisa. "Pero principalmente porque simbolizas lo mejor de esa estirpe que con mayor orgullo has representado."

Extraña congregación, pensó Farkas. Lamentó un poco que en ese coloquio no pudiera intervenir Brianda.

"Sí. Principalmente porque eres humano", dijo Bruno, completando los pensamientos de Farkas.

—¿Cuál es la sorpresa? —insistió Brianda, pasándose una mano por las mejillas, recogiendo los restos de lágrimas que había derramado.

Giordano presionó de nueva cuenta el antebrazo de Sergio. Había deseado tocarlo desde el primer día, cuando llegó a vivir ahí donde Farkas había dispuesto, a la calle de Roma, cuando lo vio hacer el camino hacia su escuela día tras día, cuando lo vio conversar con sus amigos en la plaza. A él y a esa chiquilla que desde siempre había sentido su presencia, a ambos había querido abrazarlos y hacerles saber que todo estaría bien, que al final la balanza tenía que inclinarse hacia la luz, que tanta gente confabulada por librar al mundo del mal no podía sino esperar el mejor de los finales. Pero, a la vez, sabía que ese final sólo era posible si cada uno hacía su parte, si todos se involucraban y comprometían de mismo grado. La renuncia al mundo físico que estaba haciendo Sergio en ese momento era la mejor de las confirmaciones. No pudo evitarlo y le pasó un brazo por encima de los hombros.

"También de este lado tendrás que luchar con el olvido", le dijo Bruno. "De nueva cuenta. Ya has visto que la liga con tu cerebro físico no te ayuda, que tu mente tiende a sumirse en el sueño y la inconsciencia. Poco puedes hacer para evitarlo de este lado."

"Pero no puedo correr el riesgo de que, si despierto ahora, no recuerde haber estado aquí, haber tenido esta conversación contigo, haber pasado por lo que pasé."

"Entiendo."

"Además, lo que me toca hacer será menos difícil si lo hago desde aquí."

Farkas y Bruno lo contemplaron por unos segundos con un dejo de admiración.

"Tenía que ser de ese modo", dijo Farkas. "Que a un chico se le entregara el Libro, que se volviera poco a poco un héroe, que formara parte de la historia de aquello acontecido desde el siglo sexto para que quisiera tomar en sus manos tan peculiar misión."

—¿Qué pasa, Farkas? —volvió a preguntar Brianda, temblando. En cierto modo se lo imaginaba, y su voz delataba la sospecha.

"Al final se trata sólo de eso", dijo Sergio con resignación. "De que ganen los buenos, ¿no?"

Farkas asintió.

"Dame un mensaje para ella", pidió el licántropo.

Sergio sintió que se llenaba de congoja. Ella lo había cuidado desde que su corazón había vuelto a latir, y no se había separado de su cama excepto cuando no tenía otra opción. El sentimiento de cariño fue tan abrumador que se volvió uno con él; un estallido deslumbrante; un dolor punzante; la alegría más profunda. Dicha energía no podía ser desperdiciada. Tenía que volver, así fuera lo último que hiciera.

"Y aunque sea sólo para despedirme, pues aún tengo que liberar a un amigo de sus cadenas."

Repentinamente, se abrió la cajita de música que se encontraba sobre la cómoda. Aquella con la que Sergio le enviaba mensajes mientras estuvo en busca de Edeth. La música empezó a sonar. "Meditación." Thaïs. Massenet.

—Está aquí —dijo Brianda.

Farkas tomó una de sus manos.

Sergio susurró una sola palabra y echó a correr fuera de la habitación. Bruno lo siguió. El edificio estaba libre de espíritus malignos. La ciudad era muy vasta y la misión harto complicada. Había que poner manos a la obra cuanto antes. El futuro volvía a dibujar el alba en el horizonte.

—"Siempre" —citó Farkas.

Brianda lo miró largamente.

—Es lo que dijo antes de marcharse. "Siempre."

Ella sintió que se volvía a romper en pedazos como todas las veces que lo había visto partir. Sintió que de nueva cuenta no lo soportaría. Que nadie merece pasar por un dolor como ése.

—Será la última vez —dijo Farkas con la seguridad de quien ha esperado cuatro siglos por un desenlace—. Porque la próxima vez, cuando regrese...

Pero Brianda negó con la cabeza, obligándolo a no decir más. No quería sostenerse de una promesa. "¿Y si no regresa?"

¿Y si tiene que rescatar a alguien más, digamos al mejor de los amigos, en el más oscuro de los sitios?, fue la pregunta que pareció capturar en el aire.

Farkas comprendió enseguida. Prefirió desviar la conversación. La música de la cajita al fin devolvió el cuarto al silencio.

—¿Y cuál es tu sorpresa?

El día que me nombraron Edeth fue el más feliz de mi vida. Estábamos a punto de pelear nuestra primera batalla. Muchos de mis héroes morirían ese día. Sin embargo, sentí por primera vez, en mi corazón, aquello de lo que tanto hablaba Manlio y que le permitía diferenciar a un héroe de un demonio. Tan opuesto al miedo y al terror. Tan parecido al amor pero distinto. Tan parecido a la alegría. A la paz. A la seguridad.

El día que me nombraron Edeth comprendí que eso que llaman cielo y que pretende ser una recompensa en la hora de nuestra muerte no es sino el disfrute de ese sentimiento, la compañía de aquellos que amamos y nos aman. La certeza de que no es necesaria la oposición para que haya una afirmación, que no hace falta el miedo para sentir la confianza, y que el mundo es posible sin maldad, sin peligro, sin muerte definitiva.

El día que me nombraron Orich Edeth comprendí que ese estado de gracia es alcanzable en vida. Y lo atesoré como se atesora un diamante. Porque una sola persona buena lleva suficiente heroísmo en ella para vencer una legión entera de demonios. Sólo esa certeza, esa mínima gota de rocío, sirve para acabar con el más monumental de los incendios.

Un pequeño rasgo de bondad y la humanidad se vuelca a la esperanza.

El día que me nombraron Orich Edeth me aseguré de no olvidarlo nunca: el corazón del hombre, por naturaleza, es bueno. Eso vale todas y cada una de nuestras batallas.

Alborada lunar

"Está cantando", se dijo Frozzi sorprendido.

Mientras ascendían sin más ayuda que el mapa en sus manos, Ugolino había detectado que, detrás del telón de fondo de la ventisca, se escuchaba música. Una música casi imperceptible. Más de una vez había detenido su andar procurando detectar de dónde venía y más de una vez se había dicho que era su imaginación, que la música no tenía cabida en un lugar como ése. Pero no bien les dio un poco de descanso el viento y lo notó. A unos treinta metros detrás de él, venía ella. Y venía cantando.

Hacía cuatro horas que habían bajado del teleférico en Taoulet para seguir el camino a pie. En todo ese tiempo, Ugolino no había escuchado ninguna conversación entre los que lo acompañaban. Ningún sonido más que el de sus pies andando por las pendientes de la montaña. Y, repentinamente, durante la última hora, ese cántico de paz.

Se detuvo y la miró.

"*Geborgenheit*", pensó. Una mezcla de cariño, paz, seguridad, como estar frente a una hoguera mientras afuera llueve torrencialmente. Durante sus tiempos de estudiante de filosofía había dado con esa palabra en alemán y resultaba justa para el halo de fortaleza que había encontrado. Tan parecido al amor pero distinto. "*Geborgenheit*", susurró mientras miraba a Alicia.

Alicia le devolvió la mirada. No sonreía, pero igual cantaba. Un poco más atrás, Julio. En la retaguardia, Jop y Pereda. Les habían dicho que no necesitaban equipo de alpinismo para hacer ese paseo y por ello no llevaban consigo más que la ropa de invierno que adquirieron en París, las botas especiales que compraron en La Mongie, y un nerviosismo comprensible. Pero Ugolino sabía que eso no tenía nada de paseo, aunque tampoco sabía qué era exactamente lo que iban buscando.

Se hallaban a más de dos mil metros de altura, aunque las pendientes no eran pronunciadas. La nieve estaba compacta y no habían necesitado echar mano de las raquetas. Sólo el frío y la incertidumbre les escaldaban.

Ugolino sacó el lienzo del interior de su chamarra y lo miró por centésima vez. Se lo había grabado en la memoria desde hacía mucho, pero le tranquilizaba verlo y recordar el momento preciso en que, aún de rodillas en la casa de Sergio Mendhoza, lo extrajo para dárselo a Alicia. Ésta, incapaz de comprender qué pasaba, lo tomó de sus manos. Un silencio sepulcral se había hecho en ese momento y todos parecían incapaces de romperlo. Entonces ella, con el lienzo en la mano, se sentó. Contempló la imagen. La luna detrás de las nubes; sólo dos nubes. Algo se removió en su interior.

—¿Qué es esto? ¿Quién es usted? —preguntó a Frozzi, desconcertada.

—¿Qué piensas de esa imagen? ¿Te dice algo?

Alicia volvió a mirar el paño. Lo sabía. Pero no sabía cómo lo sabía.

—Está incompleta.

Ni siquiera Frozzi conocía la respuesta. No sabía qué decir. Pero Alicia, quien venía de comprar pan y leche, hurgó en su bolso y extrajo un bolígrafo. Completó entonces el símbolo. La alborada lunar. El astro y las tres nubes. El estandarte.

El asombro en todos los ahí presentes.

La revelación instantánea del mapa del otro lado del lienzo. La ubicación exacta de aquello desconocido que los había puesto en ruta. Jop había hecho una impecable labor ubicando la cadena montañosa en internet y el trazo exacto del viaje hacia el punto marcado con dos letras griegas: alfa y omega. Gracias al borde de las costas francesas y españolas dibujadas en el mapa no había sido difícil reconocer los Pirineos. Y gracias al dibujo exacto de la silueta de la montaña, tampoco le había tomado a Jop más de una hora ubicar el Pic du Midi de Bigorre. Pero llevaban dos días en eso y la ansiedad iba en aumento. Por ello, un canturreo como ése parecía tan fuera de lugar.

O quizá de eso se tratara justamente todo el asunto. De que el halo de fortaleza no tiene que estar peleado con la alegría. Pensó Ugolino que sería propio de Edeth no tomarse demasiado en serio las cosas a pesar de su importancia. Recordó a su madre, enfermera. Siempre iba y regresaba del trabajo sonriente, a pesar de que en el hospital donde trabajaba enfrentaba los casos más devastadores.

Devolvió Ugolino el paño a su chamarra. Sacó una botella de agua de su mochila. Dio un trago. Regresó la vista al sendero y continuó caminando. Debían dar, según el mapa, con una mano abierta antes de llegar al alfa omega, lo cual no tenía mucho sentido. Pero ninguno de ellos había comprendido el significado cuando el mapa se reveló, así que decidieron conjuntamente que no valía la pena retrasar el viaje a causa de esa interrogante. Tal vez el camino les ofreciera alguna respuesta al transitarlo. Pero lo cierto es que nada les había parecido comparable con una mano y tácitamente seguían caminando tras de Ugolino, a la espera de una posible señal.

—¿Estás nerviosa? —preguntó Julio a Alicia sin despegar la vista de la espalda de Frozzi.

—Mucho —respondió ella.

Después de un rato, Julio volvió a hablar

—¿Tienes idea de lo raro que es esto? —no se animaba a mirarla. Estaba tan próximo el momento de la revelación, cualquiera que ésta fuera, que su nerviosismo se tornaba en miedo.

—Creo que sí —respondió ella—. He pasado de ser alguien que apenas tenía idea de todo esto a ser la principal protagonista. No me gusta. Pero tampoco puedo hacer como si no fuera de mi competencia. Mi hermano ha luchado más allá del límite de sus fuerzas por esta extraña mitología y yo no puedo simplemente hacerme la incrédula o la desinteresada.

—Te entiendo —exclamó Julio—. Pero no deja de ser extraño.

En el mapa estaba bastante claro el punto de la montaña en el que debían comenzar a rodear en el sentido de las agujas del reloj. Un ángulo de noventa grados indicaba la altura exacta de la montaña desde la que debían comenzar a caminar. Jop había deducido, por las fotos y los estudios hallados en internet de ese pico en particular, que la estación más próxima sería la de Taoulet. De cualquier modo, un sendero casi imperceptible los había conducido en torno a la montaña cuando, de acuerdo a la lectura del altímetro, se encontraban a la altura prevista. Un sendero que parecía puesto ahí sólo para ellos. Pero la mano abierta no aparecía por ningún lado, y todos comenzaban a abrigar dudas respecto a estar en la dirección correcta. O en la cima correcta. O en el lado de la montaña correcto.

El camino a ratos se volvía de piedra, de tierra, de hierba, de nieve. A ratos atravesaba alguna grieta. A ratos se desdibujaba y volvía a parecer más adelante, después de un tronco caído o un cúmulo de rocas. A ratos no era sino un declive por el que había que pasar con mucho cuidado y sin quitar los ojos del acantilado. Pero siempre reaparecía. Siempre ofrecía la opción de seguir avanzando. Siempre el mismo camino.

—Quiero que sepas —dijo Julio sin apartar los ojos de la espalda de Frozzi—, que sin importar lo que pase ... siempre estaré contigo.

Alicia sonrió. Se detuvo y lo confrontó.

—¿Qué es exactamente lo que temes, Julio?

—¿Temer? Nada. Sólo quería decirlo.

—Tienes miedo de que lo nuestro se acabe. Que Edeth no pueda tener pareja según los designios de quién sabe qué maldito profeta y a nuestro noviazgo se lo lleve, literalmente, el demonio.

—Bueno...

—¿Es eso?

—Bueno...

Ella lo jaló hacia sí y lo besó en los labios.

—Eso no va a pasar. O que los demonios busquen alguien más con quien enfrentarse.

Julio sonrió. Le acarició la mejilla. Siguió caminando.

El sol estaba en el cenit cuando dieron con el fin del sendero. Unas seis horas de camino después de la estación y pocos descansos para tomar alimentos o hacer sus necesidades, la vereda, que no era sino una tonalidad más clara en la tierra o en la roca o la ausencia de hierba, se perdía en la cara inclinada de la montaña. Y pronto se vieron frente a un talud que no permitía seguir más adelante. La desazón de Frozzi contagió a todos. Era imposible continuar sin equipo de alpinismo y, aún en ese caso, nadie podía asegurarles no estar perdiendo el tiempo.

Al cabo de unos minutos de estudiar sus posibilidades, fue Alicia quien habló:

—Habrá que volver. Pasar la noche aquí no es recomendable.

—¿Y luego? —preguntó Frozzi.

—Y luego nos volvemos a empeñar mañana.

Todos asintieron de mala gana. El regreso implicaría seis horas más en sentido opuesto y no valía la pena esperar a que los sorprendieran la noche y el frío en ese lugar.

Iban a retomar el sendero cuando Jop los llamó.

—Escuchen. Hay una forma de saber si hasta aquí debemos llegar o si debemos continuar adelante.

Las miradas se detuvieron en él.

—Quizá debí sacarlo antes —resolvió con cierta muina—. Pero estaba haciendo demasiado viento.

Se sentó sobre una roca y, de su mochila, sacó una caja de cartón que no tardó en poner sobre sus rodillas. Todas las caras se iluminaron.

Esperaron un poco a que las condiciones fueran relativamente propicias, y Jop hizo volar el dron sin perder más tiempo. Había entregado su celular a Pereda, donde recibiría las imágenes que el dron transmitiría. El sol era benévolo, se habían tranquilizado las corrientes de aire y ninguna nube asomaba en el cielo. El equipo se congregó en torno a la imagen, que Pereda sostenía en dirección a Jop para permitirle pilotar con mano firme el robot con hélices.

No hubo necesidad de escrutinio. En cuanto el dron se apartó de la montaña y mostró una vista compacta del grupo de senderistas, Jop lo hizo volar hacia la pared que había devorado la línea del camino para conseguir que apareciera, en primer plano, una plataforma natural de granito de unos treinta metros de largo por cuatro de ancho, una especie de receptáculo alrededor de una puerta de madera, enclavada en la montaña. Todos coincidieron, tácitamente, que habían conseguido llegar al sitio marcado en el mapa a pesar de no haber dado con ninguna mano o algo que se le pareciese. Con todo, llegar a ese sitio sería imposible sin...

—Acceder desde arriba —dijo Jop llevando el dron unos veinte metros más alto.

El descubrimiento se hizo patente.

Un árbol seco en forma de tenaza proyectaba su alargada sombra sobre el talud. Cuatro gruesas ramas miraban hacia el precipicio. No hacía falta mucha imaginación para deducir qué representaba dicho árbol en el mapa.

—La pregunta es... ¿tendremos que ir todos o sólo Alicia? —preguntó Pereda.

—La pregunta es... —atajó Julio—, si dejaríamos ir sola a Alicia.

Ninguno rebatió la sentencia.

Regresando unos cientos de metros por el sendero dieron con la posibilidad de ascender utilizando una bifurcación, así que en breve pudieron llegar al árbol, que mostraba los restos de una soga podrida. Amarraron su propia cuerda al grueso tronco sin dificultad, pero era lo único con lo que contaban. Un desplome sería fatal. No obstante, sólo Pereda se arredró y pidió permanecer ahí arriba. Los demás seguían decididos a continuar, incluso Jop.

—Yo iré primero —declaró Alicia—. No sabemos qué nos espera ahí abajo. Y si alguien no puede eludir esta visita soy yo. Pero prometo no intentar nada hasta no contar con todos ustedes.

Estuvieron de acuerdo y ella se ató el extremo de la cuerda debajo de ambos brazos.

—Dame el lienzo, Frozzi —dijo Alicia, extendiendo la enguantada mano.

Ugolino le entregó el pedazo de tela y Alicia, después de guardarlo al interior de su chamarra, comenzó a bajar no sin antes dar una vuelta corrediza alrededor de su mano derecha, las plantas de los pies todo el tiempo sobre la pared de granito, la vista puesta en sus amigos.

La vieron descender y empequeñecerse. El árbol nunca crujió, nunca amenazó con ponerla en peligro, antes bien parecía haber sido puesto ahí con esa única intención, pues nada de vegetación había en los alrededores, áridos y fríos.

Alicia miró por un segundo hacia abajo y sus ojos se encontraron con los de más de veinte soldados, de pie y con ambas manos sosteniendo una espada cuya punta descansaba en tierra. Al segundo siguiente no había nada ni nadie, sólo la plataforma.

"Es aquí", pensó. Le sorprendió no sentir miedo.

Al fin puso ambas botas sobre la planicie y emitió un suspiro de alivio. La vista era hermosa e imponente, el aire claro y revitalizador, los Pirineos ofrecían su majestuosa estampa esculpida desde el tiempo en que la tierra era un lugar inmancillado.

"Es aquí", repitió Alicia. Se desató la cuerda y tiró de ella en señal de que daba por concluido su descenso.

Y entonces, un gruñido.

El inconfundible rumor de una bestia detrás de la puerta de madera.

—¡No bajen! —gritó, reteniendo la cuerda.

—¿Qué dijiste? —gritó Julio.

—¡Que no bajen!

Súbitamente, sus ojos en otros ojos. Un viejo y benevolente soldado, de casco y cota de malla, barba blanca y ojo azul, la miraba a un par de metros. Un espectro de apacible rostro que la escudriñaba sin pudor, como se hace cuando se quiere estar seguro de la identidad de alguien.

—¡Alicia! ¡Suelta la cuerda! —gritó Julio desde arriba.

"Yo conozco a este hombre", pensó Alicia sin apartar la mirada del soldado, quien súbitamente ya no estaba ahí.

—¡Alicia!

"O es mi corazón el que lo conoce."

Ya no tuvo miedo. Del otro lado de la puerta se escuchó la liberación de un pestillo. La puerta se abrió y ella entró a esa oscuridad. Gernot mismo se encargó de regresar la puerta al marco y encender la única vela del interior.

—¡Alicia! —fue el atronador grito de Julio al comprobar que la cuerda, en un santiamén, se había desanudado del árbol, había caído hacia la plataforma, volvía imposible el regreso de la persona que más amaba en el mundo.

* * *

Sergio se encontraba sentado en el borde del techo de la Torre Cenit. A sus espaldas no había nadie, sólo el helipuerto vacío y las antenas de comunicación. Frente a él, la Ciudad de México. No había vuelto a ese edificio desde el tiempo en que se vio implicado en el caso de los pianistas asesinados, desde que confrontó a Morné en uno de los pisos de tan exclusiva torre. Ahora, poder entrar incluso a los sitios con los dispositivos de seguridad y los policías más incorruptibles le parecía de la mayor utilidad. Por ello había vuelto ahí. Y por ello había citado a Giordano en ese sitio.

Le asustó confirmar que, desde esa altura, la Ciudad de México era sólo una maqueta, un aséptico lugar en el que nadie levantaba su mano contra otro, nadie se enamoraba, nadie era en verdad importante. Esa sensación le recordaba la postura de Lucifer respecto al ser humano. ¿Quién dudaría de arrasar con ese hormiguero si, a esa distancia del suelo, parecía la operación más insignificante? Ningún grito llegaría a sus oídos si tuviera el poder de echar abajo todos los edificios.

"Pero es todo lo contrario. Todo el mundo es importante", se dijo. "Cada esencia, cada identidad, así respire o vague por esta franja de indefinición entre la vida y la muerte."

Pensó que sería buena idea iniciar la búsqueda en parques, cementerios, hospitales…

"Querido amigo, vengo a ti con una petición. Primero debes saber que esto no tiene nada que ver con religión alguna, pero si crees en la bondad de los seres humanos…"

* * *

En el lugar de máxima penumbra y desolación, a la vista de Manlio Tasio se dibuja un cambio en el panorama. Entre los miles de millones de rocas por los que está obligado a avanzar, en un lugar muy cercano al horizonte, se dibuja un hueco. Un pedazo de suelo que muestra, acaso, la arena que hay debajo.

Después de todo, él acuñó esa frase. Él se encargó de conformar el primer ejército. Él plasmó la invitación veintidós veces sobre veintidós libros.

Por ello la voz de aquella anciana volvió a su mente, como cuando se abre de golpe una puerta al vendaval. "Siempre recuerda eso", escuchó el atormentado mendigo por segunda vez. La primera había ocurrido hacía más de mil años terrenales, cientos de millones en ese sitio de horrendas peculiaridades. Él, contra lo pedido por la dama de cabellos blancos, había olvidado. Sí. Pero la palabra "siempre" tiene muchas connotaciones. Después de varias eternidades en ese lugar sombrío, repentinamente, ese viento, esa puerta siendo arrancada de sus goznes, esa voz. "Que esa única verdad sea tu luz en las tinieblas. Sea mañana o dentro de mil años."

Manlio consintió, esta vez y para siempre, la posibilidad de una esperanza.

Llevó sus pies sangrantes hacia ese hueco entre las rocas, hacia esa inaudita ventana, hacia esa única posibilidad en un millón de posibilidades.

Alborada lunar

El gruñido provenía de una extraña madeja de pelo gris, dos ojos rojos enfurecidos, una boca llena de colmillos. Pero Alicia no tenía miedo.

El lobo se levantó. Se encontraba al centro del recinto. Veintidós atriles vacíos rodeaban a la bestia, así como veintidós casillas de madera oscura, también vacías. La humedad era patente en la pequeña cueva. Y el frío. La bestia no dejó de gruñir.

De pronto, algo cambió en sus ojos. Uno a uno, los guardianes entraron a la caverna y se mostraron frente a sus ojos. Los veintidós hincaron una rodilla en la tierra. El lobo entonces emitió un lastimero aullido. Finalmente no esperaba salir de la noche de los tiempos con una sorpresa como ésa.

Alicia, incapaz de comprender, sólo sostenía el paño con la alborada lunar entre sus manos. Pero ya los guardianes habían hecho el reconocimiento. El lobo no tuvo más remedio que dimitir. Sabía que si volvía a su forma humana, después de tantos siglos de espera, el reloj biológico le demandaría el pago de tanta postergación. Pero no le importó. Había valido la pena.

Frente a Alicia apareció un hombre viejo de ropas como harapos y mirada acuciante. Los hálitos luminosos de cada guardián centellearon ante la aparición de su viejo amigo.

—*Gratias, domine* —dijo el viejo con lágrimas en los ojos, mirando a la recién llegada—. *Tibi gratias ago pro adventu.*

Dicho esto, entregó a Alicia una llave. Le besó el dorso de la mano en la que depositó tan precioso objeto y se desplomó a sus pies, exhalando el último suspiro.

Los veintidós guardianes bajaron la frente en señal de respeto. Aguardaron.

Alicia cargó el cuerpo frágil del anciano y lo puso con cuidado en una alfombrilla que se encontraba detrás de los atriles. Infirió entonces que la llave abría algo y no tardó en dar con un arcón al fondo de la cueva. Fue hacia él y se arrodilló. Introdujo la llave y dio dos giros. La tapa cedió.

Extrajo un yelmo.

Una espada.

Un estandarte.

Una pieza de ajedrez.

Un libro.

Llevó el libro hacia donde se encontraba la vela. Sobre la portada se encontraban dos letras griegas: Alfa y omega. En la cubierta leyó Alicia, en latín: *Principium et finis*. Al instante pudo leer la misma frase en español en su mente. "Principio y fin". Luego, pasó su mano por el dibujo en la pasta del libro. Una luna asomando detrás de un cúmulo de tres nubes.

La única voz que había mancillado la quietud de la cueva, minutos antes, volvió a escucharse. Esta vez Alicia pudo comprender perfectamente.

"Simboliza la luz que proviene del interior de las personas."

El espíritu de Dietrich, el primer lobo de esa estirpe, se había sumado al círculo de guardianes. Se le veía más joven, más entero.

"Pues la luz del sol es divina y constante, pero la de la luna es humana y cambiante. Nos recuerda que, aunque cada corazón cobija luz y oscuridad, es esta constante batalla entre ambos lo que nos hace humanos. Y por pobre que sea la luz de una luna menguante, no deja de ser luz, y no deja de ser un triunfo sobre la noche."

Alicia levantó la vista. Sonrió al espectro. Le agradeció, conmovida. No sabía lo que le aguardaba al abrir el libro pero sí sabía que tenía que hacerlo.

Se sentó sobre los tablones de una pequeña butaca, al lado de la pared de la cueva, entre dos atriles.

Abrió el libro y leyó en la primera página, en perfecto castellano:

"Mi nombre es María Elene y ésta es mi historia."

Levantó los ojos. Ninguno de los espectros se encontraba ya ahí. La habían dejado sola, acaso para que pudiera agotar esas líneas sin distracciones.

Dio vuelta a la página y continuó con la lectura.

Del otro lado de la puerta, el día mutaba en noche. En el corazón de Alicia, algo iba hallando acomodo poco a poco. Un algo que había estado dormido desde su primer día de vida.

Ahora que has llegado al final de esta historia, que es tu historia, comprenderás que nada puede ser igual para ti en adelante.

De eso trata este escrito que, si has leído de principio a fin, es porque te compete. Y porque, poco a poco, se ha reavivado en ti la memoria de todo lo acontecido hasta el día de mi muerte. De tu muerte.

Se ha despertado en tu corazón todo lo acontecido a lo largo de mi vida.

De tu vida.

Y puedes, al fin, tomar tu destino en tus manos.

Sólo falta dar respuesta a una última pregunta, que se le ha hecho a todos los héroes desde el primer héroe. Ahora que has vuelto, ahora que has acudido al llamado, no puedes ser la excepción.

Antes de cerrar estas memorias, contesta con honestidad.

Y sé un digno portador de la espada.

Alborada lunar

Alicia dio vuelta a la última hoja y leyó en voz alta.

Vengo a ti con una petición.

Primero debes saber que esto no tiene nada que ver con religión alguna, pero si crees en la bondad de los seres humanos, te pido que me escuches.

Por medios que no me es posible explicarte sé cosas de ti que me han demandado acercarme y pedirte que formes parte de algo tan grande como el paso de la humanidad sobre la Tierra.

Te sonará extraño.

Algo imposible de creer.

Pero si hurgas en tu interior sabrás que no miento.

Y entonces podrás creer.

Sé que hay la suficiente generosidad en tu corazón para que te unas a una lucha en donde el trofeo no son la gloria, la fortuna o el poder sino la supremacía del bien sobre el mal.

Ninguna otra cosa se juega en esta guerra.

Así de simple y así de complejo.

Necesitamos tu ayuda.

Me he acercado a ti porque sé que, en la más urgente disyuntiva, siempre tomarás la decisión correcta.

Porque ante la alternativa de salvar otras vidas o salvar la tuya siempre optarás por lo primero.

Porque ante el dilema del bienestar personal o el bien común siempre optarás por lo segundo.

Y eso ya te hace un héroe.

Este mundo necesita más gente como tú. Comprometida. Involucrada.

¿Quieres…

pese a que no habrá recompensa,

pese a que la lucha no será fácil,
pese a que tendrás miedo todo el tiempo,
pese a que habrá días en que creerás que lo mejor sería renunciar,
pese al dolor y la tristeza,
pese a todo y pese a todos,
quieres...
¿Ser uno con nosotros?
¿Empuñar la espada?
¿Dar la lucha?

¿Formar parte?

Alicia levantó los ojos del libro. Lo cerró como si cerrara, con él, un capítulo de su vida. Uno muy largo. Porque mientras avanzaba por las páginas en las que se narraba toda la odisea de Orich Edeth desde que Manlio Tasio lo sacó de su casa, le dio un nombre y una corona y una legión de valientes con los cuales podría pelear hasta el día en que, conquistadas tantas tierras y vencidos tantos monstruos se resignó a que también, como otros, debía morir, mientras leía todo eso, fue despertando en su interior la memoria dormida del héroe que, muy a su pesar, había nacido para comandar, empuñar la espada, dar la lucha y, acaso, triunfar.

—Sí. Sí quiero —dijo en voz alta como habían hecho antes otras tantas reencarnaciones de sí misma.

Se suponía que debía ponerse el yelmo. Adquirir otra personalidad. Impostar la voz y salir a liderar campeones.

Se suponía.

Pero no.

No más.

Eran otros tiempos y en ella se conjugaban ambas piezas del ajedrez. El símbolo y el poder. Rey y reina en el tablero. Si había de pelear esa última batalla lo haría como siempre debió ser, como María Elene. Como Alicia Mendhoza. Como Orich Edeth.

Así que, después de meditar estas cosas en su corazón por un par de horas, tomó el yelmo y lo puso bajo su hombro, al igual que la espada y el estandarte. La pieza de ajedrez la colocó al interior de su chamarra. El libro decidió abandonarlo ahí porque supo que, una vez resuelto ese último capítulo, no habría necesidad de nuevos ciclos, distintas reencarnaciones. Con ella terminaba la espera, y con ella iniciaba, acaso, el mañana.

Abrió la puerta de la ermita. Salió al templete. La cuerda por la que había bajado se encontraba a sus pies. El sol se mostraba radiante en el horizonte. Pero parecía un nuevo amanecer, un…

Miró su reloj y confirmó lo que sospechó por un par de segundos. Era otro día, en efecto. Había permanecido dentro de la cueva por más de veinte horas sin advertirlo. Llenó sus pulmones del buen aire de las montañas. No tenía miedo. Un leve canturreo nacía en su corazón.

Se descubrió rodeada de espíritus.

—Gernot… —puso su mano en el espacio incorpóreo que ocupaba el hombro de aquel que había sido el primer héroe en la contienda después de Orich Edeth—. Querido amigo. Te libero. A ti y a toda la cofradía. Vayan al lugar de luz. Esta última batalla ya no les corresponde. Han hecho demasiado. Les estaré siempre agradecida.

Gernot hizo una venia. Casi mil quinientos años para ese momento. Se iba en paz porque sabía, en su corazón, que los héroes de este tiempo lo harían bien.

"Me da gusto, mi señora, que conserve su nombre, que muestre su rostro, que se muestre tan entera y tan valiente como el día en que la conocí. Si hubiese que pelear otras mil batallas a su lado lo haría con gusto."

—Lo sé, Gernot. Pero ha pasado mucho tiempo desde que cambiaste el yunque por la espada. Y es tiempo de que tengas un momento de paz. Que veas a tus hijos y a tu esposa. Que dejes atrás todo esto. Tú y los otros veintiuno. Tú y mi amado Wolfdietrich. Todos. Márchense sin miedo. Ya nos veremos en otro lugar en el que podamos reír y cantar como antaño.

Los miró uno por uno y uno por uno fueron volviéndose aire.

El aullido de un lobo fue lo único que quedó al marcharse el último, aquel cuya sangre corría por la de Farkas, la de Sergio Mendhoza y tantos otros que, sin saberlo, habían trabajado y vivido para ese momento.

—¿Alicia? —se escuchó en la parte de arriba de la montaña.

—¿Julio? ¿Eres tú?

—¡Alicia! ¿Cómo estás?

—¡Bien! ¿Qué pasó?

Julio titubeó. ¿En verdad no lo sabía?

—¿Pues dónde estuviste? ¡Ayer, por más que te gritábamos no nos escuchabas! Y luego, cuando conseguimos otra cuerda, el árbol empezó a crujir y preferimos no intentar bajar. Pasamos la noche aquí y, cuando vimos que no regresabas, los demás se fueron a pedir un equipo de rescate.

Alicia se sintió inexplicablemente contenta. En el próximo futuro no se vislumbraba otra cosa sino la inevitable confrontación con el más horrible de los demonios. No obstante, se sintió feliz. Acaso porque sospechaba que el final también era inaplazable. Y éste, de una u otra manera, anunciaba la conclusión de tantas vicisitudes. Sin importar cómo terminara, sería ineludible. Pasara lo que pasara.

—¡Ata la cuerda al árbol y arrójamela!

—¿Pero no oíste que...!

—¡Eso fue ayer! ¡Ahora resistirá! ¡Créeme! Y avisa a los otros, si puedes, que ya no será necesario el equipo de rescate.

Julio puso manos a la obra. Alicia se sorprendió contemplando el magnífico recorte de los Pirineos sobre el pulcro azul del cielo como haría cualquier turista en un viaje de placer.

"Todo va a estar bien, Sergio", repitió en su mente. "Todo va a estar bien. Te lo prometo."

Capítulo treinta y nueve

En algún lugar de alguna cadena montañosa europea, alguien decía en voz alta: "Sí, sí quiero" y detonaba, sin saberlo, acontecimientos largamente esperados que tenían que ver con la cancelación de un pacto. En un lugar de alguna colonia de la Ciudad de México, un espíritu se presentaba a dar cuenta del último ejemplar de cierto libro que, de acuerdo a dicho pacto, se volvía obsoleto a partir de ese momento. El mundo volvía a contar con la presencia y compromiso de Orich Edeth; la labor de mediadores se daba por concluida; un nuevo y último episodio iniciaba. Desde que Gernot había convenido con Oodak que así había de ser, hacía más de ocho siglos, la palabra de los portavoces de la alborada lunar se había empeñado: hasta la muerte del último nombre plasmado en un sobre o hasta la vuelta definitiva de Edeth se utilizaría el Libro. Ni una hora, ni un minuto, ni un segundo después. Ambos eventos casi habían coincidido en el tiempo, señal inequívoca de que el fin estaba cerca. De haber muerto Frozzi, se habría tenido que destruir la última copia del Libro. Pero antes, poco antes, volvió Edeth. Y la palabra de los guardianes estaba empeñada.

Gernot se hizo presente frente al ejemplar que debía reducir a polvo.

Pero quiso el destino que fuesen casi las cinco de la mañana en algún lugar de los Pirineos, y las doce y minutos de la noche en algún lugar de la Ciudad de México.

Brianda Elizalde se encontraba leyendo en voz alta cuando el guardián mostró su fulgor en aquel cuarto. La muchacha, sentada en la única silla del cuarto de Sergio, sostenía una novela cuando la luz comenzó a parpadear para, repentinamente, apagarse por completo. Sintió un repentino escalofrío. Apenas la noche anterior había padecido aquel ataque de espectros malignos donde creyó perder a Sergio. No creía poder soportar algo similar.

Las manos le sudaron. El corazón se le aceleró al máximo. Pero pudo más su sentido de protección. No podía dejar solo a Sergio.

Cerró el libro.

Sin embargo, comprendió enseguida que ese leve fulgor que se sobreponía a la oscuridad no podía ser perjudicial. Por el contrario.

Sus ojos se encontraron con los de aquel espíritu, ese viejo soldado que no pudo evitar solidarizarse al instante con ella, pues detectó en su mirada que no era indiferente a los tiempos que corrían.

—El Libro ha de ser destruido —dijo Gernot con voz tranquila.

Brianda, pese a que la frase había sido dicha en alguna lengua muerta, comprendió. Gernot supo entonces que alguna liga tendría esa chica con aquel a quien se había traspasado el Libro o no sería capaz de tener ese último coloquio con él.

—En el pacto se estipuló que la tregua se mantendría hasta que Edeth volviera a empuñar la espada.

Gernot puso una de sus fantasmales manos sobre el ejemplar para hacer en sentido inverso aquello que había operado en él desde el siglo trece. Con nostalgia recordó cuántas veces había reconstruido sus pastas, reintegrado sus hojas, devuelto la nitidez a su precaria tinta. En su mente hizo un recuento de todos los mediadores que lo habían utilizado y, sin querer, demandado sus servicios. Desde Béla Zak hasta Ugolino Frozzi, Gernot había impedido que el agua, el polvo, el fuego, la pérdida, impidieran a cada mediador cumplir con su cometido. Recordó con cariño que la gran mayoría de los hombres y mujeres asignados había intentado cumplir con su trabajo; conjeturó una cifra de demonios enviados al infierno gracias a ese ejemplar en específico; sintió que su propio espíritu añoraba el descanso eterno. Entonces, trajo a su memoria el momento en el que, con su venia, Frozzi separó el prefacio del Libro y lo traspasó a...

En efecto. Ese cuerpo ahí tendido correspondía a aquel muchacho que conformaba la apuesta en la que quiso participar. Dar un sobre equívoco a aquella bruja; un sobre donde, en vez de un nombre figuraba un retrato. El de ese chico cuya alma, evidentemente, no se encontraba ahí.

Puso de nuevo sus ojos en Brianda. Sonrió. Finalmente, Edeth había vuelto.

—No ha sido en vano, ¿sabes? —dijo Gernot.

Brianda se mostró inquieta. ¿Estaba intentando dialogar con ella ese espíritu?

—¿Qué no ha sido en vano? —se atrevió a preguntar.

—Todo lo que han hecho para llegar a este momento. Comprendo que no haya sido fácil. Pero no ha sido en vano.

Brianda asintió, agradecida. En gran medida necesitaba oír algo como eso.

—Yo era el único que sabía que habían de cumplirse tres cosas cuando Edeth volviese a la Tierra. Al menos dos se cumplieron. Que él y Oodak se miraran a los ojos, sin conocerse, un día de Navidad. Y que el Señor de los demonios pudiera inmolar al Señor de los héroes como a un cordero, pero no lo hiciera. Esas dos cosas se cumplieron. La primera en esta misma casa. Así que los tiempos son correctos. Nada de lo que hayan hecho ustedes ha sido en vano. Y por ello les estamos agradecidos.

—¿Puede ver usted el futuro?

—No más que tú.

Brianda recordó su único y final sueño. Los lobos muertos. El dragón enfurecido. Sintió un último escalofrío.

—Me hubiera gustado saber si habrá un buen final para nosotros. Si Sergio despertará —la voz se le quebró un poco—. Si algún día podremos, no sé, ir al cine o al ballet.

Gernot volvió a sonreir con beneplácito.

—He rondado la Tierra, querida niña, desde los tiempos de Theoderich el Grande. Desde que se creía que en el mar acababa el mundo y cuando todo el progreso que hoy define al ser humano no era ni siquiera un sueño. He permanecido en esta indefinición de vida y muerte desde tiempos en que el hombre tenía más preguntas que respuestas y más inocencia que conocimiento. Y puedo decirte, sin temor a equivocarme, que así sea a caballo o sea en un artefacto de esos que han conquistado la luna, el hombre sigue siendo el mismo hombre. El mismo ser humano. La historia siempre tiende a terminar igual. No por concesiones baratas de cuentos para niños, sino por congruencia matemática. Porque hay más de héroe que de demonio en el ser humano. Y ésa es una verdad tan grande como la vida que llevo a cuestas.

Brianda bajó la mirada. Sí, acaso ganaran los buenos... pero ella sólo quería saber si algún día podría sentarse a ver una película al lado de Sergio, poner la cabeza en su hombro. Cerrar los ojos y no sentir miedo.

—Sería lo justo —agregó Gernot mirando a Sergio—. Que algún día fueran al ballet. Que crecieran y se casaran y formaran una familia. Que en su vejez se miraran y todo esto pareciera un sueño. Sería lo justo. Pero la historia, más que justa, es humana.

Gernot recordó que, antes de que Edeth dejara la cueva, tenía otra última parada. Así que prefirió terminar con ese trabajo de una vez. Pero no se arrepentía de ese último coloquio. Puso una mano sobre el Libro, de nueva cuenta.

—Sólo tenía un error, ¿sabes? Pero igual fue de una enorme utilidad para nosotros.

—¿Un error? —dijo Brianda, tratando de sacudirse el pesar.

—Uno que, al final, no fue tan dañino, en mi opinión. Tal vez, por el contrario, hasta sirvió para crear cierta confusión necesaria.

—¿Qué error? —insistió ella pensando que él no lo habría mencionado si no deseara revelarlo.

—"El hombre es el lobo del hombre" —sentenció Gernot—. El licántropo no es un demonio, aunque aquí se le designe como tal. Sigue siendo un hombre.

—¿Qué?

—No sólo aplica para el Wolfdietrich sino para cualquiera que, en su interior, reproduzca esta anómala condición que tuvo origen en tiempos en que el hombre y el lobo eran hermanos.

Es el único monstruo que no debe la prolongación de su vida o la posibilidad de transformación a Oodak. Es el único que conserva su alma consigo a pesar de sus crímenes.

—¿Por qué?

—Porque no renuncia a su bondad. Porque actúa con la duda en su interior. Y aunque es cierto que basta separar una parte de él para acabar con su esencia, no se reduce a cenizas porque no es un demonio. Aún conserva consigo esa luz interior necesaria para poder seguir llamándose humano.

—¿Luz interior?

—Esperanza, pequeña. Esperanza.

En el fondo se alegraba. Porque la historia siempre tiende a terminar igual. O la humanidad habría llegado a su propia destrucción muchos siglos atrás.

El Libro de los Héroes, sobre la mesita al lado de la cama de Sergio, se redujo a polvo. La última de las veintidós copias quedó, al fin, inservible. Sus inquietantes dibujos, sus crípticas frases en germánico antiguo, su pesada misión en la Tierra quedaban para siempre atrás. Era el fin, sin lugar a dudas.

Gernot desapareció. Brianda suspiró. Decidió que no leería más esa noche.

* * *

Er Oodak sólo llevaba a cabo una operación como ésa cuando se sentía ansioso. Ésta era una de esas veces. Contempló, desde su silla, a varios metros de distancia, al hombre atado de pies y manos, desnudo, tirado en el suelo y apenas alumbrado por un foco cenital. Los ojos y la nariz del sujeto estaban rojos, congestionados por el llanto y la desesperación; sus codos y rodillas, sangrantes debido a los fallidos intentos de escapar. Se encontraba al interior de una pequeña mazmorra subterránea en la que las paredes, cavernosas, exudaban humedad ofreciendo un brillo que Oodak consideraba hermoso. El suelo, no obstante, era de vulgar cemento. Tres pequeñas puertas rodeaban al sujeto, a quien deliberadamente no amordazaban para que los gritos saciaran el apetito del amo de ese castillo; un anillo de hierro al cuello lo sujetaba a una cadena fija al suelo. Tres pequeñas puertas que no tardarían en ser abiertas rodeaban al infeliz que, horas antes, había sido raptado ebrio de un bar en los suburbios. Al lado de Oodak, un médico leía el periódico; era el demonio encargado de mantener con vida a aquel que estaba a punto de suplicar misericordia, algo imposible de encontrar al interior de ese oscuro recinto.

Oodak no apartaba la vista del cuerpo de aquel cuya borrachera había desaparecido como por arte de magia en cuanto lo arrojaron al piso de ese minúsculo patio y ataron del cuello. Trataba el Señor de los demonios de dar con la razón por la que tanta inquietud se había apoderado de él. No era lógico. Después de tan decepcionante espera, a lo largo de los siglos, al fin se había decidido a dar la estocada final al mundo, algo que debió haber hecho mucho tiempo atrás. La fecha era el equinoccio de otoño. Todos los demonios estaban avisados; eran libres de mostrarse al mundo y aterrorizar a quien quisieran a partir de las cero horas del 22 de septiembre. Eran libres de aniquilar, de destruir, de tomar las riendas del planeta en sus manos. Sólo aquellos de las altas esferas de la élite, aquellos que llevaban la marca de la Krypteia estaban condicionados a hacerlo, en principio, de forma discreta, pues no quería Oodak que se supiera de inmediato qué gobiernos estaban en su poder.

Todo tenía que ser perfecto. Era inmortal. Su reinado también lo sería. ¿Por qué, entonces, la repentina inquietud?

Del mismo modo que un hombre de negocios habría pedido un masaje en algún sauna para relajarse, él solicitó a sus subalternos más íntimos que le prepararan una sesión de esa índole. Un solo movimiento de cejas bastaría para que se abrieran las puertas y las hienas hambrientas entraran a dar cuenta de su presa. Un solo ademán bastaría para que las fieras fueran devueltas a sus jaulas y el médico interviniera para impedir a la víctima desmayarse o morir. El ciclo podría repetirse hasta la saciedad, hasta que el hombre no fuese sino un amasijo de carne y huesos suplicando por un tiro en la cabeza. Pero Oodak no hacía nada. No daba marcha a nada. Se mantenía expectante y reflexivo. ¿A qué se debía...?

Comprendió enseguida. Y, sin denotar un verdadero cambio en su rostro, ordenó al médico:

—Déjame solo.

El doctor, quien desde luego también era un sádico, se mostró confundido. Levantó la vista del periódico.

—¿Cómo dice, mi señor?

—Que me dejes solo.

El doctor, un hombre que más parecía un funcionario, bien peinado y de traje impecable, se levantó y obedeció. Salió del calabozo y cerró la puerta tras de sí.

A Oodak no le molestaba la presencia de la víctima. Por el contrario, le pareció que sería un divertimento que le permitiría hacerse falsas esperanzas, algo que siempre hacía más grato el horror posterior.

—Muéstrate y habla, espectro —dijo con firme voz.

Gernot así lo hizo. Su enjuta figura apareció a pocos pasos del ser maldito.

—Ha ocurrido —dijo sin más.

—¿Qué ha ocurrido? —gruñó Oodak—. No me hables en acertijos. No sé quién eres ni qué deseas, pero en varios días no he dejado de sentirme ansioso así que se me ha ocurrido que tú, quien no perteneces aquí, puedes tener algo que ver con ello.

Gernot se hizo aún más visible, todo lo que podía en esa catacumba, a pesar del foco que alumbraba al sujeto desnudo, única luz encendida.

—¿No me recuerdas, Señor de los demonios? —cuestionó a Oodak.

—¿Por qué habría de hacerlo? —espetó éste con molestia.

Pero no bien hizo esta pregunta, en su mente se agolparon los recuerdos. Finalmente había creído con firmeza, durante esos últimos años, que en verdad se avecinaba el tiempo. Por ello todas esas molestias con Sergio Dietrich. Pero apenas estaba lidiando con dicho malestar, preguntándose qué le pasaba, y surge de la nada ese individuo. Justo ese individuo.

—Ahora que lo dices, sí, te recuerdo, espectro. Tú peleaste al lado del cobarde de Edeth.

—He venido a cancelar el pacto. El Libro de los Héroes ha desaparecido de la faz de la Tierra.

Oodak no pudo evitar ese golpe de entusiasmo. Se puso en pie. Invadió el espacio del espíritu, tratando de mirarlo de frente.

—¿Qué has dicho?

—Me oíste bien. Hace varios siglos pactamos una tregua. Hoy termina.

—¡Pero eso sólo puede significar una cosa!

Gernot sentía la misma repulsión que lo había invadido aquella noche del siglo trece, cuando acudió a concertar con el Señor de los demonios la posibilidad de un libro y una nueva era. Sólo que en aquel tiempo, no había un solo demonio en la tierra aparte de Oodak. Luego vino el mafedet y, finalmente, todos los que habían ido repoblando el planeta. En ese entonces el tufo y la certeza de estar ante el más cruel de los demonios casi lo deja sin aliento. Ahora, con ese infeliz atado en el suelo, confirmaba Gernot que la maldad de Oodak se había mantenido inmutable con el paso del tiempo.

—La tregua terminaría el día que los nombres en la nómina de sobres se agotaran —dijo Gernot—. O el día que volviera mi señor de entre los muertos.

—¿Y cuál de ambas condiciones ocurrió?

Gernot lamentó un poco ese día. Aún debía volver a la cueva en los Pirineos para ver salir a la luz del sol a Edeth y esperar sus órdenes. No habían pasado ni treinta minutos desde que Alicia dijera "sí quiero" y Gernot ya había cumplido con lo que tenía que cumplir. Pero no se sentía jubiloso. El monstruo frente a él, en el colmo de la arrogancia, se alegraba del advenimiento de su señor. Debería estar temblando de miedo y, por el contrario, se mostraba alegre, satisfecho.

—¡Habla, espectro!

—Ambas —tuvo que admitir Gernot—. Ambas ocurrieron. Lo nigromantes cumplieron bien. Revelaron hasta el último nombre. Ningún sobre más revelaba nombre alguno porque, en efecto, es el tiempo de Edeth.

—¿Quién es? —preguntó Oodak como un maniaco—. ¿Dónde está?

—No estoy obligado a revelártelo.

Oodak dio un manotazo al espacio que ocupaba Gernot, a sabiendas de que no podía tocarle, forzarle, torturarle. Pero igual no importaba. La tregua había terminado y él no rompía ningún código al ordenar un zafarrancho de sangre en el siguiente equinoccio. Lo mejor de lo mejor porque el Señor de los héroes estaba obligado a mostrar la cara. Luchar por su gente. Morir de una vez y para siempre.

—Mi venganza será terrible, soldado —se mofó mirando con furia a Gernot, su boca se volvió reptilesca, sus ojos, profundos y escarlatas—. Una vez sufrí su traición; y no lo he olvidado. Si puedes, dile que lo despedazaré lentamente, comeré sus entrañas mientras me mira con horror, lo dejaré irse del mundo sólo cuando me apetezca pues incluso después de muerto ataré su espíritu a mi morada para que contemple cómo acabo con todo. Se arrepentirá de cada uno de todos estos años que me hizo esperar.

Gernot decidió que era hora de marcharse. Justo en el momento en el que Oodak levantaba una garra y ordenaba la liberación de las hienas. Justo cuando saltaba el primer borbotón de sangre.

Al segundo siguiente se encontraba de vuelta en los Pirineos. Al lado de los otros guardianes. El sol aún no se asomaba tras las montañas, pero su luz ya pintaba la bóveda de colores que iban del blanco al azul. Se sintió súbitamente triste.

Cuando Edeth dijo "Te libero, a ti y a toda la cofradía", sintió un regocijo como no había sentido en un milenio entero. Se sintió agradecido, conmovido, feliz. Ofreció pelear más batallas al lado de ella e incluso le aplaudió la decisión de no cubrir su rostro, pero sabía que su papel en ese drama ya estaba cubierto.

Al momento de desvanecerse para siempre, una música centenaria, un arrullo como aquel que le cantaba su madre en la cuna en aquellos tiempos en que el mundo se terminaba donde empieza el mar, inundó definitivamente su corazón.

Capítulo cuarenta

Últimamente las voces de los muertos atormentaban a Farkas mucho más de la cuenta. Por eso ya casi no hacía caso a los ruidos del mundo. A ratos creía que se volvía loco, que era como cuando, de niño, empezaba a percibir gente que no estaba ahí, a escuchar voces en el aire. A todo Wolfdietrich le pasa. A todo licántropo. Pero se termina por aprender a manejarlo, del mismo modo que se deja en ruido blanco la algarabía de una muchedumbre. Últimamente, no obstante, era como si tuviera las voces en su cabeza todo el tiempo. Voces de muerte y destrucción.

Con todo, se había prometido no apartarse de la estatua así lloviera o granizara u ocurriera una catástrofe, porque no tenía otra forma de garantizarse a sí mismo formar parte del final, cualquiera que éste fuese. Ya otras veces la policía había ido a exigirle que se apartara de la plaza, que mendigara en otro lado. Y ya otras veces había obedecido, sólo por no generar un conflicto innecesario. Creyó que ésta era una de esas veces. Que esa voz era una en su cabeza. Que todo, desde el día en que decidió no marcharse del mundo, era una misma e interminable pesadilla.

—Despierta, por favor.

Dijo la voz. Farkas creyó que estaba en su cabeza. Que sería algún espíritu atormentándolo. Eran pasadas las once de la mañana. Sobre su rostro sentía el caminar de las moscas, el picor de la barba, las diminutas gotas de sudor. No, no quería despertar. O, por el contrario, sí que quería. Abandonar para siempre ese mal sueño, mirar a Peeter a los ojos por última vez, conseguir un descanso, el que fuera.

—Despierta.

Ahora lo palpaban con gentileza. Había pasado más de una semana desde que Brianda le diera la noticia, el mismo tiempo que llevaba ahí tirado. Sólo se levantaba durante la noche para ir a cazar ratas y hacer sus necesidades. Ya ni siquiera lo visitaba Bruno. El muy ingrato se encontraba lejos, en algún lugar, en compañía de Sergio Mendhoza. Ambos en busca de quién sabe qué cosa. Ya no le importaba terminar de buena manera. El rostro atormentado de Peeter, su hijo, había vuelto después de tantos años y no podía ocultar de sí mismo el peso de la decepción. Pensó que Sergio le llevaría algo de lo cual asirse, una rebaba de esperanza, una mínima luz. Y no sólo no le había entregado nada sino que se había largado con una prisa que no indicaba nada bueno.

En cambio, había empezado a obsesionarlo una idea, una especie de presentimiento. Se veía a sí mismo en la superficie de la luna, extraña y disparatada idea. Se veía en una noche como un espejo, de negro cielo y blanca arena. Él, a la mitad de un cráter confrontando un demonio al que no podía ver el rostro. No le daba importancia sólo porque era completamente absurdo imaginarse en la superficie lunar, pero tampoco podía negar que podría tener algún significado pues era una idea bastante recurrente.

Y ya se estaba cansando de tener que desdeñarla.

Lo mejor era echarse al rayo del sol. Cerrar los ojos. Dejar que el tiempo avanzara en su cuerpo humano. Seguir envejeciendo y tal vez esperar a que la guadaña de la muerte cayera sobre él sin darse cuenta.

—Farkas. Despierta, por favor.

"Ojalá fuese ella, la parca, llamándome por mi nombre", pensó. Luego, abrió los ojos y el sol lo cegó por un instante. Se incorporó. Era ella. Después de tantos años de espera, era ella.

Se había sentado a su lado, las piernas dobladas, la espalda recargada en la base del monumento, los brazos sobre las rodillas, la sonrisa presta.

Después de tantos años, ella.

Farkas se sentó de la misma manera. Se pasó una de sus sucias manos por la cara.

—Debí suponerlo. En realidad sí estabas ahí el día de su muerte. Como en el cuento del Príncipe bondadoso. Supongo que me cegó el prejuicio.

—¿De que fuese mujer? —dijo Alicia.

—De que nunca consideré que pudiera ser alguien tan…

—¿Ordinario?

—Cercano.

No se miraban. La escena era peculiar, así que los transeúntes no dejaban de reparar en ellos. Una mujer de veintiocho años, un menesteroso. Ambos sentados en el suelo, sosteniendo una plática. Ni en un millón de años habrían adivinado los curiosos la relación entre ellos o la naturaleza de su charla.

—Nunca nos conocimos. Sin embargo, alguna vez te hablé, a través de Bruno.

—Fue en Roma —recordó Farkas—. Hace tanto tiempo que es un milagro que aún lo recuerde.

—Hay cosas que nunca se olvidan, Wilhelm. Como el verdadero nombre. O como el cariño que sentimos por aquellos que nos importan.

—"¿El agua apaga el fuego?", ése fue tu maldito mensaje.

—Y dime, Will. ¿Así ha sido?

—Puse a prueba al muchacho. Es una gota de rocío. Pero no hay incendio que no pueda apagar. Hay cosas que son como tienen que ser.

Farkas iba sintiendo, muy a su pesar, una especie de conexión. Algo en su interior reclamaba justicia. Pero no la personal y egoísta, sino la común y altruista. Algo no correspondía con esas ganas terribles de entregar a Edeth, como había prometido hacía más de cuatro siglos, buscar a su hijo más allá de las puertas del averno, conseguir un trueque con Satán, terminar de una vez por todas con ese horrendo peregrinaje.

—Lo sé. Es mi hermano. Y es el mejor ser humano que conozco.

—Después de ti, supongo.

Alicia se recargó en Farkas como si fuesen grandes camaradas de mucho tiempo. El licántropo detestaba eso que estaba sintiendo y que no podía evitar. No le costó ningún trabajo imaginarla liderando legiones enteras de héroes si él, con tan pocas palabras y tan breves instantes, estaba casi a punto de rendir la vida por su causa.

—Antes —dijo Alicia—. Mucho antes, como muchos hombres y mujeres buenos que he conocido.

Farkas no quiso apartarse. Le gustaba ese contacto, esa inaudita transmisión que operaba Edeth en él de que las cosas podían resultar, al final, como esperaban. Que podían ganar los buenos.

—El mío es un caso singular —dijo ella—. Me persigue un sino que no he podido eludir desde el día en que el primer mediador me sacó de mi casa en Panonia. El caso de Sergio, el tuyo, el de mucha gente, ha dependido de sus propias elecciones. Son grandiosos porque así lo han decidido. Me siento honrada de estar en el mismo bando.

—Tampoco es que un Wolfdietrich pueda escapar de su destino.

—¿Y qué me dices de mi padre? ¿Y de tantos otros que sólo se hicieron a un lado? El heroísmo no te viene, Farkas, te lo ganas. Aunque tu estirpe te señale para ello. Sergio y tú también pudieron echar a correr hacia el otro lado.

—Igual todos los Wolfdietrich mantuvieron el mensaje y la tradición desde el primero hasta el último.

—Igual estamos aquí charlando.

No era banal esa forma de optimismo. En el horizonte se vislumbraba una batalla y Alicia no mostraba ningún tipo de afectación. Era como presenciar a un insecto paseando inocentemente por un terreno infestado de culebras. "Será que hay insectos que saben que su picadura es mortal", pensó Farkas.

—¿Qué quieres de mí, Edeth?

—Que me ayudes a convocarlo. Y que estés ahí, solamente.

Farkas giró el cuello. La miró. Era enternecedor y era inaudito.

—Y que me siente a contemplar cómo acaba contigo.

—Si acaba conmigo.

—¿No tienes miedo de morir?

—Lo único que me atemoriza es no saber si Sergio despertará un día. Si terminará una carrera. Si se casará. Si tendrá hijos. Si será feliz. Lejos de eso, estoy ansiosa por llevar estas cosas al final.

—Debes estar muy segura de que todo terminará bien.

"Y no sé si eres muy valiente o muy tonta", pensó.

—Lo único que sé es que nada ganaría postergando las cosas. Tengo que confrontarlo. A eso he vuelto. Ustedes lo han hecho muy bien sin mí desde que me marché. Ahora es mi turno.

—No se presentará solo, ¿acaso no lo ves?

—Pero sí me enfrentará solo. Ha estado esperando esto por más tiempo que yo. No lanzará a sus esbirros en mi contra. Quiere saciar su venganza por sí mismo.

"Maldita sea. Tiene respuesta para todo."

—No importa. Si hemos de ir no podemos presentarnos como si fuésemos a un día de campo. Convocaré a todos mis lobos.

Alicia sonrió como si todo se ciñera a un libreto que ella misma iba descubriendo a cada segundo.

—Brianda me contó, ¿sabes? Lo del error en el Libro. En el fondo yo sabía que ofrecerías esa ayuda.

—¿El error en el Libro?

—Los hombres lobo no son demonios.

—Pero tampoco héroes, Edeth. La verdad no sé adónde nos va a llevar esta maldita locura.

—Al final de la historia, Farkas, cualquiera que éste sea.

El licántropo levantó la vista. Contempló la ventana del cuarto de Sergio. El asunto entero se precipitaba hacia el desenlace, en efecto, pero sin que mediaran trompetas triunfales ni pertrechos militares formidables. Por lo visto no habría ejércitos que, de colina a colina, midieran sus fuerzas y ondearan sus banderas y se lanzaran a la carga con el nombre de su señor en un grito de furia. Negó con incredulidad. Detrás de esa ventana, a pocos metros de distancia, hacía un par de años que un muchacho había recibido un mensaje en su computadora. "¿Cuánto miedo puedes soportar, Mendhoza?" Y, con éste, Farkas había dado inicio a la conclusión definitiva de tantos personajes y tanta tribulación. "Hay cosas que son como tienen que ser."

—No sé por qué pensé que te interesaría más el futuro de la humanidad. Y que ésa sería tu bandera en esa lucha final.

—En mi mente caben todos aquellos que me han querido y he querido, Farkas. Desde mi primera memoria, con mi abuela, hace más de mil años, hasta la tarde de ayer, que aterrizamos en la ciudad. Nadie puede afirmar que lucha por la humanidad sin parecer un redomado hipócrita. Luchas por los que quieres. Vas a la guerra por aquellos que te esperan en casa. Y si he de enfrentar a Oodak ha de ser por Sergio. Por ustedes.

—¿De qué hablas? No puedes decir que me quieres. No me conoces.

—Te conozco más de lo que tú crees. Tú también llevas demasiado tiempo en esta lucha. Y todo por una persona, aquella a la que has querido más que nada en el mundo. Sergio también es, para mí, como un hijo. Creo que no hay lucha que vale más la pena que la que damos por los que nos suceden en nuestro papel en la historia.

Farkas volvió a mirar hacia aquella ventana. Ahora, por ella, se asomaba una chica de anteojos que le hizo un ademán. Se preguntó si él también los quería a todos. O si lo único que necesitaba era sacarse de encima la obsesión de haber sido un mal padre, el peor de todos.

De entre sus ropas extrajo un teléfono celular, casi anacrónico de tan sucio y pasado de moda.

—Dime un día, Orich Edeth.

—Justo en el balance entre luz y oscuridad. Los primeros minutos del día veintidós de septiembre, equinoccio de otoño.

"Es decir, el próximo martes", pensó Farkas. "¿Por qué no me sorprende?"

—Dime un lugar.

—Que sea donde todo comenzó para nosotros, para Sergio y para mí y, en cierto modo, para ti también. En el desierto de Sonora.

Farkas asintió. Al lado de Brianda, tras la ventana, se encontraba ahora Jop. Ambos miraban hacia el monumento. Hacia el futuro, podría decirse. Wilhelm Stubbe sintió que un extraño entusiasmo se apoderaba también de él. Eso, efectivamente, tenía visos de conclusión. Después de más de cuatrocientos años, ya parecía un pequeño triunfo. Con todo, no pudo imaginar a Edeth rodeada de tan mal equipo en medio del desierto esperando a una legión de demonios. Brianda, Jop, Julio, Frozzi, él mismo. Necesitaban ayuda.

Miró su teléfono celular. Tecleó un número de memoria. Aguardó. Alicia agitó una mano, saludando a los chicos que la miraban desde su casa.

—Hola Gunter —dijo Farkas en alemán—. Necesito pedirte un favor enorme. Tal vez el más grande de todos. Y seguramente el último.

Capítulo cuarenta y uno

Las paredes con pósters de películas de miedo fueron testigos. Al igual que la máscara de Hannibal Lecter, la de Jason y los guantes de Freddy Krueger. Los cientos de DVDs apilados junto a la cama. Los libros de Stephen King, de Clive Barker, de Shirley Jackson. El mundo del cine y la literatura de terror hacían de esa habitación una especie de santuario, pues hablaban del muchacho que ahí, por lo regular, dormía. No era un muchacho común. Era, en buena medida, el mejor de los amigos. Había pedido asilo en el departamento en la colonia Juárez donde se gestaba el final de toda esa aventura. Por eso ahora dormía en un *sleeping bag* al lado de un hombre con un solo riñón llamado Julio, una chica que pese a todo no bajaba sus calificaciones en la escuela, una mujer que había despertado en su interior al más formidable de los héroes y un muchacho excepcional que, aunque en estado de coma, seguía transmitiendo esa sensación de seguridad y esperanza de siempre.

Así que sólo la parafernalia hollywoodense de miedo fue testigo del momento en que la computadora portátil de Jop se encendió sola, al igual que la impresora láser. Un ligero pitido fue el único sonido que se colgó de la noche, evitando despertar al resto de las personas al interior de esa casa en la colonia Del Valle. La quietud se mantuvo mientras el equipo pasaba por toda la secuencia de arranque y sólo un leve resplandor, proveniente de la pantalla, bañó la cama, la puerta del clóset, las repisas, la televisión.

En cuanto la computadora desplegó el inicio de sesión, el silencio se hizo más profundo.

Transcurrieron varios segundos.

Invisibles manos teclearon, entonces, la contraseña.

No era trivial lo que ahí ocurría. Sin embargo, nadie en aquella casa se daba por enterado. El señor Otis roncaba y su mujer lo toleraba. El personal de servicio, que dormía en cuartos aislados de la planta baja, del otro lado del jardín posterior, no habría podido escuchar ni siquiera esmerándose. Lo mismo el chofer, Pereda, quien, desde que regresó de aquel extraño viaje a los pirineos franceses, había perdido toda capacidad de conciliar el sueño al primer intento.

Un *clic clac clic* se percibió antes de que la computadora mostrara los iconos de la primera pantalla. El cursor del *mouse* se desplazó sin hacer un solo ruido.

Abrió una carpeta. Otra.

Y otra más.

Luego, aquel que había hecho tal intrusión consiguió llegar a cierto archivo de Excel. Específicamente, una tabla con un censo.

Transcurrieron nuevamente algunos segundos.

La impresora se accionó.

Una tras otra las hojas comenzaron a aparecer en la bandeja de salida. Nombres y apellidos de gente en el mundo. Y lugares de ubicación. Eso era todo.

Para aquel que comandaba esas acciones, en efecto, lo era todo.

El señor Otis se revolvió en la cama. Se soñó a sí mismo levantándose y yendo a la habitación de su hijo Jop. Abriendo la puerta. Confrontando a un escalofriante espectro sentado al escritorio, utilizando la computadora, mirándolo con ojos huecos. Remoloneó un poco y volvió a quedarse dormido. De cualquier modo, desde que su hijo andaba metido en asuntos incomprensibles, las pesadillas eran el pan de cada día.

No así con Pereda, quien apenas estaba logrando conciliar el sueño cuando lo sobrecogió una imagen. En la soledad de su cuarto se levantó de improviso, aterrorizado, y salió al jardín, en piyama y descalzo. Se dio cuenta de que, más que un sueño, era una visión: una tremenda y espantosa visión que no podía desdeñar.

En ella, un monje antiguo con rostro de calavera le daba una orden. Y él, transido por el miedo, se sintió impelido a obedecer cuanto antes.

Desde el caminito de piedra en el que se encontraba parado, escuchó a la impresora haciendo su rutinaria labor en una de las habitaciones superiores de la casa principal. Expulsando hoja tras hoja. Supo Pereda que aunque fuese a la carrera al cuarto del Joven Alfredo, no hallaría a nadie. O, peor aún, encontraría a aquel que, en sus sueños, le había dictado una encomienda y un domicilio particular.

Supo que no podría volver a dormir hasta que no se encargara del asunto.

* * *

Esa misma noche, pero algunas horas antes, la inquietud del Señor de los demonios era tal, que decidió salir de su castillo sin avisar a nadie. Conseguía este tipo de libertades sin esmerarse. Los miles de años le conferían una superioridad casi rayana en la omnipotencia. Así como era capaz de ocultar su naturaleza demoníaca, también podía pasar desapercibido si se lo proponía, volverse un comparsa insignificante, un peón más del ajedrez.

Así que abandonó su habitación en la torre oscura que solía ocupar y bajó las escaleras como si fuese un fantasma. El palacio se encontraba repleto de demonios que se entregaban a todo tipo de desenfrenos y prácticamente a toda hora, esperando el momento en que pudiesen, al fin, ser libres para el saqueo, para el crimen, para la violación, para el asalto a un mundo que deseaban y repudiaban por igual. Oodak se paseó entre las hordas de monstruos que poblaban las escalinatas y pasillos de Sötét vár como si se tratara de un lacayo. En algunos sitios predominaban la sangre o los ritos demoníacos o la violencia. Pasó a través de ellos sin molestar, simplemente anhelando un poco de aire fresco.

Al poner sus plantas fuera del castillo, con la luz de la luna alumbrando malamente el bosque, se permitió un dejo de sinceridad consigo mismo. Estaba ansioso porque no podía esperar el momento en que él y Edeth midieran fuerzas. Sabía que, descartando la posibilidad de aniquilación, el futuro era suyo. Y aunque seguía temiendo al tedio como en los tiempos en que la historia humana iniciaba y él se había aburrido de la sangre y la muerte por ser recursos fastidiosamente fáciles, ahora le importaba un bledo. Casi hasta estaba deseando una nueva forma de hastío. Lo que le urgía era cerrar ese capítulo. Pisotear a Edeth y poner la vista en planes más ambiciosos. Tal vez incendiar el mundo entero. Tal vez pedir a uno de sus demonios que iniciara la guerra nuclear. Tal vez, simplemente, dormir de nueva cuenta por siglos enteros.

Pronto llegó al campamento de Farkas y descubrió que estaba vacío.

La legión de licántropos que lo conformaban se había marchado recientemente. Una de sus fogatas aún humeaba. Pero, por primera vez desde que Farkas se había asentado ahí con unos pocos lobos, nunca se había visto tan solitario ese paraje. En cientos de años Oodak se había acostumbrado a contar con esa guardia de honor que alejaba a los curiosos e impedía que algún incauto traspasara el velo de invisibilidad que cubría al castillo. No pudo evitar sentir una desolación muy parecida a la de los primeros años, cuando cometió sus primeros crímenes. Recordó aquella aldea en la que sufrió su primera transformación y en la que no dejó una sola alma viva. Demasiado pronto, demasiado expedito, demasiado banal. Con el tiempo aprendió a postergar el placer del sufrimiento ajeno, pero aún así, a veces todo parecía tan fútil que temía no conseguir, ni siquiera con la muerte de Edeth, un goce más pleno y duradero. Acaso sólo se tratara de ir estación tras estación a sabiendas de que nunca llegaría a terminal alguna, del mismo modo que le ocurre a quien va en pos del horizonte sin alcanzarlo jamás.

"Por ello es que debo, primero, hacerlo sufrir hasta la agonía. Una y otra vez hasta que sea imposible mantenerlo vivo. Y, una vez que su corazón se detenga, adueñarme de sus huesos, aprisionar su espíritu y obligarlo a estar conmigo por siempre."

Esta idea era lo único que lo confortaba últimamente, como si no comprendiera su propia existencia fuera de la de su rival.

"Aunque es una maldita tontería", concluía siempre, agotado en la resolución de su propio conflicto. "El mal no necesita del bien para subsistir. Ni viceversa. Lo mío no es más que la simple maldición de no encontrar gozo alguno en la pulcritud y el orden. Eso es todo."

Caminó a lo largo del campamento, descubriendo las huellas de la escapatoria de los lobos. Ni siquiera aquellos que aún formaban parte del reino animal y que alimentaban a sus manadas en esa sección del bosque habían decidido permanecer. Llegó Oodak al claro donde los licántropos realizaban los consejos, se paró en el centro de los siete monolitos y el gran *clipeus*, reflexionó sobre el día siguiente al equinoccio.

"¿Lo contemplaré todo desde mi castillo? ¿Me mudaré a la oficina de alguno de mis demonios que conducen algún país? ¿Permitiré que continúe la plaga de masacres? ¿El mundo se detendrá ante ese enemigo invisible contra el que no se puede disparar?"

A cada minuto le seducía más la idea de acabar con Edeth y él mismo, al día siguiente, sumirse en el centenario sueño del dragón, a la espera de un segundo aire de entusiasmo por la aniquilación y el sufrimiento humanos.

Escuchó un ruido en la hojarasca. Era una hermosa noche de luna y los grillos conformaban ese eléctrico telón que impide al bosque callar por completo. Y, sin embargo, escuchó un ruido. Pasos. Una risita. Otra.

Sus ojos le revelaron a una pareja de adolescentes que, de la mano, buscaban un sitio donde continuar sus escarceos románticos. Él alumbraba con la luz de su celular; ella sólo lo seguía. Deliberadamente se apartó de ese sitio y atisbó desde los árboles. Los muchachos no tardaron en dar con esa glorieta incomprensible. El chico alumbró el *clipeus* de arcilla, los siete asientos de piedra, las abandonadas tiendas. "*Super cool*", pareció decir mientras ponía el celular sobre uno de los monolitos y se lanzaba, ansiosamente, sobre su novia.

Al centro del que alguna vez fuera el sitio donde los lobos se reunían para tomar decisiones, los muchachos dieron rienda suelta a su frenesí sexual, ella tendida de espaldas, él sobre ella, el haz de luz del teléfono acentuando sus siluetas febriles contra el tibio césped de verano.

Ella notó, repentinamente, que él perdía interés. Sus labios dejaron de mordisquearla y sus manos cesaron de acariciarla. Notó también que su cuerpo, encima de ella, se volvía, repentinamente, pesado, inmóvil. Algo la ensuciaba: un líquido tibio que se derramaba hacia ella en grandes cantidades. Le preguntó en húngaro qué le pasaba y hasta lo culpó de haber vaciado el intestino.

Cuando lo pudo apartar hacia un lado, notó que de él sólo quedaban el torso, los brazos, la cabeza. De la cintura para abajo, todo había desaparecido. Lo que la ensuciaba era el flujo cada vez menos impetuoso de sangre.

Con gritos de terror la chica miró en derredor, tratando de dar con aquello que había cometido tal atrocidad. En el bosque nada se apreciaba. La luz del celular y la luz de la luna no se conjugaban lo suficiente, apenas mostraban el camino sanguinolento que iba del vientre abierto del muchacho hacia algunos árboles cercanos.

Ella prefirió no correr el riesgo. Huyó despavorida mientras Oodak se preguntaba cuántos segundos de ventaja harían el juego más divertido.

"En el juicio final nadie podría castigarme por sentir este placer. Después de todo, yo no me hice a mí mismo. También, en su momento, nací humano."

Contó hasta quince y fue en su busca.

La numerosa congregación de espíritus malditos en torno al castillo se congració con esa fiesta. El torbellino de almas de cuya boca sólo surgían blasfemias, se unió a la persecución como si fuesen la cola del dragón, aunque en ese momento Oodak no era sino un hombre, a pie, en pos de una chica. Un asesino cualquiera. Un depravado. Un monstruo de periódico sensacionalista. Eso y nada más.

Mientras la veía tropezar, llorar, suplicar clemencia, pensó que sería un tonto si no invertía en ella el resto de la noche.

Extrañó el aullido de los lobos.

* * *

Esa misma noche, pero en otro huso horario, un hombre se sentaba en una silla. No era la primera vez que observaba a alguien dormir, pero tal vez sí fuera la última. Todo estaba quieto al interior de ese departamento en la colonia Juárez. En la sala dormían un sueño inquieto Jop, Ugolino y Julio; en la habitación del fondo, un sueño interminable, Sergio; y en el cuarto a la izquierda del pasillo, un sueño poblado de presagios, colmado de esperanzas, Brianda y Alicia. Sólo faltaba él en el reparto. No obstante, no era eso lo que lo había llevado a irrumpir durante la noche, sino la necesidad de tomar una decisión de vida.

Porque sabía que, al momento en que llamó a Gunter Maren para pedirle que se encargara del viaje de todos sus hombres a México, estaba demasiado afectado por la cercanía de Edeth. No podía negar que era una suerte de intoxicación lo que ella había operado en él; un entusiasmo pueril e inédito. Farkas había decidido que no estaba del todo en sus cabales cuando ella le habló de enfrentar a Oodak en pocos días en un lugar desolado. Parecía un juego, un ejercicio lúdico, algo que por definición no puede salir mal. Y él, pasadas un par de horas, cuando el influjo de la Señora de los héroes había quedado atrás, ya no estaba tan de acuerdo.

"Si esto sale mal, habré desperdiciado una oportunidad de oro", pensaba mientras, desde la penumbra, seguía el ritmo de la respiración de los tres hombres que dormían frente a él sobre el piso, los dos adultos en sendas colchonetas, Jop en saco de dormir.

"Ni siquiera tiene entrenamiento con la espada. Toda su vida ha sido una muchacha de ciudad. Tiene temple, pero en qué maldita fábula se ha visto que un insignificante ser humano derrote solo a un dragón bestial."

Sin embargo, era eso lo que lo tenía en tal estado de indefinición. Porque justo la palabra fábula lo llevaba de vuelta a ese terreno en el que parecía factible y necesario el triunfo. Ese terreno, privilegio de la ficción, en el que lo posible se vuelve imposible, David vence a Goliat y el héroe reclama su trofeo.

"Esto no es un jodido cuento de hadas y ella no es el sastrecillo valiente. Morirá en las garras de ese maldito demonio y yo habré perdido la posibilidad de que me concerten un último coloquio con Peeter."

Así, sumido en las tinieblas de esa noche aciaga, Farkas abrigaba la convicción de que perderían. Y justo por ello pensaba que ninguna traición estaría cometiendo si entregaba a Edeth con anticipación, como había jurado hacía tantísimos años. "Sólo estaré adelantando los acontecimientos. Tal vez hasta impida que mueran algunos de estos que ahora duermen el sueño de los inocentes."

Se imaginó a sí mismo entregando a Alicia. Luego, cruzando su propio vientre como haría un samurái para morir enseguida; yendo de la mano de algún emisario de Oodak directamente hacia el sitio en el que se encontraría su hijo; poner fin a su tormento; conseguir su redención o, en el mejor de los casos, un posible intercambio; vivir atormentado pero feliz, hermosa paradoja, en el sitio de mayor dolor imaginable. Agotar los siglos que le quedaran con esa certeza que sería, al fin, desde aquellos días de Bedburg, el mejor de los bálsamos.

"¿Qué me impide hacerlo de una vez?"

Aunque sabía la respuesta, la deploraba. Como todo aquello que no podía cambiar o que le había sido impuesto a la fuerza, como su condición lobuna. En gran medida pensaba que si ni él ni Peeter hubieran formado parte de ese linaje, sus vidas habrían sido de otra manera. Y aquel juicio sumario donde determinaron la ejecución de su hijo jamás habría sido posible. Él llevaría siglos muerto; Peeter también; ambos, quizá juntos en algún otro plano existencial.

A fin de cuentas, Peeter nada había hecho para merecer esa condición. Como tampoco Sergio. O su padre. O el padre de su padre. Pero en algún lejano tiempo un hombre lobo había pedido formar parte de la contienda entre luz y oscuridad y, con ello, había marcado a toda su descendencia. Al cobijo de Edeth bastaba con tener todos los huesos completos para sufrir esa maldición y sorprenderse a sí mismo, entre los once y los trece años, padeciendo una horrible transformación, escuchando las voces de los muertos, prolongando la vida a extremos impensables. Después de todo, no era sino lo mismo que acontecía a todo ser humano que alguna vez hubiese empuñado la espada contra otro ser humano sin renunciar por completo a su bondad, dura contradicción del alma, vestigio de los tiempos en que el lobo y el hombre eran hermanos. Farkas lo sabía por las decenas de licántropos que se habían amparado en su guarnición: todos asesinos, pero ninguno demonio consumado. La diferencia entre el Wolfdietrich y el licántropo común era muy simple: uno nacía con el sino, el otro lo adquiría; uno podía transformarse en lobo, el otro sólo en monstruo; a ambos los aniquilaba la espada con un tajo de separación y ambos poseían la eternidad a su disposición, uno para combatir el mal, el otro para lamentar sus pecados. Lo cierto era que, a partir del siglo diecinueve, según recordaba Farkas, el hombre lobo dejó de surgir. Los asesinos se volvieron hombres llenos de amargura o demonios. Aquel anatema del principio de los tiempos en los que, si un hombre se volvía el Caín de su hermano perdía la mitad de su humanidad y la capacidad de envejecimiento como invitación forzosa al arrepentimiento, se diluyó por fin y para siempre.

Desde el siglo veinte ningún lobo se había sumado a la manada en torno al castillo de Farkas. El licántropo se volvió un personaje cinematográfico con muy pocos rasgos de lo que había sido en otros tiempos y esa llamada de atención de la naturaleza para que el hombre jamás levantara el brazo contra su hermano se esfumó definitivamente.

Ésa era la principal razón por la que Farkas se mostraba incapaz de entrar en esa habitación, dar cuenta de Edeth y ceñirse al plan que se había autoimpuesto desde el día en que Oodak lo hirió en la taberna de su amiga Greta, allá en el lejano Bedburg. Era imposible llevar a cabo tal crimen pues todo lo hacía por las razones equivocadas: por cariño a su hijo. Y aunque antes ya había matado y también había dispuesto de más de un demonio en su forma humana, Farkas jamás había asesinado a nadie que, en su opinión, no lo mereciera. Y no lo haría en el crepúsculo de sus días.

Se levantó de su silla y echó a correr fuera del departamento, horrorizado ante tal dilema. Horrorizado de no volver a saber nada de Peeter y jamás, ni siquiera en el lugar de luz, encontrar un verdadero consuelo.

Jamás sabría, desde luego, que Alicia lo había sentido entrar al departamento. Había comprendido su dolor sólo con verlo, a través de las sábanas, y se quedó con un único pensamiento al escucharlo salir a toda prisa: "La batalla más épica entre el bien y el mal siempre se libra en el corazón de cada hombre".

Capítulo cuarenta y dos

Un yelmo.

Una espada.

Un estandarte.

Una pieza de ajedrez.

Un libro.

El libro lo había dejado en aquella cueva. El resto de las cosas las tenía frente a sí, sobre la cama. Recordó, no sin cierto miedo y fascinación, que Frozzi le dijo que no habría problema para sacarlos de Francia pues, a partir del momento en que habían vuelto a sus manos, jamás debían separarse de ella. Con todo, para subir al avión, documentó la espada y el yelmo como equipaje de carga, esperando que en algún momento la llamaran por un altavoz para preguntarle por ambos objetos, su origen, pedirle que mostrara la factura de compra, señalarla como ladrona de arte antiguo. No ocurrió. El viaje transcurrió sin sobresaltos y en México pudo retirar sin problema la caja de la banda móvil.

Ahora los tenía frente a sí y nada en ellos le parecía extraordinario.

Pero sabía que esa pieza de ajedrez se la había regalado su abuela cuando el juego aún ni siquiera se llamaba así. La pieza, en realidad, era conocida en el chaturanga como "el consejero". Pero su abuela le llamaba "reina" y la movía con la libertad del ajedrez moderno; su abuela la colocaba frente al rey enemigo, a diferencia del chaturanga, donde ambos reyes se miran de frente a la distancia. Su abuela la había preparado para ese momento. Su influencia se sentía intacta a través de los siglos.

Sabía que ese yelmo había cubierto su faz desde el día en que tomaron tal decisión en la casa de su padre, el rey Theodemir, y que así lo había hecho por varias reencarnaciones. Pero también sabía que su función ya no sería la de enmascararla para el mundo sino de protegerla en la batalla.

Sabía que esa espada había dado muerte a Er Oodak en el siglo sexto.

Sabía que ese estandarte representaba todo aquello en lo que creía, y que sería la última vez que sería ondeado.

"Lo que no sé", se dijo a solas, "es si triunfaré o lo echaré todo a perder. Si, como dice Farkas, esto no es más que una maldita locura".

Se sentó al lado de sus preciados objetos, tan maravillosos e insignificantes. Del otro lado de la ventana se escuchaban las voces de Julio y Farkas en la calle, disponiéndolo todo para la partida. Habían rentado un jeep y una ambulancia. El camino sería largo, pero no tenía intención de renunciar a su única exigencia. En principio todos se habían opuesto pero ahora incluso colaboraban. Los monitores se encontraban dispuestos al interior de la ambulancia. Las sondas y el catéter habían sido desconectados. Sólo faltaba el muchacho, pero ella había pedido dos últimos favores: quería depositarlo en la camilla para subirlo a la ambulancia, y quería ponerlo con sus propios brazos en el camastro, cuando llegaran al desierto.

Y ahí estaba, contemplando sus cuatro objetos, asombrosos y vulgares. Recordando cada día de cada uno de sus advenimientos. Pensando que, de todos sus pasos por la Tierra, el que más la confortaba era ese último. No porque los otros fueran menos vívidos, pues igual recordaba el tacto de su abuela, o el abrazo de aquellos que la habían querido y soportado en sus vidas subsecuentes, sino porque ahora, en México, era la primera vez que sentía que valía la pena vivir una vida común, ser un médico común y tener un puesto como cualquier otro en una empresa como cualquier otra, hacerse de un novio y acaso formar una familia. Pagar impuestos y padecer el tráfico y anhelar las vacaciones. Ser uno más. Antes se había debido a la lucha y en cuanto recuperaba la alborada lunar se entregaba de lleno a la aniquilación de demonios. Ahora lo único que anhelaba era acabar con Oodak y volver a sus cosas. Ver la televisión al lado de su hermano, salir a comer a un restaurante, caminar juntos por la calle. Y, por primera vez en todos sus advenimientos, sintió que los otros Edeth, aquellos que vivían en su interior, autorizaban y aplaudían ese deseo. Todos aspiraban a que ése fuera su último paso por la Tierra. Ser Alicia Mendhoza Aura. Dejar a Edeth atrás. Y vivir una vida feliz y extraordinaria, no porque fuese el comandante supremo de los héroes del mundo, sino porque todo ser humano merece ser feliz y extraordinario.

"Pero antes, claro, tengo que acabar con un demonio. El peor de todos."

En su mente surgió la descripción hecha por Farkas. "Si fuese una criatura sería la más grande de todas, mayor incluso que el kraken que soñaron los vikingos. Si fuese un reptil sería el más veloz, el de quijada más poderosa, el más paciente, el más voraz. Si fuese un ave, sería la más incansable, pues puede volar de ida y vuelta el mundo conocido sin cansarse, sin posar nunca sus horrendas garras en la tierra. Si fuese un dragón, bastarían el coraje y la bondad para aniquilarlo. Pero no es ninguna de esas cosas y las es, a la vez, todas. Es el más sanguinario e implacable de los demonios. El favorito de Satanás. El primero de todos."

La descripción venía directamente de el Libro de los Héroes. Farkas la conocía desde el tiempo en que convivió con Giordano Bruno, el único mediador que lo tradujo para él. Se trataba del lindwurm, el demonio en que mutaba el Señor de los demonios. Y sólo moría por la espada del Señor de los héroes.

Alicia tomó el estoque con el que, hacía más de mil años, había atravesado el corazón de Oodak. Ahora no habría modo de sorprenderlo en su forma humana. Ahora serían ella y el dragón. Tenía miedo, sí. Pero, a la vez, no dejaba de oír esa canción en su mente. No dejaba de pensar que le había prometido a Sergio que todo saldría bien. Y las promesas se cumplen.

—¿Lista? —preguntó Frozzi, en el dintel de la puerta.

Ella no respondió. Lo estudió por unos momentos y, luego, le espetó:

—No tienes que hacer esto, Ugo. Lo sabes, ¿verdad?

—Sí, lo sé. Pero tampoco puedo marcharme a casa y enterarme del final por mensajitos de celular.

Ella sonrió.

—Te agradezco, entonces —le extendió el brazo y Ugolino tomó la punta de sus dedos para soltarlos casi enseguida.

—Pero tal vez querrás reconsiderar que llevemos a Sergio —se animó a decir, preocupado—. De hecho, creo que no deberían ir tampoco Brianda y Jop. Lo único seguro de este viaje es que vamos hacia el peor enfrentamiento con demonios de la historia. Si no fuese por la convocatoria de lobos que hizo Farkas, incluso yo preferiría enterarme del final vía mensajitos. ¿No creés que deberíamos dejar aquí a Sergio y a los muchachos?

Alicia asintió mientras jugaba con el estandarte en sus manos.

—Tienes razón. Sin embargo, sé que esto no puede tener lugar sin Sergio. No puede salir bien si no contamos con él, aunque sea de ese modo. Y si lo llevamos, será absolutamente imposible que Brianda y Jop no estén ahí —explicó Alicia no sin cierto pesar—. De cualquier modo... sabes tan bien como yo que ellos tres juntos han hecho tanto para concretar este encuentro como todos los demás. Incluso bastante más que yo misma. Así que no puedo impedirles estar ahí. Pero los forzaré a mirar de lejos, eso te lo prometo. De hecho serás tú quien cuide de ellos.

—De acuerdo

—Ayúdame con todo esto —dijo Alicia extendiéndole sus cosas.

Frozzi las tomó sin disimular el respeto que sentía. Iba a marcharse hacia el auto cuando quiso compartir con ella un último asunto.

—Algo hay en el ambiente, Alicia. Como si los demonios se estuvieran preparando para algo. Siento potenciadas las vibraciones y mi miedo a veces me sofoca. Pero tengo confianza en que, aquello a lo que vamos al norte del país, será definitivo. Marcará una nueva época para todos nosotros.

—Yo también —mintió ella, pues en realidad no tenía ningún tipo de certeza, excepto por la necesidad de no aplazar más las cosas.

Antes de salir de la habitación quiso echar un vistazo a los sencillísimos muebles que había adquirido después de volver de Hungría. El semivacío guardarropa, los pocos afeites, la cama. Quiso llenarse los ojos de eso porque, finalmente, era su hogar, y a él quería volver en cuanto terminara todo eso.

En el pasillo se encontraba la camilla dispuesta para ser rodada hasta las escaleras; Julio, a un lado. Se miraron por unos segundos y, luego de que ella le acariciara una mejilla, entró al cuarto de Sergio. Dormía como si nada lo perturbara. Haciendo un esfuerzo para el que se había preparado mentalmente, se inclinó y levantó a su hermano. Como un flashazo desfilaron en su memoria los momentos juntos. Desde que su madre se lo prestó por primera vez siendo un bebé hasta ese momento. Lo llevó hacia la camilla y lo depositó en ésta. Julio lo aseguró con las correas.

Alicia repitió, mientras caminaban hacia las escaleras, su promesa en un susurro.

* * *

Pereda no pudo evitar cumplir con esa encomienda a mitad de la noche, a pesar de que hubiera preferido esperar a la luz del día, pero había sido hasta las once, bastante después de que todo al interior de la casa de los Otis volviera a la calma, que descubrió que la orden de aquel monje cadavérico tenía dirección específica, y ahí mismo en la Ciudad de México. Durante todo el día había estado contemplando las hojas que la impresora había escupido sin que ser humano mediara para ello, y sólo se trataba de una lista imponente de nombres y domicilios, en México y en el mundo, sin aparente orden ni concierto. Pero había escuchado perfectamente en sueños que el espectro le ordenó que, por el bien de Jop, debía tapizar el muro con ellos.

"Sí pero… ¿qué muro?"

Había estado buscando por todos lados en las hojas, desde el alba hasta el ocaso, una señal que le indicara de qué muro hablaba el fantasma, y nunca dio con nada. A las once de la noche se le ocurrió que tal vez debió poner más atención a los detalles en el cuarto de Jop cuando fue por las 231 hojas de renglones plasmados con letra minúscula, casi al comienzo de tan atormentado día. Así que regresó e hizo un escrutinio superficial de las cosas. No tardó nada en dar con el mensaje. Al encender el monitor, que había pasado a modo de ahorro de energía, en una pantalla del Notepad alguien había tecleado la dirección. Se trataba de una calle de una colonia de esa misma ciudad. Aunque hubiese preferido ir por la mañana, sabía que no podía postergarlo hasta entonces. No cuando Jop había salido con sus amigos hacia el desierto de Sonora y el fantasma había sido tan claro respecto a su amenaza.

Siendo las once y veinte, envió un mensaje de texto a su patrón, el señor Otis, tomó uno de los autos de la familia y se dispuso a manejar por las solitarias calles de la ciudad.

Llevaba consigo las hojas, una pistola de grapas y todo el miedo del que podía echar mano.

Pero no podía desentenderse. En las dos cabeceadas que había dado durante la tarde, mientras aguardaba, tras el volante, a que su jefe saliera de una junta, el mismo espectro lo había urgido a que concretara esa labor o Jop podía sufrir algún daño.

Estaba en camino.

Durante las pausas necesarias de los semáforos pensó que hubiera ayudado que Jop le contestara los dos mensajes que le había enviado durante el día, ambos preguntando cuál podía ser la importancia de esa lista y si tenía algún sentido ese ominoso sueño repetitivo. Pero Jop no había respondido y, de hecho, ni siquiera daba señales de haber recibido los mensajes. Las llamadas también dirigían al buzón de voz. Así que el contacto era completamente nulo. Pereda decidió entonces actuar siguiendo su instinto.

Pero en cuanto llegó al sitio de la dirección, sintió que tal vez sería mejor esperar cualquier confirmación. Se estacionó frente a una reja alta de hierro forjado con lanzas en punta señalando el cielo. Era una casa abandonada en un callejón de la colonia Santa María la Ribera. El edificio de dos pisos claramente pertenecía a principios del siglo veinte y estaba completamente vandalizado en el exterior. La fachada mostraba el ladrillo desnudo cubierto de grafitis, las ventanas carecían de vidrio y sólo algunos tablones impedían el paso; había basura acumulada en el patio y las escaleras que conducían a la puerta principal, de madera, estaban partidas por la mitad. Un par de torreones de teja de zinc se levantaban a partir de sendas ventanas del piso superior, ambos con veletas en la parte más alta.

—Esto no está bien —dijo Pereda en voz alta.

Pero el auto no quiso dar marcha.

Aunque aún no daban las doce de la noche, la calle estaba vacía. Ninguna persona o animal se acercaba al callejón, en el que, como vecinos, la casa en cuestión sólo contaba con un taller mecánico, un lote baldío y un terreno cercado con un letrero de "Se vende".

La reja se abrió lentamente, haciendo un característico rechinido.

Pereda sabía que no había forma de que el viento hubiese abierto tan pesada puerta.

Se bajó del auto y, con las hojas y la pistola de grapas entre manos, traspasó la reja, subió las cinco medias escaleras que llevaban a la puerta principal, tomó el pomo del picaporte e intentó girarlo. Cerrado. Apartó la mano y se preguntó qué tendría que hacer para entrar.

La puerta, entonces, liberó su candado, quedando entornada.

—Esto no me gusta nada.

Pero no tenía elección. Entró para apenas distinguir la suciedad y el abandono que privaban tras esos muros. La luz de los faroles dibujaban tenues cuadros de luz en el suelo, cubierto de papeles, muebles rotos, vestigios de hogueras, cristales, ropa en jirones.

Se ayudó con la linterna de su celular. Una rata corrió a guarecerse tras un muro.

La puerta que acababa de traspasar se cerró.

Una, al fondo del pasillo, se abrió. Era evidente que conducía a un sótano o a una bodega.

Pereda tragó saliva y siguió su camino. Empujó la puerta. Alumbró hacia el pozo negro en el que se hundían las escaleras que bajaban. Algunos insectos revolotearon en torno a la luz. Una bicicleta rota descansaba a los pies de dicha escalera. Nada más se distinguía.

Bajó haciendo crujir los peldaños, tiritando los dientes, rezando a trompicones.

Al llegar al sótano, confirmó con alivio que no lo esperaba ninguna horrenda colección de huesos o alguna bestia agazapada. A pesar del hedor que despedía esa bodega, donde había botes de pintura, tablones, sacos de cemento, aditamentos de construcción, heces fosilizadas y hatos de papel, el espacio estaba relativamente limpio.

Y las paredes de yeso carcomido, desnudas.

Pereda comprendió sin realmente comprender. Sabía que a eso se había presentado, pero no la razón de tan extraña tarea. Puso la pila de hojas tamaño carta en el suelo y se dispuso a incrustar página por página en los muros de la amplia y relativamente vacía habitación. Con el corazón en un puño puso el celular en el suelo, recargado contra una pared y extrajo la pistola de grapas.

No bien se santiguó cuando la hoja de hasta arriba voló a la pared, seguida por la siguiente, y la siguiente. Se formaban una al lado de la otra en el muro sin esperar a que Pereda interviniera.

El fiel chofer de la familia Otis apenas pudo tomar su celular del suelo antes de salir corriendo.

Capítulo cuarenta y tres

—Ése es el hotel —dijo Alicia en cuanto el jeep pasó por ahí.

El cascarón de un edificio de dos plantas en herradura, al lado de la carretera de Sonoyta a San Luis Río Colorado, en medio de la nada, se esmeraba por no venirse abajo. Al centro de la herradura había una fosa de cemento agrietada que alguna vez habría sido una piscina. Varios lugares para estacionamiento al lado de la autopista conformaban un patio lleno de abrojos. El cadáver de un camión sin llantas dormía el sueño de la chatarra frente a la puerta donde, en otro tiempo, se recibía a los huéspedes.

Desde Sonoyta, Alicia había permitido que Brianda la relevara en la ambulancia, que conducía Julio. Ella manejaba ahora el jeep y por eso había podido hacer el reconocimiento. Habían pasado casi quince años pero recordaba el paraje, la noche en la que su padre había decidido detenerse ahí, el inicio de esa vida de miedo e incertidumbre.

Farkas, quien viajaba en el asiento posterior junto con Jop, prefirió guardar silencio. Él formaba parte de esa noche y sabía de lo que Alicia hablaba. Pero la idea era dejar todo eso atrás como se deja a un mal sueño.

Media hora más por el monótono camino a través de la reserva del Gran Desierto de Altar, Jop hizo el anuncio, de acuerdo a su GPS.

—Hay que salir por aquí, Alicia, hacia la izquierda.

El sitio exacto, después de todo, lo había escogido ella, y ésas eran las coordenadas que Farkas había mandado a sus esbirros: 31° 58' 30" Norte; 113° 37' 40" Oeste. Tendrían que avanzar a lo largo del terraplén del desierto por un par de horas más para llegar, pero apenas era domingo por la tarde, así que tendrían tiempo de instalarse. En realidad el único pendiente de Alicia era que la ambulancia no pudiese continuar por la terracería, a pesar del cambio de llantas que le habían hecho. Pero estaba decidida a llegar así tuviese que cargar a Sergio ella misma.

Afortunadamente, la elección había sido correcta y nunca se vieron atascados en la arena. El sol, a punto de ser tragado por la línea del horizonte, pintaba el cielo de un rojo sangre que, en otras circunstancias les hubiera parecido hermoso. Era un paraje desolado, nada más que un yermo terreno sin más vida que la piedra caliza y algunos hierbajos moribundos.

Ambos autos se detuvieron en la orilla del cráter que Alicia escogiera en la computadora de Jop. Tenía un diámetro de un kilómetro aproximadamente. Era perfecto para el capítulo final.

Al apagar el motor del jeep, Jop se sintió obligado a hacer una pregunta que consideraba importante.

—Dime una cosa, Alicia. ¿Este paisaje te resulta, de algún modo, familiar?

—¿Por qué lo preguntas?

—Hay algo de trágico en el héroe momentos antes de su muerte. Lo sé porque lo vi en Guillén. En el Rojo. Y podría decirse que en Sergio también. El héroe se vuelve como que más melancólico o algo así porque presiente su muerte. Porque parece como si supiera hacia adónde tiene que dirigirse. Así que dime... ¿habías tenido visiones o sueños o algo así con este lugar?

Alicia miró en todas direcciones.

—Parece la superficie de la luna, ¿no creen? Así de hermoso y así de muerto —dijo con un tono que nadie supo identificar en su voz. Al cabo de unos segundos, volvió a hablar—. No, Jop. Afortunadamente, no.

Abrieron las puertas del jeep y se apearon. Todos menos Farkas, quien no apartaba la vista del cráter, hermoso y muerto. El recuerdo de un sueño horadaba su mente. La hermosa luna y él en ella, él con ella. "Así que así se siente", se dijo sin moverse un centímetro. Alicia entraba a la ambulancia para verificar los signos vitales de Sergio. "Así que así será", insistió Farkas. Hubiese querido echar a correr a la llanura, estar un momento a solas, aguardar lo que tuviese que venir en un ánimo silencioso y meditativo. Suspiró. "Mentiría si dijera que no tengo miedo." Los recién llegados comenzaban a preparar la instalación de las tiendas, a encender una fogata.

"Pero hay cosas que son como tienen que ser."

Bajó Farkas del auto y fue directamente a la ambulancia.

—Ven —le dijo a Alicia—. He de convocarlo.

Ella miró su reloj como un acto reflejo. Pero sabía que no podía ser de otro modo; ni era demasiado pronto ni demasiado tarde. Dejó a Sergio en el aséptico ambiente interior de la ambulancia. Cerró las puertas y puso los pies sobre la dura piedra del desierto. La noche era un hecho, así que Julio había dejado encendidos los faros de ambos autos. El cielo estaba limpio y el espectáculo de la luna creciente y las estrellas era arrebatador.

—¿Qué hay que hacer? —dijo Alicia.

—Tú, nada. Pero he querido que estés a mi lado para que mi voluntad no flaquee.

Se apartaron de la comitiva. Fueron a una zona próxima a la orilla del cráter. La temperatura descendía como si se deslizara hacia un invierno instantáneo. El viento arreciaba. Farkas se despojó de la chamarra que llevaba; había dejado el pestilente abrigo atrás, en la Ciudad de México. Ahora era sólo un hombre con ropas de hombre. Se quitó también la camisa de lana que llevaba bajo la chamarra. En su velludo pecho se hacía evidente la fortaleza y el temple de muchos años. Sacó un cuchillo que llevaba en el bolsillo del pantalón. La herida que le había hecho Oodak en el siglo dieciséis aún era perceptible en su brazo derecho. Las palabras del demonio volvieron a su mente. "No sé si lo estás comprendiendo, Wolfdietrich. Te estoy pidiendo que me entregues al Señor de los héroes." Farkas pensó que todo era tal cual había pedido Oodak, sólo que el Señor de los héroes no se presentaba a ser inmolado, sino a pelear y vencer. Miró a Alicia, el cabello revoloteando por culpa de la ventisca.

Abrió la herida en donde se habían juntado ambas sangres, la del lobo y la del monstruo.

En Hungría la noche estaba en su punto y los demonios ansiosos. Er Oodak se encontraba observando una partida de billar entre dos de sus favoritos, un afamado terrorista y un multimillonario sin escrúpulos, cuando sintió la conexión en pleno pecho. Cuando supo que aquello que había estado esperando desde el día en que Edeth hundió su estilete en su vientre por fin se anunciaba. Sin advertir nada a sus secuaces, buscó la ventana más próxima y se lanzó contra ella, rompiendo el vitral en miles de pedazos. En el aire, mientras caía, realizó la metamorfosis y se elevó por el límpido cielo desplegando sus alas, oteando el aire, advirtiendo ese nuevo pulso en su corazón, dirigiendo el morro hacia el oeste.

"México, por supuesto", dijo como si sólo confirmara lo evidente.

Descendió hacia el patio del castillo emitiendo un rugido, indicando a sus demonios que algunos planes habían cambiado.

En el Gran Desierto de Altar, por el contrario, nada había cambiado. Sólo una nueva sangre y el afianzamiento del vínculo entre un héroe y su soberana. El viento no disminuyó ni la noche se mostró más oscura.

Farkas se soltó del leve apretón que Alicia había ejercido en su brazo izquierdo y se volvió aquel lobo negro que había iniciado la historia en un paraje cercano a ése y muy similiar. Echó a correr hacia ningún punto en particular y, una vez mediados un par de kilómetros entre él y el campamento, comenzó a aullar como si le fuere la vida en ello. Para los recién llegados, quienes habían encendido el primer fuego y terminaban de montar la primera tienda, el aullido de Farkas era la obertura inevitable de lo que estaba por venir. Farkas recibió respuesta. Primero un lobo. Luego otro. Al final, el concierto de aullidos no dejó de sonar durante toda la noche y, cuando Julio abandonó la primera tienda para confrontar el enceguecedor brillo del alba, al día siguiente, descubrió a un hombre con el torso desnudo durmiendo al interior del cráter, rodeado por una docena de lobos grises, todos aguardando su destino.

Se encontraban almorzando en torno de un nuevo fuego que preparó Julio con la leña adquirida en el camino, cuando Farkas al fin se aproximó. Dio con su camisa y su chamarra y se las puso. Se sentó entre Frozzi y Jop.

—No hay señal de celular —dijo Farkas como si retomase alguna plática trivial—. No hay luz eléctrica. No hay agua corriente. Ni siquiera tiene nombre este pedazo de tierra. Y... sin embargo... está que revienta de espectros.

Todos se miraron entre sí. Luego, en derredor, como si con ello pudieran advertir a aquellos que, sin proponérselo, habían convocado.

Farkas no añadió más. Extendió una mano para tomar, de la parrilla que habían improvisado, un pedazo de tocino y morderlo con fruición.

—Estamos a un día del equinoccio —se atrevió a decir Jop—. Pero yo no veo señal de que aquí vaya a librarse la madre de todas las batallas.

Farkas lo miró por unos segundos. Luego, explotó en carcajadas.

—Ves demasiadas películas.

—Bueno. Es un decir.

Farkas los estudió uno por uno. El nerviosismo era el común denominador. Excepto en ella, en Edeth, quien se mostraba, ahí sentada, abrazando sus rodillas, como si sólo estuviera aguardando a que se montara el templete para algún concierto de rock al aire libre.

—Oodak está en camino. Mis hermanos están en camino. No sé qué vaya a librarse aquí, Jop, pero no será un día de campo, créeme.

La temperatura comenzaba su vertiginoso ascenso. El viento ahora no movía ni una brizna de hierba. El crepitar de la carne sobre la parrilla era el único sonido en kilómetros a la redonda. La radiación de la inclemente luz solar adquiría sustancia en la vista y en el oído y en el tacto, como si se pudiese flotar en ella. Los lobos se habían congregado al lado de la ambulancia y el jeep, disputándose la sombra.

Y entonces...

Un ligerísimo canturreo nació en la garganta de Alicia, quien debajo de su sombrero, contemplaba sin temor el cráter, el horizonte, el futuro cercano.

Se balanceaba.

Levantaba el mentón con los ojos cerrados.

Era una canción de Led Zeppelin que sólo una persona, fuera de ese círculo, hubiera podido identificar.

"There's a lady who's sure... all that glitters is gold..."

Algo como la paz y la buenaventura se plasmó en su rostro.

Sus ojos se posaron en un sitio particular del inmaculado cielo azul.

Todos dirigieron la vista hacia ese punto, hacia esa inverosímil mancha blanca en el inmenso telón de la bóveda celeste. Todos se preguntaron cómo una minúscula nube podía contrarrestar la realidad y, contra toda lógica, mantenerse de una pieza ante la candente y poderosa luz del astro rey.

Todos —excepto Farkas, ocupado en llenarse el estómago— se preguntaron cómo es que ese blanco borroncito y esa simple melodía podían hacerles creer, de un solo golpe, que había para ellos un 23 de septiembre.

Alborada lunar

Los tres autobuses estaban ahí, al lado de los otros dos vehículos, cuando apareció la negra y solitaria figura de un hombre caminando hacia el cráter, aproximándose desde el otro lado. Eran las seis de la tarde de la víspera del equinoccio de otoño cuando Frozzi la descubrió, gracias al miedo que empezaba a trepidar en su interior. La hermandad de licántropos había llegado un par de horas antes en esos tres camiones. Ochenta y cuatro hombres lobo que Gunter Maren se había encargado de trasladar desde Hungría hasta ese sitio. Cuando él y Farkas estrecharon manos, ambos sabían que nada volvería a ser como antes.

—¿Viniste desde tu casa en México? —preguntó Farkas.

—Viajé a Hungría y fleté un avión sólo para nosotros que aterrizó en Hermosillo.

—No volveré a molestarte, hermano.

—Volvería a ayudarte otros cuatrocientos años.

Se conocieron en Bedburg, un par de semanas después de que Carl Stubbe, el hijo de Peeter, nieto de Whilhelm, sufriera su primera transformación, en los albores del siglo diecisiete. Gunter lo había presenciado y buscó luego a Farkas para confesarle su propia condición lobuna. Se hicieron amigos al instante, y aunque no siempre estuvieron juntos, siempre se ayudaron. Ya fuese para apoyarse a lo largo de los años como para conformar un ejército y trasladarlo de urgencia a través del Atlántico.

Si en alguien confiaba Farkas ciegamente, era en Gunter.

En cuanto los recién llegados pudieron establecerse, todos se pusieron bajo las órdenes de Edeth y Farkas se encargó de la repartición de espadas, cascos, petos, escudos, armaduras que el propio Gunter había llevado consigo. Julio y Alicia también recibieron sus propios pertrechos militares y también se sumaron a eso que más parecía la preparación de una obra teatral que de un enfrentamiento bélico. No bien Alicia se había puesto el yelmo en la cabeza cuando Frozzi, de pie en la orilla del cráter, señaló hacia el noroeste, a la orilla contrapuesta de aquella en la que ellos habían acampado.

—Ha llegado.

Todos observaron esa figura con temor y con respeto. Un hombre alto, vestido de negro, con sombrero de ala ancha, caminaba sin prisa a través del desierto. Parecía tan anómalo en el desierto como la aglomeración de nubes que poco a poco había tapizado el cielo. El sol había dejado de alumbrar directamente desde el mediodía, hora en que todo el firmamento se había nublado por completo, lo cual confería a la escena una cualidad más siniestra. Evidentemente, cuando anocheciera, no habría luna o estrellas que ofrecieran consuelo alguno.

Edeth miró en lontananza a aquel que se había presentado puntual a su cita.

Oodak miró a la distancia a aquel que se había presentado tan tarde a su cita.

Ambos guardaban el formalismo de una pelea que tenía que ajustarse a un protocolo. Pero, igualmente, ambos sabían que eso podía terminar en un instante si se lo proponían. La interrogante era, aún para Oodak, de qué lado se cargaría la balanza, y ese intervalo previo, esa tácita tregua, era lo único que tenían por lo pronto para sentirse a salvo y dar importancia a lo que se avecinaba.

La estampa del Señor de los demonios era idéntica a la de un ministro religioso del viejo oeste, el traje negro cubierto de polvo, la tez cansada y ardida por el sol, la determinación. Y, al igual que haría un ministro ante una congregación de distinta fe que la suya, hizo una venia tomando el ala de su sombrero para, luego, sentarse en el suelo a esperar, como si fuese víctima de la falibilidad de aquellos que se encargan de organizar este tipo de eventos.

—Nunca había sentido algo como esto —anunció Ugolino Frozzi—. En verdad es el más mágnifico de los demonios. No hay maldad más pura que la que abriga su espíritu. No puedo imaginarme cómo debe ser estar en el mismo cuarto que él.

Alicia recordó el día que lo conoció, cuando se suponía que era un sacerdote católico y se presentó a tomar un poco de ponche el día de nochebuena en su propia casa. Le pareció increíble que el destino se tomara tanto afán para dar importancia a acontecimientos como ése. Por lo visto eran obligatorios el escenario, la utilería, la caracterización de los personajes, el día y la hora.

—¿No deberíamos atacar así, sin más? —preguntó Julio.

Farkas negó con convicción, secundado por Edeth.

—Hay que esperar.

Dicho esto, se retiró al sitio en el que se encontraban todos los licántropos armados, rodeados de lobos y de angustiosa espera. Todos sabían que podían morir en las próximas horas. Todos, en cierto modo, se sentían atraídos por la posibilidad de un final.

Alicia echó un último vistazo al hombre que se abanicaba con su propio sombrero y apretaba la mirada en esa dirección. Supo que esa distancia sería franqueada en algún momento entre el crepúsculo y el alba, y que sólo uno de los dos prevalecería. Decidió que no se quitaría el yelmo hasta el fin de la lucha. Decidió que no se arrepentiría de haber pactado esa hora y ese lugar.

Fue al interior de la ambulancia. Se sorprendió de llevar consigo el escudo y la espada, mismos que dejó a un lado de la camilla donde descansaba Sergio. Brianda había puesto heavy metal a un volumen bajo.

—Creo que ahora lo llevaré afuera. Será nuestro talismán. El mejor de todos.

Brianda asintió. Se apartó para preparar el camastro que habían dispuesto para él bajo una de las tiendas de campaña de techo alto.

Alicia lo tomó en brazos. Lo llevó al desierto. Lo depositó con cuidado al interior de la tienda, cuya puerta se encontraba abierta. Le dio un beso en la mejilla y volvió al exterior. Puso el estandarte sobre la pica que Gunter había llevado en uno de los camiones. La izó con ayuda de Julio y de Jop. Se encargó de que la bandera ondeara orgullosa, la luna y las tres nubes, la luz de la humanidad, visible a varios kilómetros de distancia.

Una polvareda más allá del noroeste le hizo ver que había hecho bien. El convoy de los demonios se acercaba a toda velocidad.

Sol negro

—No es normal este clima aquí, Humberto —dijo Oodak cuando, a su lado, se presentó el primero de los demonios convocados, un hombre que durante la guerra sucia en su país había aniquilado a más de treinta hombres y mujeres inocentes. Recién se había bajado de uno de los muchos autos que robaron, compraron, rentaron para poder llegar ahí a tiempo. Algunos habían aterrizado en Mexicali, otros en Hermosillo, en Chihuahua, en San Diego. Se habían congregado en San Luis Río Colorado para acudir en tropel. Estaban ansiosos por mostrar lealtad a su señor.

—Podemos aniquilarlos antes de que se oculte el sol, señor, y evitar cualquier inconveniente.

—No. Esperaremos al día del equinoccio, como dijimos.

—En Europa ya es veintidós de septiembre —atajó astutamente Humberto.

—Y en Europa, como en todo el mundo, están aguardando mi señal. Ningún demonio se tomará las libertades que convinimos mientras yo no dé la orden.

Oodak había bajado un par de metros al interior del cráter. La postura era menos forzada con esa pared de tierra a su espalda. Él tampoco toleraba la postergación, pero sentía toda esa situación anticlimática. Sabía que si no actuaba con cautela y sabiduría, lo esperarían mil años más de insatisfacción. "El tiempo es importante", pensó. "Y el ritmo con el que este tiempo se va agotando."

No había sido un viaje fácil a lo largo del Atlántico. De hecho, había pasado mucho tiempo desde que sobrevolara un océano completo en tan poco tiempo, por encima de los diez kilómetros de altura para no llamar la atención de radar alguno. De hecho, un solo pensamiento lo inquietaba mientras agotaba las aguas del mar en pos de las costas mexicanas: que ni la sangre de Edeth curaría su sed, que ni el tormento más espantoso de Edeth calmaría su apetito, que ni siquiera un triunfo definitivo del mal sobre el bien le causaría el placer tanto tiempo postergado.

"Pero no importa", se repitió como última herramienta de convencimiento. "Porque todo esto ya no tiene que ver con el hastío sino con la necesidad de dar vuelta a la hoja, cambiar de obsesión y mirar hacia el mañana en vez de hacia el pasado."

Sería demasiado fácil. Cientos de demonios contra dos o tres héroes. Él, el mayor de todos los monstruos, contra un insignificante mortal. Nadie puede ufanarse de un triunfo así. Nadie presume haber pisoteado a una hormiga. "Pero no es mi culpa que hayan sido rivales tan indignos. No es mi culpa que el mundo se haya entregado por completo a mi señor."

—¿Cuántos somos exactamente, Humberto?

—Aproximadamente trescientos cincuenta, señor —dijo Humberto, quien en su mano derecha llevaba un pendón: el sol negro, replicado por docenas entre todos los soldados.

—Escúchame bien. Antes de que amanezca, estaremos celebrando nuestro triunfo definitivo. Voy a permitir que tomen las ciudades más próximas, y que en cada una de ellas hagan correr ríos de sangre por las calles.

—Me place.

—Quiero que maten, quiero que violen, quiero que descuarticen, quiero que causen el peor terror de todos. Quiero que en cada noticiario del mundo se hable de ello mañana. Y quiero que lo disfruten, porque no nos vamos a detener.

—Gracias, señor.

—Ahora... dile a todos que se preparen. En un par de horas entraremos al campo de batalla.

Eclipse

—Van bajando al cráter —dijo Farkas, mirando a los demonios a la distancia, desde el interior de la amplia tienda de campaña donde se encontraba Sergio, de cara al cráter. Había querido estar con él por última vez, antes de disponerse a marchar con sus colegas y ahí lo había sorprendido el distante toque del cuerno.

En el cielo y en toda la colindancia se había desatado una impresionante tormenta eléctrica, gracias a la cual podía verse el campo de batalla sin problema, aunque con cierta intermitencia. Se acercaba la fecha decisiva, en breves minutos, a las doce de la noche. Ninguno de los secuaces de Oodak llevaba uniforme o algún tipo de armadura, pero era evidente que cada uno se transformaría al llegar al lugar de formación. El único distintivo de que se trataba de un ejército y no de una extraña congregación de civiles eran los varios hombres que ondeaban la bandera con el vril, el *clipeus*, el sol negro de la destrucción.

Brianda, al lado de Farkas, contemplaba el lento avance de los demonios a la distancia. Se sintió acongojada porque adivinó la tristeza en los ojos del hombre lobo.

—No tiene que ser así. ¿Sabes? Igual es sólo un presentimiento.

Farkas la miró con una dulzura poco usual en él.

—El paisaje es tal y como se ha implantado en mi cerebro —respondió el licántropo—. La luna blanca, la noche negra. Lo que en realidad me preocupa es qué será de Edeth. De Sergio. De ustedes. Son demasiados demonios. Nosotros… apenas unos cuantos. No lo lograremos.

Los relampagos también se colaban al interior de la tienda. Iluminaban la quieta faz de Sergio como si un ciento de reporteros atisbara con sus cámaras con flash por la abertura de la lona.

Brianda no pudo evitar llorar por lo que se antojaba, en verdad, imposible.

—Me hubiera conformado con una sola vez que me viera. Y yo verlo a él. Creo que con eso hubiera muerto feliz.

Farkas suspiró. Él estaba consintiendo el mismo pensamiento pero por otra persona. Una que no había visto desde hacía más de cuatro siglos. Se sentó en una de las sillas de tela al interior. Sólo estaba aguardando la señal de Gunter, a quien había encomendado el liderazgo de los lobos. La idea era marchar primero ellos, dejar a Alicia y a Julio detrás. Habría sido una insensatez dejar que Alicia se uniera a esa avanzada; la necesitaban para dar muerte al Señor de los demonios una vez franqueada la defensa. Aunque... ¿no era una idea completamente descabellada? Los triplicaban en número y, varios de ellos, en tamaño. Era una muerte segura y él ya había soñado antes con ella. Pensó que, de tener una mínima oportunidad, los haría a todos huir por donde vinieron. Tal vez podría salvarles a ellos. Pero igual sabía que ninguno de los ahí congregados se apartaría de ese sitio hasta no saber que había hecho todo lo posible por cambiar las cosas.

Miró a Brianda como si la viera por primera vez. La muchacha no se daba cuenta, pero ella también era un héroe en toda forma. No todas las batallas se pelean con la espada. En algunas basta con ser aquel que aguarda tras la puerta o conforta en el momento apropiado. Farkas sintió el corazón encogido y se lamentó por ello. No era el mejor sentimiento para librar una batalla, pero nadie escoge cómo va a ser el último día de su vida.

—¿Por qué solo varones, Brianda? —preguntó, repentinamente.

—¿A qué te refieres?

—En mi ejército sólo hay varones, ni una sola mujer. ¿Te has preguntado por qué?

Brianda lo miró.

—¿No existen las mujeres lobo? —dijo ella.

—No, no existen —dijo él con cierta satisfacción—. Sólo los hombres albergan al lobo dentro. ¿Por qué? Nunca lo he sabido. Pero supongo que es porque el origen de la violencia casi siempre está en nosotros, los varones. Aunque la mujer está posibilitada para hacer el mal, siempre es más depositaria de la bondad que nosotros. Por eso mismo creo que Edeth tenía que ser mujer. Nadie lo intuyó porque las guerras, aun aquellas que se libran entre el bien y el mal, pareciera que corresponden sólo a los varones. Pero tiene mucho sentido que, si un hombre era quien más se regocijaba en el odio y la crueldad, fuese una mujer quien se encontrara en el extremo opuesto.

Brianda asentía sin mirarlo.

—Te digo todo esto para que comprendas que no ha sido menor tu papel en esta lucha. Quizá nada de esto se hubiera concretado sin tu ayuda. No habríamos llegado tan lejos si no hubieses estado ahí para Sergio. Lo mismo que Alicia. Así que, sin importar cuál sea el resultado de todo esto, estoy orgulloso de haber peleado al lado de héroes tan grandes como ustedes.

Brianda no pudo apartar los ojos del suelo. Las lágrimas habían vuelto. No se atrevía a mirarlo.

—Gracias, Farkas.

—Te deseo una buena vida.

—Sí pero…

—A ambos.

—Farkas…

Cuando alzó los ojos, Farkas ya no estaba al interior de la tienda. El cuerno había sonado de este lado del cráter y el ejército saltaría a la batalla en cualquier momento.

Farkas fue directamente hacia Edeth, Julio y Gunter, quienes se encontraban en la orilla del cráter, listos a bajar, las espaldas bañadas por la luz encendida de los autos.

—¿No podríamos esperar hasta mañana? —gruñó—. Es como citar a un cocodrilo a pelear en un pantano.

Pero nadie se mostraba indeciso, a pesar del golpe atronador de cada rayo en las cercanías, que eran como el estallido de un látigo inmenso. Lobos y hombres lobo se encontraban a la espera de una orden. El cuerno en los labios de Maren dejó de sonar.

—Que vayan los soldados al frente. Justo detrás, Farkas, yo y nuestros amigos en cuatro patas. Al final ustedes dos —dijo Maren señalando a Alicia y a Julio.

"¿Sólo yo me doy cuenta de que vamos a una muerte segura?", pensó Farkas. "Lo peor es que es demasiado tarde para pedirles que huyan."

Era cierto. Más de trescientas aberraciones los esperaban en el otro extremo del cráter. A la distancia se percibían, con cada destello de luz, las horrendas y demoníacas transformaciones en que habían mutado los soldados de ese bando. Hombres y mujeres mitad seres humanos, mitad bestias, o bien monstruos íntegros de diversos tamaños, se mostraban pacientes y, a la vez ansiosos, en una desordenada formación lista para atacar. Cerdos, toros, arañas, arpías, meresgers, ogros, gorgonas, médels, cíclopes, pazuzus, vampiros, monopsos, kinnaras, jinnis: el representativo más completo de aquello que alguna vez catalogara el Libro de los Héroes se encontraba congregado en un solo sitio, listo para dar un golpe mortal.

"Esto es una pesadilla", pensó Farkas.

"Esto es justo como aquella vez en Verona", pensó Edeth.

Brianda abandonó la tienda para mirar mejor hacia el foso. Jop se había reunido con ella, lo mismo que Frozzi, quien no dejaba de pensar que no se arrepentía de nada, aunque estuviera muerto de miedo.

"Y, no obstante, el dragón aún no se muestra", pensó Frozzi, intrigado, seguro de que no todo estaba dicho todavía.

A una señal de Gunter Maren marcharon al interior del cráter, bajando en desbandada por el talud de veinte metros. Cada vez más, la blancura de los relámpagos se mantenía por más tiempo, así como el ruido ensordecedor de los truenos. Era, en verdad, como el peor de los sueños. En cuanto pusieron los pies en terreno plano, Farkas buscó a Alicia. Increíblemente, ahí dentro no tenía que gritar para ser escuchado.

—Esto no está bien. Deberías marcharte.

Ella, a través del yelmo, dibujó una tenue sonrisa.

—Claro que esto no está bien. No es normal —dijo señalando al cielo—. Y eso tiene que darnos confianza.

Farkas no dejaba de escuchar las voces de los muertos en derredor, una bulla incomprensible. Los truenos. Los esporádicos rugidos de los demonios a la distancia, quienes ya se aproximaban al centro. Pensó que, si no moría, terminaría por volverse loco.

Comenzaron a caminar todos hacia el centro, demonios, hombres, licántropos, animales. Ambos ejércitos se detuvieron cuando los separaban unos doscientos cincuenta metros. Er Oodak seguía en su forma humana, perdido entre su legión de monstruos. Orich Edeth, en la retaguardia, empuñando su escudo y la espada con la que apenas había ejercitado en los últimos días. Uno de los licántropos llevaba el único estandarte, mismo que incrustó en una grieta.

Gunter Maren apuntó hacia arriba con su acero.

Nadie había al interior de la casa de campaña cuando los labios de Sergio Mendhoza empezaron a moverse, como quien obedece a un impulso febril.

Gunter Maren se acercó a Farkas y le dijo, al oído:

—No te separes de mí. ¿Me oíste?

—¿Qué?

—¡No te separes de mí!

Maren partió el aire con su espada, señal inequívoca de que no había vuelta atrás.

Lobos y hombres lobo corrieron furiosamente al centro del cráter.

Atrás sólo quedaron Julio y Alicia.

Y una esperanza como la llama de una vela.

Quinta parte

Eclipse

Cayó la primera gota de agua.

Luego, la siguiente.

En un segundo el chubasco era vertical y era implacable, como la cólera del cielo; una gruesa cortina de agua que se abatió sobre hombres y demonios, repentino y anómalo suceso, como todo lo que ahí tenía lugar.

Farkas advirtió, mientras corría, que ninguno de los monstruos de Oodak se movía, ninguno se lanzaba al ataque, ninguno parecía interesado. Los licántropos iban decididamente hacia el frente, flanqueados por los lobos, él y Maren en la retaguardia y nada en las repulsivas caras de los demonios hacía creer que se lanzarían contra ellos.

Entonces, llegados al centro, Maren extendió el brazo hacia Farkas, pidiéndole que redujera la velocidad. Éste, confundido, hizo lo que su compañero le pedía. Los otros, en cambio, siguieron corriendo hacia el frente. Sólo los lobos, quienes habían alcanzado una treintena, se unieron a la confusión de Farkas, pues también titubearon entre ambas resoluciones. Maren y Farkas se detuvieron en el centro.

—¿Qué rayos pasa, Gunter?

No hubo necesidad de más explicación. Los hombres lobo alcanzaron al fin las filas de los esbirros de Oodak. Ninguno levantó espada alguna. Ninguno lanzó una sola tarascada. Ninguno rugió o aulló. Frenaron a los pocos metros y, sin decir una sola palabra, obsequiaron una mirada de reconocimiento, recibieron una venia de los monstruos y pasaron a engrosar la línea de defensa demoníaca. En silencio, todos viraron. En silencio, miraron hacia la precaria línea de ataque de los héroes, conformada por dos solitarios licántropos de brazos caídos.

Julio y Alicia no daban crédito. Brianda, Jop y Frozzi tampoco. El escenario no podía ser más oscuro. Incluso los elementos se ponían en su contra, pues la lluvia no sólo no amainaba sino que, por el contrario, parecía exacerbarse como si tuviera voluntad propia.

—¡Malditos traidores! —gritó Farkas.

—Discúlpame, amigo. En verdad, discúlpame —dijo Maren con verdadero arrepentimiento en la voz.

Dicho esto, arrojó su espada contra Farkas, quien, en un último segundo de lucidez, pudo hacerse a un lado, acaso ayudado por la súbita pesadez de las ropas húmedas de Maren o por una verdadera vacilación en el golpe. Cayó hacia un lado y rodó para ponerse a salvo. En un segundo ya estaba de nuevo en pie, mirando con rabia al que, hasta hacía unos segundos, había creído su más fiel amigo.

Se encontraban frente a frente justo al centro del cráter. Para Farkas fue como sumar dos y dos. Er Oodak había preparado la celada y sólo estaba esperando el fin de ese enfadoso prefacio para atacar definitivamente. Un desplante de poder que el Señor de los demonios se había permitido, seguramente, sólo para hacer ver a Edeth que esta vez no tendría oportunidad, que el mundo quedaría a su merced, que no valía la pena derramar una sola lágrima por la humanidad.

Los lobos del desierto se reagruparon en torno a Farkas y Maren, como si hubiesen comprendido, en el último segundo, que la lucha era ahora de otra naturaleza. Sus escuálidas figuras, empapadas, restaban vigor a su fiereza. Ya no mostraban los colmillos. Habían dejado de ser un factor decisivo para volverse un inocuo adorno en la lucha.

Farkas abandonó su forma humana para lanzarse con toda la saña posible hacia Maren. Éste, no obstante, no se entregó a ninguna transformación. Para Farkas era evidente que se inmolaba a sí mismo en sus garras. Lo empujó de espaldas hacia la dura piedra y rugió. Maren sólo cerró los ojos. Farkas trajo a su mente, en un segundo, los años que habían estado juntos, los cientos de años que había confiado en él, la poca fe que podía quedarle después de algo como eso.

—¿Por qué? —gritó, aún sometiendo a Maren contra el suelo.

El chubasco cegaba a Maren, no podía mantener los ojos abiertos. Viró la cara.

—¿Por qué? —insistió Farkas.

A la distancia, nadie se movía un centímetro; la manada de lobos se había rendido en torno a ellos, algunos echados, otros sobre sus patas traseras, treinta animales a la espera de una resolución. Julio y Alicia, aún en el mismo sitio del cráter, parecían petrificados. Él intentaba dar con alguna salida, pero era evidente que nada podría hacerse ya, que la lucha estaba perdida. Buscaba la mirada de Alicia y ella sólo apartaba los ojos del frente para dirigirlos al cielo, como si se regocijara en la lluvia, como si hubiese enloquecido y mojarse el rostro fuera lo mejor que le pudiera pasar en ese momento. Desde que los lobos habían dado la señal de ataque, ella se había quitado el yelmo y en su faz no aparecía, por ningún lado, lo que todos estaban sintiendo en ese momento.

—Miedo —confesó Maren.

—¿Qué?

—La mejor y la peor de las razones. Oodak me compró con eso. Desde el principio. Desde antes de que me acercara a ti y a tu nieto en Alemania. Desde antes de que cometiera esos horribles asesinatos en su nombre en Bedburg. Miedo de él y sus amenazas.

"La mejor y la peor de las razones", pensó Farkas mientras contemplaba, arrasado por la lluvia, el rostro de la infamia más repugnante. Miedo. Hacedor de cobardes y valientes. Por miedo a la muerte un hombre entrega a su familia y por miedo a la deshonra un hombre salva a cientos de desconocidos. La mejor y la peor de las razones. Farkas había contemplado a Sergio Mendhoza tener miedo y luchar contra él. Había visto a Gunter Maren tener miedo y rendirse a él. El asunto no es tener miedo sino qué haces al respecto.

—¿Valió la pena? —preguntó en un grito, sobreponiéndose al fragor de la lluvia en sus oídos.

—No. Nunca —admitió Maren.

Farkas volvió a su forma humana. Tomó la espada y atravesó el corazón de Maren apoyándose en la empuñadura, dejándolo morir aterrado en el suelo. Por un segundo escuchó al espíritu del licántropo emitir un último grito ya fuera de su cuerpo, unirse a ese ingente concierto de voces que abrumaba su cabeza y que a cada segundo costaba más acallar.

Permaneció en su forma humana, mirando de frente a los cientos de demonios que lo confrontaban bajo la pertinaz lluvia. Ya no había hombres lobo ahí, pues todos se habían sometido a los designios de Lucifer. Y superaban lo cuatrocientos.

Eran él y treinta bestias contra las huestes más hambrientas de sangre de Er Oodak...

El Señor de los demonios.

El hijo de mujer más perverso que hubiese pisado jamás la Tierra.

Quien, ahora, terminado ese molesto interludio, se mostraba orgulloso detrás de sus demonios, un magnífico dragón de piel escamada cuya cabeza se levantaba por encima de sus ejércitos al menos por quince metros. Contemplaba a Farkas con ojos carmesí que no mostraban ira ni complacencia. Para él todo era una monserga. Un enfadoso trámite que había que llevar a cabo cuanto antes y sólo porque así lo demandaba el protocolo.

Farkas, no obstante, no se arredraba.

—Hemos de ir y morir a su lado —dijo Alicia a Julio colocándose el yelmo de nueva cuenta.

Julio apenas asintió, convencido de que jamás había escuchado mayor verdad.

Con todo, en el tono de Alicia no había renuncia o abatimiento, sino un raro orgullo. Julio se sintió contagiado, pese a la noche, la lluvia, la muerte. "Moriremos. Y en nuestra muerte estará nuestra minúscula gloria."

—Lo que se gane aquí —interrumpió ella sus pensamientos, como si los escuchara—, por poco que sea, no quedará en vano, Julio. Te lo aseguro.

Julio comprendió que Edeth estaba renunciando a la victoria, que ya no daba por hecho la muerte de Oodak, pero esta decisión tampoco parecía afectarla. En su rostro, era como seguir el libreto de una obra trágica cuyo final aún desconocían pero cuya trama estaban obligados a respetar. De cualquier modo, estaba con ella. Ella estaba con él. En ese contexto, no había gloria pequeña ni resultado insatisfactorio. En ese contexto, ya habían ganado.

Comenzaron a avanzar hacia el licántropo cuando éste, presintiéndolos, miró hacia atrás y los contuvo con un movimiento de su mano.

—¿Qué hace? —preguntó Julio.

—No lo sé.

Ante su duda, Farkas no los esperó. Sin mudar de cuerpo, puso la frente en el acero de su espada, cerró los ojos y, después de musitar unas palabras, echó a correr hacia los monstruos. Los lobos lo siguieron en frenética carrera.

—Es un suicidio —dijo Julio—. Todo esto es un suicidio.

A través de la torrencial lluvia apenas podían distinguir al hombre lobo y sus hermanos lobos corriendo a su cita con la muerte. Era evidente que Farkas no se transformaría, que haría lo que pudiera siempre como hombre, para poder honrar a todos aquellos que habían dado la vida antes que él sin blandir otra cosa que la espada.

—Había olvidado que ver morir a un héroe es el espectáculo más hermoso y más triste del mundo —dijo Edeth, sus lágrimas ocultas tras la máscara.

Fue así que, en una breve confusión de sangres, Farkas atravesó con su espada a dos vampiros, hizo un tajo en el cuello a una gárgola, decapitó a un jinni, cortó un brazo a otro que minutos antes formaba parte de su hermandad de lobos, hundió la espada en el vientre de un ogro, recibió la dentellada de una arpía, el golpe en el corazón de un aguijón de alacrán, la estocada final de una mujer serpiente.

Fue así que en un mágico y aterrador estallido de luz y de sangre un solo hombre con el corazón y la valentía de cientos de hombres decidió que no había otra forma de sellar su paso por el mundo. Y fue así que, con el pecho atravesado y la vida escapándosele por las heridas y los golpes y el cansancio, aún rendido sobre el lodo y las lajas, rugía y volvía a levantarse para recibir, de nueva cuenta, la ira de los demonios en su cuerpo. Una y otra vez. Una y otra vez la lluvia. Una y otra vez la sangre. Una y otra vez la furia. Una y otra y otra vez hasta que el último monstruo se cercioró de que aquel que peleara como un ejército, al fin ya no se movía y de él no quedaba más que un exánime cuerpo flotando bocabajo en el fango.

Fue así que Farkas, aquel hombre cuyo mayor pecado fue renegar del suyo y de todos los destinos, exhaló su último aliento.

Sus hermanos lobos murieron dando igual batalla.

En menos de cinco minutos, la tierra mostraba los primeros indicios de una injusta batalla. Un traidor. Un héroe. Treinta lobos muertos. Los charcos teñidos de rojo. La lluvia que no amainaba.

Oodak mirando sin mirar. Un trámite engorroso. Un verdadero fastidio. La necesaria prórroga del final.

Brianda, en los lindes del campamento, miraba todo con el corazón acongojado, empapada como todos pero trayendo a su memoria aquella visión que empataba justamente con eso. Los lobos muertos. El dragón. Sólo faltaba…

Corrió al interior de la tienda de campaña.

En efecto.

El chico se retorcía en el camastro como si no pudiera despertar de un mal sueño.

—¡Checho! ¡Checho! ¿Estás ahí? ¡Sergio! ¡Contéstame!

Estaba ocurriendo lo que no había ocurrido en más de un mes de angustiosas esperas: movimiento en sus brazos, en sus piernas, en sus labios, bajo sus párpados. Una lucha extraña, inquietante, necesaria.

—¡Checho!

Al lado de Brianda acudieron Jop y Frozzi. Trataron de ayudar. Sostuvieron los brazos de Sergio, procurando que no se lastimara.

—¡Sergio!

Y Sergio escuchó. Al fin, escuchó. Después de todo, su labor estaba terminada. Lo que ocurriera ahora escapaba de sus manos.

Escuchó y su corazón se mostró agradecido.

Se despidió de Giordano Bruno con un abrazo fraterno.

"Fue un honor", dijo uno.

"Fue un honor", dijo el otro.

El cuerpo de Sergio volvió a la tranquilidad, como si fuese a entregarse de nuevo al sueño.

Una espiga de electricidad cayó rodeando al cráter, haciendo saltar chispas, emitiendo un estallido idéntico al de una bomba de varios kilotones, llenándolo todo de luz.

"No hay más fin que éste", dijo Edeth mirando a los ojos al Señor de los demonios. "Y, por mi honor, que estará bien."

Eclipse

Bajo el grueso telón del chubasco, dos héroes caminaban al centro del cráter. Uno estaba completamente aterrorizado. Y, con todo, sus piernas no flaqueaban, su mano en la espada no temblaba. El otro héroe, completamente en calma. Súbitamente había recordado una batalla entre tantas, el pendón ondeando y los soldados aguardando, el sentimiento inefable de estar enarbolando una causa justa, la ineludible certeza de que nada podía salir mal porque estaban combatiendo por cada niño y cada madre y cada abuelo.

En medio de esa inagotable lluvia que caía a plomo, dos héroes, hombre y mujer, mujer y hombre, plantaban cara y esperaban un final desconocido.

Los demonios lo advertían, y no se mostraban indiferentes. No hay valentía que no sea, por principio, un primer golpe en el pecho del cobarde, aún antes de iniciar la contienda. Y los monstruos lo percibían.

Con todo, Er Oodak sabía que la hora había llegado. Ni siquiera tenía que realizar un movimiento o transmitir un mensaje. Sabía que los primeros minutos del equinoccio estaban transcurriendo. Eso significaba que todos los demonios del planeta iniciarían o estaban iniciando ya la orgía de sangre. El trato había sido ése: que al sonar las doce campanadas que daban paso al veintidós de septiembre en México, todo monstruo sería libre de salir de su escondite, saciar su sed de destrucción, iniciar la nueva era del dominio de la noche en la Tierra.

Y así comenzó.

En Estambul. En Tokio. En San Diego. En Medellín. En Lima. En Mar del Plata. En Sevilla. En Dodoma.

Un demonio tras otro. Todos atentos al segundero. Todos dispuestos al regocijo de la destrucción.

Mientras que ahí, en el desierto de Sonora, se escribía con tinta indeleble el capítulo final. "Demasiado fácil", pensaba Oodak. "Demasiado hastío."

Pero ya habría modo de superar esa desilusión. Por lo pronto, dar por concluida la tarea. Barrer la comarca de bichos humanos. Elegir con qué ciudad aledaña valía la pena continuar, y no detenerse hasta dar cuenta del país, del continente, del planeta.

El agua al interior del cráter llegaba a los tobillos. Los rayos no dejaban de caer a tierra. Los truenos eran ensordecedores.

El Señor de los demonios rugió y escupió lumbre hacia el cielo, posándose en sus patas traseras. El aguacero se vaporizaba al contacto con las llamas y en cierta forma mermaba el alcance del fuego, pero no era rival para tan atroz caldera. Los monstruos se aprestaron para dar la embestida. No había modo de pensar en un fin distinto.

Al fin, Oodak habló.

—Rieguen esta tierra con su sangre, pero a Edeth déjenmelo a mí.

Era lo que estaban esperando los cientos de demonios. Puesto que sería demasiado fácil el botín, todos corrieron o volaron en dirección de ambos héroes, tratando de ser los primeros en golpear, triturar, matar. Decenas de vampiros, en cambio, a sabiendas de que eran muy poca presa para tantos monstruos, volaron en dirección a la orilla del cráter. Al menos tres almas los aguardaban ahí, y llevarle la cabeza de cualquiera de ellos a su Señor sería la mejor de las ofrendas.

Y en Sevilla, Estambul, Mar del Plata... algo similar. En un edificio o en un bar o en una fábrica, un hombre o mujer cuya cadena de crímenes le hubiesen granjeado un lugar entre los favoritos de Oodak se entregaba al deleite de la transformación, al placer del terror en los ojos de aquel que lo contemplara, el derramamiento de la primera sangre.

Justo cuando, al interior de la tienda de campaña, un muchacho de casi quince años despertaba al fin de un largo sueño y pronunciaba aquella fórmula del Libro de los Héroes que le había salvado la vida la primera vez y que, confiaba, se la salvaría por vez última.

"Para vencer, sin armas y sin muerte, al que no puede morir, sólo el que no puede morir."

Un sordo rumor se propagó como una detonación a lo largo de todo el mundo.

Era el fin.

Y estaba bien.

El trato entre los espíritus había sido idéntico al de los demonios, sólo que con un retraso de segundos. Todos los fantasmas podrían actuar justo en el momento en que, después de las doce de la noche, las cero horas del día veintidós, el demonio de su elección cambiase su forma y se mostrara listo para atacar.

Todos cumplieron con exactitud.

Fue un solo rugido y una sola acometida.

Un solo grito, un solo rayo en el firmamento, una sola muerte de miles de muertes.

Pues eran fuerzas invisibles confabuladas para un solo fin. Ningún demonio hubiese podido anticipar aquello contra lo que en realidad se enfrentarían; lucha inútil pactada desde el primer demonio y desde el primer espíritu. Hombres al fin, pero con la vida segada, los espectros decididos a ofrendar sus últimos segundos en la Tierra a la más grande de las causas, entraron al demonio elegido y consiguieron aquello que ningún ser humano cuyo corazón aún latiera, hubiese podido conseguir sin la guía del Libro de los Héroes.

El aullido de dolor y de impotencia fue atronador. Los vampiros, en su vuelo, cayeron a tierra. Los demonios, en su arrojo hacia Edeth y el último héroe, se vencieron con el rostro en la piedra. El estruendo de los elementos hizo cimbrarse a toda la región.

Y en Tokio, Lima, San Diego…

Una sola confusión, un solo extrañamiento, y la muerte definitiva.

Puesto que una lista de nombres y domicilios, en un sótano de la Ciudad de México, había servido de puente entre el héroe y su misión, la aniquilación fue terrible y contumaz. Una cadena de voces. El viaje incansable de quien sabe que puede hacer una última diferencia, así tenga que cruzar el océano o agotar un continente. Más allá de la intrínseca necesidad de permanecer penando en el mundo, cuidar a sus nietos, velar por sus hijos, acompañar a sus seres queridos… conseguir un verdadero cambio, un monstruo a la vez. En un pueblo cercano o en un mundo lejano. Una obra buena por cada espíritu bueno.

Convertirse en héroe.

Y la derrota total de las hordas malignas.

El estallido del trueno definitivo.

El alarido de decenas de miles de monstruos perdiendo la única batalla en la que no podían pelear.

Y cenizas en el viento.

En un edificio, en un bar, en una fábrica.

En las mazmorras de Sötét vár.

En el vendaval.

Bajo la lluvia.

Cayendo al agua.

Huyendo por las grietas.

La impávida contemplación del fin más inesperado.

Un único demonio, el saldo último.

La lluvia, poco a poco, una gentil precipitación.

Los ojos rojos del dragón llenos de preguntas. Repentinamente solo en el mundo. El agua resbalando por sus ojos, sus fosas nasales, confiriendo a su piel el brillo de una bestia magnífica ante la luz estroboscópica de los rayos que, poco a poco, se alejaban del epicentro. El fuego en el interior del último demonio como la más triste de las metáforas.

—¿Lo logramos? —dijo Sergio, tratando de incorporarse y sintiendo que la fuerza en el cuello, los antebrazos, el vientre, le era insuficiente. Se venció hacia el camastro de espaldas.

Brianda lo abrazó, incapaz de contestarle por el momento.

Fuera de la tienda, Jop y Frozzi miraban hacia el centro del cráter. Habían sido testigos mudos del milagro. El colosal grito de más de cuatrocientos demonios yendo en pos de ellos los había sacado de la tienda, listos a enfrentar como pudiesen la acometida. Ambos se habían hecho de un par de espadas, renuentes a morir sin dar, aunque fuese, una mínima lucha. Pero ante sus ojos, los vampiros listos a atacar, recibieron una sola descarga, un invisible golpe que los precipitó a tierra y convirtió en cenizas en pleno vuelo. El espantoso alarido de cientos de demonios siendo arrastrados al infierno fue la música más hermosa que hubiesen escuchado jamás. Y la más inesperada. Pero una vez que el cráter se limpió de aberraciones malignas, contemplaron en el centro tres figuras frente a frente. Un dragón, dos héroes.

La conclusión en vilo.

Como un acto reflejo ambos volvieron a tomar sus espadas. Aún no se decía la última palabra.

Alborada lunar

Sergio recordó sus últimos momentos, su muerte por terror en el templo maldito de Er Oodak, el segundo final cuando vio el rostro de Belcebú.

Pero nada más.

En su mente no había rastros de su entrada al infierno, sus afanes por vencer aquella infinita plancha de cemento, la caverna de las cucarachas, el reto matemático, el cementerio de las lápidas sin nombre, la cruzada de su espíritu por el mundo físico, la llegada a Hungría y el regreso a México, la resolución de alistar héroes echando mano de sus dotes de mediador, la confabulación con Giordano Bruno para realizar la empresa más difícil de todos los tiempos, conseguir un ejército de hombres y mujeres buenos que, aunque muertos, rindiesen su última voluntad a la aniquilación definitiva del mal. El abrazo de despedida.

El abrazo de despedida a aquel que había estado a su lado desde que llegó a vivir en la calle de Roma en la colonia Juárez.

Nada de eso había traspasado la línea de la consciencia.

En su mente sólo había restos del momento en que se despidió de su hermana. De Brianda. De Jop y de Julio. Cuando Farkas lo tomó en brazos envuelto en una túnica, cuando bajaron a las entrañas del castillo negro de Oodak, cuando antes de morir se propuso...

... dar con el autor del Libro de los Héroes y con Peeter Stubbe.

El autor del Libro de los Héroes y el hijo de Farkas.

Sí. Un nombre.

Un nombre.

Un efímero chispazo en su memoria que murió al mismo tiempo en que nació le mostró los ojos más terribles que había visto jamás.

Luego, nada.

—¿Seguimos en Hungría? ¿Qué hora es?

Brianda lo miraba incapaz de contestarle. Era él. Era su voz. El sentimiento que la abrumaba amenazaba con detener su corazón. Ni siquiera sabía qué había ocurrido con exactitud más allá de la tienda. No le importaba. Sólo sabía que si moría en los próximos minutos habría valido la pena. Volvió a abrazarlo, presa de una incontenible felicidad.

Pero al centro del cráter, aunque la lluvia había mesurado su furia, seguía cayendo y revestía de un tinte mágico a aquellos que se miraban como personajes de teatro que aguardan una orden del director.

En la mente de Julio aún no cabía la admisión del prodigio. Sentía que despertaría en cualquier momento y vería cómo los demonios lo tenían sometido en una cueva oscura para devorarlo lentamente.

En la mente de Edeth, un canto de paz. Porque en el fondo sabía que no había otro final posible. Cierto que aún podía morir, entregar su alma, ver a Oodak partir y renunciar a cualquier secuela. Pero no podía ser indiferente, de cualquier modo, a ese cántico interior que la avasallaba como una luz enceguecedora y que no dejaba de repetirle "Todo va a estar bien". Era la voz de su hermano. Era la entrega de todas sus vidas a la misión más digna y más honrosa. Era la simple posibilidad de que, al final, ganaran los buenos.

En la mente de Oodak, la lucha por la aceptación de un destino. Porque en el fondo sabía que no había otro final posible. Era la vuelta a aquellos días, hacía más de dos mil años, en que se supo solo en el mundo, único en su especie, ávido de sangre y ahíto de la vida. Era él y nadie más contra una raza de deplorables entes de breve existencia que no dejaban de formar familias, crear arte y belleza, apostar por la risa. Era él contra millones y millones. Se sintió súbitamente cansado.

Miró a ambos héroes y se preguntó por qué no escupía una llama implacable en su contra, por qué no remontaba el cielo, por qué no se cubría de tierra y dormía un nuevo sueño de mil años.

Se preguntó si también para él habría, en algún lugar del universo, un hogar.

—Muestra tu rostro, Edeth —rugió.

Tras una breve pausa, con la gentil lluvia amainando y los rayos alejándose, Alicia dejó caer el casco sobre el agua.

Sus ojos y los ojos del dragón sintetizaron, en segundos, los siglos que los unían.

—Era previsible —dijo el monstruo. Y en su voz pareció distinguirse un dejo de ironía—. Previsible y aceptable.

"¿Dónde está tu furia, Odoaker de Verona, rey de los hérulos, Señor de los demonios?", surgió una voz en su interior que no era la suya y que no tuvo problema en acallar. Era el fin. De eso no le cabía duda. Nadie le arrebataría eso.

—Te propongo un trato —exclamó Alicia.

Las pupilas de gato en los ojos del dragón se ensancharon.

—Con los demonios no se pacta, Edeth. ¿Nunca te lo dijeron?

—A un héroe no se le perdona la vida, Oodak. ¿Nunca te lo dijeron?

—¿Quién te dijo que así será?

—No has hecho otra cosa desde que murieron tus secuaces.

Ninguno avanzaba y ambos parecían entregados a esa extraña fascinación mutua. El extraño conciliábulo parecía la verdadera razón de ese encuentro.

—Habla, Señora de los héroes.

—Dejemos que las batallas del hombre sean propias del hombre.

El dragón bufó como si riera.

—Yo también nací de vientre de mujer, Edeth. Estamos hechos del mismo barro.

—Por eso me atrevo a hablarte, Oodak. Por eso me atrevo a pedirte que la batalla diaria por la elección de lo correcto sea, en el corazón de cada ser humano, la única pugna posible.

—La única.

—Sí. La única.

No dejaban de mirarse, de medirse. Una sola llamarada y todo habrá terminado, pensó Oodak.

"O, por el contrario, jamás terminará."

—Marcha a tu muerte, Oodak, que yo marcharé a la mía —dijo Edeth.

El dragón la contempló como se contempla una rareza. El fin tenía que ser un estallido, una masacre, una rasgadura en las páginas de la historia universal. No eso. Sin embargo, él tampoco quería cubrirla de fuego, reducirla a polvo como había ocurrido con todos sus demonios. No por fácil o tedioso, sino por inconclusivo. ¿Cuántas vueltas del tiempo tendría que esperar para ese estallido? Y cuando éste llegara... ¿sería una brillante gema o sólo lodo en las comisuras de sus manos?

—Que esta singularidad termine aquí —dijo Alicia dejando caer la espada.

Julio se maravilló. Jamás hubiera pensado que esa tregua pudiera darse. Él, por precaución, mantuvo espada y adarga consigo.

El escudo de Edeth también fue cubierto por el agua.

"En realidad somos víctimas", pensó Oodak. "Yo no pedí esta condición. Ella tampoco. Dichosos aquellos que pueden elegir."

Unos cuantos segundos después, eran tres hombres. Dos, en armadura; el tercero, en ropas de clérigo. La noche, de otra sustancia también. De la tormenta no quedaba más que una ligera llovizna.

—¿Qué estás sugiriendo? ¿Que me retire a un asilo y me provoque un infarto?

—Que te retires. Que dejes al tiempo avanzar en ti. Que entregues tu cuerpo a la paz de la sepultura cuando llegue el momento. Es lo que yo haré.

Las gotas resbalaban del sombrero de Oodak como un collar que se desgrana. Su mirada seguía teniendo el mismo poder: en la penumbra seguía causando miedo. Julio se sentía sobrecogido. No podía asegurar el motivo, pero estaba seguro de que Oodak se estaba esmerando hasta el límite de sus fuerzas para no aniquilarlos a todos. Contemplarlo ahora, en su forma humana, le causaba un sentimiento cercano al terror, pues era como perder de vista, por segundos, a la viuda negra que has descubierto entre tus sábanas.

Oodak, mientras tanto, analizaba con cuidado lo que sentía. Le causaba un sentimiento de desamparo haberlo perdido todo, tener que empezar desde cero. Se sentía traicionado, mas no por sus secuaces, sino por aquel que, desde el principio, lo había cobijado, le había concedido un don, le había prometido el reino de la noche.

Puso sus ojos en el futuro y vio a un hombre viejo en una casucha a orillas de la carretera, en algún lugar de México. Vio a este anciano meciéndose con indolencia, sentado en una hamaca, observando el crepúsculo, fumando de una pipa. Contempló, en su mente, una camioneta blanca saliendo del camino para dirigirse hacia él. Una familia de anuncio comercial al interior del automóvil, el padre bajando el vidrio para hacer una pregunta. El anciano poniéndose de pie, apretando la mirada para escuchar. Los niños, tres en total, en el asiento trasero, refunfuñan contra su padre por haberse perdido. La señora, al lado del conductor, abanicándose con un libro; no tolera esos segundos en que su marido tiene que bajar el vidrio para dejar entrar el espantoso calor. El viejo se pierde en sus pensamientos mientras el hombre menciona algo de un balneario. El anciano asiente por mera fórmula. Recuerda cuando era digno de causar el más espantoso terror de todos. Sonríe. Asiente. Se rasca la barbilla pensando una respuesta. Luego, simplemente, cercena limpiamente la cabeza del hombre, misma que cae hacia el volante, los chorros de sangre como una fuente. Los gritos de la señora, quien también recibe un idéntico trato. Los niños… a los niños los guardará en un lugar privilegiado, en el patio trasero. Se regocijará con ellos y, cualquier día, una vez que de los niños sólo queden los huesos, levantará el vuelo, edificará un castillo, construirá un imperio, comenzará de nuevo.

Recuerda Oodak que una bruja le prometió quinientos años, primero; la eternidad, después. Acaso el tiempo infinito sea también una especie de castigo, una maldición.

"No, querida", piensa. "A diferencia tuya, yo no puedo elegir."

Como haría un presbítero al despedirse, Oodak se lleva una mano a la orilla del sombrero. Inclina la cabeza. Se da la vuelta.

Arrastra los pies por el agua en dirección a ninguna parte.

"A diferencia tuya, ya nada hay de humano en mí, si es que alguna vez lo hubo. En mí no cabe ya esa lucha que seguro tú deseas cobijar de nueva cuenta. Tú, como cualquier persona, anhelas verte en la disyuntiva del bien y del mal. Tú, como el héroe que llevas dentro, deseas abrigar la duda. ¿Le rayo el coche al vecino del nueve por ser un cretino? ¿Le notifico al señor de la tienda que me dio mal el cambio? ¿Cargo una pistola al cine y acribillo a los asistentes? Tú lo que deseas es la posibilidad de tales preguntas, y la capacidad de resolverlas siempre correctamente."

Julio y Alicia contemplaron a Oodak alejarse con lentitud. Era un hombre nada más, haciendo chapotear el agua al interior del cráter, listo para salir de ahí y perderse por siempre.

¿Sería posible?

Julio tiró su espada. Su escudo. Bajó los brazos.

"Tú, lo que quieres, es la posibilidad de equivocarte, Edeth."

Dijo Oodak en su mente, mientras se alejaba, paso a paso. Lentamente. Como si fuese ya ese viejo que vislumbró en su visión del futuro.

"Yo... simplemente, no puedo."

Un paso más.

Otro.

"En verdad... no puedo."

Dio media vuelta.

Midió la distancia.

Hizo una mínima transformación en donde su boca se llenó de colmillos, su piel se cubrió de escamas, sus manos se volvieron garras. Se lanzó en contra de ellos.

Julio apenas tuvo tiempo para interponerse.

El hocico de Oodak lo mordió en un hombro. Las garras se le incrustaron en los antebrazos. La cola intentó aguijonearlo en el pecho.

La espada de Edeth, no obstante, lo impidió.

Alicia presentía que el Señor de los demonios no les daría la espalda sin antes confirmar su decisión. Por eso, cuando lo vio caminar con indolencia lejos de ellos, temió lo peor. Ubicó su espada bajo el agua de un vistazo. Cuando el Señor de los demonios se detuvo, no lo pensó más. En un movimiento, se inclinó, tomó el acero y se aprestó a defenderse. No contaba con que Julio se interpondría, pero fue lo suficientemente rápida para atravesar el cuello del reptil a la primera intención.

Oodak apartó el hocico del hombro de Julio. Sus ojos se posaron en Edeth. Parecían translucir sentimientos contradictorios. Alivio. Templanza. Gratitud, acaso.

El demonio se venció hacia el agua con la espada metida hasta la empuñadura en el cuello.

El agua salpicó al instante de su caída.

Luego, el cuerpo del Señor de los demonios operó un cambio inquietante.

En vez de volverse ceniza de inmediato, apareció, como si rompiera un capullo, un recién nacido. El sonrosado cuerpo de un bebé que, por un par de segundos, flotó en las aguas, evidenció que, en efecto, alguna vez el monstruo había sido un ser puro, inocente, aunque esto hubiese terminado en el vientre materno. Luego, se desmoronó como si estuviese hecho de tierra para, finalmente, ser nada.

Al igual que un negro castillo en Hungría, que se redujo a polvo en el más pulcro de los silencios.

Ugolino Frozzi, a la distancia, sería el primero en darse cuenta. El último vestigio de la maldad más pura había desaparecido para siempre. La liberación de ese yugo fue, para él, como la primera bocanada de oxígeno después de vivir sofocado.

Un senador especialista en aprobar leyes rapaces, un empresario que lucraba con la salud de la gente, la amante de un narcotraficante. Ellos fueron los siguientes en darse cuenta. Se habían retrasado en la consigna demoníaca del equinoccio por cuestiones de prestigio social. Cuando quisieron hacer uso de la metamorfosis, les fue imposible. Oodak les había dado la prerrogativa y Oodak se las había quitado.

Después de ellos, los demonios rezagados del mundo poco a poco comprendieron que el privilegio se había acabado definitivamente. Muchos leerían en periódicos la desaparición de sus compinches. Otros, simplemente, la intuirían.

Alicia ayudó a Julio a caer sobre sus rodillas. Sangraba por varios lados pero ninguna de sus heridas era mortal. Se preguntaría, desde ese momento y por el resto de sus días, por qué Oodak no habría tirado la mordida al cuello. O por qué le había dedicado a ella esa última mirada, que no era del todo la de un monstruo.

No pudo evitar darse cuenta que la lluvia había parado por completo y que, entre las nubes, aparecía la luna, hermoso gajo de luz que marcaba el camino de regreso.

* * *

—¿Estás bien? —preguntó Brianda, mirándolo a los ojos, arrodillada a su lado.

—Sí, pero muy débil. ¿Qué pasó?

—Se ha terminado —exclamó, incapaz de creerlo ella misma—. Ya no hay más demonios. Oodak ha desaparecido. Es el fin, Sergio. El fin verdadero.

—Pero... ¿cómo?

Había logrado incorporarse. La sorpresa era mayúscula y no podía simplemente estar recostado mirando al techo de la tienda. Desde donde se encontraba divisó la callada noche, el retumbar lejano de la tormenta eléctrica, el suelo mojado fuera y dentro de la casa de campaña, las bolsas de dormir arrumbadas, varias mochilas, espadas, escudos...

—Estamos en donde empezó todo. En el desierto de Sonora.

—¿Quién...? ¿Cómo...?

—No lo sé, Checho —dijo Brianda, aún conmocionada—. Sólo sé que ha terminado. Edeth reencarnó en Alicia. Nos hizo venir a este lugar a enfrentar esta locura. Pero ahora todo está bien y, contigo consciente, no podría ser mejor.

Sergio trató de recuperar aquello que lo había llevado hasta ese punto. En efecto, recordó que había pedido a Jop que buscara a Frozzi con una sola intención: que identificara a Edeth en Alicia. Había tenido esa última corazonada basada en el cuento del Príncipe bondadoso. Abrigó la sospecha de que lo que él sentía al tenerla cerca se mezclaba con su cariño de hermanos, así que requerían de alguien más objetivo. Y ese alguien había conseguido el milagro.

—¿La identificó Ugolino Frozzi?

—El mismo.

Con todo, se sintió extrañamente ansioso. Decepcionado. No había podido conseguir nada con su sacrificio y el sentimiento de fracaso lo empezó a abrumar.

"Fui un tonto al creer que podía morir y seguir luchando", pensó. "Pero es una suerte que otros hayan hecho lo que les correspondía hacer, aunque yo haya estado aquí tirado, como un maldito inútil, durante todo ese tiempo."

—Estuviste en coma más de un mes —le explicó Brianda.

"Un mes donde todo se decidió", insistió Sergio en su mente. "Un mes y días. Es terrible porque tal vez hubiera podido ayudar en algo y, en cambio, huí como un cobarde. La vergüenza acabará por destruirme. Ojalá no hubiera hecho caso de ese presentimiento en donde la muerte era lo único seguro."

Se sintió mal por estar postrado. Por portar ese anillo. Por enterarse de ese modo del fin de los acontecimientos.

Se esmeró y, aunque le resultó difícil, consiguió sentarse y poner el pie izquierdo en el plástico interior de la tienda.

Sentía ganas de salir corriendo y ocultarse de todos. No podía mirarlos a los ojos, no cuando todos sus esfuerzos habían sido completamente en vano.

—No tienes idea de cuánto esperé este momento —dijo Brianda, sentándose a su lado y poniendo una de las manos de Sergio entre las suyas, obsquiándole un beso.

Ninguna sonrisa sincera acudía al rostro de Sergio. Iba a empezar a disculparse cuando algo que entró en su campo de visión y lo sacudió por dentro.

"¿Qué?"

Había sido apenas un destello, una imagen capturada de reojo pero que le hizo sentir como cuando, a mitad de un sueño, se veía a sí mismo a punto de presentar un examen y descubría que no tenía la menor idea de cómo resolverlo, sólo para luego comprender que, si despertaba, todos los temas estudiados volverían a su mente y sería capaz de aprobar sin problemas.

Volvió a girar el cuello en todas direcciones. Algo se había colado en su campo visual que le demandaba atención. Algo casi imperceptible.

—¿Estás bien?

No, no estaba bien. De pronto estuvo seguro de que esa mínima semilla era en realidad un enorme árbol, el más férreo de los troncos del cual podría afianzarse.

"¿Pero qué?"

Las mochilas en el suelo, las ventanas de la tienda, todas abrochadas, un par de zapatos tal vez de Julio, tal vez de Frozzi, las botellitas de agua recargadas contra una pared de lona, la lámpara de gas, el suéter verde de lana, las franjas blancas del camastro, la toalla, aquellas espadas...

... aquellas espadas...

Entonces, como el que descubre el dique que está matando de sed a toda una ciudad, encontró aquello que le ofrecía un hueco hacia su memoria. Uno por el cual podría empezar a horadar hasta que el agujero se volviera un boquete, el flujo de agua retomara curso y la ciudad recuperara la vida.

Una pieza de madera.

Una pieza de ajedrez, tirada al lado de aquellas espadas.

Una reina. La reina blanca.

De improviso, la memoria de lo acontecido, aquella que no había fijado nada en su cerebro dormido pero sí en su espíritu atribulado, se llenó de luz como cuando se echa abajo un muro con una bola de demolición.

"Dios mío. ¡Guillén!", pensó.

No hubo que hacer nada más. En su cabeza se integraron todos aquellos pesares por los que había pasado desde que su espíritu salió de su cuerpo hasta el momento en que volvieron a ser uno. Recordó los ojos de su madre, la hórrida entrada al averno, los días y los meses tratando de acceder al lugar de mayor dolor en compañía de Guillén, los meses y los años tratando de salir de aquella cueva, la condesa Báthory, Guntra, Morné, los ojos terribles de aquella niña que no era sino la personificación del mal más antiguo, el cementerio, la promesa. Aquel nombre.

La promesa.

La promesa le estrujó el corazón.

Y el nombre le hizo recordar que no todo había sido en vano.

Había conseguido, al lado de Giordano Bruno, que miles de espectros se afiliaran a la causa, que ofrendaran su sitio en ultratumba por el bien común de la humanidad, había aportado con creces a la resolución de esa batalla. Su corazón descansó.

Pero su cuerpo no.

"Tengo que volver por Guillén", se dijo, poniéndose en pie.

"Y traigo una pista para Stubbe."

—Checho, no creo que sea buena idea que... —dijo Brianda, ayudándolo a no trastabillar.

—Brianda. ¿Dónde está Farkas?

Leyó en sus ojos lo acontecido.

Sin importarle la debilidad de su pierna, consiguió llegar a la puerta de la tienda a gatas, arrastrándose con manos, pie, muñón, desesperación en sus ojos.

"No puedo haber llegado tarde", se recriminó. "No puedo."

Se afianzó a una de las varillas de la tienda y, echándose de costado, gritó hacia la noche.

—¡FARKAAAAAS!

Pero nada escuchó, nada presintió. No había voces en sus oídos o en su mente. Acaso era verdad o, simplemente, había dejado de ser un Wolfdietrich.

Jop se despegó de la comitiva que ayudaba a Julio a subir por el talud del cráter. Después de todo, él sólo llevaba de vuelta el estandarte, y le pareció que ese grito era de Sergio. Por fin, de Sergio, y eso era lo mejor de lo mejor de lo mejor del Universo.

* * *

Deseó, simplemente, no permanecer ahí.

Y funcionó.

El camino totalmente despejado. La esperanza, restablecida.

La voz de aquella anciana de sus primeros años, el mejor de los asideros.

"Eres un buen hombre, Manlio Tasio. Siempre recuerda eso."

Y aunque tarde —muy tarde, en realidad— recordó.

"Que esa única verdad sea tu luz en las tinieblas. Sea mañana o dentro de mil años."

La voz de la anciana le iluminaba el camino. Le hacía sentir bien y poderoso. Como el mismo día en que, al bajar de su caballo cerca de las ruinas de Carnuntum, acarició la posibilidad de que el bien prevaleciera.

Algún día.

Desde aquel sendero, desde aquella oscuridad, se propuso lo más difícil: perdonarse a sí mismo. Dejar atrás cualquier sentimiento negativo, y hacer el camino de regreso.

Deseó entonces salir de ahí y también funcionó.

Lo siguiente sólo sería anhelar lo justo. Pero en el camino dio con un muchacho hermoso de cabellos rubios que formaba parte de una congregación de hombres infaustos. Veían todos al centro de un círculo donde se operaba el sufrimiento inagotable de un niño pequeño.

—Es inútil —dijo entonces el escriba a Henrik—. Vuelve por donde viniste. Esa parte de tu humanidad que te traiciona no es un lastre, como tú crees, sino la evidencia de que Oodak no hizo un buen trabajo en ti. En el fondo no perteneces a este sitio. Un niño como tú jamás podría perder su alma, ni siquiera proponiéndoselo.

Dicho esto, se dirigió al lugar que le correspondía desde el día de su muerte.

El grito de frustración de Henrik, quien no se resignaba aún a que el recuerdo de la voz de su madre fuera ahora más potente que el de sus múltiples crímenes, se quedó resonando en sus oídos incluso al momento en que sus ojos se llenaron de luz.

Ahí, al fin, Manlio Tasio, aquel hombre bueno que un día tomara una resolución tan grande como la humanidad, pudo volver a abrazar a sus padres y a sus hermanos, y a muchos otros que, en su momento, habían creído en lo mismo que él.

Gernot, por ejemplo, le hizo sentirse al instante en casa.

Capítulo cuarenta y cuatro

Dos notas de piano. Un mi bemol grave y un mi natural. Dos notas colindantes. La primera, una corchea acaso; la segunda una nota larga, una redonda con calderón que se quedaba colgando del aire por varios segundos hasta que volvía el silencio. Comenzó a oírlas al momento exacto en que miró a Alicia por primera vez. Cuando se fundieron en el más cálido de los abrazos y, sin decir palabras, pusieron frente contra frente conviniendo tácitamente que no volverían a separarse jamás. Luego, a las dos horas, mientras iban de regreso a la carretera, una vez que recogieron sus aparejos y treparon en el jeep y la ambulancia, volvió a escucharlas. Dos notas que sólo resonaban en su mente.

Julio había opinado, no sin razón, que más les valía huir lo antes posible, pues la policía o el ejército acudirían en cualquier momento a ese lugar, atraídos por la incomprensible mancha en el desierto que conformaban tantos autos abandonados. Sergio iba al lado de Brianda en el asiento trasero del jeep cuando el golpe de esa música extraña en su cabeza lo desconcertó. La chica dormía a su lado. Jop, lo mismo, recargado en la otra ventanilla. Sólo Alicia y él se encontraban despiertos; en la ambulancia iban Frozzi y Julio, este último inmovilizado luego de que Alicia le cosiera las heridas.

—Te lo dije, ¿no? —exclamó Alicia cuando las luces del jeep alumbraban la húmeda planicie en pos de la autopista y la noche, más que siniestra, le parecía benévola.

—¿Qué me dijiste?

—Que todo saldría bien.

Las dos graves notas en su mente, un lúgubre intervalo. No lo comprendía. Jamás había pasado por algo como eso.

"Sé que esto no ha terminado para mí, pero... ¿qué significa esa música que sólo yo escucho?"

Alicia lo miró por el retrovisor. Advirtió su semblante adusto. No quiso incordiarlo, finalmente acababa de despertar de un muy largo sueño.

—Mejor que descanses. Ya platicaremos mañana.

Lo cierto es que su extrañeza no lo abandonó y prefirió cerrar los ojos, fingir que dormía y no causar a su hermana mayores aprensiones. Pero al apearse en el hotel que eligieron, a un par de horas del alba, en la entrada de Sonoyta, volvió a escuchar el piano. Y al cabo de un rato más, cuando Jop y él ingresaron a la habitación que les asignaron, una vez más.

—No puedo creer que esto esté pasando —dijo Jop en cuanto estuvieron solos—. En cuanto volvamos a México, nos vamos a uno de esos sitios de máquinas de videojuegos todo el día. No saldremos hasta que nos echen o hasta que nos hagan daño todas las porquerías que vamos a comer.

De nuevo las dos notas contiguas. Sergio dibujó una tenue sonrisa.

—Claro, Jop.

Pero Jop no distinguió la sombra que se cernía sobre la dicha de Sergio. En cuanto se quitó la ropa y se echó sobre la cama, volvió a quedarse dormido.

Al contrario de Sergio, quien no pudo pegar el ojo en las pocas horas que lo separaban del alba. Se sentó en una silla a observar por la ventana. ¿No tenía que ser el mundo un mejor lugar para vivir a partir de ahora? Ya no era un mediador. Ya no era un Wolfdietrich. Tendría que haber dormido con una placidez envidiable. Y, sin embargo...

Un fuerte golpe a un teclado invisible. Otro. La resonancia.

"Es una llamada de atención", se dijo. "Lucifer me recuerda nuestra cita, y no descansará hasta que me vuelva loco o termine arrojándome a las llantas de un camión en la carretera."

La fila infinita de autobuses, tráilers, autos que iban y venían en la autopista frente a sus ojos le habían sugerido la idea, que no era del todo descabellada. "Después de todo, es cierto. No puedo dejar a Guillén ahí. No después de todo lo que hizo por mí."

Todavía se sentía muy entumecido, pero prefirió salir al pasillo del otro lado de la puerta. Sacó la silla y se sentó a contemplar la misma procesión de vehículos rugiendo, el sol avanzando, la gente viviendo.

Poco después Brianda salió de su habitación. Llevaba la misma ropa del día anterior, el cabello enmarañado.

—Buenos días —dijo sonriente y corrió a darle un beso en la mejilla—. Debí imaginarme que dormirías poco. ¿Quién quiere dormir después de todo el tiempo que estuviste acostado?

Las dos notas. Incluso sentía una vibración en el cráneo cada vez que ocurría. Sintió deseos de llorar pero se contuvo. En vez de eso, fingió lo mejor que pudo una sonrisa. Le dijo a Brianda que la veía abajo para desayunar. Entró al cuarto y se dio una ducha de agua fría con intermitentes intervenciones de la música atonal en su cabeza.

—Tú tienes algo —le dijo ella, siempre perspicaz, en cuanto se sentaron a desayunar en el pequeño restaurante del hotel.

—No. No es nada.

—Está bien, no me lo digas.

Sergio hizo una mueca. No podía tener secretos con ella. Dio un sorbo al té que le sirvieron. Alicia le había ordenado, a través de Brianda, que en principio sólo debía seguir una dieta blanda.

—Dinos cómo lo hiciste —dijo Jop al alcanzarlos y sentarse a la misma mesa.

—¿Cómo hice qué?

—Vamos —lo increpó el muchacho tomando un pan de la cesta al centro de la mesa—. Sabemos que lo que ocurrió no fue porque los demonios fueran alérgicos al agua.

Dos notas contundentes que por breves segundos lo dejaban sordo. No podía disimularlo.

—Chavos... —dijo tomando aire—. Aún tengo un asunto pendiente.

—Lo sabía —dijo Brianda.

"Necesito acabar con mi vida. Volver al infierno. Rescatar a uno de mis mejores amigos de las garras de la peor tortura. Él lo haría por mí. No puedo dejarlo ahí. No puedo... No puedo..."

Se escuchaba tan terrible al interior de su cabeza, que no pudo decir nada.

Se cubrió el rostro. Brianda lo abrazó por encima de la mesa.

"Tengo que renunciar a mi nombre, a mi historia, tengo que dejarlos atrás."

Jop hizo también un movimiento y pasó la palma de su mano por encima de la espalda de Sergio.

"No hay final feliz posible para mí, amigos. No lo hay."

Una mesera pasó ofreciendo café. Preguntó si el chico estaba bien. Brianda asintió poco convencida.

—Gunter Maren —dijo Sergio al levantar la cabeza. Algo tenía que decir, y ésa era la mejor de las alternativas. Se limpió los ojos con una servilleta.

—¿Qué? —replicó Jop.

—Gunter Maren. Es la clave de lo que le pasó a Peeter Stubbe.

Ambos chicos, Jop y Brianda, tardaron en recordar.

—El hijo de Farkas —dijo ella.

—Al reino de Satanás sólo entras si lo deseas con todo tu corazón —explicó Sergio—. No puede haber un resquicio de bondad en ti para entrar ahí. Ni uno solo. Si Farkas abrigaba la menor duda de que su hijo pudiera haber entregado su alma al maligno es que seguramente no lo hizo. Entonces nunca fue al infierno.

Jop y Brianda se miraron.

—¿Fuiste al infierno?

—Algún día les contaré. Por lo pronto, Jop, necesito que me ayudes a dar con esa persona. No sé si es alguien del pasado o si vive en Berlín o si es un héroe o un demonio. No sé nada de él.

Jop dio un trago al café de Brianda, súbitamente excitado por el reconocimiento de la información.

—Pues no sé si estamos de suerte o todo lo contrario. Era uno de los mejores amigos de Farkas. Y digo "era" porque el mismo Farkas lo aniquiló ayer en la noche. Resultó ser un traidor.

—¿Podrías dar con su casa, con sus cosas?

—Supongo que sí. A lo mejor estaba en el censo de demonios que tengo en mi computadora. Sólo que no la traje.

—Lo sé. Está en tu casa —dijo Sergio—. Y, de hecho —dos notas atroces—, estará encendida.

Brianda y Jop se miraron de nueva cuenta. Jop se levantó y tomó un pan dulce de una mesa aledaña que apenas había sido desocupada.

—Nos tienes que contar —gruñó, sonriente.

—Claro. Pero no hoy.

—Sólo resuélveme una duda —insistió el chico—. ¿Si dices que al infierno sólo entras si entregaste el alma al maligno, cómo es que entraste tú?

—Lucifer hizo una excepción con Guillén y conmigo.

—¿Guillén? ¿Viste a Guillén?

En ese momento apareció Alicia en la puerta del restaurante. Los vio y se dirigió hacia ellos.

—Vengan. Quiero hablar con todos —dijo al momento en que arrojaba un billete de doscientos pesos a la mesa para cubrir la cuenta.

Los tres muchachos se pusieron de pie y fueron al estacionamiento, donde Julio y Frozzi se encontraban recargados contra la puerta lateral de la ambulancia, conversando. El novio de Alicia tenía mejor semblante. A pesar de tener inmovilizado el brazo derecho, sonreía abiertamente.

—Nos vamos —dijo Alicia en cuanto estuvieron todos reunidos. El calor comenzaba a volverse molesto—. Pero antes de que subamos de nueva cuenta a los autos, quiero pedirles algo.

Frozzi y Julio detuvieron su plática. Todos se mostraron expectantes.

—Orich Edeth dejó de existir en aquel cráter, bajo aquella lluvia. Su razón de volver al mundo quedó concluida al morir el dragón. A partir de ahora soy Alicia.

Nadie se atrevió a expresar su consentimiento, pero todos asintieron.

—Gracias. Vayan por sus cosas para que tomemos carretera.

Jop levantó la mano como si estuviera en un salón de clases.

—Dime Jop.

—Sólo por curiosidad... ¿recuerdas todas tus anteriores vidas? ¿Lo que hiciste en el siglo quinto y cómo te llamabas y todo lo demás?

Alicia sonrió maliciosamente.

—No sé de qué me hablas.

—Sí, o sea, se supone que ya habías matado a Oodak y...

—No sé de qué me hablas.

—Sí, claro. Debí imaginarlo.

Iniciaron el camino hacia el sur a los pocos minutos, el jeep y la ambulancia persiguiéndose. La conversación entre los tres amigos reunidos de nueva cuenta intentaba germinar, ya en el terreno de lo cotidiano, ya en el de lo recientemente vivido, pero Sergio guardaba silencio con demasiada frecuencia. La mayor parte del tiempo sólo los acompañó el sonido de la radio.

Cuando se detuvieron en Mazatlán en plena noche, Jop y Brianda dormitaban. Se repitió la rutina de la noche anterior. Alicia y Brianda se despidieron de Sergio y Jop. El chico rubio cayó rendido sobre la cama. Sergio, en cambio, no pudo pegar el ojo en toda la noche.

Una nota tras otra. A veces cada hora. A veces cada media hora. A veces casi de forma consecutiva. Era como un hipo de la mente. Incomprensible. Insoportable.

"No duraré ni una semana de esta forma", se dijo mientras, con la cabeza en la almohada, miraba el techo y trataba de darse fuerzas con fórmulas de convencimiento. "Pudiste con las peores pruebas en el lugar más terrible imaginado. Esto no tiene ningún problema. Es solo música. Atroz, espantosa, repugnante. Pero música al fin."

De nada servía. Su ánimo no encontraba alivio.

Cuando llegó el día, él era el único que no había descansado pero prefirió no decir nada a nadie. Sólo se disculpaba por su mutismo, y sus amigos lo confortaban diciéndole que darían con Gunter Maren fácilmente; así en los sitios en los que se detenían a comer; así en el camino.

Al fin llegaron a la Ciudad de México a las diez de la segunda noche posterior a la batalla. A la colonia Juárez. A la calle de Roma. Pereda estaba esperando a Jop frente al edificio donde vivían Sergio y Alicia. La música en la cabeza de Sergio no paraba, y el sueño no lo visitaba. Se preguntó si podría, al menos, sobrevivir un par de días más. Sólo para cumplir con aquello que le debía a Farkas.

En la puerta de entrada, se despidieron todos. Brianda iría a su casa, con sus padres. Jop con Pereda. Julio y Frozzi a la casa del primero. Tácitamente habían convenido todos que Sergio y Alicia se merecían volver a su vida como la conocían antes de que todo eso ocurriera. Pero en la mente de Sergio se sucedían los abrazos, besos y despedidas como si formaran parte de un programa de televisión cuya trama le interesara muy poco.

—Llegando a la casa, inmediatamente buscó a Gunter Maren en la base de datos o en internet. No te preocupes —le dijo Jop.

—Nos debemos una ida al ballet —le espetó Brianda poniendo sus dos manos sobre la nuca de él, dándole un beso en los labios, abrazándolo fuerte.

—Hasta mañana —dijo simplemente Julio, quien incluso se había animado a conducir de nueva cuenta. Por eso se había ofrecido, junto con Frozzi, a devolver los autos rentados.

—Nos buscamos —sentenció el amigo argentino, aún con las manos en el volante de la ambulancia.

Las notas discordantes una tras otra.

Alicia echó un brazo por encima del hombro de Sergio al subir las escaleras. En la mochila de ella sólo iban el paño de Frozzi, el estandarte de la alborada lunar y la pieza de ajedrez como recordatorios de aquella aventura. Al llegar a su casa, encender las luces, abrir un cartón de leche, sentarse en el comedor sin prisa alguna, el espíritu se le colmaba poco a poco de dicha, a pesar de la acritud de Sergio. Lo abrazó en el pasillo de la sala, justo antes de que él entrara al baño a aliviar la vejiga.

—No sé qué es lo que te preocupa pero sé que vas a salir adelante —le dijo al oído—. Eres y siempre serás mi héroe favorito. La persona a la que más admiro en el mundo.

Sergio le devolvió el abrazo. Quería creerle. Más que una hermana, había sido su madre, su amiga, su protectora, su confidente. Su soberana por unos días. Necesitaba creerle.

—Gracias.

"Se parece al amor pero es distinto", pensó Sergio. "Distinto y mejor. Mucho mejor."

Entró al baño. Se retiró la prótesis. Saltó a su cuarto. A su cama. Se recostó a sabiendas de que no dormiría tampoco esa noche.

En la oscuridad lo miraba una niña de blanquísimo vestido. Decía "tic tac" con los labios, sin emitir sonido.

Capítulo cuarenta y cinco

Al amanecer, Sergio se encontraba en la plaza Giordano Bruno, sentado en una banca, contemplando la estatua en silencio. La música era una cosa; los ojos del maligno, otra. Por eso decidió salir de su casa sin que lo advirtiera Alicia y permanecer, en la noche, ahí sentado. Había hecho esto antes. En algún sueño, y en algún sueño dentro de un sueño. En la realidad se sentía mejor y era más confortante, aunque estuviera tan cansado y no pudiera rendirse a la inconsciencia. Se parecía tanto a aquello que vivió en el infierno, que más de una vez pensó que Brianda lo visitaría a medianoche. Que él le haría preguntas que no podría contestar. Que todo se resquebrajaría y nada de lo vivido en realidad habría pasado, Oodak seguiría en el mundo y él volvería a aquella gruta en compañía de Guillén.

"Tal vez fuera lo mejor", pensó más de una vez.

Pero el amanecer llegó con todos sus colores y él sintió un fugaz alivio. Extrañaba a Bruno y extrañaba a Farkas, honestamente.

Decidió volver a su casa y prepararse algo de desayunar. Las notas en su mente se habían vuelto algo incómodo pero posible de manejar. En realidad el problema era la falta de sueño, la facilidad con que se deslizaba hacia la locura. Entró a su cuarto sólo para verificar que no hubiese ya, con luz de día, visiones malignas, y así fue. Se sentó a la sala y llamó por teléfono a Jop.

—Tengo el dato —dijo su amigo—. Es aquí mismo en la ciudad. ¿Cuándo quieres que vayamos?

—Ahora mismo, si se puede.

—Le digo a Pereda.

Comió cualquier cosa y esperó sentado a la mesa de plástico del comedor. Alicia se despertó y lo miró desde el pasillo, antes de entrar al baño. Pensó respetar su silencio pero prefirió ir hacia él y cuestionarlo.

—¿Qué es, exactamente?

Sergio la miró con congoja. ¿Acaso podría pedirle que intentaran el mismo milagro de Hungría? ¿Morir a través de medios seguros para ser traído de vuelta de forma idéntica? No lo creía. Nada podía asegurarle que volvería a funcionar. Y no se sentía con el derecho de hacer pasar a sus amigos y a Alicia de nuevo por ese sufrimiento.

—Un último pendiente —expresó—. No te preocupes. En un par de días estaré bien. Te lo prometo.

Ella le dio un beso y se encerró en el sanitario.

Al poco tiempo llamaron al timbre del edificio y Sergio salió sin otra cosa que sus llaves. En la calle lo esperaban Jop y Brianda al interior de un auto de lujo. Pereda aguardaba en la banqueta. Saludó a Sergio, le abrió la puerta y le permitió entrar.

—Ayer me dijo que ni se nos ocurriera ir a algún lado sin ella —explicó Jop a Sergio.

—Me parece bien —confirmó él.

Saludó a ambos con afecto y se sumió en el mutismo. Jop y Brianda no dejaban de mirarse durante el trayecto. En breve, llegaron a una colonia residencial en el sur de la ciudad, de acuerdo a las instrucciones que Jop le había dado previamente a Pereda. La calle estaba vacía, no había ningún tipo de movimiento en los alrededores.

—Aquí es —dijo el chofer.

Los tres se apearon y Sergio sintió una conmoción al confrontar la casa. La número veintidós de esa calle. Jop se sintió obligado a explicar.

—Ningún hombre lobo estaba en el censo de demonios. Lo tuve que buscar en internet. No fue fácil pero tampoco imposible. Tiene tres propiedades. Ésta es la que nos quedaba más cerca. A lo mejor no es aquí pero…

—Es aquí, Jop. No te preocupes.

—¿Cómo lo sabes?

—Sólo lo sé.

Lo sabía porque ya había estado ahí. Sólo que no era ahí, pero la réplica era exacta. Era una casa de estilo victoriano, con sótano y una breve escalinata para llegar al porche de madera. Sabía que tenía dos plantas y que en el piso superior había una trampilla que conducía a un ático. Que al entrar encontraría una mesita con objetos de uso cotidiano. Que habría un piano vertical, un par de jarrones de pie, una sala con sillones de madera y tapicería sin adornos, vitrinas, un reloj de pared con péndulo. Lo sabía porque había estado en un lugar donde esa misma casa se replicaba cuatro mil noventa y seis veces. Sesenta y cuatro por sesenta y cuatro veces.

—¿Tocamos? —dijo Brianda.

—Si quieres —respondió Sergio—. Pero no hay nadie en casa.

A los chicos les sorprendió nuevamente la certeza de Sergio. Brianda llamó al timbre de la reja exterior sin obtener respuesta.

—¿Y ahora?

—Nos colamos al interior —dijo Sergio, metiendo la mano por un hueco de la reja de la entrada, corriendo el seguro e ingresando al jardín.

Sabía incluso qué ventana estaría abierta.

Caminó en torno al edificio de blancas paredes de madera y fue, a lo largo de la galería, directamente a la ventana de la cocina que, en efecto, estaba mal cerrada. La empujó y consiguió abrirla, a diferencia de aquel lugar.

—Ayúdame, Jop —ordenó. La música en su cabeza le obligaba a veces a hablar más fuerte de lo normal.

—¿Qué es exactamente lo que venimos a buscar aquí, Sergio?

—Ni yo lo sé.

—¿Ni tú lo sabes? Pero…

—Confíen en mí, por favor.

No hubo discusión. Jop ayudó a Sergio y a Brianda a entrar a la casa para luego él acercar unos botes de pintura que encontró al fondo de la cochera lateral y entrar por sí mismo. Antes de que Jop les diera alcance, Sergio había confirmado que estaba en lo cierto. Todo era exacto excepto por el detalle de las cucarachas gigantes. Sólo se escuchaba el tic tac del reloj de péndulo.

—¿Quién era esta persona? —preguntó Brianda. Al interior de la casa no se percibía nada extraño. Era una casa como cualquier otra, acaso un poco abandonada, pues la pátina de polvo en los muebles era bastante gruesa. Algunos detalles anacrónicos, como un teléfono de disco, pero nada singular.

—No lo sé de cierto —respondió Sergio.

Subió al piso superior pues estaba seguro de que todo tenía que confluir a un mismo sitio. Brianda y Jop lo siguieron. Al llegar al pasillo superior que conducía a las habitaciones, Sergio se detuvo debajo de la trampilla hacia el ático.

—Hay que tirar de esa perilla —dijo a Jop, mostrando la puerta en el cielo raso de la cual sobresalía una pequeña perilla.

Jop entró a uno de los cuartos y volvió con una silla. Se trepó y abrió la puerta.

—Hay una escalera plegable a un lado. Sácala y desdóblala hacia acá, por favor.

—¿Ya habías estado aquí?

Sergio no quiso responder. El mi bemol y el mi natural eran tan insistentes que le producían jaqueca.

Jop metió la mano y la retiró enseguida; una gran cucaracha se había posado en ésta. El insecto cayó al suelo y echó a correr.

—¡Ay! ¡Guácala!

—No tienes que entrar si no quieres. Sólo baja la escalera.

A Jop le inquietaba el cambio operado en Sergio. Era como si actuara obligado, como si se tratase de una consigna tan terrible como necesaria. Le dieron ganas de decirle que se subiera él mismo y sacara la escalera pero comprendía que por la prótesis corría mayor riesgo. Volvió a meter la mano y esta vez ninguna cucaracha lo sorprendió. Con cuidado desdobló la escalera hasta posarla en la orilla y dejarla caer, inclinada, sobre el piso. Un par de insectos cayeron al suelo y buscaron refugio bajo algún mueble. Otro más se quedó al lado de una de las patas de la silla.

Sergio no esperó más. Fue hacia la escalera y trepó por ésta. Asomó la cabeza al interior del tapanco y volvió a confirmar que todo era tal cual lo había vivido en aquella representación terrible del infierno. Los trebejos, las antigüedades, el caballito de madera, la cuna.

Las cucarachas.

El lugar estaba infestado de cucarachas.

—¿Qué vas a hacer? —preguntó Jop, quien había bajado de la silla y ahora pisoteaba a uno de los insectos.

Sergio no respondió de nueva cuenta. Entró al ático y, resistiéndose al asco, reptó hacia el sitio en el que sabía que encontraría lo que había ido a buscar. Los bichos no se mostraban interesados en él pero tampoco podían evitar palparlo con sus antenas. O subir por su pantalón. O por su mano. Avanzó unos ocho metros y llegó adonde quería.

La cabeza de Brianda apareció por el hueco de la puerta.

—¿Estás bien?

Sergio se sentó y tuvo un *déjà vú* que lo estremeció. Estaba seguro de que tendría que resolver el sudoku, que bajaría y ya no estarían sus amigos, que tendría que correr a la calle. Que se encontraría con Báthory o con Lucifer. Era evidente que había sido llamado a ese sitio en particular. Siempre aparecía en el mismo lugar cuando salía de aquella caverna laberíntica. Siempre. No podía ser de otra forma.

Sus ojos se posaron en lo único que no formaba parte de la escena original. Una caja como de ochenta centímetros de largo por veinte de ancho, cubierta de papel periódico. Le sacudió las cucarachas y volvió a la puerta.

—Sí. Estoy bien —dijo al aproximarse—. Ayúdame con esto, Brianda.

Ella tomó la pesada caja que le extendía Sergio y se la pasó a Jop. Luego, bajó por la escalera y esperó a que Sergio hiciera lo mismo. En cuanto ambos estuvieron de nuevo en el suelo, Sergio se arrodilló para estudiar aquello que había recuperado del tapanco. No era una caja. Era un pequeño catafalco.

El papel periódico que lo cubría correspondía a un diario alemán.

La fecha era exacta: la víspera del día en que nació. Tal y como recordaba.

Con tinta se encontraba hecha una anotación sobre el mismo periódico. También en alemán.

—Usa tu teléfono para saber qué significa eso que escribieron ahí, Jop, por favor.

Sergio había separado la primera capa del papel periódico para dársela a Jop. Luego, arrancó el resto para dejar al descubierto un pequeño ataúd negro. Involuntariamente miró el reloj en el celular de Jop. Las 8:47 de la mañana. Un escalofrío lo recorrió.

—"Con esta fecha rompí accidentalmente el sello" —dijo Jop, después de usar el traductor.

El ataúd, en efecto, mostraba los restos, sobre uno de sus costados, de un sello de barro roto. Una mitad estaba de un lado de la tapa; la otra mitad había desaparecido.

Sergio abrió el catafalco a la vista de todos.

Un saco de tela podrida cubría aquello que daba peso a la caja. Estiró la tela y se desgarró en hilachos. La retiró por completo.

Costillas. Fémures. Tibias. Falanges.

Huesos.

Un esqueleto sin cráneo.

Un esqueleto decapitado.

"¿Qué broma es ésta?"

Introdujo una mano y tomó un pedazo pequeño de falange.

Al instante, un golpe, una sacudida, una visión. Una aldea en un sitio lejano. El recuerdo de un tiempo feliz. Un lugar llamado Bedburg y la vida tan luminosa como puede ser en días en que rigen la hoz y el arado. El día que se enemistó con su padre y el día que se enamoró. El día que sufrió una transformación involuntaria en público y el día que fue capturado. Pero no por los guardias del rey sino por un par de hombres perversos, confabulados. Luego, el cautiverio, el juicio sumario, la espantosa ejecución: la rueda de tortura, la hoguera. Finalmente, la noche en que los mismos hombres, Gunter Maren y Er Oodak, retiraron los huesos de la rueda de tortura, excepto la cabeza, y los sustituyeron por otros. El principio de una nueva prisión, la prisión de ese catafalco, su espíritu encerrado por cientos de años en la oscuridad y el silencio. El día que se rompió el sello y, de inmediato, pensó en su padre.

—¡Sergio! —volvió a zarandearlo Brianda—. ¿Qué tienes?

Sergio despertó, por decirlo de algún modo.

—Peeter Stubbe no cometió aquellos crímenes. Fue Gunter Maren. Todo fue un engaño.

Ni Brianda ni Jop se quisieron animar a preguntar cómo lo sabía.

—¿Estos huesos...?

—Sí. Son de él —resolvió Sergio—. Tuvieron cautivo su espíritu para que Farkas creyera que había abandonado el mundo. Estuvo aquí encerrado desde el día que hurtaron sus huesos, en el siglo dieciséis...

"... hasta el día anterior a mi nacimiento", pensó Sergio. Pero prefirió no añadir nada.

—¿Y qué se supone que tengamos que hacer con sus huesos? —preguntó Brianda.

—Llevarlos al cráter. Enterrarlos ahí. Que descansen en el mismo sitio en el que descansa su padre.

Capítulo cuarenta y seis

Cuando el BMW de los Otis se acercó a la orilla del cráter, habían pasado dos días exactos desde el descubrimiento de la osamenta. Sergio había permanecido en silencio prácticamente todo el camino; había confesado a sus amigos que escuchaba una música que le impedía tener descansos reales; había confesado que no dormía. Sus amigos respetaron, por dos días, su inquietante reserva. En cuanto salieron de la casa de Gunter Maren, Sergio llamó a Alicia desde el teléfono de Jop, le explicó que tenía que volver al cráter, que volvería en unos tres o cuatro días. Ella sólo le suplicó que se cuidara, consciente de que su hermano aún lidiaba con algo más fuerte que él. Llevar los huesos en avión resultaba imposible, así que la travesía inició al instante en el coche de los padres de Jop. Todos confiaban que sería la última.

Al aparcar el auto en los lindes del cráter, ya no se encontraban ahí los autos abandonados. Ni los camiones donde llegaron los licántropos ni aquellos, del otro lado, en los que habían llegado los demonios. El paraje, a la luz del día, con el calor propio del desierto, parecía un escenario completamente distinto a aquel en el que se había librado la última batalla. Solamente había un recordatorio de aquel día, que no podía pasar desapercibido. Cuatro lobos descansaban al interior del cráter, pese al inclemente sol sonorense.

—Están justo en el lugar donde murió Farkas —dijo Jop.

—Tengo que hacer esto solo —resolvió Sergio, enfundándose un sombrero.

Lo ayudaron a descender por la pendiente cargando sobre su hombro el saco de huesos y la pala para luego hacer el camino a lo largo del cráter, como si hiciera el mismo recorrido que hizo

Farkas aquella noche. Brianda, Jop y Pereda lo contemplaban desde la orilla.

Los lobos, al verlo acercarse, se pusieron alerta. Los cuatro se levantaron, las orejas enhiestas, el gruñido en su interior como un motorcito que se hubiese echado a andar automáticamente.

Sergio no redujo el paso.

Al centro del cráter dio con la mano de un cadáver saliendo de entre el lodo seco. Se detuvo y miró tras de sí, hacia Jop y Brianda. Ellos negaron. "Gunter Maren", pensó Sergio, y siguió avanzando.

Los lobos continuaban gruñendo, mostrando sus afilados colmillos. Él, seguro de su encomienda. A los pocos pasos de llegar al sitio que aparentemente custodiaban las bestias, hubo un repentino cambio de actitud. Dos de ellos se acercaron sin gruñir. Lo olfatearon. Se frotaron contra él. Le lamieron una mano.

Sergio se aproximó y confirmó que eran los restos de Farkas lo que ellos cuidaban. Para su fortuna no era carne en descomposición sino huesos limpios que los propios hermanos de Farkas habían agrupado ahí, a la espera de algo como lo que estaba ocurriendo.

—Ambos sabemos ahora la verdad —dijo Sergio en voz alta—. Espero que ésta te traiga paz.

Arrojó los huesos de Peeter Stubbe sobre los de Wilhelm Stubbe y se dispuso a cavar la fosa en el mismo lugar en el que había caído aquel que se había llamado a sí mismo Farkas y que en otro tiempo le había hecho la pregunta crucial de su vida.

"¿Cuánto miedo puedes soportar, Mendhoza?"

"El necesario, amigo. El necesario."

—¿Lo ayudamos? —dijo Jop. El sol caía a plomo sobre ellos. Cavar una tumba podía ser motivo para caer desmayado.

No bien dijo esto, los lobos se unieron a la labor de Sergio, rascando en la arena acumulada sobre el cráter como una capa resquebrajada de barro seco. La pala nunca pegó contra piedra ni la superficie se endureció en punto alguno. Era como si la labor tuviera que ser hecha de manera pronta y eficaz. En menos de veinte minutos tuvieron Sergio y los lobos un hueco lo suficientemente amplio para echar al interior todos los huesos. Cubrirlos fue cosa de nada, labor en la que ya no participaron las bestias. Al instante en que los esqueletos cayeron por el foso, los cuatro lobos huyeron de ahí.

En cuanto aplanó la superficie, chorreando en sudor, Sergio se detuvo unos instantes a contemplar el cráter desde ese punto. Ahí se había decidido todo, en ese lugar. La lucha de miles de años. Era sobrecogedor y, en gran medida, gratificante. Había estado tan atormentado por la música, que no se había dado el tiempo para disfrutar de la paz del mundo sin demonios.

"Podría esperar aquí mismo mi muerte", se dijo, arrebatado por la cruda belleza del lugar, la conjugación de arena y cielo y silencio. "Podría terminar aquí mis días, que el sol acabe conmigo, que la vuelta al infierno sea lo más tersa posible."

En el fondo había abrigado la esperanza de que, después de cubrir ese primer pendiente, la música quedara atrás. O que el espíritu de Farkas le diera una pista de lo que podría hacer, como ocurría en los viejos tiempos.

"¿Y te dices mediador, Mendhoza?" Pero nada de eso había ocurrido.

Tuvo que admitir que extrañaba la insidiosa voz de Farkas. Le gustó pensar que acaso siempre había sido así. Incluso en el siglo dieciséis.

Arrastró la pala hacia la orilla del cráter. Jop y Brianda bajaron para obsequiarle agua y preguntarle si ahora todo estaba bien. Él sólo sonrió con tristeza y les dijo, escuetamente, que era tiempo de volver.

Fue hasta que estuvieron en el auto que Brianda le inquirió:

—¿Te sientes mejor?

"La verdad, no", pensó. Se imaginó a sí mismo trasponiendo la bulbosa entrada de una montaña, caminando por una inacabable plancha de cemento, participando del sufrimiento causado a un niño pequeño, al interior de una gruta llena de tarántulas, dando con Guillén, preso de muñecas y tobillos al suelo de la caverna, él arrodillándose, susurrándole que no era necesario nada de eso, que nadie va al lugar de eterno castigo si no, principalmente, porque se castiga a sí mismo, Guillén liberándose y concediéndole un abrazo. Hasta ese momento se imaginó sintiéndose mejor.

—Sí —mintió.

Pero no apartaba la vista de la carretera, a través de la ventanilla del auto, su mano enlazada con la de Brianda, su mente completamente en otro lugar, las notas de música cada vez más frecuentes.

Se detuvieron, sobre la carretera, en un lugar de comida rápida aledaño a una gasolinera. Pereda ni siquiera preguntó qué les parecía. Después de pasar a llenar el tanque de combustible, se orilló frente al restaurante, prácticamente vacío. Una familia con dos niños pequeños y un trailero eran los únicos otros comensales. El ambiente era poco acogedor, de mesas y bancas grises fijas al suelo. Un menú sin platillos complicados. Dos meseras entradas en años evidentemente aburridas.

Se sentaron y ordenaron con indolencia. Pereda y Jop fueron al baño.

—Tienes que decirme qué pasa —dijo Brianda mientras sostenía el servilletero y lo miraba como si fuese el objeto más importante del universo.

—¿A qué te refieres?

—Sabes bien a qué me refiero —se esmeraba con todas sus fuerzas para no llorar—. Te extrañé bastante durante el tiempo que estuviste en coma. Te necesito de vuelta. Y no, no has regresado.

Sergio no supo qué contestar. No había respuesta fácil. La única que tenía a la mano le rompería el corazón a Brianda. Ella no se merecía eso.

—Discúlpame. Olvidé algo en el coche —dijo levantándose y apresurándose a salir. En vez de dirigirse al coche caminó rodeando el restaurante. Llegó a un patio con juegos infantiles deteriorados, suelo de roca volcánica y una pequeña barda de madera que los rodeaba. Se recargó en ella de brazos cruzados, acariciando la idea de correr a la carretera y ser embestido por un camión de seis ejes.

Una señora y su hijo pequeño llegaron a hacer uso de los juegos. El niño no tendría más de cinco años y llevaba pantalones cortos, zapatos de hebilla, camisa de cuello, cualquiera diría que venían de algún evento importante pues la señora llevaba falda, tacones, una blusa a juego. Traspasaron la puerta y entraron. El niño subió, entusiasta, a la resbaladilla, pese a que ésta tenía una abertura oxidada al final del tobogán. Se deslizó con cuidado, frenando con ambos pies abiertos pegados a los costados para no llegar de prisa a los filos del boquete. Sergio los miró de reojo. Siguió sumido en sus pensamientos, envidiándolos un poco. Esa felicidad mundana ya no le correspondía. Jamás dejaría de escuchar esas dos notas de piano. Se volvería loco. Terminaría ahorcándose y añorando, desde el infierno, lo que no pudo ser.

"Igual y esto ya es el infierno, de todos modos", pensó.

—¡Carlos, ven a jugar con tu hermano! —gritó la señora, buscando que su otro hijo, al interior del restaurante, los alcanzara.

"Tal vez ayudaría admitir que es eso lo que me tiene sumido en esta depresión. La falta de futuro. Ni siquiera la pérdida de mi pasado, sino el tener que renunciar al futuro."

—¡Carlos, mira a tu hermano!

Sergio suspiró. Miró de reojo a la señora y a su hijo. Repentinamente sintió un golpe en el pecho con lo que se mostraba ante él. El niño sangraba profusamente de las piernas pero no dejaba de reír. Corría hacia las escaleras de la resbaladilla, las subía y se arrojaba con las rodillas por delante hacia el boquete de metal que, como navaja, le tasajeaba las piernas. El niño reía y volvía al mismo ciclo, la carne colgando en tiras. Sergio se dio cuenta de que la señora lo miraba fijamente, con una sonrisa siniestra.

—¡Carlos, ven a divertirte con tu hermano!

Al segundo siguiente, ella ya no estaba ahí. El niño pequeño sostenía la mirada a Sergio, ahora desde lo alto de la resbaladilla, sus piernas escurriendo sangre al suelo de roca. Un leve viento hizo revolotear los cabellos ligeramente largos del pequeño. Sergio supo enseguida de quién se trataba.

El muchacho, en vez de deslizarse de nuevo hacia el filoso hueco de metal, flotó con lentitud hacia Sergio. Con su sonrisa encantadora y sus ojitos claros, voló hacia él. Con esa capacidad natural de producir terror.

—Primero debes saber que esto no tiene nada que ver con religión alguna, pero si crees en la maldad de los seres humanos, te pido que entres a ese café y asesines a todos con tus propias manos —dijo el pequeño con voz angelical.

—¿A qué has venido?

—Como tardas tanto en volver, quise venir a recogerte usando ese bonito verso que acabo de inventar —su voz era, ahora, la de alguien mayor.

Sergio trataba de mostrarse imperturbable. Pero era evidente que a él, justamente, no podía engañarlo.

—Es una broma —dijo el pequeño—. Tienes que volver por tu propio pie. De cualquier modo...

Se acarició una de sus rodillas sangrantes y llevó a sus labios la sangre.

—De cualquier modo, consideré necesaria esta última conversación. Cuando vuelvas, no pienso dedicarte un solo pensamiento. Oodak ya no existe, pero el Señor de las moscas está sano y en insuperable forma porque lo has hecho enfadar muchísimo. El falso profeta vendrá algún día, no tenemos prisa. Y yo... bueno, yo... no tengo nada de qué preocuparme porque me alimentan todos ustedes. Tú también, si te lo preguntas, cuando eliges irte a tu casa a ver películas en vez de volver a salvar a un pobre gordo maniatado.

Sergio prefirió no sostener esa plática. No darle pauta.

—No quieres hablar —dijo el niño encogiéndose de hombros—. No importa.

Por la esquina del edificio apareció Brianda buscando a Sergio, gritando su nombre, evidentemente angustiada, incapaz de verlo a los pocos metros de distancia que los separaban. Volvió al restaurante.

—En fin. Lo que me ha traído hasta aquí en realidad es esto: hacerte ver que no estás completamente solo. Eso es algo que no puedo remediar y tampoco es algo contra lo que pueda luchar. De hecho, es algo contra lo que no quiero luchar. ¿La lluvia torrencial del equinoccio en pleno desierto te dice algo? ¿El que un corazón vuelva a latir después de haberse detenido por minutos? ¿El hecho de que, pese a todo, la humanidad sigue existiendo cuando a lo largo de su historia no ha dejado de guerrear? Acaso no te des cuenta de que el hecho de que una persona pueda caminar por la orilla de la carretera sin miedo a morir habla bien de ustedes, cucarachas.

A poca distancia, una anciana empujando un carro de supermercado lleno de cachivaches caminaba por la orilla de la autopista. Los autos y camiones que pasaban a su lado a toda velocidad no la atemorizaban.

—Pero no siempre será así. Quizá llegue el día en que nadie salga a la calle porque cualquiera con el poder de asesinar lo hará. Y te aseguro que la humanidad no durará tres semanas a partir de ese momento. Hasta entonces, bichos, tienen esperanza. Esa palabrita que me causa tanta repulsión.

—¿Por qué me dices esto?

—Porque él no va a venir a decírtelo. Ya sabes. Así de fuerte es su confianza en ustedes. Y eso en verdad me jode porque, para fines prácticos, él también podría sacar el insecticida y olvidarse del asunto por completo. Me jode porque, para fines prácticos, ni siquiera existe. Yo mismo no lo he visto nunca a los ojos. Para fines prácticos, yo soy más real y poderoso porque puedo hacer esto —se embarró sangre en el rostro—, porque puedo causar terror. Porque ustedes me alimentan. Pero también es cierto que, para fines prácticos, hasta tú lo nombras en momentos de angustia como un acto reflejo.

—Para fines prácticos —se atrevió a añadir Sergio—, el ser humano es menos cruel que generoso. Más héroe que demonio. Más propenso a la creación que a la destrucción.

—No sé por qué me desgasto si lo tienes tan claro. Pero hablando de esperanzas... no pierdo la esperanza contigo. Puede que un día, si trabajas en un banco, te parezca fácil tomar un dinero sobrante; si eres profesor de una escuela, te parezca fácil acorralar a una estudiante; si eres funcionario público, te parezca fácil mentir en un reporte. Y yo estaré observando y creciendo gracias a ti. Nadie es esclavo de su destino. Ni siquiera tu querida Edeth. Ella misma se pasará algunas luces rojas en el futuro, créeme.

Sergio se mostró desconcertado. "¿No se supone que tengo que morir? ¿No se supone que iré a rescatar a Guillén y el retorno será imposible? ¿Por qué me cuenta todo esto? ¿Y la lápida sin nombre? ¿Y la renuncia a su identidad?"

—Tal vez es tiempo de que te permitas ser feliz, Mendhoza. No puedo borrar de un golpe tu existencia. Ninguna de ellas. Eres responsable de tus actos y te mereces la penitencia y la recompensa de cada uno. Pero fue un bonito truco ése del cementerio, ¿no lo crees?

Sergio no se sacaba de la cabeza un nombre. Una amistad. Un acto de justicia.

—Ser feliz... —dijo como un eco sombrío.

—Exacto. ¿Esa música en tu cabeza? Yo no la puse ahí.

—¿Qué?

—Como oíste. Igual te estaré esperando. No pierdo las esperanzas contigo. No faltará la noche oscura en la que, antes de dormir, ya sabes... mires por encima de tu hombro y...

Repentinamente, la soledad. Repentinamente, el silencio. El bondadoso soplo del viento. Ninguna otra cosa en su cabeza que el sonido de los autos, el grito de Brianda llamándolo por su nombre. En los juegos infantiles, nadie. En las rocas de esa zona, ni una sola gota de sangre. En su corazón, una luz muy tenue. Una semilla de esperanza. La música había desaparecido.

—¡Ay! ¡Ahí estás! —dijo Brianda, y corrió frenética hacia él.

Capítulo cuarenta y siete

Sergio siguió sin pegar el ojo durante el trayecto. Un solo nombre, una amistad, un acto de justicia lo atormentaban. La posibilidad de ser feliz se desvanecía ante la necesidad de ir al último rincón del universo intangible y extender la mano a uno de los más grandes héroes de su vida. Llegaron durante la noche a su casa, en la colonia Juárez. Ahí, en la calle de Roma, se apearon él y Brianda, no sin antes dar un fuerte abrazo a Pereda y a Jop. Este último no pudo evitar mirarlo fijamente después del abrazo y espetarle:

—No es por amargarte el final de todo esto pero mi papá me amenazó con que para el lunes tenemos que volver a la escuela. Sin réplica. Eso o nos consigue trabajo lavando platos en alguna fonda.

Sergio no pudo apartarle la mirada de encima. Jamás tendría un mejor amigo. Le puso una mano al hombro y volvió a abrazarlo. Luego le dio un beso en la mejilla.

—Es en serio —le dijo Jop—. Te lo juro. No sé por qué te da tanto gusto. Exámenes. Tareas. Trabajos en equipo. ¡Puaj! ¿Recuerdas?

—Pues sí. Me da gusto.

—Pues a mí no. ¿No te das cuenta de que nos retrasamos un montón? Perdimos año y medio. Todos nuestros compañeros ya van a terminar la secundaria. Y nosotros apenas…

—Bah. Peores monstruos hemos vencido.

Jop negó con la cabeza y volvió al auto. Sergio y Brianda se quedaron solos en la calle. Ambos miraron a la estatua de Giordano Bruno en silencio.

—¿Puedo pasar a tu casa al baño? —preguntó ella.

Sergio asintió a sabiendas de que era una treta para acompañarlo arriba, a su departamento en el tercer piso. Para dejarlo bien en caso de que Alicia no se encontrara en casa, como efectivamente era el caso. En cuanto traspasaron la puerta, encontraron una nota sobre la mesa del comedor. "Fui con Julio. Vuelvo tarde. Te quiero. (Mira al reverso.)"

Y, en el reverso de la nota: "Tres sorpresas en tu cuarto. Pero tienes que sacar puros dieces en la escuela." Una carita guiñando un ojo.

Sergio volvió a poner la nota en la mesa y caminó hacia la habitación, seguido por Brianda.

Tres sorpresas que igual le colmaron como le rompieron el corazón.

Una batería nuevecita.

Una computadora impecable, puesta sobre un escritorio muy parecido al que tenía antes.

Un ajedrez reluciente, de piezas y tablero de madera, puesto sobre el bombo. Algunas piezas sobre la cuadrícula. Otras, sobre el escritorio.

—Qué afortunados son de tenerse —dijo Brianda.

—Estoy de acuerdo.

Se miraron largamente. En la mente de Sergio no dejaba de aparecer la disyuntiva del capítulo inconcluso. Se veía arrojándose por la ventana, o a las vías del metro, o colgándose del cuello. Inmediatamente renunciaba a ello. No podía hacerles eso a Alicia, a Brianda, a Jop. A todos. Pero tampoco veía a Guillén encerrado en ese sitio maldito esperándolo por siempre. Se resistió con todas sus fuerzas a dejar escapar un grito.

—¿Necesitas que me quede? —preguntó ella.

—No. No hay nada de que preocuparse.

—¿Me lo prometes?

—Para mañana en la mañana todo será diferente, te lo juro.

—Pues estaré aquí en cuanto salga el sol y no te dejaré de molestar por el resto de mi vida.

—¿Lo prometes?

—Lo prometo.

Ella lo besó. Él correspondió tratando de ocultar que tal vez durante la noche tomaría la peor determinación de su existencia. Ella se separó de él con una terrible congoja. Él no pudo mirarla a los ojos. Ella se quedó con una palabra en la mente que quedaba a la mitad entre el consuelo y la angustia: siempre. Él le mostró su anillo. Ella el suyo. Él le prometió que intentaría dormir. Ella echó a correr a su casa y hasta que llegó recordó que jamás había pasado al baño en casa de Sergio. Él se permitió una lágrima. Ella todas las que había estado reteniendo desde que salieron cuatro días antes, en pos del desierto.

Sergio se sentó en su cama. Miró las baquetas puestas sobre la tarola y las tomó. Se sentía bien. ¿Valdría la pena tocar algo antes de cualquier otra cosa? Decidió que no. Apagó las luces. Se quitó la prótesis. Se recostó en la cama mirando hacia el techo. Sostuvo las baquetas contra su pecho.

Un cuchillo en la cocina lo estaba llamando con voz potente.

Apretó los ojos.

Era tan reconfortante y tan triste sentirse así. Ya no ser un Wolfdietrich o un mediador o un héroe. Poderse equivocar. Sacar una mala nota en la escuela. Ser perezoso de vez en cuando. Ni una sola voz lo atormentaba. Ni una sola singularidad. Todo era como siempre debió haber sido. Previsible y seguro.

Apretó con más fuerza los ojos.

El cuchillo lo llamaba y le pedía que acabara con eso de una vez. Que Alicia y sus amigos lo entenderían. Una nota, acaso. Nadie podría culparlo. Nadie…

El silencio y la oscuridad eran tan placenteros que le parecía, por momentos, que ya estaba muerto. Que podía continuar. Sólo había que caminar un poco a la cocina y…

Y…

Y entonces, como un golpe de platillos en la profunda quietud profunda de una sala de conciertos… lo sacudió la mayor certeza que había sentido jamás.

Comenzó a sacudirse. Todo el terror, toda la angustia, todo el peligro se extinguían como una hoguera que es sorprendida por la lluvia. Tenue. Quieta. Implacable. Maravillosa. Contumaz.

Comenzó a reir y a llorar al mismo tiempo.

Jamás volvería a sentir un gozo como ése. Jamás.

Le dieron ganas de agradecer a todo el mundo, incluso al soberano de la oscuridad.

Lloró y rio.

Rio y lloró.

Se levantó a los saltos y encendió la luz para estar seguro.

Y sí, lo estaba. Seguro y cotidiano. Como la lluvia. Como el agua.

Fue a la sala y tomó el teléfono. Marcó con rapidez.

—¿Ya llegaste? Qué bueno. ¿Viste tus regalos?

—Sí. Muchas gracias.

—Julio puso una parte. Luego le das las gracias. En un par de horas vuelvo. Vinimos a cenar con unos amigos.

—Sí, está bien. Por cierto, dime una cosa. ¿Por qué pusiste así las piezas en el tablero?

—No te entiendo.

—El tablero de ajedrez. Pusiste las piezas como si estuviesen a mitad de una partida. ¿Por qué?

Un breve, muy breve silencio.

—No. Yo lo dejé cerrado. Con las piezas dentro.

"Increíble. Maravilloso. Perfecto. Ésa era la respuesta que estaba buscando. Muchas, muchas, muchas gracias."

—Okey, no me hagas caso. Te veo al rato.

Colgó y regresó a su cuarto. Apagó la luz y se echó sobre su cama sonriente. Feliz al fin.

En el número infinito de partidas posibles, en el tablero se mostraba una en particular. Una entre millones: aquella que había dejado inconclusa con Guillén en los tiempos en los que jugaban cuando el teniente todavía vivía. Él la conocía y la recordaba pero nadie más en el mundo podía hacerlo. Excepto aquel con quien contendía, claro. Y sólo podía significar una cosa.

El propio teniente lo había dicho, antes de que traspasaran las puertas del infierno, cuando le mostró un peón. "Para cuando volvamos."

Y habían vuelto. Ambos.

Sergio sintió cómo la tensión acumulada durante esos días se convertía en sopor. En tranquilidad. En júbilo.

Sonrió por última vez.

Posó la mirada en aquella grieta del techo.

—Vaya a donde le toca, teniente —dijo Sergio en voz alta—. Ya continuaremos esa partida en ese lugar algún día. Se lo prometo.

Cerró los ojos.

Se dijo que la vida sin miedo era buena. Muy buena.

Y se quedó dormido.

Obertura

En la fría noche del desierto se encuentra un niño de brazos tendido sobre la tierra. Llora desconsoladamente. Tiene ambas piernas y el porvenir intacto. De pronto, en su campo de visión, un par de ojos amarillos lo contemplan de cerca. Al segundo siguiente ya no es un bebé sino un muchacho. Un muchacho de casi quince años sentado en cuclillas mirando fijamente al lobo negro que ha ido a su encuentro. En el horizonte, la luna es mágica, enorme, inverosímil, su fría luz confiere al paisaje contrastes de espejo. Todo es blanco o todo es negro, como en un tablero de ajedrez. El muchacho y el lobo se miran fijamente. En los ojos del lobo está la historia de lo acontecido: un auto con varias personas llegando a un cráter específico en el desierto, la aproximación de un hermano caminando hacia los cinco lobos en el desierto, cuatro vivos y uno muerto, la fusión de huesos y la revelación de la verdad. En los ojos del lobo está un hombre obeso tendido de espaldas en el sitio más oscuro posible, está un lobo negro acudiendo en su rescate, dos héroes dándose la mano y haciendo el camino de regreso. En los ojos del lobo está la conclusión. Están Guillén y Farkas, de pie, mirando a Sergio caminar hacia afuera del cráter. Está el teniente acudiendo al sitio de aquellas cenizas que Sergio guardó en una cajita de música. Una partida de ajedrez inconclusa y el adiós definitivo. O, mejor dicho, el "hasta pronto" más sincero.

El lobo negro mira al muchacho y reestablece el orden del mundo, lo devuelve a los días en que el hombre y el lobo eran hermanos y nadie, de un lado o del otro de esa línea divisoria, podía sentir miedo. El muchacho mira al lobo negro y recupera su lugar en la trama, ve a un padre y un hijo jugando entre los campos de trigo, prometiéndose nunca renunciar a esa felicidad. Ambos concluyen, sin decir palabras, que la vida es buena y así debe continuar.

Cientos de años después se reencuentran en el desierto. Son la pieza clave de una historia enorme como la Tierra y necesaria como el ser humano.

Cientos de años después se despiden en el desierto. Prometen, ambos, sin decir palabras, que ya repondrán el tiempo perdido. Que la vida es buena aunque el plano sea distinto.

El muchacho se arrodilla para abrazar al lobo. El lobo se aproxima para recuperar una pizca de los cientos de años contenidos en ese abrazo.

Una palabra que jamás había escuchado surge en la mente de Sergio: *Geborgenheit.*

Luego, corre por la estepa. Lleva su prótesis pero corre como el viento. El lobo corre a su lado. Se le unen más lobos. Es exactamente el mismo sueño que lo despertaba de niño, sólo que en su connotación más genuina. Corren a su lado, acompañándolo, no en pos de él. El aire duele con dulzura al interior de su pecho. La noche es magnífica y promisoria. La luna se compromete a ir dentro de él por siempre. El aullido de uno y cien y miles de lobos es la última reintegración del alma.

Luego, una potente luz en sus pupilas.

Y luego, el despertar.

Frente a él, una chica lee en silencio. La luz del sol se desparrama al interior de la habitación. Reconoce que está en su cuarto. Que hay una batería nueva. Una computadora lista para usarse. Un ajedrez que jamás tocará. Una vida intacta.

—Qué bueno que despertaste. Estaba pensando seriamente en ir por un vaso de agua y echártelo a la cara —dijo Brianda.

—¿Qué hora es?

—Las dos de la tarde. Dormiste como catorce horas. Pero qué bueno. Te hacía falta.

Se sentó enseguida. Ni siquiera se había cambiado de ropa. Del otro lado de la ventana, la ciudad se había ajustado a su maquinal ritmo de todos los días.

—Gracias por estar aquí.

—De nada, aunque en realidad traigo un encargo.

—¿Cuál?

—Los papás de Jop organizaron una comida en su casa. Todos están ahí. Todos excepto nosotros. Por eso pensé lo del vaso de agua. Así que te bañas y nos vamos.

¿Era posible que el mundo fuera así de benévolo, sin monstruos acechando tras la puerta ni voces persiguiéndolo en su cabeza?

—Me baño y nos vamos.

—Pero ya.

Sergio se dispuso a obedecer. Moría de hambre y todo parecía indicar que el asunto estaba concluido.

Aunque, a media ducha, decidió que áun tenía algo por hacer, así que cuando al fin salió de baño, vestido y peinado, pidió a Brianda que le permitiera hacer todavía una cosa más, antes de irse.

—No vayas a salir con que…

—No. Es algo rápido. Y tú me vas a ayudar.

Entró a su cuarto y salió prácticamente de inmediato.

—Vamos.

Abandonaron el departamento y, en vez de caminar hacia la calle, Sergio marcó el rumbo hacia la azotea del edificio. Subieron las escaleras y abrieron la puerta de metal que daba ingreso al techo del inmueble. Caminaron por entre tanques de gas y jaulas de tendido. Sergio se paró en la orilla del edificio y le pidió a Brianda que hiciera lo mismo. Afortunadamente, el viento era propicio, casi para volar cometas. Exultante, sacó, de su pantalón, una bolsita transparente con polvo gris al interior que había recuperado de la cajita de música. La abrió.

—Di "Hasta pronto, teniente".

Brianda sonrió. Dijo "Hasta pronto, teniente".

El polvo se trepó en una ráfaga de viento y se perdió en la ciudad.

Sergio sacó ahora, también de su pantalón, el saco marrón que Farkas había llevado por tantos años al cuello.

—Di "Hasta nunca, Wolfdietrich. Adiós, Libro de los Héroes."

Brianda recargó la cabeza en el hombro de Sergio. Repitió las palabras en un murmullo. Las cenizas huyeron de la bolsa. En un par de segundos se volvieron imperceptibles. En brevísimos instantes se volvieron irrecuperables, se perdieron para siempre en la urbe. El destino quedó atrás.

—A comer, que me muero de hambre —sentenció Sergio Mendhoza.

Ella le dio un beso en la mejilla y se dejó conducir de regreso. Fueron a la calle en silencio y pararon un taxi a la colonia Del Valle.

Cuando traspasaron el portón, advirtieron que los Otis habían sacado mesas al jardín y era ahí donde se llevaba a cabo la reunión. Se encontraban los padres de Jop, Pereda y el resto del personal de servicio, Alicia, Julio y Ugolino, además de los padres de Brianda y un personaje que merecía reintegrarse a la historia: Philip Dietrich, el padre de Sergio y Alicia.

Había un par de lugares vacíos que los recién llegados ocuparon al instante, entre risas y reclamos. Un servicio de meseros los atendía a todos, sirviendo vino y aguas de frutas. Había música que se filtraba del interior de la casa, toda cortesía de Jop, un mix extraño de rock, clásica y *soundtracks* de películas. El bullicio era generalizado y por momentos se volvía un rumor ininteligible en la cabeza de Sergio, como cuando escuchaba las voces de los muertos. Pero le pareció que escuchar de esa manera las voces de los vivos era un cambio muy gratificante.

Sus ojos se encontraron con los de Alicia, a través de la mesa. Ambos se miraron en silencio por unos cuantos segundos.

Él pensó que quizá lo mejor sería tratar de olvidar que alguna vez habían formado parte de una historia tan terrible y tan grandiosa; que algún día en el futuro no tuvieran más recuerdo de todo eso que aquel pedazo de tela que Alicia había mandado enmarcar y colgar, una luna con tres nubes, al centro de la sala. Que ella se casara con Julio y tuvieran hijos y Sergio fuera el mejor de los tíos, aunque fuese baterista de un grupo de rock pesado. Que él se casara con Brianda algún día y tuvieran hijos y Alicia fuera la más terrible y regañona de las tías, aunque fuese una eminencia médica. Que el abuelo Philip pudiera cargarlos a todos, enseñarles piano y violín y llevarlos al parque. Que las historias de lobos fueran algo hermoso y cautivador pero también muy distante.

Ella pensó, en cambio, que se empeñaría en nunca olvidar. Que haría todo lo posible por siempre recordar que ese muchacho del otro lado de la mesa había hecho poco menos que salvar al mundo de un muy oscuro futuro; que se empeñaría todos los días por recordar que entre la disyuntiva de rendirse al miedo y confrontarlo, Sergio siempre había elegido lo último, y que el coraje y la valentía siempre van unidos a la bondad y la justicia. Eso era su hermano: un hombre valiente y justo. Tal vez el más valiente y el más justo. Y eso jamás lo olvidaría.

Volverá a la escuela, a las tareas, a la música y a las salidas con sus amigos, y parecerá increíble que ese chico que se pierde en la multitud, que se forma en la fila del cine como todos y espera su turno en cualquier ventanilla como todos, haya hecho lo que hizo por todos nosotros. Parecerá increíble que alguien que, al caminar por la calle o pagar una cuenta o abordar un autobús y pasa completamente desaparcibido, haya vencido fuerzas tan oscuras y tan terribles como las que él venció. Llegará el día en que nadie creerá que una persona que tiene que levantar la voz para ser escuchado y que en la vorágine del internet no tenga más *followers* que sus amigos, haya hecho lo que hizo y, encima, se pueda sentar a tu mesa y pedirte que le pases el salero como si nada.

"Por eso, principalmente, yo, al menos, no he de olvidar."

Alicia levantó su copa de vino y brindó a la distancia con su hermano, a pesar de que éste ya no la miraba. El señor Otis les había obsequiado teléfonos celulares nuevos a él, a Brianda y a Jop, y los tres ahora intercambiaban impresiones de sus relucientes equipos, fascinados por la capacidad de la memoria, la resolución de la cámara, la velocidad de conexión.

"No he de olvidar", repitió Alicia en su mente.

Y se dejó llevar, tomando la mano de Julio, por la música que en ese momento sonaba. Tal vez fuera un ballet. Tal vez un interludio.

Tal vez una obertura.

Agradecimientos

"Era una noche silenciosa, en la que, en una mansión, vivía la familia Arnold..."

Así empieza el primer relato de terror que escribió un niño mexicano sin ninguna vocación literaria en los años setenta.

Y justo es decir que dicho niño no puso ningún tipo de expectativa en tal relato. Tan es así que olvidó por completo que lo había escrito, siguió con su vida y, naturalmente, la historia se perdió "en la noche de los tiempos".

Pero es posible que esa cosa que algunos llaman Destino (y que otros hasta usan en sus novelas) exista. O, cuando menos, sea un animalito caprichoso que asoma la nariz de vez en cuando. Lo digo porque nuestro niño en cuestión (que no es otro que el que esto escribe) recuperó ese cuento muchos años después, cuando ya había crecido y hasta se había convertido en un escritor de a de veras con algunos relatos de miedo en su haber... y no pudo sino sentir, al leer su propia letra infantil en esas hojas de cuaderno, como si en su vida se cerrara un círculo.

Porque, a decir verdad, cuando empecé a escribir para niños y jóvenes (a mis treinta y tres años) nunca me llamó la atención abordar relatos de terror. Cosa rara porque, de chico y de joven, me fascinaba bastante (un poco a la manera de Jop) todo lo relacionado con el miedo. Y para muestra, lo siguiente: tenía un póster de un hombre lobo detrás de la puerta de mi habitación, coleccionaba figuras clásicas del cine de terror y montaba casas de espantos con mi hermano Javier y algunos amigos. Todo antes de salir de la secundaria.

Por ello, el primer agradecimiento de esta lista es, por fuerza, para Daniel Goldin, por haberme invitado a participar en la colección

El Lado Oscuro de Océano Travesía y haberme hecho volver a mi refugio de infancia. Gracias, Daniel, por haber creído en mis letras y por darme el espaldarazo necesario para que yo, con toda la timidez del mundo, me animara a proponerte, una vez escrito "Siete esqueletos decapitados" que, en vez de un libro, fueran cinco. Gracias por aceptar y por meterme de lleno en esta aventura que no ha dejado de ser, todo el tiempo, como las propias novelas de la serie: terrible y maravillosa. Gracias por tus consejos, por la minuciosa edición y por no dejarme nunca caer. Siempre fuiste todo un Farkas.

Y, por ende, la segunda nota de gratitud es para Sandra Sepúlveda. Mejor editora no pudo tener la saga. Estuviste desde el principio y llegaste hasta el final, Sandra. Y no sólo tuviste el rigor sino también el cariño. Gracias por querer tanto a mis personajes y por ayudarme tanto con mis revoltijos anecdóticos. Esto no habría sido posible sin ti y por ello te estaré agradecido hasta el fin de los tiempos y un dia.

Y, desde luego, a todos los editores que también se sumaron a esta locura, aunque fuese poquito y aunque fuese por poco tiempo pero siempre comprometidos. Gracias, Pola; gracias, Pilar; gracias, Ismael.

Y, naturalmente, a toda la gente de Océano, que ha tratado a estos libros y a su autor, con un afecto que pocas veces se ha visto en una editorial desde tiempos de los más viejos grimorios. Gracias a Rogelio Villarreal por creer en el proyecto desde el principio y por siempre hacerme sentir que llegaríamos hasta el quinto sin ningún problema. (Gracias, querido, porque en verdad así fue.) Gracias a Lupita Ordaz y Pablo Martínez por acoger tan bien los libros, gracias a Lázaro, Connie y a toda la fuerza de ventas y, finalmente, pero con todo el cariño del mundo, a los chicos de promoción, a Marilú, Rosi, Grizel y mi Tocayo porque todo lo bueno que ha pasado con estos libros ha sido, en gran medida, gracias a ustedes (aunque nunca hayan conseguido ese doble que tanto les he pedido desde el Nocturno).

Gracias también a todos los promotores en todo el país que, desde el principio, con su entusiasmo, me convencieron de que esta aventura era factible y que no estaba de locos querer escribir una segunda parte y luego una tercera y luego una cuarta y así hasta este casi increíble final. Mención especial a Luna, Dalina, Yira, Deyanira, Irma, Miriam, Susana, Gloria, Nancy, Xóchitl, Óscar, Jorge. A los Biblionautas, a la gente de Ibby y a todos los grupos escolares, bibliotecas y clubes literarios que han adoptado los libros y a todos aquellos que los han recomendado con un entusiasmo que aún hoy me parece inmerecido.

Gracias a Diego y Roxana y todos los diseñadores y formadores que han participado a lo largo de diez años por lograr libros tan atractivos al tacto y a la vista.

Gracias también a aquellos colegas y amigos que han presentado la saga con tanto cariño y tantas ganas en Ferias, Plazas, Librerías, Alamedas.

A todos aquellos que han estado conmigo y con Sergio desde el principio.

A mis cuates, mis padres y mi familia toda.

Gracias, Javier, por haberme hecho perderle el miedo al miedo desde que éramos niños.

Y gracias, por supuesto, un millón de gracias, a Laura, Bruno y Marifer. Por aguantar mis desvelos, insomnios y desmañanadas. Y por seguir creyendo, junto conmigo, que los libros todos, incluidos los que chorrean sangre, son lo mejor que nos ha pasado en la vida.

Pero finalmente, gracias a ustedes, queridos lectores, a todos los que me han escrito pidiéndome la siguiente parte o contándome lo mucho que han querido a Sergio o lo mucho que han odiado cada espera. Gracias a los que, calladamente, se han quedado hasta el final y me sorprenden en cada firma llevando consigo todas las entregas. Gracias a los que han viajado desde lejos a visitar a Giordano Bruno. Y gracias a los que me han recibido en escuelas, ferias, aeropuertos con dibujos, cartas y muestras de cariño que siempre me hacen llorar a solas. Gracias a ustedes, a todos, a todas, por elegir mis libros entre tanto universo de papel y bytes y por permitirme emocionarlos, espantarlos y, a veces, conmoverlos. Muchas gracias de todo corazón por hacer posible que un niño que alguna vez escribió "era una noche silenciosa", se reconociera a sí mismo después de varias décadas y se sintiera, al escribir la última línea del último libro de su saga, como si llegara a casa después de un largo viaje.

Gracias infinitas de parte mía y de Sergio.

Ustedes son nuestros más grandes héroes.

Esta obra se imprimió y encuadernó
en el mes de abril de 2025,
en los talleres de Impregráfica Digital, S.A. de C.V.,
Av. Coyoacán 100-D, Col. Del Valle Norte,
C.P. 03103, Benito Juárez, Ciudad de México.